D1731084

ALBRECHT
SCHAU

Albrecht Schau * 1936 in Gleiwitz, lebt in Ludwigsburg. Studium der Germanistik und Sportwissenschaft, Promotion über Eichendorff, Hochschullehrerlaufbahn, seit 2001 emeritiert, zweite Existenz als Schriftsteller und Rezitator. Viele Buchveröffentlichungen, u.a. die Romane: *Der Prof. Eine verwilderte Criminal-Groteske, nachlässig erzählt,* Valentin Verlag, 2001; *FIVE-ZERO-OUT. Mit 50 bist du draußen. Blitzlichter auf einen nicht enden wollenden Kriminalfall,* Valentin Verlag, 2002; *Dichter in Handschellen,* Kontrast Verlag, 2006; Hörbuch zu den *Handschellen,* 2007, und die Kurzgeschichten: *Von der Lust am Morden mit Worten. Briefwechsel zwischen Monika Geier und Albrecht Schau,* in: „Chaussee 13" 2007, *Janus – Nebelspalter,* in: Anthologie „Fichten, Fälle, Fahnder", Podzun Verlag, 2005; *Eiskalte Wut,* in: Anthologie „Mordlust", Storia Verlag, 2005.

Albrecht Schau

Von der belebenden Wirkung des Verbrechens.
Urlaubsgrüße aus dem wahren Leben

Roman

Ludwigsburg

Bibliografische Information der Deutschen Nationalbibliothek
Die Deutsche Nationalbibliothek verzeichnet diese Publikation in
der Deutschen Nationalbibliografie; detaillierte bibliografische Daten
sind im Internet über http://dnb.d-nb.de abrufbar.

Ludwigsburg: Pop, 2010
ISBN: 978-3-937139-95-1

Druck: Pressel, Remshalden
Abbildung Titelseite: Emilian Roşculescu PAPI, *Ich bin ein Bürger
ohne Biographie*
Autorenfoto: Volker Schrank
Umschlag: T. Pop
Verlag: Pop, Postfach 0190, 71601 Ludwigsburg
www.pop-verlag.com

Von der belebenden Wirkung des Verbrechens.
Urlaubsgrüße aus dem wahren Leben

Nein! Einen Beipackzettel, in dem Sie sich über Risiken und Nebenwirkungen erkundigen können, hat dieses Buch nicht nötig. Einen Apotheker oder Arzt schon gar nicht. Den Fährnissen, denen Sie sich mit der Lektüre aussetzen, müssen Sie schon ganz allein tapfer standhalten. Ohne Wenn und Aber. Ohne Netz und Sicherheitsgurt. Wer nichts wagt, der darf auch nichts hoffen. Man kann keine Fische fangen, ohne sich die Hände nass zu machen. Liefern Sie sich daher einfach dem aus, was anschließend auf Sie zukommt! Sie werden es nicht bereuen.

1.

Dass die Leidenschaft blind macht und zu den verwegensten Verbrechen einlädt, ist gewiss keine neue Erfahrung. Neu aber ist die Unverfrorenheit und Raffinesse, mit welcher der höchste Justizbeamte Comte de Violence, ein Günstling Ludwig XIV., mit Frauen zu Werke ging. Der Mann war klein, unbeschreiblich hässlich und bauchseits von einem Volumen, dem man sofort ungezügelte Fress- und hemmungslose Sauflust bescheinigen mochte. Zum Ausgleich für alle diese vortrefflichen Eigenschaften war Violence wohlhabend. Die schmutzigen Geschäfte, mit denen er sich eine goldene Nase verdient hatte, können hier beiseite bleiben. Jedenfalls verfügte der verwegene Mann seines unermesslichen Reichtums wegen bei Hofe über beste Beziehungen, weshalb er meinte, gegen alle Ausschweifungen und moralischen Verwerfungen gefeit zu sein. Diesen gab er sich nämlich mit großer Leidenschaft und Ausdauer hin. Als arger Wollüstling war er bei jungen Männern und jungen Frauen gleichermaßen gefürchtet. Lief ihm jemand über den Weg, der einigermaßen liebestauglich aussah – und das hieß bei ihm jung und hübsch, straffe Haut und glatte Muskeln –, um den war's geschehen. Dem setzte Violence so lange zu, bis dessen Widerstand gebrochen und er ihm zu Willen war, wobei er bei der Wahl der Mittel, mit denen er den Widerstand der jeweiligen Opfer zu brechen suchte, nicht zimperlich war.

Seine gefräßige Sehnsucht nach Frische und Jugend erhielt ihren Antrieb von seinem Alter und seiner körperlichen Verfassung. Er befand sich bereits in einem Zustand, in dem sein männliches Stehvermögen den Zenit überschritten hatte, weshalb er auf ausgefallene und extreme Mittel zur Schärfung der Sinne angewiesen war. Und so verwunderte es nicht weiter, dass er Jungen und Mädchen ins Visier nahm, sobald diese nur zu gebrauchen waren. Sie zogen ihn magisch an wie das Kerzenlicht die Motten. Die Unschuld, das wissen alle Verführer, ist die reizvollste und größte Herausforderung für einen Wollüstling. Hatte Violence einmal ein Auge auf so ein unschuldiges Wesen geworfen, ließ er erst von ihm ab, wenn er, der Franzose, es mit deutscher Gründlichkeit völlig verdorben hatte.

Das musste auch Limone erfahren, ein hübsches Mädchen aus der unmittelbaren Nachbarschaft Violences. Sie war die Tochter eines Gastwirts, dem Violence eines seiner Häuser als Wirtshaus verpachtet hatte. Der geile Bock begann nun ungestüm um das Mädchen zu werben, steigerte seine Bemühungen von Mal zu Mal, zog dabei alle Register der Verführung, schrieb zärtliche, schrieb verwegene, schrieb drohende Liebesbriefe, schickte Musikanten, schickte Spaßmacher, schickte Blumen, schickte teure Geschenke. Nichts half. Das Mädchen hatte seinen Stolz und dachte nicht daran schwach zu werden. Seine Standhaftigkeit war maßgeblich auf den Einfluss seiner Mutter zurückzuführen, einer ebenfalls schönen und in Liebesdingen sehr erfahrenen Frau, die ihrer Tochter den Rücken stärkte. Allmählich wurde es dem Wollüstling aber zu bunt. Denn Violence war es gewohnt, alles, was er nur wollte, zu bekommen, und zwar sofort. Und so war es nicht weiter verwunderlich, dass allmählich die Wut ihn an die Kette nahm, und er sich die Zeilen aufzusagen begann: *Und bist du nicht willig, so brauch' ich Gewalt!* Wie oftmals gesagt, so schließlich auch getan.

Ich halte ein. Die Sorge treibt mich an, Sie zu fragen, wie Sie sich fühlen, ob sich bei Ihnen etwa jetzt so etwas wie eine gewisse Anspannung, ein Vibrieren im Magen, ein Unwohlsein, ein Kitzeln im Hals oder gar der Würgereiz eingestellt haben. Hoffentlich - nicht! Wenn ja, so halten Sie dieses Unbehagen um Himmels willen noch zurück. Sie werden es noch brauchen. Ganz gewiss.

Violence ging nun dazu über, ein abgefeimtes Komplott gegen die Unschuldige zu schmieden, das seinesgleichen suchte. Mit scharfem Kalkül wusste er es geschickt einzurichten, der Familie die ökonomische Basis zu entziehen. Mithilfe von gekauften Zeugen brachte er es dahin, dem Vater Limones einen Mord unterzuschieben, den er selber über einen gedungenen Mörder in Auftrag gegeben hatte. Der Vater wurde denn auch verurteilt und kam ins Gefängnis. Nun waren die weiblichen Opfer Violence schutzlos ausgeliefert. Zunächst schonte Violence Limone, weil er dachte, der Schock werde sie gefügig machen. Doch als sich nichts tat, machte er einen kleinen Umweg und knöpfte sich die Mutter vor, in der er das Zentrum des Widerstands vermutete. Und so führte er erst einmal einen skrupellosen Feldzug gegen die Mutter. Er setzte ihr mit dem Versprechen zu, mithilfe seiner guten Beziehungen den geliebten Mann aus dem Gefängnis freizukaufen, wenn sie ihm nur willig wäre. Die Frau, die nicht unerfahren war im

Umgang mit Männern und deren Ränkespiele zur Genüge kannte, gab aus Liebe zu ihrem Mann und aus Rücksicht auf die Tochter dem Drängen des Mannes schließlich schweren Herzens nach.

Wie nicht anders zu erwarten, blieb die versprochene Gegenleistung aus. Violence dachte nicht im Traum daran, sein Versprechen einzulösen. Im Gegenteil! Er schraubte seine Forderungen immer dreister nach oben, machte die Frau erst zu seiner Mätresse und demütigte sie dann auch noch, indem er sie, als sie für ihn ausgereizt war, seinen Freunden und Knechten überließ. Als die versprochene Gegenleistung immer weiter in die Ferne rückte, begehrte die Mutter eines Tages wütend auf und stellte Violence zur Rede. Dieser zeigte sich unbeeindruckt, setzte ein schiefes Lächeln auf und drohte der Gedemütigten, er werde ihren Mann über ihr seltsames Verständnis von Treue aufklären. Als er sah, wie die gute Frau vor Schreck erstarrte, um dann in Tränen auszubrechen, war seine Stunde gekommen. Er werde von ihr ablassen, beschwichtigte er sie, nachdem er sich erneut sein schiefes Lächeln umgehängt hatte, und sein Versprechen endlich einlösen. Allerdings nur unter einer Bedingung. Pause. Dann: Dass sie ihm ihre Tochter Limone zur freien Verfügung überließe. Die völlig verzweifelte Frau erschrak erneut zu Tode, sah aber im Nachgeben allen Erfahrungen zum Trotz die einzige Chance, ihren Mann freizubekommen. Sie besprach sich darauf mit ihrer Tochter, die nach kurzem Zögern verzweifelt und unter Tränen einwilligte.

Bereiten Sie sich langsam auf das Schlimmste vor. Noch muss offen bleiben, wovon Sie Gebrauch machen wollen – von Tränen, Wut oder Ekel. Auch alles zusammen ginge. Sie haben die freie Wahl.

Für die Verführung Limones hatte Violence einen teuflischen Plan ausgeheckt, wie ihn die Welt bis dahin noch nicht gesehen hatte. Er bestellte die Frauen in ein Haus am Marktplatz, das ihm gehörte. Dort machte er sich in Gegenwart Limones zuerst noch einmal über die Mutter her, ehe er in Gegenwart der Mutter dem Mädchen die Frauenehre nahm. Für den Coup d'éclat hatte sich Violence etwas ganz Besonderes ausgedacht. Einem hinter einem Vorhang versteckten Diener trug er auf, auf ein verabredetes Zeichen hin den zweigeteilten Velourvorhang des Fensters, das auf den Markt hinausging, einen Spalt weit aufzuziehen. Violence dirigierte das Unschuldslamm Limone in die Nähe des Fensters, wo sie ihm ihr prächtiges Hinterteil überlassen musste, an dem er sich abarbeitete, während ihr Vorderteil dem Fenster zugewandt blieb. Violence verstand es meisterhaft, seine Natur so lange zu kontrollieren, bis er erst in dem Augenblick ejakulierte, als draußen ein Trommelwirbel zu toben begann und sich gleichzeitig wie verabredet der Vorhang öffnete. Den Frauen bot sich ein fürchterliches Schauspiel dar. Sie mussten mit ansehen, wie auf einer Bühne ein Fallbeil niederfiel und der Kopf eines Mannes in einen bereit gestellten Kasten fiel. Es war für sie nicht schwer, in dem Geköpften den geliebten Mann und Vater zu erkennen. Denn auch dieses teuflische Detail war ein wichtiges Moment in der Inszenierung Violences: Der zum Tode Verurteilte durfte die sonst übliche Kapuze nicht tragen. Mutter und Tochter bekamen nicht mit, wie der Mann, während man ihn für den Tod präparierte, von den Henkersknechten übel verhöhnt wurde, indem sie ihn genüsslich wissen ließen, welche Schande seine Frauen über ihn und die Familie gebracht hatten. Und sie zeigten ihm dabei lachend mit den Fingern das Zeichen des Gehörnten. Der Aufschrei aus den Mündern der Frauen war ein stummer Aufschrei. Und er war kurz. Die Ohnmacht ließ ihnen keine Zeit für ausgiebige Klagen.

Als die Geschichte zu Ende war, schlug der Rezitator das Buch, aus dem er die Erzählung vorgetragen hatte, zu, und verließ das steinerne Lesepult. Entsetzen und tiefes Schweigen legten sich für einen Augenblick auf die Zuhörerschaft.

Doch dies wird nicht so bleiben.

Ode
Ehret alle Verführer!
Sie bringen Schwung in die Liebe. Mit wie viel Mut,
wie viel Ausdauer, wie viel Energie und wie viel Risiko
gehen sie dabei zu Werke?
Sie leben hoch!

Die Rezitation fand in einem ehemaligen Zisterzienserkloster
statt, das nach einer kurzen religiösen Blütezeit im Mittelalter
nach und nach verfallen war. Es ging das Gerücht, der letzte
Prior habe aus Verzweiflung oder Verwirrung über das na-
hende Aussterben seines Klosters nacheinander sämtliche seiner gebrechlichen Klosterbrüder umgebracht, ehe er Hand an
sich selbst legte. Leichen, die dieses Raunen hätte bestätigen
können, wurden aber trotz intensiver Suche nicht gefunden,
auch keine entsprechenden Dokumente.
Und so hing das Gerücht vom Massenmord isoliert in der das
Kloster umgebenden Luft und in den Klosterwänden selbst.
Das Kloster teilte das Schicksal vieler anderer Gotteshäuser,
es verfiel allmählich, wurde irgendwann wieder notdürftig
renoviert, diente lange Geisteskranken als Herberge, ehe es
im tausendjährigen Reich als Versuchsanstalt herhalten musste.
In jüngster Zeit wurde aus dem maroden Kloster ein Kultur-
und Tagungszentrum gemacht, das für die verschiedenen An-
lässe angemietet werden konnte.
Und hier fand sich zu einem Zeitpunkt, da es um die Welt
nicht besonders gut bestellt war, sie aber noch nicht völlig im
Eimer war, eine illustre Gesellschaft ein, zu der Keuner, der
im eingreifenden Denken geübte Philosoph, eingeladen hatte.
Die strukturelle Gewalt führte längst schon das Regiment,

die Börse war wieder einmal abgekracht, die Kredite begannen zu faulen, Manager verdienten sich in der Krise, für die sie verantwortlich waren, goldene Nasen, die Finanzinstitute rissen sich und andere in den Abgrund und riefen danach den Staat laut um Hilfe an, der auch prompt mit Milliardenzuschüssen aushalf, schlechte Banken wurden gegründet, HartzVier ließ Arbeitslose und sozial Schwache einsammeln, die Exporte waren eingebrochen und die Arbeit ging den Bach hinunter. Dafür blühten die Preise prächtig, auch die Verbrechensquoten stiegen. Kurzum: Der Horror Vacui saß fest im Sattel.

An diesem Zustand änderte auch die Sensation nichts, dass ein deutscher Kardinal vatikanisiert worden war. Warum sollte sich auch etwas ändern? Figuren sind austauschbar, Strukturen nicht. Während der Papst papstete, dümpelte und merkelte die Politik so vor sich hin. Und das Wetter? Es passte perfekt zu dieser politischen Kaltwetterlage. Ganz ungewohnt für die Jahreszeit hatte sich noch einmal polare Kaltluft in der Region festgesetzt. Eine bizarr ausgefranste Wolkendecke lastete schwer auf Mensch, Natur und Kloster. Die Sonne sah sich veranlasst, ihren Dienst zu quittieren. Da sagte sich der Mond: Was die kann, kann ich schon lange und tauchte vollständig in den Erdschatten ein, wo er sich über eine längere Zeit verborgen hielt. Prompt begann irgendwo ein Federvieh zu krähen und krächzte ein dreifaches „Never! Nevermore!" Niemand wusste sich diese Botschaft zu deuten. Von weit her kam ein jaulendes Echo. War das der Hund von Baskerville, der ein so schauerliches Geheul anstimmte? Jedenfalls erschreckte das Wehgeschrei die Venus aufs Heftigste, die nachts tief am Nordwesthorizont zu sehen war, während der Saturn rückläufig von Ost nach West durch das Sternbild des Löwen zu wandern begann. Diesem Szenario lieh der scharfe Nordwind seine kantige Stimme, der dafür sorgte, dass die Temperaturen nachts nahe dem Gefrierpunkt lagen und auch am Tag nicht über zehn Grad hinauskamen. Als dies alles und noch so manch andere Ungereimtheit sich zutrug, fasste Keuner den erwähnten Entschluss, in besagtem Zisterzienserkloster zu einem Symposium einzuladen. In der klösterlichen Stille fern ab vom Weltgegrummel sollte der vertrackte Zeitgeist unter die Lupe genommen, über die Zerstörung von Mensch, Vernunft und Umwelt, aber auch über die Chancen nachgedacht werden, inwieweit dieser Entwicklung noch Einhalt geboten werden könnte.

Alle, die Rang und Namen hatten oder sich einbildeten, sie wären von Bedeutung, waren der Einladung gefolgt. Und so sah man an diesem denkwürdigen Tag eine wundersame Karawane ohne Fanfaren und Trommelwirbel den Weg ins ehemalige Kloster nehmen.

Suchmeldung
Der *Club der Mordkünstler e.V.* sucht neue Mitglieder. Virtuosen abgefeimtester Morde sind herzlich willkommen. Wir schildern und diskutieren fachkundig unsere vorgestellten Meisterleistungen. Der kritische Gedankentausch dient der Vervollkommnung der Mordkunst.
Anfragen unter …

Von dem mit christlichen Ornamenten opulent umrahmten Eingangsportal des Klosters aus konnte Keuner, der dort seine Gäste empfing, zunächst zwei männliche Wesen ausmachen, die in ihren weißen, weit ausladenden Tuniken und den Sandalen, die sie trotz der Kälte trugen, wie griechische Philosophen aussahen. Einer der Tunikaträger, ein untersetzter bärtiger Dickschädel mit Halbglatze und breiten Schultern, redete auf seinen schmächtigen, etwas kleineren, auch etwas älteren Partner, ein gebrechliches Männlein, das ebenfalls eine Stirnglatze zierte, lebhaft ein. Das Gespräch der beiden wurde gestenreich geführt. „Weißt du, wo die Ideen blühn? Wo sind sie geblieben?", jammerte der Untersetzte. Statt einer Antwort, spuckte der Schmächtige nur einen Olivenkern aus. Immer wieder blieben die Griechen stehen, verschränkten ihre Arme auf dem Rücken und spuckten Olivenkerne um die Wette in hohem Bogen bald hierhin, bald dorthin. Als sie am Klosterportal ankamen, hörte man den Schmächtigen den bemerkenswerten Satz sagen: „Mir ist ja hinlänglich bekannt, dass ich nichts weiß." Er hielt inne, stutzte, fasste den Untersetzten am Ärmel und meinte schmallippig: „Neu ist mir, dass ich nichts weiß und trotzdem bin." Er lachte, wurde dann nachdenklich und meinte, irgendetwas stimme an dieser Aussage wohl nicht.

„Meister, wenn ich mir eine kritische Bemerkung erlauben darf", erwiderte der Untersetzte, „ist der Satz vom Nichtwissen nicht ein wenig einfallslos und banal für einen Philosophen deines Kalibers? Ich meine ja nur!" Ihm stehe eine solche und überhaupt Kritik nicht zu. Er sei sein Assistent und befinde sich noch nicht in der Gehaltsstufe, dass er sich mit ihm auf gleicher Augenhöhe unterhalten könne, wies ihn der Schmächtige zurecht. Der Untersetzte zog einen Flunsch. Der Schmächtige freute sich und setzte nach: „Du wirst mir zu übermütig. Dein Vertrag läuft bald aus. Ich überlege mir ernsthaft, ob ich dich danach nicht auf HartzVier setzen soll. Eine kleine Pause zum Nachdenken über universitäre Hierarchien würde dir gut tun." Er sah seinen dicklichen Schüler grinsend an. Der sah beleidigt weg. Damit war der Dialog auch schon zu Ende. Schweigend näherten sich die zwei den Treppen, die zum Kloster hinaufführten, wo Keuner sie umarmte.

Im Windschatten der beiden tauchte eine bemantelte zerbrechliche Dame mit Hütchen auf, die nur aus ihrem Gerippe zu bestehen schien. Von der Zeit angenagt war auch sie. Sie hielt einen aufgespannten Schirm mit der rechten Hand hoch, die in einem weißen, perforierten Handschuh steckte. Dem Schirm war's egal, dass er aufgespannt war, obwohl es keinen Anlass dazu gab. Weder schien die Sonne, noch regnete es. Auf der Oberlippe der Schirmträgerin sprossen vier kräftige Härchen, die ineinander verkeilt waren. Aus einer ihrer Manteltaschen ragte ein Buch, von dessen Titel gerade einmal die verblichenen Buchstaben des Wortes *Orient* ... auszumachen waren. Aus ihrer linken Manteltasche lugte der Rand eines Buches, auf den die Beschirmte kurz mit der Hand klopfte und dazu mit brüchiger Stimme vor sich hin summte:

Ten little Nigger Boys went out to dine,
One chocked his little self, and then there were nine.

Als Keuner die Dame freundlich begrüßte, versuchte sie, ihn in englischer Manier sogleich in ein Gespräch über das Wetter zu verwickeln, indem sie mit einem kurzen Blick auf den Himmel anmerkte, dass ein schlechtes Wetter immerhin besser sei als keines. Keuner befiel ob dieser tiefsinnigen Aussage ein winziger Schwindel, der nur kurz anhielt, so dass er noch antworten und das Wetter in den geo- und weltpolitischen Klimakontext stellen konnte. Doch die Dame wollte davon nichts wissen, sah ihn nur von oben bis unten pikiert an und sagte schnippisch: „Typisch Deutsch!" Dann ließ sie Keuner einfach stehen und schloss sich der ihr zugewiesenen Ordonanz an, die sie in ihre Klosterzelle führte.

Das Defilee ging weiter mit einer kleinen Gruppe junger, sehr ernst dreinblickender Menschen, die ebenfalls in Gespräche vertieft waren. Das seien Keuners Schüler, hieß es. Dann lenkte ein schlanker älterer Herr, ganz in Schwarz, der Farbe der Würde, die Aufmerksamkeit auf sich. Schwarz war sein Oberlippenbart, schwarz der teure, eng anliegende Frack, schwarz das Hemd und seine Schnallenschuhe. Aber dann ein Kontrapunkt:

eine rote Schleife. In seiner Begleitung war ein Rabe, der auf seiner linken Schulter auf einem weißen Seidentüchlein thronte, von wo aus er immer wieder einmal laut krächzte, was sich wie ein „Never, nevermore!" anhörte. Irgendeiner titulierte ihn mit dem merkwürdigen Begriff *Kirchenvater der Moderne,* da er ein ästhetisches Programm entwickelt habe, in dem alle Grenzen gesprengt würden. Selbst sein Leben sei von solchen heftigen Grenzüberschreitungen geprägt. Er gelte als aufsässig, unkonventionell, zuweilen auch vulgär, sei wegen *Unbotmäßigkeit,* wie es offiziell hieß, von der Militärakademie geflogen, habe seine dreizehnjährige Kusine geheiratet, sei stets verschuldet gewesen und habe sich als ein ganz ausgezeichneter Trinker einen Namen gemacht, mit einem Wort – die perfekte Künstlerexistenz. Wer wollte, konnte mit ansehen, wie sich der Kirchenvater der Moderne einem neben ihm gehenden Mann mittleren Alters mit todtraurigen, tief liegenden Augen zuwandte, der seine Haare durch einen Mittelscheitel sauber geteilt hatte, und der ebenfalls ganz in Schwarz daherkam. Eingehüllt war er in einen wallenden Veloursmantel. Er hatte einen langen weißen Schal nachlässig um seinen Hals geschlagen, der in einem großen weißen Kragen steckte, der wiederum einer flatternden fliederfarbenen Krawatte als idealer Hintergrund diente. Der Fall war klar. Hier erschien ein nachlässig gekleideter Dandy. Er ließ sich zwanzig Koffer nachtragen, was für ein großes Hallo und ein noch größeres Kopfschütteln sorgte. „Zwanzig Koffer für die paar Tage?", fragte einer.

Wäre er eine Frau gewesen, nun ja, das hätte man noch verstanden. Aber ein Mann?

„Er ist ein hoch sensibler Feingeist und Freidenker und hat auf seine Art die literarische Moderne eingeläutet mit seiner parfümierten Erinnerungsliteratur."

„Habt ihr gewusst, dass der immer mehrere Pullover unter seinem Hemd trägt, manchmal auch darüber, sommers wie winters?"

„Wie das?"

„Er ist Asthmatiker, friert immerzu!"

„Er schreibt mit fünfzehn Federhaltern".

„Mit allen auf einmal?"

„Blödsinn! Nacheinander natürlich!"

„Und er trinkt zwölf Tassen Kaffee pro Tag. Es müssen immer zwölf sein. Keine mehr. Aber auch keine weniger."

„Er geht auch in Männerpuffs und kokst. Nicht nur ein Dandy, auch ein Dekadent eben."

Man vergaß, auf seine Lupe hinzuweisen, sein Markenzeichen. Der so Charakterisierte blieb nämlich immer wieder einmal länger stehen, holte tief Luft, drehte sich langsam um und sah lang anhaltend durch eine große Lupe. Dabei entschlüpfte ihm immer wieder einmal ein *Recherchez!* oder ein *Perdu!* Manchmal auch stieß er beide Wörter zusammen hervor. Der Kirchenvater sagte zu ihm: „Bruder, du hast dich für dieses Hochamt aber fein herausgeputzt!" Der mit der Lupe antwortete von oben herab: „Chèr ami! Das siehst du falsch. Ein Dandy wie ich macht sich werktags nicht mit den Canaillen gemein. Was du siehst, sind meine Alltagsklamotten. Distinktion ist alles."

„Deine Krawatte ist wunderschön. Sie strahlt so etwas Herablassendes aus", erwiderte der Kirchenvater mit einem ironischen Unterton.

„Der gute Balzac hat einmal gesagt", gab der Dandy schmunzelnd zurück, indem er den Rabenmann mit seiner Lupe von oben bis unten musterte, „la cravate c'est l'homme." Beide mussten lachen und unterhielten sich anschließend weiter, worüber war nicht auszumachen.

Kaum waren die zwei aus dem Blickfeld geraten, tauchte eine lange, spindeldürre Gestalt auf, ganz in weißes Leinen gehüllt, mit glatt geschorenem Kopf und weiß geschminkt, die keine Anstalten machte zu kommunizieren. Sie schwebte wie ein Geist vorüber.

Während unten auf dem langen Weg zum Kloster flaniert und

diskutiert wurde, Anekdoten die Runde machten, Witze umliefen und Umarmungen ausgetauscht wurden, empfing oben auf dem Treppenabsatz des Klosters Gastgeber Keuner mittlerweile einen schmächtigen bebrillten Amerikaner mit Hut, offenem Jackett und kariertem Hemd, dessen Hosen von bunten Hosenträgern gehalten wurden. Er war mit einer Klarinette unterm Arm erschienen. Wer das wohl war?

„Ich halte nichts von Symposien", näselte er, Keuner die Hand hinhaltend, „die Leute wie mich einladen." Keuner, der nicht auf den Kopf gefallen war, gab launig zurück: „Auch so nichts sagende Monaden wie du sind mitunter für den Denkprozess wertvoll." Und damit ließ er den Amerikaner stehen, der nun zu seiner Klarinette griff und ihr swingartige Weisen entlockte. Derweil hielt Keuner die rechte Hand bereits dem nächsten Gast zur Begrüßung hin. Es war wieder ein alter Mann, der eine Flinte geschultert hatte und eine nicht minder alte Schildkröte an der Leine führte.

Wer war das?

„Das ist der Entwicklungshelfer des Menschen, den alle nur Bobby nennen", hieß es, „ein Naturphilosoph. Er sammelt alles, was nicht niet- und nagelfest ist. Steine, Fossilien, Pflanzen, Mineralien, Mumien. Er hat seine Schildkröte von den Galapagos-Inseln mitgebracht. Sie ist mittlerweile hundertzwanzig."

„Und was ist mit der Flinte?"

„Er ist ein passionierter Jäger, hat aber vor allem auf Finken und Menschen Jagd gemacht."

„Mit der Flinte auf Menschen Jagd gemacht?"

„Ach, Quatsch! Im übertragenen Sinn natürlich. Er geht den Spuren der Menschheitsgeschichte nach und fragt sich, welche Menschen sich in der Menschheitsgeschichte jeweils und warum durchsetzten."

Wer jetzt in die Ferne blickte, konnte einen hüpfenden Punkt wahrnehmen, der sich mit raschen Schritten dem Kloster näherte. Er tanzte die Tonleiter der so genannten Kritischen Theorie hinauf und hinunter. Allmählich war er in eine militärisch geordnete Schrittfolge verfallen, die so gar nicht zu seinem ausufernden Denken passte. Es sah jedenfalls lustig aus, wie er seine Beine wie ein Hampelmann von sich warf. Er blickte so ernst drein, dass man den Eindruck nicht loswurde, die Lebensfreude habe vor ihm Reißaus genommen. Von hinten kam ein kleiner wieselflinker Rotschopf auf ihn zugeschossen, der ihn als Teddie anrief. Der so Bezeichnete blieb stehen, drehte sich mit einem Blick, der Erstaunen und Befremden ausdrückte, um und wartete gleichgültig. Der Rotschopf stürmte mit ausgebreiteten Armen auf ihn zu, in der Absicht, ihn zu umarmen. Teddie machte sich steif und hielt seine ausgestreckten Arme abwehrend vor sich, was die Rote nicht daran hinderte, diese Barriere temperamentvoll zu durchbrechen und den Sträubenden zu umarmne und zu küssen. Teddie verzog das Gesicht. „Schön, dich endlich persönlich kennenzulernen", frohlockte die Rothaarige. „So, so", antwortete Teddie, „ich kann jedenfalls diese Freude nicht erwidern. Mit wem habe ich die Ehre? Ich wüsste nicht, dass wir uns kennen. Sind wir uns überhaupt schon irgendwann einmal begegnet? Ich wüsste nicht, wann", erwiderte er kühl. „Nein, wir kennen uns nur aus der Ferne", erwiderte die Rote. „Und wie fern ist diese Ferne?", fragte Teddie ärgerlich. „Es ist die theoretische Ferne", sagte sie. „Als ich während meines Studiums auf deine Schriften stieß, da war's um mich geschehen. Aber da warst du bereits drüben, in der anderen Welt. Deine exponierte Sprache, dein äquilibrierendes Denken, haben mich sofort in den Bann gezogen."

„Ich habe nie äquilibriert. Ganz im Gegenteil. Ich war immer darauf bedacht zu hinken. Ich war stets ein Jambus. Denn ich war mit mir immer im Ungleichgewicht. Das bringt mein Denken so mit sich. Kann es sein, dass Sie mich gar nicht verstanden haben? Oder mich mit einem meiner Schüler verwechseln?"

„Schon möglich, dass ich dich nicht ganz verstanden habe. Vielleicht nur .... Sagen wir – zu Dreiviertel."

„So, so! Zu Dreiviertel meinen Sie, mich verstanden zu haben. Einfach so. Dann kennen Sie mich ja besser als ich mich selbst kenne. Ich bin nie aus mir schlau geworden. Mit Dreiviertel wäre ich schon sehr zufrieden gewesen. Und überhaupt - wie kommen Sie darauf, mich, eine herausragende Persönlichkeit des öffentlichen Lebens, einen Gelehrten, der an der Sorbonne gelehrt hat, der in Harvard ein und aus ging, dem man in Princeton den roten Teppich ausgerollt und in Oxford den Doktortitel honoris causa verliehen hat, zu duzen? Ich verbitte mir diese plumpe Anbiederung, Lady!"

Damit beendete Teddie den Dialog brüsk und marschierte im Stechschritt, geometrische Haken schlagend, direkt aufs Kloster zu.

„Teddie wird Kluges, was sich im Weitläufigen verliert und schwer zu verstehen ist, von sich geben", warf einer der Keunerschüler ein, „und dabei immer ernst bleiben."

„Wer ist eigentlich dieser aufdringliche Rotschopf?", fragte einer.

„Ach die! Eine Playback-Frau. Sie versucht, Teddie und andere zu kopieren wie viele seiner Schüler vor ihr. Sie brüstet sich gern mit falschem Lorbeer."

Kaum war dieser vorlaute Satz verklungen, stand der Rotschopf mit in die Hüfte gestemmten Händen kampfeslustig vor ihrem Kritiker. Der erstarrte. Hatte der Rotschopf alles mitgekriegt? Völlig unbeeindruckt gab die Rothaarige dann wie ein Automat ihre Visitenkarte ab: „Ich bin die Doro Stachel. Mein Name ist Programm, will wider alle Stachel löcken. Will aufbegehren um jeden Preis." Ihre Litanei ging Schlag auf Schlag so weiter: „Sein oder Design, ist nicht meine Frage. Denn erst das Design macht aus dem Dasein wirklich ein Sein. Ich bin ein Kunstgeschöpf, mal Rap, mal Pop, mal hipp, mal hopp, vor allem Snob und stets salopp. Mein Haar ist rot nicht ohne Not, der Mode angepasst. Bin jung, modern, auch mediengeil. Sieg Heil! Errege Aufsehen um jeden Preis. Platze vor Ehrgeiz. Bin Titanin, dann wieder Sphinx, mal steh ich rechts, mal steh ich links. Mal geh ich geradeaus, bin immer mittendrin im Geschehen, doch am liebsten selbst das Zentrum. Stets in den Schlagzeilen. Mein Lebensmotto: Aut Cäsar, aut nihil, Genie sein oder Selbstmord begehen."

Wie kann man nur so dumm und Gomorrha sein, fragten sich die Umstehenden und taten etwas, was auf dem Symposium von nun an eine große Leidenschaft aller Teilnehmer werden sollte - sie schüttelten ihre Köpfe.

Eine: „Wenn die ihren kleinbürgerlichen Prinzessinnentraum der Selbstrettung so weiter träumt, wird sie wie Michael Jackson im Gesichtsverlust, in der Identitätslosigkeit enden." Der Rotschopf ließ die Erstaunten stehen und hüpfte wie ein vergnügtes Kind auf das Kloster zu, laut ausrufend: „Ach, wie froh bin ich, dass niemand weiß, wie ich mit richt'gem Namen heiß."

Weg war sie.

Inzwischen war ein matronenhaftes Wesen in langem, weitem Rock von einer unausprechlichen Farbigkeit auf der Bildfläche erschienen, die aussah wie die Verkörperung der unbefleckten Empfängnis. Man hatte den Eindruck, die Natur habe sich nicht lange bei der Ausgestaltung ihres Körpers aufgehalten. Dafür besaß sie einen markanten Kopf. Sie rief dem Rotschopf mit ausgebreiteten Armen etwas Unbestimmtes hinterher, was aber ohne Folgen blieb. Es hieß, sie sei die Gralshüterin des Feminismus. Unter ihrem linken Arm verbarg sie ein schmales, in rotes Leinen verpacktes Büchlein, das ein Lesebändchen enthielt, das, wie ein Insider versicherte, auf der Seite vierzehn eingelegt war. War's etwa ein Wagenbach-Bändchen? Und wenn ja, was für eines? Jedenfalls forderte der Band die Neugier der Teilnehmer heraus.

Man sagte der Feministin eine hohe Intelligenz, ein großes

kämpferisches Herz und ein dominantes Naturell nach. Einen Steinwurf nach ihr tauchte ein Mann mit Nickelbrille in schwarzem Gehrock und schwarzem Havelock auf, der in der linken Hand eine Fackel und in der rechten eine rote Zeitschrift trug. Schon von weitem schmetterte er seine Kaufaufforderung dem Kloster entgegen: „Die neueste Fackel. Kauft die neueste Fackel. Sie bringt Licht in die letzten Tage der Menschheit. Weit haben wir's gebracht. Die Aufklärung masturbiert. Der Fortschritt pfeift auf dem letzten Loch. Er macht bereits aus Menschenhaut Portemonnaies. Lest, wie die Dummheit bereits den Nordpol erreicht hat. Die Fackel. Sie bringt Licht in jedes Dunkel. Auch wenn's nichts nützt." Ihm auf den Fuß folgte ein Aufsehen erregendes Trio, bestehend aus zwei Männern, die einen Leiterwagen zogen, auf dem eine Frau im Hosenanzug mit Kurzhaarfrisur thronte, die dezent geschminkt war. Stehend hielt sie die Zügel in der einen, eine Peitsche in der anderen Hand. Der eine von den Männern, ein Schnauzbärtiger, trug eine altertümliche Uniform, einen Säbel und hatte eine Pickelhaube auf dem Kopf, auf der zu lesen war: Gott ist tot. Auf dem linken Arm trug er eine große Puppe. Der andere, ein mittelgroßer Kerl, trug einen mausgrauen Anzug mit Fliege. Die Kutscherin ließ immer wieder einmal eine Hetzpeitsche knallen.
„Wer sind diese denkwürdigen Drei?"
„Der mit der Puppe im Arm ist ein Muttersöhnchen. Ein armes Schwein."
„Muttersöhnchen?"
„Ja. Von Frauen malträtiert. Dazu Pastorensöhnchen."
„Das wird ja immer toller."
„Ein fröhlicher Wissenschaftler, der von sich selbst allerdings immer nur als von Dynamit spricht. Es ist also Vorsicht geboten."
„Fröhlicher Wissenschaftler? Damit kann ich nichts anfangen."
„Er denkt nicht wie die alten Philosophen mit hängendem Kopf in fest gefahrenen Bahnen. Kein System, meint er, sei in der

Lage, die ganze Wahrheit zu erfassen. Jedes System basiere auf bestimmten Prämissen, die beliebig seien und die nicht mehr hinterfragt würden. Daher sei eine neue, offene Denkmethode vonnöten, das furchtlose Experimentieren mit Aphorismen, wie er es nennt. Er hält sich gern in philosophisch ungesicherten Gebieten auf."

„Und wer ist der farblose Typ an seiner Seite?"

„Einer seiner Freunde. Ein unbedeutender Philosoph, nach dem heute kein Hahn mehr kräht."

„Und die flotte Domina mit der Peitsche? Wer ist die?"

„Eine prächtige Stute, nicht wahr? Alle sprechen von ihr nur als von der Lou. Eine interessante und kluge Frau, eine der ersten Feministinnen. Sie ist im Augenblick seine Geliebte."

„Wessen Geliebte?"

„Die vom fröhlichen Wissenschaftler."

Einer mit einer altertümlichen Perücke und einem französischen Akzent hielt den Kopf schief ins Gespräch und kommentierte süffisant: „Eh voilà, Deutschlands Grande Kokotte! Ich werde sie mir bei Gelegenheit vorknöpfen. Kaum dass ich sie sah, verspürte ich sofort ein vehementes Ziehen in der Gegend meines Bombardons." Und als wolle er anschaulich demonstrieren, was er gesagte hatte, fasste er an die diesbezügliche Stelle, lächelte zufrieden und fragte dann: „Hat nicht der Monsieur Rilke, dieser Schmachtlappen, der Lou einen Heiratsantrag gemacht?"

„Ja. Gleich mehrere. Er hat ihr seine Duineser Elegien nachts bei Kerzenschein nackt, im Stehen in ihrem Schlafzimmer vorgelesen. Sie war beeindruckt von der melancholischen Dichtung Rilkes, nicht aber von dessen Bombardon. Gleich dreimal hat sie ihm einen Korb gegeben. So kann es einem ergehen, wenn man nachts die eigenen Elegien einer schönen Frau vorträgt. Vielleicht wäre es ihm anders ergangen, wenn er in Anzug und Fliege mit Peitsche erschienen wäre."

„Da weiß man nicht, was man mehr bewundern soll, Rilkes

Ausdauer oder die Konsequenz des Weibes."

„Übrigens hat ihr auch unser dynamisches Pastorensöhnchen einen Heiratsantrag gemacht."

„Und?"

„Auch er ging baden. Trotz Dynamit. Mehr als seine Geliebte mochte sie nicht sein."

„Eine kolossales Weib."

Da meldete sich wieder der Rotschopf zu Wort: „Nein, eine starke, selbstbewusste Frau. Ein Vorbild. Wie ich. Sie hat sich aus freien Stücken für den großen Wiener Therapeuten auf die Couch gelegt. Herrlich, dieser Mut! Das hätte ich auch gemacht. Was wohl dabei herausgekommen wäre?"

„Wer weiß, für wen die sich sonst noch hingelegt hat", höhnte einer lachend.

Es war gerade keine Frau anwesend, die diesen Satz hätte kommentieren können.

„Gehört die Weiberentourage hinter dem Trio auch zum Dynamit?"

„Ja! Wo Hengste sind, da sammeln sich die Stuten!"

„Das hättest du wohl gern. Nix da! Die da ganz hinten, die wie eine Sphinx lächelt, ist seine Schwester, die ihn dirigiert, drangsaliert und sich in sein Werk einmischt."

„Und die anderen Weiber?"

„Die alten Schachteln? Das sind Familienmitglieder. Seine Mutter, seine Großmutter und seine zwei unverheirateten Tanten."

„Gleich mit fünf Weibern tanzt der hier an. Kann das denn gut gehen?"

„Nicht fünf. Sechs Weiber. Die Henry Lou gehört auch dazu. Ja, das liebe Leben lang gleich von mehreren Weibern malträtiert zu werden, das ist mehr, als Tantalos ertragen kann. Kein Wunder, dass der im Wahnsinn endete."

„Jetzt kann ich auch gut verstehen, dass so einer Phantasien von einem Übermenschen entwickelt. Eine Entlastungsphantasie."

Als die Entourage am Klostereingang Halt machte, erkannte

man, dass die große Puppe, die der Philosoph im Arm hielt, eine kitschige Jesusgestalt war, wie sie die Nazarener zu malen pflegten. Sie trug eine weiße Tunika, ein braunes Tuch war über die Schulter drapiert, und ein Strick um die Lenden gewickelt. Sie hielt eine leuchtende Laterne in der Hand. Das Gesicht sah nahöstlich aus, schwarzes Haar und schwarzer Backenbart. Der Philosoph, den der Leser längst als Nietzsche ausgemacht hat, drückte auf einen Knopf der Puppe und sofort erklang eine weiche Stimme: „Wo ist Gott? Wo ist er hin? Wo ist er geblieben? Er wird doch nicht, er wird doch nicht, er wird doch nicht gestorben sein?"

„Doch! Gott ist tot! Mausetot sogar!", antwortete eine andere tiefe Stimme.

Keuner stellte Nietzsche wegen seiner Frauen zur Rede, der Harem, den er mitgebracht habe, sei nicht eingeladen. Er gehe davon aus, dass er die Frauenzimmer umgehend wieder nach Hause schicke. Er denke nicht im Traum daran, antwortete Nietzsche grantig. Er könne nicht ohne sie sein.

„Ich bestehe aber mit Rücksicht auf die anderen Gäste darauf. Gleiches Recht für alle."

Nietzsche: Das stimmt nicht. Der Proust hat sich auch seinen hübschen jungen Taxifahrer mitgebracht. Und erst die Griechen. Nach kurzem Nachdenken lenkte Nietzsche ein: „Na, gut. Ich will ja nicht so sein. Aber wenigstens meine Schwester Elisabeth musst Du mir lassen. Die macht mir immer mein Bett, wenn ich wieder einmal einnässe."

Keuner: Ich lasse sie als deine Krankenschwester durchgehen. Damit war auch das erledigt.

In diesem Augenblick überholte sie ein Kuttenmann in der Aufmachung eines Zisterziensers raschen Schritts, der die Losung *Lumen Christi* murmelte, indem er nach oben, in den Himmel blickte. Er eilte, Keuner übersehend, sogleich ins Kloster. Alle die anderen zu erwähnen, die den Weg ins Kloster und zum Symposium fanden, würde zu weit führen.

„Wie sieht eigentlich der Tagesablauf aus? Gibt es schon eine vernünftige Tagesordnung?", frage Nietzsche Keuner unwillig. „Die habe ich bewusst noch offen gelassen", meinte Keuner. „Ich wollte sie demokratisch mit euch abstimmen." „Ich hätte da einen Vorschlag zu machen. Allein aus Gründen der Disziplin bin ich für einen festen Stundenplan, der strikt einzuhalten ist, so wie ich ihn als Alumne seinerzeit in Schulpforta erlebt habe. Sonst geht's ab in den Karzer. Wenn du gestattest." Ohne eine Antwort Keuners abzuwarten, leierte Nietzsche den Stundenplan auswendig herunter:

Tagesablauf

4.00 Wecken, Morgentoilette

5.00 Singen, Meditieren, Frühstücken

6.00-12.00 Vorträge und Diskussionen

12.00-14.00 Mittagessen, Ruhen oder Spazierengehen, Lesen

14.00-16.00 Vorträge und Diskussionen

16.00 Kaffee und Kuchen (vor allem Sachertorte mit Sahne)

16.30-19 Lektüre und Meditation

19.00-20.30 Abendessen, Spaziergang, Einzelgespräche

20.30 Abendgebet/klassische Musik

21.00 Bettruhe, erotische Träume

2.

Kaum hatte er das Wort „Bettruhe" ausgesprochen, tauchte wie auf ein geheimes Zeichen eine Frau auf, die bisher noch nicht in Erscheinung getreten war. Sie erregte sofort Nietzsches

Aufmerksamkeit, der vom Rabenmann, hinter dem sich niemand anderer verbarg als Allan Poe, wissen wollte, wer diese Zeitgenossin sei. Poe, das Ekel, verlor sich in bösen Allgemeinplätzen. Wie sie könne nur eine Lehrertochter aussehen. Sie habe einmal ohne großen Erfolg den Beruf der Journalistin erlernt, bei dem sie besser geblieben wäre, ehe sie, vermutlich aus reiner Verzweiflung, Krimischriftstellerin geworden sei. Sie schreibe, wie man eben als Journalistin so schreibe, fügte er mit einem schiefen Grinsen hinzu – Literatur in Eile. Psychothrillernde Krimis seien ihre Spezialität, auf die sie sich auch noch etwas einbilde. Sie halte alle Verbrecher für sympathische Psychopathen, denen sie sehr viel Verständnis entgegenbringe. Dann sei sie auch noch gegen die Todesstrafe und habe ein Faible für die Zweigeschlechtigkeit der Schnecken entwickelt. Er grinste stärker und fuhr fort, er könne sich auch vorstellen, warum. Das sagt doch alles über diese Schnepfe. Aber aus solchem Holz seien nun einmal die Menschen geschnitzt, die in unserer Gesellschaft auf den Schild gehoben würden, kommentierte jemand das Gesagte. Poe stimmte zu. Gleich dreimal habe man ihr den nach ihm benannten Krimipreis verliehen, dreimal eine Fehlentscheidung. Kein Wunder, wenn er selber nicht in der Jury habe sitzen dürfen, nur weil er das Zeitliche gesegnet habe, zürnte und nörgelte Poe, indem er seine Augenbrauen gefährlich hochzog, die aber sofort wieder der Schwerkraft erlagen. Aber da? Wer war das? Wer schlurfte da heran? Ein Mann in einem schweren, brokatenen, abgenutzten Morgenmantel, mit einem Barett auf dem Kopf, der Keuner keines Blickes würdigte und in seine Richtung eine herrische Kopfbewegung machte wie ein Schauspieler, der einen Heerführer darstellt. Im Vorbeigehen klagte er murmelnd: „Der Weltgeist ist mir entwischt. Wie konnte er mir das nur antun. Ich werde ihn enterben." Den Restsatz verschluckte der Wind, der gerade ging.

Der Schlurfende schüttelte den Kopf und ging schüttelnd weiter, so dass man schon befürchten musste, es könne sich ein Tick daraus entwickeln. Ihm entging, wie auf der gegenüberliegenden Seite ein weiß gewandetes und weiß geschminktes Gespenst vorüberschwebte. Wer unmittelbar in dessen Nähe war, konnte hören, wie es vor sich hinmurmelte:

> „In wen soll ich mich transferieren,
> mit wem mich freundlich arrangieren?"

„Wer ist dieser Kauz im Morgenmantel?", wurde Keuner gefragt. „Er hält sich für Deutschlands größten Metaphysiker und Philosophen. Er ist der Erfinder des absoluten Geistes und Vater des Weltgeistes. Ein weltliches Konkurrenzunternehmen zum himmlischen Konzern Gottes", antwortete Keuner.

Wie man das mit dem absoluten Geist denn zu verstehen habe, fragte ihn irgendwer.

Keuner: Wie ich ihn kenne, wird er uns das ungefragt irgendwann selber sagen. Aber Vorsicht! Er macht aus allem gleich eine Deklamation.

Warum er denn so geknickt gehe, wollte der Frager noch wissen.

Die Antwort fiel ins Wasser, da Keuner bereits damit beschäftigt war, seinem nächsten Gast die Hand hinzuhalten.

Aus dem Gästegewühl kam folgender kurzer Dialog: „Warum sind eigentlich so viele Krimiautorinnen und Krimiautoren hier?"

„Denk doch einmal nach. Da es auf diesem Symposium auch um das Verbrechen geht, schwirren diese hier herum wie die Schmeißfliegen ums Essen. Siehst du da die Elizabeth Georges, die Fred Vargas, die alte Dame Christie oder die Nestorin des deutschen Krimis."

In diesem Augenblick gesellte sich der untersetzte Grieche zu Keuner und beschwerte sich über Nietzsche, der zwar ein großgeistiger Deutscher sei. Doch sein Vorschlag, das Symposium in ein fest gefügtes Verlaufsschema zu pressen, lehne er als barbarisch entschieden ab. Auf so eine Idee, rieb er Keuner unter die Nase, könne nur ein Deutscher kommen, der die typisch deutsche Kasernenmentalität verinnerlicht habe. Ein solches Tagungskorsett tauge für einen Obrigkeitsstaat, nicht aber für einen Zirkel frei-schwebender Geister, die mit jedem Wort, das sie sagten, die Welt neu erfänden. Sollte dieser Vorschlag sich durchsetzen, werde er dem Symposion sofort den Rücken kehren. „Wenn jemand etwas von einem Symposium versteht, Philosmu Keuner", meinte er abschließend, „dann bin ich es. Ich habe das Gastmahl erfunden."

Wer widersprach sofort? Der schmächtige Grieche, der sich unbemerkt von hinten angeschlichen hatte: „Sag einmal, warum nimmst du schon wieder dein Maul so voll. Ich rufe die Götter zu Zeugen an: Ich bin der wahre Erfinder des Symposiums. Leider gab es damals noch kein Patentamt. Schämst du dich nicht, mir, deinem Lehrer, die Erfindung zu klauen und dich damit in der Weltgeschichte zu brüsten? In den Hades mit dir, du Risiko-Gen."

Der Untersetzte überging die Bemerkung seines Lehrers, verdrehte nur die Augen und deutete mit einer abschätzigen Handbewegung an, was er vom Geisteszustand seines Lehrers halte. Unbeeindruckt fuhr der Schmächtige fort: „Ich verlange von dir, dass du das große Nachdenken, zu dem du uns eingeladen hast, in die Tradition dieses griechischen Symposiums einbindest."

Keuner: Und was bedeutet das?

Der untersetzte und schmächtige Grieche antworteten unisono: „Das heißt zuallererst gutes Essen mit reichlichen Vorspeisen, mehrere Gänge, für die man sich Zeit lassen sollte. Zwischendurch großes Lästern über Kollegen. Nicht zu vergessen: mit großer Lust die Frauen verteufeln. Dann vorzügliche Weine. Jede Menge hübsche Jungs, versteht sich. Sollen sich von mir aus die Allzuvielen, die sich etwas darauf einbilden, normal zu sein, Mädchen an den Hals werfen. Ein Symposium ist nun einmal eine Feier für Gaumen, Herz, Geist und die Sinne, für die man sich Zeit lassen soll. Der Hedonismus, dem wir Griechen von altersher frönen, will zelebriert sein. Nur der beflügelt die Phantasie und löst die Fesseln der Vernunft. Und überwindet den Widerstand der Geliebten. Zwischendurch ein wenig Nachdenken nach guter, alter griechischer Sitte, wie es der liebe Peripatos vorgemacht hat - mit auf dem Rücken verschränkten Armen während des Gehens denken. Denn alles fließt bekanntlich. Aber – nicht zuviel davon. Zuviel Denken macht impotent."

Beide lachten ein langes und lautes Lachen.

In diesem Augenblick erscholl aus dem Off der laute Ruf: „Entregelung der Sinne! Befreiung der Schwänze und Mösen!" Wer diesen vulgären Imperativ ausgerufen hatte, blieb unklar. Einen Augenblick lang herrschte betroffene Stille, die von gelegentlichem leisem Kichern begleitet war. Poe nutzte diese unsichere Gemengelage für einen anderen Vorschlag, den er fulminant nannte. Er habe für seinen *Folio Club* einen Lesewettbewerb entworfen, bei dem jedes Clubmitglied eine selbst verfasste Geschichte vorzulesen habe. Der Gewinner dürfe die Runde das nächste Mal zu sich einladen. Der Verlierer hingegen müsse die Zeche zahlen. Er quittierte das Gesagte mit einem breiten amerikanischen Gelächter, das den Raben auf seiner Schulter veranlasste, wild mit den Flügeln zu schlagen. Das Krächzen schenkte er sich dieses Mal.

Das übernahm dafür Conan Doyle. Er schlug vor, das Essen mit einem klösterlichen Ritual, dem Vorlesen, zu begleiten, das er während seiner Internatserziehung bei den Jesuiten kennen und schätzen gelernt habe.

Sofort meldete der breitschultrige Grieche seinen Protest an und nannte das Vorlesen einen lächerlichen Mückenfurz. Nietzsche hieb in die gleiche Kerbe. Er qualifizierte das Vorle-

sen als ein Salbadern. Ein anderer deutscher Philosoph, der
große Welt- und Menschenverächter Schopenhauer, der natürlich nicht fehlen durfte auf einem so wichtigen Treffen,
verhöhnte das Vorlesen als ein Beschäftigungsritual für Kinder und Geistesschwache, das nur die Verdauung behindere
und ein Nachdenken unmöglich mache.

Keuner überging die Einlassungen kommentarlos, lobte das
Vorlesen hingegen als eine ideale, den gesamten Organismus
anregende Fördermaßnahme. Er berief sich auf wissenschaftliche Untersuchungen, ohne darauf näher einzugehen. Ihm
kam der Vorschlag Doyles deshalb zupass, da er ebenfalls
vorhatte, mit diesem Ritual das Symposium zu begleiten. Er
verband mit dieser didaktischen Maßnahme allerdings einen
Hintergedanken. Er wollte seine neuen Keunergeschichten
testen. Die Mehrheit der Geladenen schloss sich dem Vorschlag Keuners an, teils aus Höflichkeit, teils aus Langeweile,
teils aus Gleichgültigkeit, teils grundlos.

Selbst de Sade unterstützte Keuner, allerdings mit dem Vorbehalt, nur außergewöhnliche, skandalumwitterte Attraktionen,
die ein Dilemma enthielten, vorzutragen. Solche Geschichten
müssten wie Messer ins Bewusstsein schneiden und die Ge-
währ bieten, kontroverse Diskussionen in Gang zu bringen.

Eine kleine Moralfraktion um die Feministin lehnte den Vorschlag de Sades vehement ab und drohte mit dem Auszug. Es
kostete Keuner einige Mühe, die Gegner zu überzeugen.
Schließlich gelang es ihm aber, diesen Vorschlag durchzusetzen. Das Ansinnen, de Sade möge doch gleich selber mit dem
Vorlesen einer spektakulären Geschichte beginnen, wies dieser
aber entschieden von sich. Da das Vorlesen eine Klostertradition
sei und Keuner die Verantwortung für das Symposium übernommen habe, sei auch er dafür zuständig. Früher sei diese
Aufgabe vornehmlich den jungen Mönchsanwärtern zugefal-
len. Er nehme an, dass die Schüler, die Keuner mitgebracht
habe, diese Rolle übernehmen werden. Es gab weitere Vor-

schläge, die aber nicht zum Zuge kamen. Auch Nietzsches Stundenplanvorschlag fiel durch. Die Ablehnung traf ihn so sehr, dass er sich Mühe gab, einige Tränen zu vergießen, was ihm aber nicht gelang. Er beruhigte sich aber bald wieder, was dazu führte, dass er einen neuen Vorschlag unterbreitete, der die Gemüter erneut erhitzte. Er stellte nämlich den Antrag, die Symposiunssprache solle Latein sein, da die deutsche Sprache auf den Hund gekommen sei. Nietzsche machte seine Rechnung ohne die Griechen. „Wenn schon eine weltumspannende Kultursprache mit Niveau, dann aber, bitteschön, das Griechische", polterte der schmächtige Grieche los. „Das Griechische ist nicht nur älter als die lateinische Sprache, sondern auch schöner und klangvoller", meinte er. Die Mehrheit der Teilnehmer lächelte mild. Man tat die Vorschläge als das ab, was sie waren, – Spleens. Und so blieb es bei Deutsch als Tagungssprache. Keuner konnte nun wieder in das Geschehen eingreifen. Er verlas zunächst eine Grußadresse des Präsidenten der Republik.

Sehr geehrter Herr Keuner,
dem von Ihnen veranstalteten Symposium wünsche ich von Herzen eine frische Brise, die zu neuen Erkenntnissen führt. Mögen dabei für uns Politker ersprießliche Ergebnisse herauskommen, die wir dann sofort in die Praxis umsetzen können, ohne selbst nachdenken zu müssen.
Leider halten mich wichtige Pflichten davon ab, persönlich auf dem Sympsosium zu erscheinen. Denn zu sehr sind wir Politiker alle mit uns selbst, der Erhöhung unserer Diäten sowie insgesamt mit den Finanzen beschäftigt, so dass wir kaum Zeit für einen kleinen Seitensprung mit unseren Sekretärinnen finden, geschweige denn Zeit für das Volk haben. Was das Volk angeht, dessen Repräsentant ich bin, genügt es uns, dass das Volk uns wählt und damit legitimiert. Wir alle wissen, Geld regiert die Welt. Gerade ich, der ich mir

nicht zu fein war, mir vor der Präsidentenschaft in den Niede-
rungen des Geldes die Hände schmutzig zu machen, weiß am
besten, wie man im großen Stil Steuergelder versemmelt und
diese den untergangsgefährdeten Finanzunternehmen zugute
kommen lässt. Das ist kein Verbrechen, das ist eine systemische
Notwendigkeit. Denn Geld regiert die Welt. Ich erwarte von
Ihnen, lieber Herr Keuner, in diesen krisengeschüttelten Zei-
ten, Ihre volle Solidarität, nicht nur die halbe. In diesem
Zusammenhang meine herzliche Bitte an Sie, stellen Sie doch
auf dem Symposium deutlich heraus, dass Armut kein Man-
gel und erst recht kein Makel, sondern vielmehr eine große
Herausforderung ist. Das Gute an der Armut, sofern sie mas-
senhaft auftritt, besteht darin, dass sie endlich jene Gleich-
heit schafft, um die wir jahrhundertelang gekämpft haben.
Es ist schön und wohltuend zu wissen, dass es noch unabhän-
gige Wissenschaftler, Philosophen und Künstler gibt – das Wort
von den nützlichen Idioten mache ich mir nicht zu eigen, –
die alles tun, uns zu entlasten, indem sie Illusionen produzie-
ren, die das Volk von der Wahrheit ablenken. Bestärken wir
das Volk in diesem Glauben.
In diesem eingeschränkten Sinne wünsche ich mir, Ihnen und
allen Teilnehmern ein Gelingen dieses Symposiums. Halten
Sie die Umstürzler Nietzsche, Schopenhauer, Teddie und Brecht
im Zaum. Marx wurde ja bereits zu DDR-Zeiten in Schutzhaft
genommen. Um ihn brauchen wir uns also nicht mehr zu küm-
mern. Sollten die Symposiumsergebnisse mit den Interessen
des starken Staats kommensurabel sein, scheue ich mich nicht,
Ihre Unkosten für das Symposium aus meinem Portefeuille zu
begleichen. Darüber hinaus werde ich mich auch dafür ver-
wenden, dass alle Symposiumsteilnehmer eine Leibrente in
Höhe eines Ministergehalts erhalten.
Mit besten präsidialen Grüßen
Ihr Präsident

Während Keuner die letzten Sätze verlas, machte sich Nietzsche auf flinken Beinen, die man ihm nicht zugetraut hatte, auf und davon und war ruckzuck wiederum mit flinken Beinen, eine große Blechschüssel in der einen Hand und eine Flasche Brennspiritus in der anderen, zurück. Ehe Keuner sich's versah, hatte Nietzsche ihm die Grußadresse des Präsidenten aus der Hand gerissen, zerriss diese in tausend Fetzen, warf sie in die Metallschüssel, übergoss die Schnipsel mit dem Spiritus, zündete diesen an, bis eine Stichflamme unter dem Gejohle der Teilnehmer die präsidiale Grußadresse im Nu in Asche verwandelte. Anschließend stimmten die Teilnehmer die Marseillaise, die Deutschlandhymne und den freudigen Götterfunken an.

Welttag der Gefallenen

Die Stadt ehrt ihre Gefallenen der zwei Weltkriege:
2 Generäle, 4 Oberleutnants, 6 Leutnants, 8 Feldwebel und die Restmasse Soldaten.

Es sei an das brandgefährliche Schweigen erinnert, das die Rezitation zur Eröffnung des Symposiums ausgelöst hatte. Es war nur eine Frage der Zeit, bis das Feuer auch tatsächlich ausbrach. Öl wurde in die glimmende Glut noch zusätzlich durch ein freches, vulgäres Gelächter aus einigen Männerhälsen gegossen, eine Reaktion auf die Eingangserzählung. Proust fiel durch ein prustendes Lachen auf, de Sade durch ein sardonisches Gelächter, und das Lachen Nietzsches hüpfte unsicher hin und her. Lachte er orphisch? Lachte er olympisch? Leichter war die Einschätzung des übermütigen Lachens vom Stückeschreiber, das eher einem krächzenden, dünnen Gekicher glich, das er in den folgenden Kurzkommentar entließ: „Mein Baal ist, was die Ausgekochtheit angeht, dem Violence haushoch überlegen." Unbekümmert ging er daraufhin sofort wieder seiner Lieblingsbeschäftigung nach, der Lektüre einer Zeitung, die er wie stets von hinten, sozusagen gegen den Strich, zu lesen pflegte, in der festen Überzeugung, so dem Widersinn der Nachrichten rascher auf die Schliche zu kommen. Nach diesem vielfältigen Männerlachen entlud sich die geballte Kraft der mühsam eingedämmten Entrüstung, die einer irrlichternden Debatte den Weg wies, die an Heftigkeit nichts zu wünschen übrig ließ, immer wieder aus dem Ruder lief, und bei der es die feinen Sitten nicht immer leicht hatten.

Diejenige, die ihre schäumende Wut als Erste aus sich herausschrie, war die Gralshüterin des Feminismus, von der alle nur als von der Feministin sprachen. Sie nannte den Vorlesevortrag einen Skandal. Die widerwärtige Beschreibung einer Vergewaltigung sei eine Unverfrorenheit sondergleichen und eine Beleidigung aller Frauen. Sie verwahre sich mit aller Entschiedenheit gegen diesen pornografischen Beitrag und überlege sich, ob sie nicht aus Protest das Symposium verlassen solle. Es blieb bei der Überlegung. Sie verstehe auch gar nicht, wetterte sie weiter, was ein solcher Beitrag, der den Namen Literatur nicht verdiene, auf einem seriösen Symposium eigentlich solle. Eines solchen Beispiels hätte es gar nicht bedurft, um auf Verbrechen aufmerksam zu machen. Und so ging das weiter, mit viel Emphase und viel Schaum vor dem Mund.

Dass die Männer sie nicht mochten, war verständlich. Doch dass sie selbst bei ihren Schwestern aneckte, das stimmte schon nachdenklich. Nietzsche brachte seine Einschätzung der Frau auf den Nenner: Ihr gesamtes Bewusstsein sei mit dem Bazillus Frau versaut. Oscar Wilde spöttelte, er sei immer davon ausgegangen, dass das Faszinierendste an einer Frau deren Weiblichkeit sei. Was Voltaire ihr dann an den Kopf warf, war auch nicht gerade schmeichelhaft: „Du hättest dir wohl lieber eine schöne Ode mit Lorbeerkranz und Schleifchen gewünscht, in der das Hohe Lied der Frauen angestimmt wird. Aber in der modernen Literatur hat die Schönheit nun einmal keinen Platz mehr, meine Liebe. Sie muss provozieren angesichts des Zustandes der Welt, in der das Böse herrscht. Wer dieses Ärgernis erkannt und durchschaut hat, der muss sich zwangsläufig auf die Seite des Bösen schlagen. Und so gesehen, ist die vorgetragene Erzählung eine wunderbare Blume des Bösen."

Die Feministin konterte rasch und klug. Wenn die Welt schon, wie er sage, aus den Fugen geraten sei, müsse nicht zwangsläufig die Kunst auch gleich unmoralisch sein. Das sei eine zwanghafte Männerlogik, die die Frauen nicht nachvollziehen könnten.

De Sade: Bravo, mon citoyen Voltaire! Das war schneidig. Der hast du's aber gegeben. Ich will dir daher für heute nachsehen, dass du ein Parvenü bist. Die Türsteherin des deutschen Feminismus möchte ich zunächst fragen, wie sie dazu kommt, für alle Frauen zu sprechen? Kannst du ein Mandat nachweisen? Und dann möchte ich dir noch ans Herz legen, dich doch, sofern du dazu in der Lage bist, an die poetische Grundmelodie des Textes zu halten, die *dense et concise* ist. Darin walten Disziplin, Formwille, Phantasie und ein verblüffender Überschuss an Kraft. Doch zu einer literarischen Kostbarkeit allerersten Ranges wird die Geschichte erst durch ihren unversöhnlichen Ton. So gesehen ist die Erzählung einfach superb."

„Pervers ist es, die zynische Erniedrigung zweier unserer Schwestern durch die männlichen Propheten des Untergangs dicht und konzis zu nennen. Diese Geschichte ist ein Schlag in das Kontor der Moral", keifte die Feministin, „wogegen wir Frauen aufs Entschiedenste protestieren."

Karl Kraus, der Fackelträger, regte sich auf, moralische Urteile hätten in der Kunst nichts zu suchen. Die Kunst drücke nichts als nur sich selbst aus. Wo Kunst und Moral sich mischten, käme nur Kitsch heraus. Wer Moral in der Kunst reklamiere, gebe nur seine Ignoranz und Inkompetenz zu erkennen. Das war scharf.

Die Feministin hielt kurz inne, drehte ihren Kopf in die Runde und fragte dann, warum ihr denn niemand von den Schwestern beistehe. Als sie erkennen musste, dass sie in ein Schweigen hinein sprach, presste sie ihre Lippen zusammen und drosch dafür auf Keuner mit der Bemerkung ein, wenn es denn schon unbedingt eine Vergewaltigung hätte sein müssen, warum er dann nicht die Geschichte einer Vergewaltigung eines Mannes mit anschließender Kastration gewählt habe. Dann wären wenigstens die Frauen auf ihre Kosten gekommen.

Keuner reagierte wohlwollend: Jede Provokation diene dem Ziel der Entlarvung starrer Denkgewohnheiten und eingeschliffener Verhaltensmuster und rege die Wahrnehmung an. Nichts anderes sollte auch mit der eingangs erzählten Geschichte erreicht werden. Dann meldete sich Luzifer, der Leiter des bekannten, weltweit agierenden Werbeunternehmens PRO LÜGE zu Wort, der sich als schamloser Realist vorstellte. Er warf der Feministin Trägheit des Denkens vor und fragte sie spitz, wie sie überhaupt darauf komme, von einer Vergewaltigung zu sprechen. Dieser Vorwurf beweise nur, dass sie entweder nicht richtig zugehört oder aber den Text überhaupt nicht verstanden habe. Die Erzählung jedenfalls gäbe für ihre Unterstellung nichts her.

Der Streit ging nicht nur so weiter. Er eskalierte vielmehr nach allen Seiten hin und nahm auch an Heftigkeit zu. Für die immer wieder einmal anwesenden Medien ein gefundenes Fressen. Die berichteten denn auch süffisant über dieses Gepolter. In dem für seine ausgewogene Berichterstattung bekannten *Fröhlichen Sendboten* aus der Uckermark etwa konnte man im Feuilleton unter der Überschrift *Feministin in die Pfanne gehauen* Folgendes nachlesen:

Auf dem von dem Philosophen Keuner einberufenen Symposium, das der Einschätzung der aktuellen Weltlage gewidmet ist, und dem Zusammenhang von Verbrechen und Leben nachgehen will, kam es gleich zu Beginn der Tagung zu heftigen Auseinandersetzungen über eine zur Einstimmung vorgelesene Erzählung über die Verführung einer unschuldigen Frau, bei denen die Fetzen nur so flogen. Zu dem eigentlichen Eklat kam es, als die bekannte Gralshüterin des Feminismus sich gegen diese Schamlosigkeit vehement verwahrte und dem Ausrichter der Veranstaltung unmoralisches Verhalten vorwarf. In der danach einsetzenden Diskussion kam es zu heftigen Dissonanzen, Anfeindungen und gegenseitigen Beleidigungen. Die Männer fielen über die Frauen, die Frauen über die Männer und zugleich auch über sich selber her. Der eigentliche Hintergrund für diese Misshelligkeiten dürfte der Kampf um die Deutungshoheit des Feminismus gewesen sein.

Die Feministin wurde anschließend vor allem scharf für ihren Differenz-Feminismus attackiert, der, so ihre Kritikerinnen, den Frauen mehr geschadet als genützt habe. An persönlicher Schärfe nahmen die Angriffe zu, als die bekannte französische Schriftstellerin de Beauvoir der Feministin Ignoranz und Inkompetenz in Sachen Kunst sowie einen laxen Umgang mit der Wahrheit vorwarf. Die dermaßen in die Enge Getriebene gab zu bedenken, was die Wahrheit und die Moral angehe, habe sie zu „diesen Herrschaften" ein ganz entspanntes Verhältnis. Wahr und moralisch sei für sie alles, was der Sache der Frauen nütze. Der Zweck heilige die Mittel, das habe sie von den Jesuiten gelernt. Und sie fügte hinzu, schließlich betreibe sie mit ihrem feministischen Programm Machtpolitik. Die amerikanische Schriftstellerin Elizabeth George nannte die Feministin eine schlimme Dilettantin, die keine seriösen Veröffentlichungen nachweisen könne, die einer wissenschaftlichen Überprüfung standhalten würden. Sie tummle sich als selbstverliebte Journalistin in ihrer hauseigenen Postille. Als

George der Feministin vorschlug, sie möge sich doch einen Sklaven zulegen, der für sie das Denken übernehme, fiel die Feministin in eine kurze Ohnmacht, aus der sie aber wohlbehalten bald wieder erwachte. Kaum wieder bei Sinnen, warf sie George an den Kopf, sie habe wissenschaftliche Untersuchungen nicht nötig, schließlich kenne sie ihre Stärken, und ihre Stärken würden sie kennen. Diese Aussage kommentierte die bekannte Psychotherapeutin Lou Salomé mit den Worten, aber ihre Schwächen machten mit ihr, was sie wollten.

Dieser kleine Ausschnitt aus einer über Stunden sich hinziehenden, chaotischen Diskussion, in der ein Diskussionsleiter vermisst wurde, der Symposiumsleiter Keuner war sichtlich überfordert, mag zeigen, was von diesem Symposium zu halten ist, an das hohe Erwartungen geknüpft werden, wie auch die Grußadresse des Präsidenten der Republik erkennen ließ. Das Symposium dauert noch einige Tage. Wir werden laufend darüber berichten.

Aufruf!
Frauen!
Kauft nicht bei Männern!

3.

Ein gewisser Tugendwerth, der stets schlecht gekleidet, aber gut gelaunt und mit guten bürgerlichen Manieren ausgestattet war, versuchte immer wieder einmal, sich zum Mediator des Symposiums aufzuschwingen, da Keuner mit der Kommunikationssteuerung sehr lax umging, das hieß, dass er meistens gar nichts unternahm. Immer, wenn es daher während der

Dialoge einmal brenzlig wurde, die Spielregeln des fairen Dialogs verletzt wurden, spielte er sogleich den Sittenrichter, weshalb er sich mit der Feministin auch so gut verstand. Auch diesmal waltete er wieder seines selbst angemaßten Amtes und wies die streitenden Frauen mit strengen Worten in die Schranken: „Schande über euch!", rief er mit Emphase. „Jetzt drescht auch ihr Frauen auch noch aufeinander ein. Dank des euch nachgesagten Feingefühls und des ausgeprägten Sinns für Harmonie seid ihr von Natur aus dazu berufen, auf Tugend, Anstand und feine Umgangsformen zu achten. Von dieser hohen sozialen Verpflichtung, die euch im Rahmen des gesellschaftlichen Gesprächs auferlegt wurde, ist euch offenbar nichts mehr geblieben." Er schüttelte tieftraurig den Kopf: „Wie soll da der tiefe Ernst, wie die innere Ruhe für die Anstrengungen des langen Weges zur Wahrheit, die ein Symposium so nötig braucht, in die Diskussion einkehren? Immerhin handelt es sich hier doch mehrheitlich um ein akademisches Publikum mit einem hohen Frauenanteil. Ich möchte euch bitten, da Keuner" – er suchte ihn vergeblich im Saal – „ein glatter Ausfall ist, die Diskussion in aller Fairness wieder auf den Ausgangspunkt zurückzuführen, und das heißt, auf das das Symposium bestimmende Thema, die Dialektik von Leben und Verbrechen." Die meisten stellten die Ohren auf Durchzug, wenn er den Lehrmeister zu spielen suchte. Einzig die Feministin nickte eifrig. Sie hatte, in der Hoffnung, dass niemand ihr zusah, inzwischen ihr rotes Büchlein, das sie stets bei sich trug, wieder aufgeschlagen. Das Lesezeichen steckte immer noch zwischen Seite vierzehn und fünfzehn. Alle, die in ihrer Nähe saßen, reckten ihre Hälse, Nietzsche stand dazu sogar auf. Erfolglos. Alle waren schon sehr neugierig geworden, was das wohl für ein Buch sei, in dem die Feministin nicht weiterkam. Nietzsche sann über Mittel und Wege nach, ihr auf die Schliche zu kommen. Die Feministin hatte das Buch bereits zugeschlagen.

Der Stückeschreiber, der bislang still und unbemerkt über seinem Sudelbuch gesessen und darin eifrig geschrieben hatte, versuchte dem Gespräch einen neuen Impuls zu geben: „Ich verstehe gar nicht das Lamentieren über eine lächerliche literarische Provokation. Verhält es sich nicht so, dass das Leben die Kunst doch längst überholt hat?" Er habe, um seine These zu belegen, einige Kriminalfälle zusammengetragen. Dies sagend, blätterte er in seinem Sudelbuch, bis er auf eine bestimmte Seite stieß, die er gesucht hatte. Er sah Keuner grinsend an und fragte ihn, ob er etwa etwas dagegen habe, dass er aus seinen Chroniques Scandaleuses zum Beweis ein interessantes Beispiel vortrage. Diese Geschichte habe sich so zugetragen, wie er sie präsentieren werde, sagte er Augen zwinkernd. Wie sollte ausgerechnet Keuner, die Kopfgeburt des Stückeschreibers, diesem einen Wunsch ausschlagen? Und so begann der Stückeschreiber mit seiner brüchigen Stimme vorzutragen:

In Schweden wurde ein vierzehnjähriges Mädchen von einem Mann mehrfach vergewaltigt, das vorher hat mit ansehen müssen, wie seine Mutter von demselben Verbrecher erst vergewaltigt und dann in der Badewanne ertränkt wurde. Anschließend verabreichte der Verbrecher der unter Schock stehenden Vierzehnjährigen ein Betäubungsmittel und verging sich mehrmals an ihr, bis sie ohnmächtig wurde. Der Täter wurde gefasst und ihm wurde der Prozess gemacht. Er endete wie zu erwarten zwar hinter schwedischen Gardinen, und dem Opfer wurde auch ein Schmerzensgeld zugesprochen. Doch die Verteidigung des Täters ging sofort in Revision. Ihr schien die Schmerzensgeldforderung zu hoch. Der Fall wurde erneut verhandelt, mit dem Ergebnis, dass das erstinstanzliche Urteil aufgehoben und das Schmerzensgeld von umgerechnet 65.643 Euro auf 54.896 Euro herabgesetzt wurde. Als Begründung führte das Gericht an, das Opfer habe *nicht lange genug gelitten*. Der erhöhte Schadensersatz wäre nur dann gerechtfertigt gewesen, wenn ein *lang dauernder, grober sexueller Übergriff* vorgelegen hätte. Das aber sei nicht der Fall gewesen.

Schweigen. Kopfschütteln.

Lautes Umblättern des Stückeschreibers, der nach einer weiteren Skandalgeschichte suchte, sie schließlich fand und sogleich mit dem Hinweis rezitierte, der Fall habe sich ebenfalls in Schweden zugetragen, was vielleicht später ein Anlass für eine Diskussion sein könne:

In einer schwedischen Kleinstadt wurde eine Fünfzehnjährige von drei jungen Männern mehrfach vergewaltigt. Doch nur zwei wurden verurteilt. Den dritten Bösewicht hatte man, wenn auch erst in zweiter Instanz, freigesprochen. Der Richter begründete sein Urteil damit, das Mädchen sei betrunken gewesen und habe sich nicht genug gewehrt, so dass der Tatbestand der vollen Vergewaltigung nicht gegeben sei. Dem Mädchen wurden zwar umgerechnet zehntausend Euro Schmerzensgeld zugestanden. Doch der freigesprochene Vergewaltiger erhielt eine Haftentschädigung von umgerechnet dreißigtausend Euro.

Das Bedauern fand für die vorgetragenen Geschichten keine Stimme. Kein Kommentar von der Feministin, keiner von den anderen Frauen, keiner von Tugendwerth und schon gar keiner von den anderen Männern. Der Stückeschreiber blätterte und blätterte, als solle das Vorlesen so weitergehen.

Auch Nietzsche hielt sich erstaunlicherweise zurück. Er hatte nur Augen für seine Mozartkugeln, die eine nach der anderen in seinem Spundloch verschwanden. Er nahm sich dabei fortlaufend mit seinem Handy auf. Poe nahm gelangweilt einen Schluck aus seinem Flachmann. Proust war mit einer Asthmaattacke beschäftigt, lief rot an, griff hastig mit weit aufgerissenen Augen zu seinem Sprayfläschchen und sprühte sich seinen Mund ein. Christie war eifrig dabei, sich Tarotkarten zu legen. George war in die Poetik des Aristoteles vertieft.

Der schmächtige Grieche kraulte einem Jüngling das Haar, dessen rechtes Händchen sein Schüler streichelte. Da Schopenhauer gerade niemanden zum Schmusen und Tätscheln hatte, liebkoste er seinen Hund. So war jeder auf seine Weise mit irgendetwas zu Gange, was dem Symposium nicht bekam. Der Rotschopf schließlich protestierte zwar nicht, aber ergänzte das vom Stückeschreiber Gesagte mit dem Hinweis, er habe vergessen, auf die Kellerverliese, besondere Stätten der Vergewaltigung, hinzuweisen, für die Österreicher und Belgier ein besonderes Faible hätten.

Einzig der Handwerker, was der auf dem Symposium sollte, blieb vielen schleierhaft, der seine schwieligen Hände besah und an einer Wasserblase zupfte, ließ sich über die vorgetragenen Texte aus. Er verstehe nicht, brachte er spitzfindig hervor, was die vorgetragenen Geschichten sollten, ginge es doch darin um Vergewaltigungen, die doch, wie schon gesagt, mit der Erzählung von Violence und Limone nichts zu tun hätten. Der Stückeschreiber kanzelte ihn ab, er habe wohl nicht zugehört, als er von der Übermacht des wirklichen Lebens gesprochen habe, die die Kunst an Phantasie und stofflicher Ausgebufftheit längst übertroffen habe.

Cosmo Po-Lit, ein Weltbürger aus einem alten, italienischen Kaufmannsgeschlecht: Ich möchte, auch wenn es nicht genehm ist, noch einmal auf den moralischen Aspekt der vorgelesenen Geschichten zu sprechen kommen. Warum, so frage ich mich, schockieren ausgerechnet Gewalttaten, die an Kindern begangen werden, so sehr? Ich erkläre mir diesen starken Gefühlsausschlag damit, dass Kinder eine Chiffre für Unschuld und Schutzlosigkeit sind. Sie verkörpern Reinheit, auch Offenheit, die sie angreifbar machen. Schließlich werden sie noch als Sinnbild der Zukunft wahrgenommen. Aus allen diesen Gründen zusammen werden sie als ein besonders hohes moralisches Gut gefeiert. Das war aber keineswegs immer so. Ich erinnere nur an die Kindesaussetzungen, an die

Kinderarbeit oder an die arrangierten Kinderehen, die heute noch im Orient und in anderen finsteren Gegenden unseres Erdballs praktiziert werden.

Notruf

In Not geratene, allein erziehende Mutter versteigert ihre beiden Kinder, den achtjährigen Jörn und die vierjährige Theresa. Verhandlungsbasis 20.000 € je. Angebote unter …

„Ich finde die jämmerliche Bestürzung zum Kotzen, mit der im Allgemeinen die Gewalt, die jungen Menschen angetan wird, begleitet wird, die auch hier mehrfach angeklungen ist", echauffierte sich Krittler, dessen mit spitzer Feder geschriebene Glossen im *Amrumer Tagesanzeiger* zu Weltruhm gelangt waren. Diese Betroffenheitslyrik sei nicht nur abartig und lächerlich, sie sei auch höchst verwerflich, weil Ausdruck einer halbierten, ja, man müsse schon sagen, einer dekadenten Moral sei.

Das gefalle ihm sehr, strahlte Cosmo Po-Lit. Ob er das nicht etwas ausführlicher darlegen könne. Nichts leichter als das, erwiderte Krittler. Das Leben, das allgemein als der Güter höchstes in Ehren gehalten würde, sei ein universales Gut, somit unteilbar, auf das alle ohne Unterschied, ob Mann, ob Frau, ob Jung, ob Alt, ob Groß, ob Klein, ob Arm, ob Reich ein Anrecht hätten. Darum gäbe es keinen zureichenden philosophischen Grund, das Leben eines jungen Menschen höher einzuschätzen als das eines Alten.

Dieser Beitrag erhielt auf eigenwillige und höchst dissonante Weise durch ein Duo Zustimmung, das in der nördlichen Apsis des Klosters, die dem Hl. Märtyrer Sebastian geweiht war, auf sich aufmerksam machte. Melodiefetzen eines Klaviers drangen ins Refektorium und sorgten dafür, dass Unruhe entstand und viele der Versammelten dorthin eilten. Sie erlebten Nietzsche, wie er einem Flügel zusetzte, und Schopenhauer, der den Texten seine Stimme lieh und hin und wieder zur Flöte griff. Er war es auch, der um Aufmerksamkeit für eine Ballade bat, die Nietzsche und er ganz spontan verfasst hätten und die den malträtierten Kindern gewidmet sei. Nach einem kurzen musikalischen Anspiel begann Schopenhauer mit der rezitativischen Darbietung.

Man schlägt sie mit dem Schlüsselbund,
erst windelweich, dann blau und wund.
Mit Kleiderbügeln, andern Sachen
mit Kindern kann man es ja machen.
Pie Jesu Domine,
Dona eis requiem!
Amen

Man zerrt am Haar sie hin und her,
tritt in den Leib sie kreuz und quer,
bohrt Zigarettenstummel in Gesicht und Bauch,
beißt und tritt sie an allen Stellen auch.
Pie Jesu Domine,
Dona eis requiem!
Amen

Warum sie nicht als Punchingball benutzen?
Und ihrem Lieblingstier die Haare stutzen?
Das anschließend man wirft ins Klo
und runterspült, oh Jemine! Oh!
Pie Jesu Domine,
Dona eis requiem!
Amen

Man duscht sie heiß, man duscht sie kalt,
schickt auf den Balkon sie dann nackt mit Gewalt.
Sie kriegen nichts zu essen, nichts zu trinken,
man lässt sie verwahrlosen, bis sie stinken.
Pie Jesu Domine,
Dona eis requiem!
Amen

Mütter töten Kinder, manchmal neun an der Zahl,
sind verwirrt oder in Nöten, erleiden große Qual.
Wozu kommen Kinder dann aber auf die Welt,
wenn man sie, wenn sie da sind, wieder abbestellt?
Pie Domine,
Dona eis requiem!
Amen

Man vergewaltigt sie, bis vor Schmerz sie weinen.
Ins Backrohr mit ihnen, wenn sie einmal greinen.
Aus dem Fenster wirft man sie von sehr hoch oben.
Gott, warum gestattest du, dass Eltern so toben?
Pie Jesu Domine,
Dona eis requiem!
Amen

Ja, was macht der Gott? Er sieht gelangweilt zu,
dass die Menschen so sind, stört nicht seine Ruh.
Er sagt: Ihr habt die Freiheit, macht damit was ihr wollt,
ich erwart von euch nicht, dass ihr Dank mir zollt.
Dies irae, dies illa,
calamitatis et miseriae,
Libera nos de deo

Ohne auf den musikalischen Beitrag einzugehen, meinte de
Sade missmutig: „Ich ärgere mich schon die ganze Zeit darüber,

dass die Diskussion über die Eingangsgeschichte in ein völlig falsches Fahrwasser geraten ist. Es wird fortlaufend von einer Vergewaltigung gesprochen, die ich nirgends zu erkennen vermag. Tut mir Leid."

Ja, um was es dann darin seiner Meinung nach denn ginge, wollte die Feministin wissen und drohte ihm mit dem roten Büchlein, in dem sie immer noch nicht weitergekommen war.

De Sade: Dargestellt wird doch der Akt einer raffiniert arrangierten Verführung.

Als habe er auf dieses Stichwort gewartet, hieb nun auch Luzifer, der ein breites Grinsen aufgesetzt hatte, in die gleiche Kerbe. Er lobte Präzision und Geschicklichkeit des Protagonisten Violence, nannte dessen Verführungskunst eine logistische Glanzleistung, die jedem General zur Ehre gereichen und ihm einen Stern auf der Brust oder Achselklappe einbringen würde.

Von welcher Seite heftiger Protest kommen würde, war abzusehen.

Als die Feministin mit einem lauten „Oho!" Protest andeutete, fuhr ihr Proust, der sehr aufgewühlt schien, in die Parade. Er werde nicht zulassen, dass sie schon wieder ihr Schandmaul aufmache. Sie sei eine elende, bramarbasierende Scharfrichterin, die auf Kanonen vertraue, egal, ob sie geladen seien oder nicht. Dann rieb er ihr noch ihren fundamentalistischen Eifer unter die Nase. In der Gegenreformation hätte sie sicher eine gute Figur gemacht. Doch das größte Ärgernis sei ihre Ignoranz. Von ästhetischen Maßstäben habe sie keinen blassen Dunst, mische sich aber frech in literarische Diskussionen ein, indem sie ihre ästhetische Unbedarftheit durch moralische Entrüstung zu kompensieren versuche. Wenn es nach ihr ginge mit ihrem Pornographiefimmel, müsste die Hälfte aller Kunstwerke, allen voran das Alte Testament, verboten werden. Im Übrigen gäbe es keine Pornographie, gegen die sie ihr Leben lang angekämpft und sinnlos Energien vergeudet habe. Wohl aber gebe gute, ja sogar sehr gute oder schlechte, leider meistens sogar sehr schlechte erotische Darstellungen, maßregelte er sie abschließend, ehe Atemnot ihn zwang, seine hitzige Attacke zu beenden.

Warum die Feministin nicht gleich antwortete, blieb unklar. Jedenfalls sah Nietzsche eine Chance, mit einem Handzeichen, einen Redebeitrag anzukündigen. Vorher gab er sich noch schnell mit großer Leidenschaft und Akribie der Entsorgung von Essensresten hin, die sich hartnäckig in Bart, Mundwinkeln und auf der Kleidung festgekrallt hatten. Wie er sich gerade anschickte, sein gereinigtes Maul aufzumachen, sah Wilde ihn von der Seite scharf an, nannte ihn ein Ferkel und eine Zumutung für die erlesene Gesellschaft, woraufhin Nietzsche verlegen wie ein braver Bub sein halb geöffnetes Maul sofort wieder schloss, beleidigt auf seine Papierserviette blickte, diese sorgfältig nach einem geheimen Plan faltete, bis daraus ein Flugzeug geworden war, das er mit erstaunlichem Geschick Wilde an den Kopf warf. Von dort fiel es auf den Boden.

Als de Sade sah, dass die Diskussion eine solch sportliche Wendung nahm, sagte er sich: Das kann ich auch. Und da er gerade den Knochen eines Fasanenflügels abgenagt hatte, der gelangweilt am Tellerrand gelegen hatte, warf er diesen der Feministin an die Brust und folgende Worte hinterher: „Du Übermeisterin der Moral! Dir fehlt der Sinn für den Zauber der künstlichen Paradiese, die Kunstwerke und insbesondere Dichtungen darstellen. Und was die ausgeklügelte Erzählung angeht, die zu genießen du nicht in der Lage bist", nuschelte er kauend, schmatzend und grinsend, „so möchte ich dir sagen, dass die darin beschriebene Apotheose des Lasters in ihrer perfiden Genialität äußerst schmackhaft ist. In diesem Punkt gebe ich dem Luzifer vollkommen Recht."

Dann legte er eine Pause ein, hieb seine Zähne in ein weiteres Fleischstück und sagte, eifrig weiterkauend: „Die Eingangsgeschichte ist dermaßen maliziös, dass ich mir glatt vorstellen kann, sie stammte von mir. Aber ich kann mich und ich will mich auch im Augenblick gar nicht daran erinnern – Mon Dieu, ich werde alt! -, in welchem meiner Werke diese Apokalypse des Bösen hätte vorgekommen können. Ich habe so viel geschrieben, da verliert man schon einmal den Überblick." „Alles Plunder!", warf Voltaire abschätzig lachend ein. De Sade sah ihn strafend an, wischte sich am Tischtuch die Finger ab, trank mit geschlossenen Augen sein Glas Rotwein aus und offenbarte kichernd: „Ich will nicht verhehlen, dass ich so manches junge Ding flach gelegt und zu einem gefallenen Engel gemacht habe, wofür ich auch lange genug hinter Gitter kam. Freilich, unter Vorzugsbedingungen, wie es sich für einen Vertreter des hohen Adels gehört, dem anzugehören manchmal von großem Vorteil sein kann, was ich nur ganz nebenbei bemerken möchte. Noblesse oblige! Die meisten meiner Dichtungen verdanke ich übrigens dem Gefängnis. Das muss mir erst einmal einer nachmachen. Da gibt es kaum einen. Allenfalls Voltaire, der aber als ein Bürgerlicher mit einem angemaßten Adelstitel nicht ganz mithalten kann." Da sprang Wilde, der Dandy, auf: „Und in gewissen Grenzen auch ich. Ich bitte daher darum, von dir in den erlesenen Zirkel der Kerkerinsassen mit einbezogen zu werden." De Sade ließ sich auf Wilde nicht ein, fuhr vielmehr nachdenklich fort: „Sollte ich aber nicht der Verfasser der erwähnten Erzählung sein, dann sieht es so aus, als läge ein geniales Plagiat à la manière de Sade vor, und ich stünde vor einem reizvollen Problem. Wenn mir nämlich der vermaledeite Kerl, der mir das angetan hat oder hätte antun können, unter die Finger käme, ich glaube, ich würde ihn mit dem größten Vergnügen sofort kupieren." Er lachte böse, so dass man die Fleischreste in seinen Zahnlücken sehen konnte. „Wenn aber", ergänzte er spitzbübisch, „der Plagiator kein Er, sondern eine Sie ist, was dann? Eh, voilà! Dann säße ich in einer lustvollen Zwickmühle, die mir einige Rätsel aufgäbe!"

Sagte es und wandte sich wieder den Resten seines Fasans zu. Keuner kam nicht dazu, das Ritual des Vorlesens wieder durchzusetzen. Immer wieder, wenn er sich anschickte, eine seiner Schülerinnen oder einen seiner Schüler ins Vorlesegefecht zu schicken, kam ihm jemand mit einem Diskussionsbeitrag zuvor. Diesmal war es die Feministin: „So, so! Der Herr de Sade aus dem Hochadel! Die Darstellung einer Vergewaltigung ist für ihn ein künstliches Paradies. Das heißt, die Perversion auf die Spitze treiben. Paradiese, mein Herr Adliger, sehen anders aus. Paradiese sind zuallererst gewaltfreie Zonen."

Als sie den letzten Satz sagte, verdrehte sie die Augen so gewaltsam, dass alle dachten, sie falle gleich ins Koma.

Diese Augenbewegung deutete sich Luzifer als einen Wink des Schicksals: „Ich möchte das Hässliche als ästhetische Kategorie in die kritische Auseinandersetzung einführen. Jedes Verbrechen zählt per definitionem dazu. Allerdings verstehe ich das Hässliche als etwas Vorzügliches. Im Hässlichen äußert sich nämlich der Primat des Besonderen. Unter diesem Gesichtspunkt muss man die vorgetragene Erzählung als eine Kostbarkeit einschätzen."

Von verschiedenen Seiten kamen Beschwerden, man wolle in Ruhe das Essen genießen. Das Vorlesen gehe ja noch an, nicht aber Diskussionen, bei denen das Essen kalt werde. Alles half nichts. Die Feministin focht dies nicht an. Sie fragte laut: „Wo bin ich hingeraten? Spielen wir hier verkehrte Welt?"

Daraufhin konnte auch Teddie nicht mehr an sich halten. Er verwies auf seine Abhandlung über die Aufklärung, die er in seiner zurückhaltenden Art immer noch als das Standardwerk der Aufklärung schlechthin einschätzte, um dann auf Opferhandlungen zu sprechen zu kommen, die in diesem Werk eine kleine, aber gehaltvolle Rolle spielten. Er fixierte dabei den schmächtigen Griechen: „Unsere griechische Hebamme könnte jetzt auf die Idee kommen und fragen, was denn die geschilderte Verführung Limones mit einer Opferhandlung im

Namen der Götter zu tun habe." Doch der Schmächtige hatte
seinen Blick längst nach innen gekehrt. Er war über seinem
Teller eingeschlafen.

Teddie holte weiter aus: „Man schätzt das Geschehen um Limone nur dann richtig ein, wenn man den Verführungsakt als
eine Opferhandlung begreift."

Wie? Was? Nanu! Spinnt der jetzt?

Teddie nahm den Protest mit großem Vergnügen zur Kenntnis
und setzte mit großer Gelassenheit seinen Gedanken fort: „Alle
Opferhandlungen unterliegen, und das bestätigt auch der Fall
Limone, dem Tauschprinzip. Limone hat in eine, zugegebenermaßen für sie wenig vorteilhafte Abmachung eingewilligt.
Sie hat dem Tausch ihrer Unschuld gegen die Befreiung des
Vaters aus der Gefängnishaft zugestimmt. Anders formuliert:
Sie hat ihre Jungfräulichkeit, unterstellen wir einmal, dass dies
etwas Positives sei, verkauft. Sie hat ein in ihren und in den
gesellschaftlichen Augen hohes moralisches Gut gegen einen
Zweck eingetauscht und damit die Moral, ein zweckfreies Gut,
verraten, wenn nicht geopfert. Sie hatte die Freiheit, auch
anders zu handeln."

Die Aussage rief regen Protest hervor, was Teddie nicht hinderte, seinen Gedanken ruhig fortzusetzen: „Spätestens über
ihre erfahrene Mutter hätte Limone wissen müssen oder doch
wissen können, dass ein solches Tauschangebot wie das von
Violence eingefädelte eine geläufige List der Herrschenden ist,
was die Erzählung auch zu erkennen gibt. Aus dem Gesagten
erhellt, dass die Verführung im Opfer selbst involviert ist, in
ihm seinen Ursprung hat. Solche Betrugsmanöver hat es zuerst zwischen den Menschen und den Göttern gegeben, ich
erwähne nur Abraham. Später sind solche Tauschgeschäfte
auch unter den Menschen üblich geworden, wie der Groß-
meister der List, Odysseus, dies mehrfach vorexerziert hat."

„Was müssen wir Frauen uns hier von den Männern nicht
noch alles anhören", schimpfte die Feministin, „das ist Deka-

denz in höchster Potenz und heißt, den Zynismus auf die Spitze treiben und das Opfer nachträglich noch einmal verhöhnen. Ich bleibe bei der Vergewaltigung. Denn es stimmt nicht, was du uns hier auftischst. Zu einer Abmachung gehören immer noch gleichwertige und gleichberechtigte Partner, die aus freien Stücken einen Handel eingehen. Davon kann jedoch im vorliegenden Fall überhaupt nicht die Rede sein. Hier liegt keine Abmachung von Gleichen vor, sondern die extreme Form einer Unterwerfung, ein Gewaltakt der übelsten Sorte." Sie war mit sich sehr zufrieden, sah in die Runde und strich ihren Rock glatt.

Die Diskussion wäre mühelos so weitergegangen, hätte Proust nicht völlig überraschend und an der Diskussion vorbei Keuner zerstreut gefragt, ob denn alle Geladenen überhaupt satisfaktionsfähig wären. Was denn diese Ablenkung jetzt solle, wollte Beauvoir wissen. Man sei endlich einmal mitten drin in einer ernsthaften Diskussion. Er befürchte, erwiderte Proust ungnädig, dass die Diskussionen, wie man ja bereits gesehen hätte, sehr kontrovers und mit größter Heftigkeit geführt würden, so dass nicht auszuschließen sei, dass es irgendwann einmal zu physischen Attacken komme. Für solche Fälle müsse man gewappnet sein. Und in solchen Situationen würden sich die Franzosen, denen er sich mit Stolz zurechne, wahnsinnig gern duellieren, um die Luft zu reinigen. Aber das ginge eben nur auf gleicher Augenhöhe. Duelle seien nun einmal die vornehmste und aufregendste Form des Abenteuers, nur noch zu übertreffen vom russischen Roulette.

Voltaire, de Sade und Nietzsche stimmten Proust spontan mit Bravo-Rufen und Beifallklatschen zu.

Die Duellfrage machte Keuner ratlos. Er zuckte nur mit den Achseln, kratzte sich am Hinerkopf und meinte dann lakonisch, er vertraue auf den Anstand und die guten Manieren seiner Gäste.

Wenn er sich da mal nicht täusche, hielt ihm Proust entgegen.

Die von Poe arg gebeutelte Patricia Highsmith, die während der Diskussion ihre Fingernägel auf Halbmast gekaut hatte, begann nun auch, in das Gezeter einzustimmen. Sie sei schokkiert über den rüden Umgang untereinander, mehr noch aber die Ekel erregende Eingangsgeschichte. Besonders verwerflich sei, dass der Vergewaltigung in der Erzählung eine fast gottesdienstliche Bedeutung zugesprochen werde.

Da geriet de Sade in Harnisch: „Wie oft muss denn noch gesagt werden, dass die vorgetragene Erzählung keine Vergewaltigung, sondern den Akt einer glänzend inszenierten Verführung zum Inhalt hat, Madame. Nehmen Sie doch endlich diese feine Unterscheidung zur Kenntnis, sofern Ihr Verstand zu einer solchen Differenzierung in der Lage ist."

Highsmith geriet außer sich: „Auch ich insistiere auf der Vergewaltigung. Sie passt einfach besser in mein schlichtes philosophisches und moralisches Korsett. Für mich ist jede Verführung eine Vergewaltigung. Vielleicht liegt dies daran, dass ich niemals verführt wurde. Die Männer nehmen diese Unterscheidung nur vor, um die sexuelle Ausbeutung zu ästhetisieren und sie damit letztlich zu relativieren. Solche Sodom-Und-Gomorrha-Erzählungen hast du Scheusal, de Sade, wie man weiß, zuhauf zu Papier gebracht. Und insofern könnte diese unflätige Geschichte sehr gut zu dir passen. Es ist ja auch bezeichnend für deine sittliche Verwahrlosung, dass du während des Vorlesens auch noch mit großer Lust hast essen können."

De Sade erwiderte kaltsinnig: „Es schmeckt immer dann am besten, wenn die Sinne zum Bersten angespannt sind." Dann bombardierte er auch Highsmith mit kleinen Fasanenknochen, die diese, was ihr niemand zugetraut hatte, geschickt auffing und der Weltseele Atma zum Fraß vor die Füße vorwerfen wollte. Sie zielte zwar gut, traf aber schlecht. Die Knochen verfehlten ihr Ziel und landeten im Schoß von Nietzsche, der herzlich lachte, das Knochengeschenk lange ansah, es zunächst in seinem Schoß liegen ließ, was für Verblüffung sorgte. Nach einiger Zeit gab er die Knochen weiter, die dann noch öfter ihren Besitzer wechselten, ehe sie in irgendeiner Ecke des Refektoriums zur Ruhe kamen. Größerer Schaden war nicht entstanden. Aber die Stimmung war im Eimer. Wilde mokierte sich über die moralische Entrüstung der Highsmith und apostrophierte diese als den Heiligenschein der Scheinheiligen. Die Kunst habe nun einmal ihre eigene Moral.

„Nämlich keine", ergänzte de Sade, schallend lachend und blickte Highsmith höhnisch an, auf deren Stirn sich langsam eine Zornesfalte zu entfalten begann, der nun Zeit gelassen wird, sich voll zu entwickeln.

---

dpa-Meldungen des Tages

- Die Modefirma ESCADA will über die Töchter an deren reiche Mütter
- Volkswagen stößt zwei seiner Töchter ab
- Die Commerzbank verkauft ihre Tochter
COMMERZBANK SCHWEIZ an die Vontobel-Gruppe. Wir gratulieren zum Verkauf der Töchter.

4.

Für die Zeit nach dem Mittagessen war, so wollte es der Tagesablauf, eine Stunde Ruhezeit angesetzt. Für fünfzehn Uhr dann war eine kleine Klosterführung vorgesehen, die Keuner zusammen mit einem Zisterzienserpater namens Seraphicus vornahm, um die Geschichte des Klosters knapp, aber sehr anschaulich während des Rundgangs zu erläutern. Treffpunkt war das dreißig Meter lange Skriptorium mit dem mächtigen Kreuzrippengewölbe, auf das Keuner näher einging. Er wies

mit sparsamen Gesten darauf hin, dass diese Kreuzrippen-
konstruktion, Gewölbe durch gedrungene Rundpfeiler zu stützen, zur damaligen Zeit eine Neuerung in der Gewölbetechnik
bedeutet habe und zu den herausragenden Leistungen
zisterziensischer Baukunst zähle, wie das Skriptorium aufs
Schönste belege. Dieses sei früher die Werkstatt sowohl der
Maler- als auch der Schreibermönche gewesen, eine Tatsache, die den hohen Stellenwert belege, den der Orden der
Buchkunst beimaß. Dann führte er die Teilnehmer in den
Kapitelsaal, in welchem sich früher die Klostergemeinschaft
zur regelmäßigen Lesung einzelner Kapitel aus der Ordensre-
gel versammelte.

Kraus, der schon längere Zeit unruhig von einem Fuß auf den
anderen getreten war, fragte Keuner, ob er hier nicht, wo die
Akustik so hervorragend sei, einige Kapitel aus *Die letzten
Tage der Menschheit* vorlesen dürfe. Der Text passe vortrefflich zum Zustand der Welt im Großen und Kleinen. Keuner
vertröstete Kraus etwas unwirsch auf einen späteren Zeitpunkt, was Kraus mit Schmollen quittierte. Keuner führte dann
die Gruppe in eine Apsis, die aus mit größter Sorgfalt errich-
tetem fugenlosem Mauerwerk von gegeneinander versetzten
Steinquadern bestand. Er hob die Schlichtheit des Raumes
hervor, die dem radikalen Verzicht zisterziensischer Baukunst
auf eine aufwendige Ausstattung und der Abstimmung auf
den ganz auf Meditation ausgerichteten monastischen Lebens-
raum entspräche. Aus dem gleichen Grund sei beim Ausbau
der Klöster mit großer Sorgfalt auf die Akustik geachtet worden. Das Kloster sollte zugleich Wort- und Klangraum für die
Liturgie, die Lesungen sowie den einstimmigen Gesang der
Mönche sein. Sehr zu Recht habe man daher die Klöster der
Zisterzienser als Stein gewordene Sinfonien bezeichnet. Dann
holte er weiter aus.

Der Grundplan des Klosters basiere auf einer ursprünglich
basilikalen Gliederung, bestehend aus Mittelschiff und zwei

Seitenschiffen. Im Weitergehen lenkte Keuner dann die Aufmerksamkeit auf die rhythmische Fassadengliederung der Klosterfront durch sieben Fenster in zwei Reihen. In der Brunnenkapelle beim vierschaligen Brunnen mit dem bronzenen Kreuz als thronendem Abschluss, verwies er darauf, dass die Zisterne früher den Mönchen nicht nur als Trinkwasser- und Bewässerungsquelle für den Kräutergarten gedient habe. Vielmehr sei das Brunnenwasser auch zur Waschung vor und nach den Mahlzeiten sowie zur Haar- und Bartpflege genutzt worden, weshalb einige der Teilnehmer abschätzig Grimassen zogen. Von der Brunnenkapelle aus führte Keuner die Gruppe in den Kreuzgang, der sich mit einem reich profilierten Portal und zwei durch Spitzbögen überfangenen Doppelarkaden mit Doppelsäulen als Stützen zum Kreuzgarten hin öffnete. Hier ließ er anhalten und gab den Teilnehmern Gelegenheit, einen Blick in den sonnenbestrahlten Friedhof zu werfen, der ursprünglich ein Kräutergarten für Küchen- und Heilpflanzen gewesen sei. Erst sehr viel später habe man ihn zum Friedhof umfunktioniert, zuerst für die Mönche, dann die Laienbrüder, schließlich für andere Menschen, die in nachzisterziensischer Zeit im Kloster gelebt hätten. Dorthin führte Keuner seine Freunde und legte ihnen die Grabinschriften ans Herz, die sie in aller Ruhe genießen sollten.

„Normalerweise sind Friedhöfe einzigartige Sinnbilder der Lüge", ließ Keuner einfließen. „Doch dieser Friedhof bildet eine wohltuende Ausnahme weltweit, wie ihr gleich sehen werdet. Ein heiterer Friedhof."

Nun begann ein allgemeines, für viele mühsames Bücken, um den Grabinschriften nahezukommen. Brillen wurden auf- oder abgesetzt. Proust wurde um seine große Lupe beneidet, die er nicht aus der Hand gab. Es setzte nun ein eifriges Betrachten und Buchstabieren der zum Teil verwitterten Grabinschriften ein, von denen einige hier aufgeführt werden.

Hier schläft der Jüngling Vasile.
Er war sehr jung und auch sehr schön.
Doch zwanzig war'n selbst ihm zu viele,
das kann man gut verstehn.

Unser Klosterbruder Emanuel
Der hatte eine große Kehl.
Er trank sehr gern und soff zuviel,
Bis von allein ins Grab er fiel.

Hier ruht der Bruder Jesserer,
er war ein schlechter Tenorist.
Und lachte, weil er ein besserer
demnächst im Himmel oben ist.

Remigius sah stets herab
auf jeden von uns ohne Not.
Die Nase hoch fiel er ins Grab
war auf der Stelle mausetot.

Hier ruht unser Prior, Gott sei Dank!
Stets schlug er uns, denn er war krank.
Drum, lieber Wandrer, verschwind von hier,
sonst steht er auf und schlägt nach dir.

Es hatte nun Seraphicus, ein bärtiger Zisterzienserpater im
typischen Ordenshabit seinen Auftritt, der beim Reden gern
seine Arme ausbreitete, als wollte er sagen, kommt alle zu
mir, ihr in die Irre laufenden Schwestern und Brüder. „Was
die Prügel angeht", meinte er, als der Tross bei der letzten
Grabinschrift ankam, „benötigten wir Zisterzienser keine Prü-
gelknaben, die stellvertretend für den Thronnachfolger, den
Dauphin, dessen Prügel einstecken mussten. Bei uns herrsch-
ten sowohl die austeilende Gerechtigkeit als auch ein ausge-

prägter Sinn für Bestrafung. Jeder bekam, was er verdiente. Und das ist auch heute noch so. Ihr könnt davon ausgehen, dass bei uns viel und heftig gesündigt wurde."

„Und wie sah so ein Strafverfahren aus?", wollte de Sade wissen. Seraphicus nickte in winzigen Bewegungen wie eine asiatische Pagode und nickend verkündete er: „In der Kapitelversammlung wurden alle Mönche regelmäßig ermahnt, die benediktinischen Regeln ja auch einzuhalten. Kam es zu Verfehlungen, so gab es bei uns ein fein abgestuftes Bestrafungsritual. Der Delinquent musste zunächst aufstehen, vor die versammelte Mannschaft treten und seine Arme aus den Ärmeln der Kutte stecken. Dies war eine Demutsgeste, die die Bereitschaft andeutete, eine Bestrafung entgegenzunehmen. Der Sünder hatte dann öffentlich zu beichten, er habe gesündigt, er bitte um Vergebung und wolle die volle Strafe empfangen. Das geschah freiwillig. Das Sündenbekenntnis und die Bestrafungen waren für alle ein lustvolles Erlebnis, wie man sich vorstellen kann. Viele verstießen nur deshalb gegen die Gebote, um in den Genuss der Bestrafung zu kommen. Es gab ja keine Frauen." Er stutzte kurz. „Diese Bestrafungsrituale sorgten für Abwechslung in dem ansonsten trostlosen Klosterleben, das nur vom Beten und Arbeiten geprägt war. Außerdem herrschte das Schweigegebot. Lediglich eine halbe Stunde am Morgen im Kapitel und noch einmal eine halbe Stunde spätnachmittags durfte gesprochen werden. Und Fleisch gab es auch keines außer im Krankheitsfall. Das Miterleben der Bestrafung sorgte daher für ein großes Entzücken, bedeutete so etwas wie Lebensgenuss. Übrigens musste der Sünder für jede auch noch so kleinliche Übertretung um Vergebung bitten."

„Kannst du uns einige Strafrituale etwas genauer beschreiben?", fragte de Sade ganz aufgeregt. Während Seraphicus nun detailreich und lustvoll die Sanktionen beschrieb, machten sich die Frauen aus dem Staub.

„Gegen lässliche Sünden verhängte der Abt die Prügelstrafe. Anschließend musste der Delinquent während der Messe ausgestreckt auf dem Boden vor dem Altar liegen. Von den Zeremonien war er ebenso ausgeschlossen wie von der Tischgemeinschaft, was die meisten Sünder eher als Wohltat empfanden. Diese Sanktionen galten solange, bis der Abt einen Mönchsbruder zum Übeltäter schickte, der ihm ins Ohr flüstern musste: Du bist von deinen Sünden freigesprochen!"

„Und was geschah bei schwereren Vergehen?", fragte diesmal nicht de Sade, sondern ein Jemand.

„Bei schweren Sünden, zu denen vor allem unerlaubtes Reden, Masturbieren, Trunkenheit, aber auch Gespräche mit Frauen gehörten, musste der Schuldige zuerst einmal barfuß wie ein Aussätziger am Eingang des Kapitelsaals stehen, sein Skapulier und sein Cape zusammengefaltet unter seinem linken Arm haltend. Warum unter dem linken? Links deshalb, weil damals die linke Seite als Seite allen Übels galt, worunter auch die Frauen einbezogen waren. Großzügig waren wir schon immer. In der Rechten musste er ein Rutenbündel halten. Sobald jemand an ihn herantrat, musste er seine Kleidung ablegen, sich auf den Boden legen, mit dem Rutenbündel züchtigen lassen und um Vergebung bitten, bis der Abt das Zeichen zur Beendigung der Prügel gab. Danach durfte er sich zwar wieder anziehen, musste sich aber wieder auf dem Boden ausstrecken, bis ihm der Abt einen Ort abseits der Gemeinschaft zuwies, an dem er allerdings stehen musste. Auch von der Messe und den Stundengebeten war er ausgeschlossen. Mit verhülltem Gesicht musste er demütig an der Kirchentür stehen bleiben. Niemand durfte mit ihm Kontakt aufnehmen außer dem Sendboten, den der Abt zu ihm schickte, um ihn sein Reuebekenntnis sprechen zu lassen. Waren die Mönche von der Reue des Übeltäters überzeugt, baten sie in der Kapitelversammlung um Vergebung. Wurde diese erteilt, gab's erst noch einmal in der Kapitelversammlung heftige Prügel.

Danach musste sich der Sünder abermals niederwerfen und erneut um Vergebung winseln. Erst dann wurde er wieder in die Gemeinschaft aufgenommen. Aber nur mit eingeschränkten Rechten. Er erhielt zum Beispiel den schlechtesten Platz in der Kirche, im Refektorium und im Schlafsaal, war von der Kommunion ausgeschlossen, durfte nicht den Friedenskuss empfangen und wurde bei Lesungen übergangen. Dafür durfte er niedere Arbeiten ausführen, in der Küche aushelfen oder Fußwaschungen vornehmen. Doch damit nicht genug. Nach jeder Messe und Kapitelversammlung musste er erneut um Vergebung bitten, bis der Abt ihn letztmalig ermahnte und in seine alte Position einsetzte. Um zu zeigen, dass sie nicht nachtragend waren oder sich gar als etwas Besseres dünkten, hatten sich anschließend alle Brüder vor ihm zu verneigen." Seraphicus beendete seinen Vortrag mit der Bemerkung: „Soviel zu unserem Himmlischen Jerusalem, als welches jedes Kloster von uns angesehen wurde."

Nietzsche wandte sich an de Sade: „Warum machen wir das hier nicht auch? Wir kämen vermutlich rasch zu greifbaren Ergebnissen."

De Sade: Das wiederum halte ich für einen Aberglauben. Das Symposium würde nur länger dauern, weil jeder gern einmal drankommen wollte. Mit Ausnahme von Tugendwerth.

Danach zerstreute sich die Gruppe wieder, um die anderen Grabinschriften aus der Nähe in Augenschein zu nehmen.

In dieser Grube
Liegt ein Spitzbube.
Und gleich nebendran
Ein andrer reicher Mann.

In diesem kleinen Krater
ruht das Ekel, mein Vater.
Meine Mutter, die Schlampe, ist noch wach.

Hoffentlich folgt sie dem Vater bald nach.

Unter diesem Stein liegt Ines Bahr,
gestorben im Alter von vierzehn Jahr,
als sie schon zu gebrauchen war.

Für einen Politiker!
Die Erde hat seinen Leib.
Seine Schmiergelder ruhen in Liechtenstein.
Möge seine Seele in der Hölle schmoren.

Bitte leise auftreten!
Toter hat einen leichten Schlaf.
Er ist sehr schreckhaft
und zu allem fähig.

Im kalten Winter von 1920 sind hier
zwei Menschen und zwei Polen erfroren.
Mögen sie selig ruhen.

Kommuniqué der G-8-Staaten

Wir bekennen uns zu der gemeinsamen Verantwortung,
die CO-2-Emissionen und unsere Verantwortung bis 2050
zu halbieren.

Der Besuch des Klosterfriedhofs wurde nicht von allen als
Amusement wahrgenommen. Ein heiterer Friedhof? Wo hat's
das schon einmal gegeben? Highsmith schüttete ihr Herz aus,
nannte die Grabinschriften eine Beleidigung der Toten und eine
zum Himmel schreiende Blasphemie. Der Friedhofsbesuch
wäre der ernsten Sache des Symposiums nicht dienlich ge-

wesen. In dem Augenblick kam Poe, war's Zufall oder eine kriegerische List, aus der Tiefe des Raumes. Er war mit nur einem Schuh, dem der Schnürsenkel fehlte, einem abgerissenen Anzug und einem Popeline-Mantel bekleidet, den er verkehrt herum trug. Auf seiner Schulter allerdings hatte wie stets sein Rabe Platz genommen. Daran hatte sich nichts geändert. Als er bei der alten Dame vorbeikam, blieb er kurz stehen, hielt die Nase in die Luft, witterte wie ein Tier, hielt sich dann die Nase zu und belferte im Weitergehen mit Blick auf Highsmith: „Ach, die Highsmith, dieses Auslaufmodell. Was hat diese alte Fregatte hier eigentlich zu suchen? Die passt doch gar nicht zu dem intellektuellen Zirkel, der hier versammelt ist. Die beschäftigt sich in ihren lausigen Krimis ohnehin nur mit dem Seelenquark ihrer Opfer, anstatt sich darum zu kümmern, warum Opfer zu Opfern und Täter zu Tätern werden." Noch im Gehen sagte er die ganze Litanei von Schimpfwörtern für Frauen auf. In Highsmiths Gesicht schoss sofort das Blut, die Säfte konzentrierten sich in der Mundgegend und die Adern quollen auf. Sie wollte sich empört an Keuner wenden, der aber abwesend war. In Abwesenheit klagte sie ihn an und warf ihm vor, wie er nur habe darauf kommen können, diesen Vorstadtcasanova, der eine Minderjährige zur Frau genommen und schamlos ausgenutzt habe, überhaupt einzuladen. Einer wie er, der sich nicht zu benehmen wisse, sei auf diesem Symposium fehl am Platz, zumal in diesem verwahrlosten Zustand. „Ich fordere dich auf, Keuner", wandte sie sich an den Abwesenden, „diesem Lümmel einen Platzverweis zu erteilen. Und wenn er nicht geht, dann gehe ich." Tugendwerth pflichtete ihr bei. Er werde sich ihr aus Solidarität anschließen, auch wenn er sie für keine gute Schriftstellerin halte. Keuner war mittlerweile eingetroffen, vielleicht, weil der Lärm ihn angelockt hatte. Indes – er machte keine Anstalten einzugreifen, was Highsmith veranlasste, aufzustehen, um den Raum zu verlassen. Da bat Keuner sie mit ausgebreiteten Armen, sich zu beruhigen und dazubleiben. Mit ruhiger Stimme ließ er sie wissen, er lasse sich nicht gern erpressen, auch nicht von einer Frau. Für eine Intervention seinerseits sehe er keine Veranlassung, auch wenn er zugeben müsse, dass Poe nicht gerade ein pflegeleichter Zeitgenosse sei. Aber wer sei das hier schon? Das gelte auch für sie. Er gebe auch zu, dass Poe nicht über feine Sitten verfüge. Welcher Amerikaner verfüge schon über gute Manieren. Doch angesichts der Bedeutung, die Poe nun einmal für die moderne Literatur im Allgemeinen und die Kriminalliteratur im Besonderen habe, komme man um ihn nicht herum. Highsmith war nachdenklich geworden, jedenfalls blieb sie.

Es schien unpassend, dass ausgerechnet nach dieser Bemerkung Poes Rabe sein *Never, nevermore!* krächzte. Keuner bemühte sich weiter um Highsmith und versuchte sie mit den Worten zu trösten: „Vielleicht hilft es dir, wenn du dir einfach sagst, der Poe ist nicht bedeutend genug, um Feinde zu haben. Ist das nicht eine gute Strategie?" Highsmith schüttelte den Kopf. Sie gab sich unversöhnlich: „Das Mindeste", sagte sie und richtete sich dabei kerzengerade auf, „was ich erwarten kann, ist eine Entschuldigung."

„Ja, das Mindeste", stand ihr die Feministin bei. Poe setzte daraufhin ein Grinsen auf, das so widerlich war, dass davon jede Milch sauer geworden wäre. Passend zum Grinsen bewarf er Highsmith weiter mit Schmutz: „Seht euch diese Pforte des Jenseits an, sie will eine Entschuldigung von mir. Dass ich nicht lache. Hör mal, du alte Schachtel, ich rate dir, betrink dich so schnell wie möglich. Denn nüchtern bist du deiner fehlenden Schönheit wegen eine Schande für dein Geschlecht."

Highsmith blieb erst die Spucke weg. Dann gab sie sich der ältesten Leidenschaft der Frauen hin und weinte bittere Tränen des Zorns. Weinend verließ sie nun endgültig den Kampfplatz, der ihr keine Ehre eingebracht hatte.

Nietzsche verhöhnte die Weiber erst einmal gründlich. Sie seien ein einziger Störfaktor. Man solle sich durch sie nicht irritieren lassen, sondern wieder auf die Diskussion über die Erzählung zurückkommen.

„Was? Schonwieder? Es ist doch bereits alles dazu gesagt", echauffierte sich irgendwer.

„Ganz im Gegenteil", erwiderte Nietzsche. Er habe eine glänzende Erklärung für die Erzählung parat, die alles bisher Gesagte in den Schgatten stellen werde. Physische Übergriffe auf Schwächere wie die von Violence gezeigten, seien dazu erfunden, die christliche Sklavenmoral der Demut, die dem Menschen aufgezwungen wurde und für die Limone stehe, außer Kraft zu setzen. Violence, die Inkarnation der Bestie, führe lediglich vor, dass das Individuum seine Triebe hemmungslos ausagieren müsse, so wie er, Nietzsche, von sich sagen müsse, er sei der Anti-Esel par excellence, ein welthistorisches Untier. So gesehen, sei diese Parabel als Einstieg hervorragend geeignet. Danach widmete er sich seelenruhig seinen Bethmännchen, die er während seines Vortrags mit spitzen Fingern vorsichtig auf seine Zunge legte.

De Sade, in einer Crème brulée schwelgend, erwiderte: „Lieber Nietzsche, du liebenswertes, schnauzbärtiges Ferkel! So wie du liebe auch ich die extremen Botschaften des Fleisches. Ich stimme mit dir darin überein, dass der Mensch eine schöne, furchtbare Bestie ist, die nicht domestiziert werden will. Darum hat Violence auch meine volle Sympathie."

Wilde rückte die ästhetische Dimension der Erzählung in den Mittelpunkt. Über das Erzählen der Erzählung sollte gesprochen werden, über die brillante Erzählweise, die von einer raffinierten Einfachheit sei. Wie in einer Allee herrsche darin zunächst die geometrische Gradlinigkeit. Kein Umschweif. Kein Strich zuviel. Keiner zu wenig. Zielstrebig würde auf den dramatischen Coup hingearbeitet, und das auf eine unprätenziöse Weise, in kühler Distanz, bar jeglichen Pathos und jeder Anklage. Das allein schon sei ein Hochgenuss. Dann präparierte de Sade mit ausgebreiteten Armen seinen Auftritt, stand langsam dazu auf, blickte feldherrlich in die Runde, packte sein Argumentationsbesteck aus und begann die Erzählung auf seine Art zu sezieren. Literatur verdiene es nun einmal, hob er an, als wohl geordnetes und planmäßig durchdachtes Kunstwerk wahrgenommen zu werden. Er müsse dem englischen Dandy Recht geben, doch habe er nur die halbe Wahrheit erkannt. Er wolle die Aufmerksamkeit auf die Erzählstrategie richten und auf den ausgeklügelten Perspektivenwechsel. Was für eine abgefeimte, kalte Inszenierung doch dem Ganzen zugrundeliege, könne man an der Koinzidenz von höchster Lust auf Seiten des Verführers und der tiefsten Ernierdrigung auf Seiten der Verführten erkennen. Genial, wie just in diesem Augenblick der Vorhang aufginge und die Hinrichtungsszene freigebe. Einfach genial, sei dies! Moralisch programmierte Gemüter werden es zynisch nennen, aus ästhetischer Sicht jedenfalls wird man von einem dramaturgisch intelligent inszenierten Höhepunkt sprechen müssen, wenn der Verführer ausgerechnet in dem Augenblick mit größter Präzision das Ejakulat im Revers des Mädchens unterbringe, wenn dessen Vater hingerichtet werde. Wo habe man so etwas schon gesehen. Zu so einer Leistung bedarf es einer geradezu unmenschlichen Disziplin, eines hohen Grads an Konzentration und eines ausgeprägtern Sinns für Ästhetik. Des einen Freud, des andern Leid. Großartig! Diese Inszenierung bestätige grandios Teddies Opferritual. Limone habe blitzhaft-schmerzlich erkennen müssen, wie ihr Opfer, das sie für den Vater gebracht hatte, völlig umsonst war.

Ein Wehgeschrei setzte ein, in das Tugendwerth, Cosmo Po-Lit und die Feministin am lautesten einstimmten. Der Rotschopf interessanterweise nicht. Auch Lou war nicht dabei. Warum hielt sich auch Jungblut zurück, ein Vertreter der digitalen Bohème? Als irgendwer wieder die Moral ins Spiel bringen wollte, rief Wilde entschlossen: „Nein, nicht schon wieder. Das Kapitel hatten wir doch schon längst. Moralische Entrüstung ist doch nur unterdrückter Neid ..."

Nietzsche: „... und ein Produkt der Schwäche, der hilflose Versuch, sich an den Herrschenden zu rächen."

Lou spielte dann noch die psychoanalytische Karte aus, indem sie die Moral als eine bequeme Form der Schuldabweisung bezeichnete. Denn wer sich entrüste, müsse sich keine Schuld eingestehen.

Voltaire, nicht Keuner blieb es vorbehalten mit dem Blick auf seine Uhr die Diskussion zu beenden. Er könne das Gejaule über die Eingangserzählung nicht mehr hören. Es stünde Wichtigeres an - das Essen. Ein leerer Magen studiere nun einmal nicht gern. Sagte es und verschwand. Wilde lief ihm hinterher, um ihn, kaum dass er an seiner Seite war, zu fragen, ob er nicht auch meine, dass die Moral lediglich ein Produkt der Müdigkeit beziehungsweise der Ruhebedürftigkeit des Opfers sei? Wildes Pointierung ging unter in der turbulenten Aufbruchstimmung.

Menu-Plan des Tages

* Vorspeise: Kartoffelsuppe mit pürierter Cantaloup-Melone in Buttermilch, zu der eine auf einer Gabel aufgespießte Scheibe Parma-Schinken gereicht wird.
* Hauptgang: knusprig gebratene Taubenschenkel mit gebackenem Apfel an Calvadossauce
* Dessert: Kirschtomatensorbet mit Mango
* Weinempfehlung: Chatauneuf-du-Pape blanc
* Espresso, Mokka, Kaffee, Tee, Limonaden

Highsmith und Christie kamen zu spät zum Essen. Sie hatten

vorher in ihrer Zelle ihrer Wut erst einmal freien Lauf lassen müssen, zu sehr hatte Poe sie gedemütigt. Das Ergebnis ihrer Empörung war ein poetisches. Sie hatten sich für einen Fluch nach antikem Muster entschieden, wussten aber noch nicht, wohin damit. Vielleicht eine Art Thesenanschlag irgendwo an einer Klosterwand?

Verfluchung des Afterkinds Edgar Allan Poe

Hiermit verfluchen wir Edgar Allan Poe im Namen aller Götter und Ungötter. Wir rufen diese an, diesen Unhold fest zu bannen. Er soll zerrissen und zerteilt werden, die einzelnen Körperteile sollen festgenagelt werden: seine Augen, seine Zunge, seine Lippen, seine Kopfhaut, seine Haare, sein Gehirn, seine Nase, sein Gebiss, seine Backen, seine Hände, seine Arme, seine Schultern, sein Bauch, seine Eingeweide, seine Schenkel, Kniegelenke, Füße. Sein SCHWANZ soll zerstückelt und jedes Teil einzeln festgenagelt werden. Auch seine Einkünfte und Staatsanleihen sollen Schein für Schein aufgespießt werden. Nicht aber seine Schulden. Die sollen ihn weiterhin drücken. Auch seine Ohren sollen verschont werden, damit er alles Schamlose, das gegen ihn gerichtet ist, mit anhören muss. So sei es!

Highsmith/Christie

5.

Der nächste Tag begann mit großem Ungemach. Es regnete, es graupelte, es schneite, es schien die Sonne. Und es ging ein kalter Wind.

Keuner blickte ungeduldig auf seine Uhr. Für neun Uhr war die nächste Plenumssitzung anberaumt worden. Außer Nietzsche waren alle Teilnehmer pünktlich eingetroffen. Als ihn seine Schwester mit zwanzigminütiger Verspätung endlich ablieferte, stellte Keuner Nietzsche zur Rede. Warum er so erheblich verspätet sei. Schließlich sei er es doch gewesen, der sich für eine straffe Durchorganisierung des Tagesablaufs, strenge Disziplin und einen frühen Arbeitsbeginn stark gemacht habe. Nietzsche konterte ärgerlich, Ausnahmen müssten gestattet sein. Er habe sich sein ganzes Leben lang als eine Ausnahme gesehen und tue dies jetzt immer noch. Er benötige nun einmal zum Überleben seine täglichen Spaziergänge. Gerade auch morgens. Bewegung sei seine wichtigste Medizin noch vor den Süßigkeiten, die wenigstens vorübergehend hülfe, die unerträglichen Kopf- und Rheumaschmerzen zu ertragen. Im Übrigen verbiete er sich jegliche Kritik an seiner Person. Es genüge ihm, tagtäglich von seiner Schwester gerüffelt zu werden, die ihm wegen seines Lebenswandels laufend Vorhaltungen mache, ihn kujoniere, tadle, rüge, zurechtweise, geißle, um nur einige ihrer menschlichen Regungen zu nennen. Ob er weitermachen solle. Während er redete, grimassierte er heftig und zog aus der Innentasche seiner Joppe plötzlich eine Packung Zartbitterplättchen von Hachez, riss sie voller Ungeduld auf und machte sich gierig über sie her, indem er hastig Plättchen für Plättchen rasch ohne zu kauen im Mund verschwinden ließ. Er schmatzte laut und vernehmlich, so dass bald schon die Schokoladensoße seine Mundwinkel besetzt hatte.

Als Keuner ihn mit kritischem Blick von der Seite ansah, hielt Nietzsche ihm einen Vortrag über die belebende Wirkung der Schokolade. Sie schmecke nicht nur sehr gut, sondern sei auch sehr gesund. Der anregende Effekt sei dann besonders groß, wenn sie einen hohen Kakaogehalt aufweise und außerdem noch mit Grüntee versetzt werde. Schokolade steigere nachweislich die Konzentrationsfähigkeit, verhindere Magengeschwüre und schütze vor freien Radikalen, die für viele Krankheiten, auch Altersdemenz, verantwortlich seien. Insgesamt werde durch Schokolade die Lebenserwartung erhöht. Keuner hörte sich alles amüsiert an und provozierte Nietzsche mit der Frage, ob denn auch die politischen Radikalen durch Schokolade unschädlich gemacht würden. Er ließ Nietzsche keine Zeit für eine Antwort, schoss vielmehr die nächste Frage auf ihn ab. Ob denn überhaupt empirisch gesichert sei, was er da behaupte, wollte Keuner wissen. Sicher doch, erwiderte Nietzsche blitzschnell. Wenn auch nur bei Ratten. Dann sah er Keuner mit gespitzten Lippen triumphierend an und kam nun seinerseits einer Antwort Keuner zuvor. „Was für die Ratten gut ist", trompetete er, „kann für die Menschen ja wohl nicht schlecht sein. Schließlich sind Ratten die besseren Menschen." Als Keuner mit dem schokoladierenden Nietzsche in dem Tagungssaal erschien, der früher der Kapitelsaal gewesen war, mussten die Symposiumsteilnehmer schmunzeln. Keuner begab sich geradewegs an das steinerne Lesepult, das noch aus der ersten Hälfte des 13. Jahrhunderts stammte. Zwei runde Säulen, die durch einen steinernen Knoten zusammengehalten und dessen Kelchblockkapitelle mit floralen Mustern verziert waren, flankierten das Lesepult, das die Form eines halben Daches hatte. Auf der Rückseite befand sich eine Darstellung des Agnus Dei. Der Kapitelsaal, merkte Keuner an, habe seinen Namen von der täglichen Lesung eines Kapitels aus der Regel des Heiligen Benedikts durch den Abt oder einen seiner Stellvertreter erhalten. Kapitel hätten aber auch eine Predigt, Lesungen aus dem Martyrologium, die Verlesung der Namen der kürzlich Verstorbenen und der zum kollektiven Gedächtnis Anempfohlenen, die Bekanntgabe der Wochendienste, das Schuldkapitel, aber auch die Verlesung von Botschaften des Papstes, von Bischöfen, Äbten oder weltlichen Herrschern sein können. Auch organisatorische und finanzielle Dinge wären dort besprochen worden. Im Winter habe der Kapitelsaal nach den Vigilien auch als Lesesaal gedient. Keuner blickte erwartungsvoll in die Runde, ehe er sich an das Publikum wandte.

„Freundinnen und Freunde des kritischen Denkens! Ich habe euch zu diesem Symposion eingeladen, da die Güte im Lande wieder einmal schwächlich und die Bosheit an Kräften wieder einmal zugenommen hat, wie mein Lehrer die Situation bezeichnen würde. Für einige Tage haben wir vor den täglichen Verbrechen Reißaus genommen und uns in dieses selbst gewählte Exil zurückgezogen, um in der Abgeschiedenheit in aller Ruhe der Frage nachzugehen, wer denn an der Zerstörung von Mensch und Umwelt schuld sei, und wie ..."

Er musste innehalten. Kraus kam auf ihn zugeschossen und machte Anstalten, ihn vom Lesepult zu verdrängen. Keuner wehrte ihn vorsichtig ab, beugte sich aber zu ihm hinab, um zu erfahren, worum es gehe. Sie verhandelten kurz flüsternd miteinander. Dann erfuhr das Publikum, den Grund: „Unser Freund Karl Kraus bat mich, euch folgende Kurzbotschaft zur Einstimmung zu vermitteln, was ich hiermit tue: Das Leben besteht aus einer Kette von Verbrechen."

„Diese Banalität verkaufst du als einen Aphorismus? Das ist nicht einmal eine vorverdaute Weisheit", lästerte Schopenhauer.

„Ich werde dir Zucker geben. Gib acht: Es gibt nur einen angeborenen Irrtum – habe ich eines Nachts, als der Mond quer ins Zimmer schien und der Wein seinen Geist über mich gebreitet hatte, mit spitzer Feder zu Papier gebracht –, und das ist der folgende: Es ist ein Irrtum zu glauben, dass wir dazu da sind, um glücklich zu sein. Nun, was ist? Keine Reaktion?"

Und da er gerade so schön in Fahrt war, legte er gleich nach: „Die Welt ist eine Hölle, und die Menschen darin sind einerseits die gequälten Seelen, andererseits die Teufel. Was sagst du jetzt? "

Kraus murmelte irgendetwas, das sich wie Wiener Schmäh anhörte, aus dem keiner schlau wurde.

Da erhob sich Nietzsche und brüllte in den Saal: „Jede Geburt eines Menschen bedeutet ein Verbrechen."

Es entstand Unruhe, Keuner beschwichtigte die Gemüter. Das tat er auf seine Weise, indem er Kraus nicht lobte, Schopenhauer einen alten Skeptiker nannte, auf Nietzsche erst gar nicht einging, stattdessen ankündigte, er werde nun wie ausgemacht zur Einstimmung einige Texte vortragen lassen, die vor kurzem entstanden seien. Zuvor bat er das Publikum noch, es möge den Vorlesevortrag nicht unterbrechen und sich die kritischen Kommentare für später aufheben.

„Sind wir hier in einer Kaserne? Haben wir das nötig, uns hier von dir so schurigeln zu lassen? Wir reden, so wie uns der Mund gewachsen ist, wann und soviel wir nur wollen. Wir sind freie Geister", beschwerte sich Schopenhauer. Keuner hob beschwichtigend die Arme und sah Schopenhauer bittend an, woraufhin sein Hund Atma zu bellen anfing, was Poes Rabe zum Anlass nahm, dreimal zu krächzen. Dann endlich herrschte Ruhe. Keuner machte nun Platz für einen seiner Schüler, einen schmalbrüstigen Burschen mit korrekt gescheiteltem Haar, der seiner schönen Lippen und hohen Fistelstimme wegen sogleich für Aufsehen sorgte.

„Zwei noch junge, miteinander befreundete Männer", begann er, „die sich mit Alkohol in einem Wirtshaus heftig erheitert und bald in einen seligen Zustand manövriert hatten, schlossen, als auch noch der Übermut in sie gefahren war, eine Wette ab. Der eine der beiden mit etwas schwerfälligem Fleisch, Vater von vier Kindern, der finanziell stets in der Klemme war, forderte seinen Freund, einen Junggesellen, heraus, er sei für fünfhundert Euro bereit, sich seinen Penis in aller Öffentlichkeit abzuschneiden. Dabei lachte er ein schillerndes Lachen. Sein Freund stutzte erst, schüttelte den Kopf und lachte dann ebenfalls lauthals heraus, vermutlich, weil er die Wette für

einen Scherz hielt. Darum ließ er sich auch leichten Herzens mit einem Handschlag auf die Wette ein. Als der gute Mann die hübsche Bedienung unter einem Vorwand bat, ihm ein scharfes Küchenmesser zu bringen, mochte der Freund immer noch nicht daran denken, dass es dem Freund ernst sei. Als der jedoch das Messer entschlossen in die Hand nahm, sich erhob und, so flink es eben ging, auf den Tisch stieg, an dem er saß, wurde es dem Freund mulmig zumute. Es begann, still zu werden im Wirtshaus. Die Gäste waren neugierig geworden und sahen gespannt zu, was wohl passieren würde. Mit geübtem Griff lockerte der Mann seine Hose, zog diese und seine Unterhose aus und stand nun mit seinem nackten Leitfaden da, der beschämt zu Boden blickte. Blitzschnell fasste er nun sein ihm nutzlos dünkendes Glied, zog es mit geübtem Griff ein wenig in die Länge, und trennte es, ehe jemand auch nur daran denken konnte einzugreifen, mit einem gezielten Schnitt vor dem entsetzten Wirtshauspublikum von seinem Körper. Er besaß dabei allerdings noch so viel Witz, nach einer Plastiktüte zu rufen, die ihm auch rasch gereicht wurde, und in die er sein bluttriefendes Bockshorn verstaute. Als dies geschehen war, nahm der Selbstentmannte eine Auszeit. Er verdrehte die Augen, fiel schwer blutend erst auf den Tisch und dann auf den Fußboden, wo der Freund ihn wankend in Empfang nahm. Als Erste hatte die hübsche Bedienung die Facon wiedergewonnen. Sie forderte schreiend einen Unfallwagen an, der den penisfreien Mann ins Krankenhaus brachte, wo ihm die erstaunten Ärzte in einer dreistündigen Operation sein Unterscheidungsmerkmal wieder annähten. Als der gute Mann aus der Narkose erwachte, sagte der Chirurg mit einem mitfühlenden Lächeln zu ihm: ‚Das nächste Mal sollten sie aber die Wettsumme deutlich erhöhen, damit sie auch die Operation ganz aus eigener Tasche bezahlen können.'
Als die Geschichte zu Ende war, war eine bemerkenswerte

Synchronhandlung zu beobachten. Die männlichen Teilnehmer fassten sich vergewissernd an jene Stelle, wo ihre Kron-
juwelen aufbewahrt waren, und lächelten gequält. Auch die
Frauen lächelten. Doch aus einem anderen Grund. Ihr heiteres Lächeln galt dem verquälten Lächeln der Männer. Highsmith
traf den Nagel auf den Kopf, als sie lachend in die Runde rief:
"That was a punch below the belt!"
Während die Keunerschüler nun nach und nach weitere
Keunergeschichten rezitierten, konnten im Plenum sehr unterschiedliche Reaktionen wahrgenommen werden. Während
ein Großteil des Publikums aufmerksam zuhörte, langweilten
sich manche und gähnten um die Wette. Wieder andere verloren sich in Nebentätigkeiten. So unterhielt sich Teddie flüsternd, aber sehr angeregt mit Lou, wobei er sie mit verlieb-
ten Blicken ansah, während seine rechte Hand Besitz ergrei-
fend auf ihrem linken Oberschenkel lag. Die ihn eifrig be-
obachteten, fragten sich, ob er etwa einen sehr direkten Unter-
leibsdiskurs mit ihr führe, oder ob er ihr vielleicht mit dem
Leibnizschen Satz vom zureichenden Grund beweisen wolle,
dass nur er nach diesem Gesetz als ihr Liebhaber in Frage
käme. Jedenfalls hielten Teddies eifrige Bemühungen Lou nicht
davon ab, mit de Sade augenflüsternd Kontakt aufzunehmen,
der seinerseits nichts davon wissen wollte, da er seiner Lieblingsbeschäftigung nachging und dem Rotschopf schöne Augen machte, die gerade dabei war, neues Rouge aufzulegen.
Nietzsche, Opfer seiner oralen Regression, lutschte derweil
heftig an einem roten Lollipop, als hinge er an einer geizigen
Brustwarze, die sich weigere, die Muttermilch herzugeben.
Nebenbei verschickte er SMS-Botschaften. Der untersetzte
Grieche hatte sich zu de Sade gebeugt und fragte ihn leise,
wer er sei und ob er sich in philosophischen Dingen auskenne
und ihm vielleicht raten könne, mit welchem nichts sagenden,
aber griffigen Slogan er seine eingeborenen Ideen bewerben
könne. Der schmächtige Grieche wiederum zog Voltaire ins

Vertrauen und wollte von ihm wissen, ob er ihm mit einem extravaganten Motto aushelfen könne, mit dem er den Bekanntheitsgrad seiner Hebammen-Philosophie in der Öffentlichkeit erhöhen könne. Ihm komme sein alter Erfahrungssatz doch sehr dürftig vor, und er wisse nicht, ob der überhaupt noch von jungen Menschen verstanden werde. Er versuche sich zwar lebhaft vorzustellen, wie sich wohl ein deutscher PISA-geschädigter Schüler verhalten würde. Aber er wisse keine Antwort.

Voltaire musste nicht lange überlegen. Der erwähnte Schüler könne wahrscheinlich mehr mit der coolen Devise *Ich weiß zwar nichts, kann aber dafür alles!* etwas anfangen. So würden es jedenfalls die Politiker halten.

Poe versuchte Sudokus zu lösen.

Der Handwerker hatte mit der vorgelesenen Geschichte so seine Probleme. Er wollte wissen, was denn die Penis-Geschichte mit dem Symposiumsthema, der Frage nach dem Sinn des Lebens etwa oder dem Verbrechen zu tun habe. Außerdem sei der beschriebene Fall doch so krass und einmalig, dass er nicht verallgemeinert werden könne.

Wo er denn seine Augen habe, fragte Schopenhauer den Handwerker spitz. Er brauche doch nur täglich einen Blick in die Medien zu werfen, um dahinter zu kommen, dass die geschilderte Geschichte eben keine Ausnahme, vielmehr ein Sinnbild für den verwahrlosten Zustand der Gesellschaft sei.

Sich dann an alle wendend: „Jetzt versteht ihr vielleicht besser, weshalb einer wie ich ein Pessimist wurde."

Voltaire fragte Schopenhauer hinterhältig, ob es sich nicht eher so verhalte, dass er nur deshalb ein Pessimist geworden sei, weil die Optimisten überhand genommen hätten?

Schopenhauer erwiderte: „Nein, aber weil sie sich falsche Hoffnungen machen. Im Übrigen sind nur intelligente Menschen Pessimisten."

Hegel hatte aus unerfindlichen Gründen bis jetzt noch nichts

gesagt. Er hatte für ein großes Hallo gesorgt, da er in einem zwar etwas heruntergekommenen Paradekürass mit Armzeug und weißer hundertlockiger Allongeperücke erschienen war. Unter dem Brustharnisch trug er einen grünen Samtrock mit Silberstickereien an Stulpen und Aufschlägen, desgleichen an der gleichfarbigen Weste darunter. Auch diese Kleidungsstücke hatten schon bessere Tage gesehen. Ein weißes Seidentuch war elegant um seinen Hals drapiert. Schräg über den Oberkörper verlief das blaue Band des dänischen Elefantenordens, das einen linksseitig angebrachten Bruststern überdeckte. Die linke Seite war nach Herrschermanier reserviert für einen Degen, der von einer rostroten Feldbinde umschlungen war. Zur Montur gehörten noch die schwarzen, eng anliegenden Stulpenstiefel. Mit der linken Hand stützte sich Hegel auf einen Kommandostab, den er, als alle Blicke auf ihn gerichtet waren, in die Hand nahm und waagerecht ins Publikum hielt, womit er seine Rede eröffnete und dabei heftig stoiberte: „Ich, äh, der Primus unter den Primaten, äh, der Pontifex Maximus, äh, das Lumen Mundi, nehme mir, ohne zu fragen, beherzt die Freiheit heraus, äh …"
Jungblut: Na, wird's heute noch was?
„… das Wort zu ergreifen, das herzugeben, äh, ich, äh, so schnell nicht bereit bin, wenn überhaupt." Er war mit einem großen grauen Tonkrug, seinem Intimus, wie er ihn zu nennen pflegte, und einem Tonbecher, erschienen. Diesen pflegte er von Zeit zu Zeit immer wieder einmal zu füllen, wie dies auch jetzt geschah. Nachdem der Becher voll war, nahm er einen so großen Schluck, dass schon zu befürchten stand, er trinke den Becher aus. „Um zu verstehen, ob denn, äh, am Leben überhaupt etwas dran ist, und wenn ja, was, äh, muss ich weit, weit ausholen. Ich tue dies mithilfe eines Rätsels."
Das Publikum war neugierig geworden und blickte Hegel gespannt an: „Ich bin, der ich bin. Bin geworden. War einmal. Ward. Bin nur im Werden." Und dann skandierte er:

Du im Ich. Und Ich im Du.
Ich und Du und Müllers Kuh.
Wir im Ich. Und Wir im Ihr.
Ich und Du im Wir. Im Nu.
Tandaradei! Tandaradei!
Eins-zwei-drei-vier-fünf-sechs-sieben.
Sieben-sechs-fünf-vier-drei-zwei ...

Aber: Zwei-drei-vier-fünf-sechs-sieben-acht ... Nun, äh, was ist es?"
Er musste lachen.
Handwerker: Ich, der Vertreter des gesunden Menschenverstandes, mit dem Talent, die Dinge zu sehen, wie sie sind, ...
Hegel: ... ohne ein Bewusstsein darüber zu haben ...
Handwerker: ... und die Dinge zu tun, wie sie getan werden müssen, kann nur sagen, wenn ich dich so reden höre: Oh, Elend der Philosophie. Welch eine Verwirrung der geistigen Infrastruktur! Und überhaupt: Was soll das alberne Rätsel mit dem Leben zu tun haben? Das kann man doch alles einfacher und direkter sagen.
Christie: Ja, was soll dieses gespreizte Gerede? Ist's Tiefsinn, Leichtsinn oder Unsinn?
Nietzsche: Es lebe die Anarchie!
Jungblut: Sollen wir hier am Narrenseil herumgeführt werden?
Feministin: Auch ich verstehe nicht, worauf das Ganze hinausläuft. Ich vermisse in diesem Wortmüll vor allem die Dimension der Frauen.
Nietzsche: Wunderbar, Hegel! Ihr armen Irren begreift nicht! Was für ein tiefgründiges Impromptu. Welch eine vortreffliche Umschreibung ist doch das Rätsel für das Leben als bewegtes Ganzes, dieses ewige Stirb und Werde. Entwicklung als Lebensprinzip. Herrlich und nochmals wunderbar.
Handwerker: Das kann man doch aber ganz einfach ausdrük-

ken, dass jeder gleich auf Anhieb versteht, auch der Mann der gelenkigen Hand, was gemeint ist.

Inzwischen hatte Hegel wie ein Prophet seine Arme ausgebreitet und verkündete feierlich: „La philosophie - c'est moi! Die Fama eilt voraus mir, der Welt größter, mehr noch der Welt einziger wahrer Denker zu sein. Ich nehme dies gern zur Kenntnis."

Er nahm wieder einen Schluck, der diesmal klein war, und verblüffte dann mit der uneitlen Selbsteinschätzung: „War nicht ich es, der die Metaphysik durch Schweiß treibendes Nachdenken in Schwindel erregende Höhen getrieben hat, gegen die der Kilimandscharo ein mickriges Häuflein Flohscheiße ist?" Dann setzte er ein frisches Lächeln auf und meinte: „So wie im Wahren das Unwahre, im Goethe der Mephisto, aber auch der Faust stecken, im Keuner der Stückeschreiber und im Stückeschreiber der Keuner, so steckt im Hegel der Marx und im Marx der Hegel und im Teddie ..." Er hielt inne: „Bei Teddie habe ich so meine Probleme, ob bei dem meine Dialektik noch funktioniert."

Er musste lachen. Teddie zog einen Flunsch und meinte beleidigt: „Immerhin war doch ich es, der deiner Negation, dieser höchst erquickenden Zerstörung, die die Entwicklung antreibt und weiterführt, als Triebkraft deiner Dialektik zu Weltruhm verholfen hat. Allerdings sehe ich das Ende anders als du. Dein versöhnliches Ende missfällt mir. Und die Wirklichkeit gibt mir Recht. Das Negative siegt."

Hegel: Du wagst es, an meiner Dialektik herumzumäkeln? Kann es sein, dass du sie nicht wirklich verstanden hast? Dabei ist doch alles bei mir, auch die Negation, nur ein Durchgangsmoment in einem immer währenden Prozess. Alles ist erst Knospe, ...

Jungblut: ...dann Blüte, ...

Rotschopf: ...dann Frucht, ...

Keunerschüler: ...und dann das Ganze vice versa.

Hegel stutzte, aber nicht, um auf das Gesagte einzugehen. Dann fasste er sich an die Stirn und fand dann wohl auch das, was er gesucht hatte: „Ach, ja! Ich wollte noch einmal in vereinfachter Form versuchen, unserem Handwerker die Dialektik zu erklären, die auf Gegensätzen und Widersprüchen aufbaut. Drum, lieber Handwerker, höre jetzt genau zu:

Hell und Dunkel, Groß und Klein,
Gut und Böse, Nichts und Sein,
Stuhl und Tisch und Huhn und Fisch,
Kalt und Warm und Reich und Arm.
Herr und Knecht, so ist es recht.
Fehlt etwas? Ach, ja, genau!
Der Gegensatz von Mann und Frau.

Er wollte sich brüsten und streckte sich, was er nicht hätte tun sollen. Es bekam ihm nicht. Es knackte verdächtig, und Hegel blieb mit Schmerz verzerrtem Gesicht gebeugt stehen. Das hatte er davon, dass er beim Reden stand. Er fand ein wenig Trost bei seinem Most.

Tugendwerth: Wie kann man nur so von der Eitelkeit beherrscht sein? Wer so eitel ist, wirkt unglaubwürdig. Eitelkeit ist Mangel an Stolz.

Handwerker: Müssen wir uns diesen abgehobenen Scheiß hier anhören? Haben wir das nötig? Keuner, gib ihm eins auf die Semmel!

Jungblut: Ich vermisse hier die ruhige Hand, die der vormalige Bundeskanzler mit den vielen gescheiterten Frauen besaß, um die Diskussion in geordnete Bahnen zu lenken und Wellnessredner wie den Hegel in die Schranken zu weisen. So bin ich das von unserem weltweit agierenden Konzern gewöhnt, der jedes Jahr mit immer weniger Personal auch in Krisenzeiten zweistellig wächst. Disziplin ist alles. Disziplin bringt Geld.

Nietzsche: Geld, aber nicht unbedingt Disziplin, du junges Blut! Was machst du mit deiner Disziplin, wenn du Dünnschiss hast?

Er lachte ein feuchtes Lachen und fuhr dann fort: „Die Disziplin taugt nicht für Genies wie unsereiner. Die Disziplin ist etwas für kleine Lichter wie dich, denen der große Elan des Denkens und das Schwungrad der Phantasie fehlen. Sie dient allenfalls dazu, euch ein wenig die Angst vor dem Vorgesetzten zu nehmen. Wir hingegen, die Lieblinge der Götter, sind dazu ausersehen, die Fesseln zu sprengen und die Grenzen zu überschreiten, bis wir uns die Pfoten verbrennen.

Poe: Gib's ihm, Nietzsche. Wir brauchen keine Reglementierungen von Scholastikern, Technokraten, Bürokraten, Managern, Magnaten und Magneten und … Wen habe ich noch vergessen?

Voltaire: … wir lassen den Geist wehen, wohin er wehen will, und der dann mit uns macht, was er will. Wenn er denn überhaupt einmal weht.

Ohne auf das Gezänk auch nur mit einem Wort einzugehen, beweihräucherte sich Hegel weiter in großer Gelassenheit: „Nicht Bescheidenheit ist es, äh, die mir diktiert, mich deutlich herauszustellen. Äh, es ist meine weltpolitische Bedeutung. Nunc pluribus impar! Für alle Stümper, äh, die nicht Latein in der Schule hatten: Ich kann's locker mit mehreren aufnehmen! Darum bin ich wie keiner sonst auch dazu berufen, den Sinn allen Lebens, äh, sofern es denn einen gibt, an sich, für sich, an und für sich, gegen sich, gegen andere und für wen auch immer zu erschließen. Denn - was ich, äh, bisher hier zu hören bekam, war, mit Verlaub zu sagen, weniger als ein Nichts."

Ein mächtiges Gelächter brach sich plötzlich Bahn, als Nietzsche, der aufgestanden war, wie von der Kanzel herab mit seinem rechten ausgestreckten Arm auf Hegel weisend verkündete: „Ecce Homo!"

Auch vom lachenden Voltaire bekam Hegel sein Fett ab: „Mit deiner Fama hast du dir aber einen denkbar schlechten Dienst erwiesen."

„Wieso? Warum? Und auch weshalb?", wollte Hegel wissen.

Voltaire: Um auf deine Fama zurückzukommen, die ist, wie uns die Mythologie lehrt, eine gefiederte unberechenbare Dämonin, die Erzeugerin der Gerüchte und Lügen. Ausgerechnet auf die berufst du dich? Eine miserable Reverenz für deine Philosophie.

Hegel machte einen beleidigten Eindruck. Er giftete Voltaire an: „Nun, besser, sich auf eine attraktive Dämonin einzulassen, als sich wie du mit einem falschen Namen zu schmücken, mein lieber Marie-Francois Arouet. Aber lassen wir die Nebenkriegsschauplätze. Um auf den hüpfenden Punkt zu kommen: Wer ausloten will, was das Leben ausmacht, kommt nicht darum herum, etwas weiter auszuholen. Denn nicht in der Kürze liegt die Würze, wie nur Dummköpfe meinen können. Vielmehr gilt, wie meine Muhme mütterlicherseits immer zu sagen pflegte: Man kann lange schwatzen, ehe eine Suppe kocht."

Allen: Ganz anders meine Großmutter väterlicherseits. Die pflegte immer zu sagen: Lange Gebete haben wenig Andacht. Wie weit also willst du ausholen, bis du die Welt umrundet hast? Und gehst du in dem Ausholen auch auf das Verbrechen ein?

Hegel: Zunächst einmal lass deine Großmutter väterlicherseits von mir recht herzlich grüßen. Sie besitzt ohne Zweifel Mutterwitz.

Allen: Das geht schlecht. Sie ist bereits tot.

Hegel: Das ist für einen Philosophen kein hinreichender Grund, sie nicht trotzdem grüßen zu lassen. Er dachte kurz nach: „Ich war beim weiten Ausholen. Ich werde also so weit ausholen, wie mein Weltentwurf seine Schatten wirft. Und die sind weit und lang und erfassen natürlich auch das Verbrechen, das im Leben seinen festen Platz hat wie umgekehrt das Leben im Verbrechen. Darum habe ich ihm auch in meinem

System als Juniorpartner einen festen Platz zugewiesen.

Rotschopf: Einen Logenplatz vielleicht? Da sind wir aber gespannt!

Hegel: Das Verbrechen sitzt bei mir nicht umsonst in der ersten Reihe, steht doch am Anfang meines philosophischen Systems ein Mord, den ich höchst persönlich und mit großer Lust begangen habe und auf den ich auch im Nachhinein noch ohne einen Gewissensbiss, nicht einmal einen halben, stolz bin. Denn, und das sage ich klipp und klar, das Verbrechen ist ein Mysterium fascinosum et tremendum. Von ihm geht eine belebende Wirkung aus.

Der schmächtige Grieche: Wie bitte? Jetzt sind wohl bei dir alle Sicherungen durchgebrannt. Wie kann man nur auf die Idee kommen, das Verbrechen schön zu reden? Wie geistig verwirrt musst du schon sein, um so einen Schmarren hervorzubringen? Du beleidigst damit die ganze Zunft.

Das besondere Interview

Interviewer: Was bedeutet für Sie das Leben, Herr Podolski?

Podolski: Lehm – iss aufm Platz. Der Ball iss immer rund. Und das nächste Spiel iss immer das nächste Spiel. Hasse Scheiße am Fuß, hasse eben Scheiße am Fuß. Die Haubsache – hinten steht die Null und vorn der Schwanz.

Interviewer: Wir danken Ihnen für das Interview, Herr Podolski.

Dementi Podolskis: Das mit dem Schwanz habe er nicht gesagt. Ein solches Wort würde er niemals in den Mund nehmen

Ein junger, den meisten unbekannter Wissenschaftler aus Passau mit Nickelbrille, in einem petrolfarbenen Fleece-Troyer, mit doppelt gearbeitetem Zipper-Kragen und Seitenschlitzen, goss Öl ins Feuer, als er Hegel mit neuesten wissenschaftlichen Erkenntnissen zu Hilfe kam. Aggressives Verhalten, trug er im niederbayerischen Dialekt vor, würde vom Gehirn ebenso wie der Genuss von Drogen, Sex oder Speisen mit der Ausschüttung des Glückshormons Dopamin belohnt. Er und sein Forscherteam wären auf diesen Zusammenhang bei Ratten gestoßen, die dem Menschen, was das genetische Material angeht, nicht unähnlich sähen.

De Sade, die Neugier selbst, wollte vom Passauer Wissenschaftler wissen, wie denn die Versuchsanordnung mit den Ratten konkret ausgesehen habe.

In ihren Käfigen, antwortete der Passauer, hätten die männlichen Ratten täglich die Möglichkeit erhalten, durch einen Hebeldruck männliche Konkurrenten in ihren Käfig einzulassen. Anstatt nun den Auseinandersetzungen auszuweichen, hätten sämtliche männlichen Versuchstiere per Hebeldruck die Konkurrenten eingelassen, um sich mit diesen auseinanderzusetzen, sie zu beißen und endlich zu töten. Dabei sei das Glückshormon ausgeschüttet worden. Man habe nun Folgendes gemacht, man habe die Dopaminwirkung unterdrückt, prompt schlaffte die Kampfes- und Mordlust ab.

„Typisch bürgerlicher Wissenschaftler", grantelte der Stückeschreiber. „Nehmen wir dieses Ergebnis als das, was es ist, ein höchst überflüssiges. Ad 1: Die Ratten wurden in Käfigen gehalten. Sie hatten keinen Auslauf, waren daher in höchstem Maße aggressiv. Ad 2: Interessant wäre es zu erfahren, ob sich diese Tiere in einem Freilandversuch ähnlich verhalten. Ad 3: Ratten sind keine Tiere, wie man an den Politikern sieht. Ad 4: Die bürgerlichen Biologen und Genforscher interessieren sich heute darum so sehr für die Gene oder Hirnfunktionen, da sie an der Manipulation der Menschen interessiert sind."

Kaum hatte er dies gesagt, vertiefte er sich schon wieder in das *HANDELSBLATT,* das er gerade las. Niemand wollte etwas erwidern.

Hegel, der aufmerksam der Diskussion gefolgt war, stutzte auf einmal, sah den schmächtigen Griechen an, fasste sich dann an den Kopf und riss die Augen auf, als habe er eine Erleuchtung. Alle erwarteten jetzt, dass er dem schmächtigen Griechen eins auf die Mütze geben würde. Doch er kippte wieder einmal einen riesigen Schluck Most in sich hinein, blickte über die Köpfe der Anwesenden hinweg, als suche er jemanden, und fragte dann zu aller Überraschung: „Wo ist eigentlich Karl Marx? Ich vermisse ihn. Wurde er denn nicht eingeladen? Oder hat die Sorge ihn gehindert zu erscheinen, er könne sich nach dem Niedergang des Sozialismus, für den er ja nichts kann, hier nicht blicken lassen?"

Keuner: Marx ist, wie soll ich sagen, nun, etwas indisponiert und fehlt deshalb.

Hegel: Oh, wie schade! Er war der Einzige, der mich verstanden und mir zudem Paroli geboten hat. Ihn habe ich, was mir schwer gefallen ist, neben mir gelten lassen. Denn er hat mich von dem Kopf auf die Füße gestellt oder umgekehrt, so dass mir schwindelte und ich völlig durcheinander war.

Er benötigte erneut ein Schlücklein Most. Dann war er wieder redeklar: „Marx hat doch tatsächlich behauptet, das Sein bestimme das Bewusstsein. Zuerst dachte ich, der redet aber kariert daher. In der ersten Aufgeregtheit sagte ich mir, auf diesen Spleen darfst du dich auf gar keinen Fall einlassen. Der bringt nur deine prästabilisierte Ideenwelt, dein ganzes metaphysisches Weltengebäude ins Wanken und du stehst vor einem Scherbenhaufen. Und dann hätte es geheißen: Außer Spesen nichts gewesen. Doch beim zweiten Nachdenken und nach einer gehörigen Menge Most kam ich dahinter, wie recht der Kerl doch hatte. Das habe ich natürlich niemals laut zuzugeben gewagt. Aber ich begriff, dass zu einer solchen revolutionären Umwertung eine gehörige Portion Intelligenz gehört. Und sehr viel Mut."

Hegel musste kurz nach Luft schnappen, ehe er an Keuner die Frage richten konnte: „Was fehlt ihm eigentlich? Es wird doch hoffentlich nichts Ernstes sein?"

Keuner: Ganz, wie man's nimmt. Er geriet noch in der Mauerzeit mit der DDR-Führung aneinander. Seine Ideen kollidierten mit der offiziellen Parteilinie. Er wurde als Konterrevolutionär eingestuft. Denn er war der Meinung, die DDR verrate die Dialektik, untergrabe obendrein die Freiheit und opfere den subjektiven Faktor auf dem Altar der ökonomischen Sachzwänge.

Hegel: Marx und ein Konterrevolutionär? Eher geht ein Kamel durch einen Gartenschlauch, als dass der Bildungsbürger Marx mit der Waffe in der Hand revolüzzt.

Keuner: Jedenfalls kam er hinter Gitter.

Hegel: Doch nicht etwa in Bautzen?

Keuner: Doch, genau dorthin kam er.

Hegel: Und? Hat ihn die Bundesrepublik freigekauft?

Keuner: Ach, was! Den Politikern steckte der Schrecken über Lenin wohl noch in den Knochen. Den Fehler wollte man nicht noch einmal machen.

Hegel: Aber jetzt nach der Kolonialisierung der DDR besteht doch diese Gefahr nicht mehr. Also, was ist mit ihm? Ist er jetzt frei? Und wurde er auch angemessen entschädigt? Wenn schon die alten Nazis und DDR-Bonzen eine Pension erhalten, warum dann nicht auch er?

Keuner: Er hatte bald nach der Einlieferung ins Gefängnis bereits zu DDR-Zeiten den Verstand verloren und kam daher in eine, wie soll ich sagen, …

Hegel: … Klapsmühle, Nervenzwinger, Idiotenkäfig.

Keuner: Ja. Seitdem singt er tagein tagaus immer die Volksliedstrophe:

und sperrt man mich ein
im finsteren Kerker,
dies alles sind nur
vergebliche Werke;
denn meine Gedanken
reißen die Schranken
und Mauern entzwei,
die Gedanken sind frei.

Sonntags oder feiertags wechselt er manchmal. Dann singt er:

Wenn ich einmal der Herrgott wär,
ich gäbe in der Welt
den Menschen alle die Vernunft,
die scheint's noch allen fehlt.

Hegel: Einmalig! Einfach wunderbar! Der Kerl hat ja so recht.
Aber das ist doch noch lange kein Grund, ihn nicht einzuladen. Wir Philosophen und insbesondere die Künstler haben
doch alle mindestens einen Schlag an der Waffel. Manche
haben sogar keine Tasse mehr im Schrank. Bei anderen sind
mehrere Schrauben locker. Wenn ich mir nur den de Sade
oder den Voltaire ansehe. Die haben übrigens beide gesessen.
Oder den Schopenhauer. Oder den Poe. Erst recht den
Nietzsche. Von mir will ich gar nicht erst reden. Wo kämen
wir denn hin, wenn man uns, die Elite, wegsperren würde?
Dann wäre gar nichts mehr los auf der Welt:

Das Leben wäre öd und leer,
am Ende dann wär es nur noch schwer.

Er hielt inne, legte langsam den Kopf schief, um dann mit
melancholischem Blick fortzufahren: „Er fehlt mir. Ich hab
mich so an ihn gewöhnt. Sein *KAPITAL* ist ein großartiges

Werk. Ich habe es zwar nur angelesen. Es war mir ehrlich gesagt zu schwer. Verstanden habe ich nur die Hälfte. Aber das will nichts heißen. Denn das geht den Lesern meiner Schriften nicht anders."

Leise beiseite sprechend: Meine größte Sorge ist, dass ich verstanden werde.

Dann wieder ins Publikum sprechend: „Das *Kommunistische Manifest* allerdings, hoho, bei der Lektüre habe ich mit der Zunge geschnalzt. Das wirbelt mächtig den Staub auf, ist dabei mundgerecht formuliert, äußerst eingängig und von großer Angriffslust. Man bekommt schon bei der Lektüre richtig Lust zu revoluzzen, auf die Straße zu gehen, die Banken, die Parteizentralen und die Parlamente zu stürmen und alles kurz und klein zu schlagen, die korrupten Politiker und Manager auf die Straße zu treiben und an dem nächsten besten Baum aufzuhängen."

Hegel lachte und klatschte vor Vergnügen in die Hände, rief „Auf Marx, Prost!" und nahm einen großen Schluck. Dann wurde er wieder ernst: „Allein die Erkenntnis Marxens von der Entfremdung des Menschen durch den Menschen ist so genial, dass er dafür den Nobelpreis hätte bekommen müssen. Nicht minder genial auch die Erkenntnis, dass im Kapitalismus die Würde des Menschen dem Tauschwert geopfert und die menschliche Freiheit zur Handelsfreiheit gestutzt wird. Das beweist die Realität heute jeden Tag aufs Neue. Warum bin nur ich nicht auf diese noblen Gedanken gekommen?"

Er blickte nachdenklich und schüttelte den Kopf. „Auf jeden Fall ist das, was er geschrieben hat, meinem Werk ebenbürtig, wenn auch nicht überlegen. So weit würde ich mit meinem Lob dann doch nicht gehen. Ein kleiner Unterschied möchte schon sein. Zu meinen Gunsten, versteht sich. Allein schon aus Gründen der Selbstachtung. Natürlich gibt's auch einiges bei ihm, was mir gar nicht gefällt. Etwa, dass er Konsequenzen aus seinem Denken in der Praxis ausgerechnet mithilfe des Proletariats ziehen wollte. Das mit der praktischen

Umsetzung des Denkens geht schon in Ordnung. Ich habe ja auch meinen Außendienst, den Weltgeist, ausgeschickt. Wo steckt der Kerl bloß wieder?"

Er sah sich um. „Aber sich auf die verblödeten Volksmassen einzulassen. Mit denen hat doch jeder Intellektuelle so seine Probleme. Die Massen sind nur dazu da, dass man auf sie verächtlich herabsehen kann, um sich von ihnen abzuheben. Trotzdem war ich drauf und dran, nach der kurzen Lektüre von Marx Schriften mein eigenes Werk umzuschreiben. Aber was hätte das gebracht? Marx war mir ja schon zuvorgekommen. Da war nichts mehr zu machen. Jedenfalls hatte er recht. Er war ein kühner Kopf, ein Riese an Geisteskraft, der die gesellschaftlichen Entwicklungen richtig eingeschätzt hat, wie man heute sieht. Ich war allerdings auch nicht so mutig wie er. Das muss ich unumwunden zugeben. Schließlich bin ich Staatsdiener. Da kann man zwar hinter vorgehaltener Hand dreist das Maul aufreißen, und am Stammtisch dem Staat heftig ans Bein pinkeln. Aber doch nicht öffentlich. Da hätte ich ja mit Konsequenzen rechnen müssen. Mir hätte ein Berufsverbot gedroht. Und: Aus wär's gewesen mit meinen Einkünften. Nein, also so wichtig sollte man die Philosophie dann doch wieder nicht nehmen."

Internationale Feiertage!

Internationaler Frauentag: Frauen für Frauen.
Internationaler Männertag: Männer für Männer.
Internationaler Nachwuchstag: Föten für Föten.
Jeder für alle, Gott für sich.

GFG - Gesellschaft zur Förderung des Gemeinsinns e.V.

6.

Jungblut: Keuner, greif endlich in die Zügel, reiß das Ruder rum und mach dem ausufernden Spuk Hegels ein Ende. Der Handwerker giftete: „Komm endlich wieder zur Sache, du allumfassender Schweifer. Dein Geschwafel geht mir ziemlich auf den Sack. Werde konkret und sage uns, was das Leben ist, was es mit dem Verbrechen auf sich hat und wie alles mit deinem Dialekt zusammenhängt." Keunerschüler: Nicht Dialekt, du Dussel! Dialektik muss es heißen. Das ist seine Kunst des Hin-Und-Her-Und-Rauf-Und-Runter-Und-Drunter-und-Drüber-und-im-Kreis-Denkens. Hegel fasste sich ans Kinn: „Ich bin es nicht gewohnt, mir von einem inkompetenten Kleinbürger wie unserem Handwerker, der nur mit der Hand zu denken gewohnt ist, das Stichwort geben zu lassen. Wenn ich vom Thema abgekommen bin, sei's drum, was gern ich tue, äh, und was auch Not tut, will ich wieder zurückfinden in die Spur, wo's lang geht. Ich beginne also von neuem:

Das Leben. Der Güter höchstes, bla, bla, bla!
Kann man darüber noch Sinnvolles sagen, na?
Man kann, wenn man will, ja, ja!

Er blickte verzückt und betonte, er werde jetzt in die Tiefe gehen. Das Leben sei einem lebendigen Organismus vergleichbar, in welchem das Ganze im Einzelnen, und das Einzelne im Ganzen sich wiederfinde und das Ganze mehr sei als die Summe aller Teile. Alles sei mit allem verbunden, jenes mit diesem, und dieses mit jenem. Und alles ändere sich stets. Diesem bewegten und sich bewegenden Ganzen habe er sich verschrieben, um am Ende allerdings schmerzlich erkennen zu müssen, dass er über den Anfang, was seine

Person angehe, nie hinausgekommen sei, niemals als Ganzes existiert habe, sondern nur als eine Teilmenge.

Keunerschüler/Handwerker: Dein Ganzes klingt wie eine Seifenblase, die sofort hochfliegt und sofort platzt. Erklär dich konkreter. Vor allem sage uns, wer dein Ganzes in Schwung bringt und hält. Welche Kräfte es antreiben.

Handwerker: Alles mit allem verbunden. Mir bricht der Schweiß aus. Weiß bleibt bei uns Handwerkern, die wir mit beiden Beinen auf dem Boden der Tatsachen stehen, immer noch Weiß, und Schwarz bleibt Schwarz. Ein Schrank ist ein Schrank. Und ein Tisch ist ein Tisch. Und ein Stuhl ist kein Besen. In dieser Klarheit stellt sich uns die Wirklichkeit dar. Du aber verdrehst mir hier nur den Kopf. Am Ende weiß ich nicht mehr, wer ich bin.

Hegel, sonst die Sanftmut in Person, geriet in einen kleinen Zorn. Der Handwerker hatte ihn zu sehr gereizt. Die Wut ließ ihn in seinen schwäbischen Dialekt verfallen. Er sah den Handwerker grimmig an und begann nun die deftigsten schwäbischen Schimpfwörter rasch durchzudeklinieren, dass manche der anwesenden Frauen mit ihrem Rotwerden gar nicht hinterherkamen. Ein schwäbischer Keunerschüler hatte alle Mühe, diese Schimpfwörter auch angemessen zu übersetzen. Hegel lächelte hintersinnig und redete den Handwerker wie folgt an: „Man sollte Verständnis mit dir haben. Die Natur liebt nun einmal Hohlräume wie deinen Kopf. Darin sieht es nur deshalb so aufgeräumt aus, weil er so spärlich möbliert ist." Er blickte ihn triumphierend an: „Darum kannst du die tiefen Wahrheiten gar nicht wahrnehmen, geschweige denn verstehen, die nun einmal widersprüchlich sind. Und eine dieser Wahrheiten besagt, dass die Bewegung, die den Organismus Leben antreibt, durch die Widersprüche, die in allem enthalten sind, zustande kommt. Die zweite Wahrheit lautet infolgedessen: Alle Dinge sind daher wahr und unwahr zugleich." Er warf einen mitleidsvollen Blick auf den Handwerker: „So gesehen ist das widersprüchliche Ganze die volle Wahrheit, und die widersprüchliche Wahrheit das volle Ganze."

„He, he, alle diese Gedanken hast du von mir stibitzt. Das Copyright liegt bei mir, du Pirat", fielen ihm der dicke und der schmächtige Grieche unisono ins Wort, als hätten sie sich abgesprochen. Doch dem war nicht so. Der Dicke sah den Schmächtigen vorwurfsvoll an: „Entschuldige vielmals, Meister, was heißt hier dir, mir hat er diese fulminanten Gedanken gemopst."

Das hätte er nicht sagen sollen. Der Schmächtige fauchte ihn an: „Halt' die Klappe! Jetzt red' ich! Die Ganzheit stammt niemals von dir. Zu einem solch opulenten Gedanken bist du gar nicht in der Lage. Dazu fehlt dir der Grips. Ich stelle hiermit fest und richtig: Das gesamte Gedankengebäude Hegels stammt von mir. Und damit basta! Ich war nicht nur substanziell, sondern auch historisch betrachtet vor dir dran. Außerdem! Hast du vergessen, dass du erst mein Schüler, dann dank meiner Generosität mein Assistent warst und bleiben wirst immerdar, der mir ewig zu Dank verpflichtet ist und mir Anerkennung und Respekt schuldet? Wir wollen doch die Hierarchie nicht zum Wanken bringen. Du warst mein Sekretär, durftest alles aufschreiben, was ich auswarf. Nur durch mich fiel auch Licht auf dich. Merk' dir das!"

Hegel: Was muss ich da für falsche, schrille Töne vernehmen. In unseren Elite-Kreisen sollten wir das Wort Diebstahl nicht in den Mund nehmen, unter uns Geistesheroen gibt es keinen Gedankenklau, allenfalls den Gedankenfluss mit Fortsetzungen und Rücknahmen, das Spiel eben vom ewigen Stirb und Werde. Sind wir Philosophen nicht wie die Mafia eine einzige große Familie, die zusammenhält und sich gegenseitig hilft? Es bleibt alles in der Familie. Mein Most. Ich brauche einen Schluck.

Er griff, ohne hinzusehen, nach seinem Mostkrug, um sich

einzuschenken. Doch nichts tat sich. Er blickte einmal, blickte ein zweites Mal in den Krug, doch der blieb leer.

Angriffslustig blickte er dann den Handwerker an und meinte scherzend: „Und nun noch eine ganz spezielle Plebejervariante meiner Philosophie für unseren Handwerker. Ich werde dir jetzt durch ein anschauliches Beispiel ad hominem zeigen wie die Gegensätze kunstvoll und spannungsvoll miteinander verschränkt sind. Blick in den Spiegel, Handwerker! Und was wirst du sehen, sofern du kannst: Du bist eine Einheit, bestehend aus einem Ich und einem Nicht-Ich."

Handwerker: Also, diese Beleidigung muss ich mir nicht gefallen lassen. Ich war bisher immer ein Ich, ein stolzes Ich, und ich war mit mir immer sehr einverstanden. Ich brauche kein Nicht-Ich.

Hegel: Na, da will ich dir doch eine kleine Nachhilfestunde geben. Alles, was du nicht bist oder nicht sein kannst, ist das Nicht-Ich. Item: Nimm nur deine unerfüllten Wünsche. Du möchtest reich sein. Bist es aber nicht. Du hättest gern mehrere Frauen. Hängst aber nur an einer, die dazu auch noch durchschnittlich, wenn nicht sogar hässlich ist und bei der du unter dem Pantoffel stehst. Du möchtest Kaiser sein, bist aber nur Handwerker. Möchtest reich sein … Und so weiter.

Der Handwerker blickte etwas lädiert drein, war stimmlos geworden, und so konnte Lou sich einschalten: „Identität gibt es nur im Nichtidentischen. Diese Erfahrung kennen wir aus unserer täglichen therapeutischen Praxis. Jede nicht infrage gestellte Identität bedeutete Erstarrung und Erkrankung."

„Gut gebrüllt Löwin!", lobte Hegel. Er blickte plötzlich auf: „Der Weltgeist. Wo steckt der Schlingel bloß?"

Der Handwerker ließ nicht locker: „Wo der steckt, das weiß ich nicht, will ich auch gar nicht wissen. Aber wissen möchte ich schon, wo das Verbrechen in deinem System installiert ist, und was es soll, verdammt noch mal!"

„Die Dialektik der Widersprüche sorgt dafür", belehrte Hegel den Handwerker, „dass alles möglich ist, dass aus einer Betschwester eine Verbrecherin, aus einem Mörder ein Priester und aus einem Tugendhaften ein Verbrecher werden kann. Und dass..."

Doyle: Langsam, langsam! Ich möchte doch gerne auf etwas zurückkommen, was du vorher eher beiläufig erwähntest, dann aber hast fallen lassen, als du mit einem gewissen Stolz von einer Schurkerei sprachst, die am Anfang deiner Denker-Karriere stand. Ich hätte schon gerne gewusst, wem du da wohl an die Gurgel gegangen bist. Das interessiert mich als Krimischriftsteller schon.

Hegel: Zunächst einmal: Ich habe gar nichts fallen gelassen oder vergessen. Philosophen vergessen nie etwas. Nie. Schon gar nicht etwas Negatives, das irgendein nichts sagender Kollege oder Vertreter der Journaille über sie gesagt haben. Die Kritik sitzt tief wie ein Pfahl im Fleisch. Diese Schmach pflegt man sein Leben lang und wartet nur geduldig auf den Augenblick, an dem man es dem Ignoranten heimzahlen kann. Und jetzt zu deiner Frage.

Er blickte gedankenverloren in seinen Mostkrug, der immer noch leer war. Deshalb fuhr er traurig fort: „In meinem Weltentwurf, von dessen Genialität ich auch jetzt als Teilmenge und trotz Marx noch maßlos entzückt bin, ging ich so vor, dass ich erst einmal Gott, diesem Versager, an den Kragen ging, wie sich das für einen richtigen Revolutionär gehört. Erst einmal müssen die alten Köpfe rollen, und der Augiasstall muss ausgemistet werden. Dann muss man Ausschau halten nach einem unbelasteten Nachfolger. Und da ich theologisch umfassend gebildet bin, wurde ich rasch bei Johannes, dem Evangelisten, fündig. Bei dem Burschen spielt ein gewisser LOGOS, ein etwas schräger Geist göttlicher Herkunft, eine zentrale Rolle. Der schien mir ganz brauchbar zu sein, sofern man ihn ein wenig zurechtstutzte. Den habe ich mir geschnappt, gefügig gemacht, runter geholt auf die Erde, vom Himmelsstaub befreit, säkularisiert und ihm dann eine weltliche Herrscherkrone aufgesetzt. Fertig war der Käse."

Lag es am außergewöhnlichen Inhalt seiner Aussage, lag es am rhetorischen Elan, jedenfalls hatte Hegel plötzlich die Atembalance verloren und versuchte nun, tief Luft zu holen, mit dem Erfolg, dass er husten musste. Wer nun befürchtet hatte, der im Husten nicht ungeübte Proust würde sofort mit Hegel in einen hustenden Dialog treten, sah sich getäuscht, was daran lag, dass Proust gar nicht anwesend war.

Irgendwann hatte sich der Atem bei Hegel auch ohne Most von selbst wieder eingefunden. Ehe er fortfahren konnte, wollten Doyle und Lou wissen, was Hegel denn entdeckt hatte, nachdem er den da oben ans Kreuz genagelt hatte.

Hegel: Die Leere. Das leere Nichts. Es erging mir wie den Revolutionären der Französischen Revolution, die den König und sein Gesocks köpften. Wo kein Kopf mehr ist, dort ist eine Leerstelle.

Lou: Aber ist die Leere denn wirklich ganz leer? Ist es nicht vielmehr so, dass die Leere eine große Dynamik und Produktivität freisetzt?

Hegel: Vielleicht ist es auch einfach die Verzweiflung, die diese Leere besetzt. Ich muss ausnahmsweise gestehen, ich weiß es nicht so recht. Sicher ist jedenfalls soviel, dass ich diesen Akt der Liquidation nur zur Nachahmung empfehlen kann. In dieser Weise sollte man auch mit allen erfolglosen Managern und Politikern verfahren. Sie einfach rausschmeißen. Aber ohne Abfindung, versteht sich. Den Besitz kassieren und zu HartzVierlern machen. Er blickte versonnen an die Decke: "Gott mag ja ein Künstler gewesen sein. Unterstellen wir das einmal. Aber es genügt eben nicht, schnell mal einen genialen Entwurf hinzulegen und dann den Schwanz einzuziehen. Für seine Schöpfung muss man schon geradestehen, Verantwor-

tung übernehmen. Man muss sich um sie kümmern, so wie eine Mutter sich im besten Fall um ein Kind kümmert."
Keunerschüler: Woran hat es deiner Meinung nach gelegen, dass Gott so jämmerlich versagt hat?
Hegel: Was weiß ich! Lag's an der Erschöpfung? Litt er unter Depressionen? Oder dem Burn-Out-Syndrom? War ihm langweilig? Aber das leuchtet mir alles nicht so recht ein, immerhin war Gott doch allmächtig, also auf entfremdete Arbeit nicht angewiesen. Oder – und an dieser Stelle kam wieder der Griff zum leeren Mostkrug – war Gott einfach gleichgültig? Dahin geht mein starker Verdacht. Wie dem auch sei. Jedenfalls war Gott kein Genie. Schon gar nicht ein kritischer Kopf, der zur Selbstkritik fähig gewesen wäre. Er kannte eben noch nicht meine Dialektik. Und das erklärt letztendlich, weshalb seine Schöpfung den Neckar runtergehen musste.

Hegel war in Fahrt gekommen. Und darum fiel es ihm schwer, einen Punkt zu setzen. Die angesprochenen Probleme, ließ er sein Publikum wissen, habe sein LOGOS nicht. Der sei aus einem ganz anderen Holz geschnitzt, sei ein souveräner Geist, ein Allesgebärer, der wie ein Vulkan alles und jegliches aus sich herausschleudere, oder, wenn er dies einmal etwas salopp ausdrücken dürfe - sich nach alle Richtungen hin auskotzen könne. Und anders als Gott sei sein LOGOS ein höchst selbstkritischer Geist, der sich der Verantwortung nicht entziehe, im Gegenteil, notwendige Korrekturen sofort vornehme, wenn dies erforderlich sei. Er entwickle sich, reife ständig, bis er ein reifes Früchtchen geworden sei. Dann werde ein Sturmbock aus ihm, der sich in die Wirklichkeit hineinramme. Als Weltgeist solle er die Weltherrschaft antreten. „sagte ich das nicht schon?" Er schickte seine Augen die Wände lang.

Diesen Augenblick nutzte ein Keunerschüler und bat Hegel um eine konkrete Beschreibung des Weltgeistes. Ob das

Gespenst, das hier immer wieder einmal herumgeistere, der Weltgeist sei, fragte er ihn.

Es schien so, als ginge Hegel nicht auf dessen Frage ein.

Anders als bei Marx, antwortete Hegel, der auf das Proletariat gesetzt habe, bediene sich sein ausgereifter LOGOS einer teuflischen List der Vernunft, der Mimikri. Er inkarniere sich in eine welthistorische Persönlichkeit, in die er hineinschlüpfe und die er, das habe er, Hegel, sich schlau ausgedacht, als Werkzeug benutze. „Wo steckt der Kerl bloß wieder?" Hegels Augen machten erneut die Runde.

Nach diesen Ausführungen ließ sich Hegel verzückt in seinen Stuhl zurückfallen. Er war mit sich zufrieden, wollte wieder etwas trinken, fasste den Mostkrug an, schüttelte ihn und knallte ihn enttäuscht auf den Tisch.

„Wo hast du deine Augen?", fachte der Handwerker die Diskussion an. „Der Geist hat doch im Leben niemals eine große Rolle gespielt. Das Geld ist der Motor, der alles bewegt, um den sich alles dreht. Wichtig sind Aufträge, wichtig sind geringe Steuern, wichtig ist eine gute Zahlungsmoral der Kunden, erst recht wichtig, dass man selber sie bescheißt und sie's nicht merken. Auch dass der Staat stark ist und für den Mittelstand da ist, ist wichtig. Der soll die Monopole in Schach halten. Am allerwichtigsten aber ist, wie man neben den Kunden das Finanzamt bescheißen kann. Erhält man da von deinem LOGOS und deiner Dialektik irgendeine Hilfestellung?"

Hegel: Mit solchen Banalitäten gibt sich ein Metaphysiker wie ich nicht ab. Die ziehen einen nur nach unten, wo ich doch oben sein will. Noch einmal für dich, du kleines Licht. Der einmal erwachsene Geist stellt das überindividuelle Bewusstsein dar, das alles erfasst, auch die Wirklichkeit. Was ist schon die Wirklichkeit? Sie ist lediglich ein Ausfluss des Geistes, wie ich eben darzustellen versuchte, auch wenn du es nicht verstanden hast. Es gibt keine Realität ohne Geist. Als Bestandteil des Geistes ist die Wirklichkeit darum auch höchst vernünftig. Jedenfalls meine Wirklichkeit. Und nicht deine kleine beschädigte Wirklichkeit, Handwerkerle, die auf einen deiner Handteller passt.

Keunerschüler: Ja, was ist das wieder für ein Schlamassel? Das Ganze soll die Wahrheit sein. Der Geist beides. Und die Wirklichkeit ist der Ausfluss des Geistes. Uriniert der in der Gegend herum? Was soll das Ganze?

Anderer Keunerschüler: Und überhaupt. Wenn die Wirklichkeit vernünftig ist, dann folgert zwangsläufig daraus, dass das Verbrechen, das ja zur Wirklichkeit gehört, auch vernünftig ist. Sehe ich das richtig?

Hegel: Gleich so viele Einwendungen auf einmal irritieren mich. Immer alles schön der Reihe nach. Den ersten Einwand habe ich schon wieder vergessen. Deshalb gleich zum zweiten, ehe ich auch den vergesse. Also: Konsequent zu Ende gedacht, verhält es sich in der Tat so, dass das Verbrechen aus den geschilderten Gründen ein integraler Bestandteil der Wirklichkeit und somit äußerst vernünftig ist. Das Verbrechen stellt das jeweils Gegebene in Frage. Darauf kommt es an. Darum ist das Verbrechen vernünftig, es ist eine belebende Kraft, ja, ich wage sogar zu behaupten, dass es in Grenzen schön ist. Zum Beispiel ein Bankeinbruch ohne Opfer, einfach genial!

Lou: In der Folge deiner Argumentation könnte man sagen, das Verbrechen ist der Kitt des Lebens. Ohne Kitt kein Leben.

Hegel: Nein, nicht Kitt. Das Verbrechen ist die Voraussetzung des Lebens. Oder anders und noch besser ausgedrückt: Die menschliche Existenz rechtfertigt sich aus ihrer Negation, dem Nichts, oder der Zerstörung, die zum Nichts führt.

Wie er den Satz gerade beendet hatte, tauchte aus der Tiefe des Raumes das weiß maskierte Wesen auf, das in sich versunken einherwandelte, bald sinnierend stehenblieb, in den Saal blickte, weiterging. Hegel blickte es gebannt an.

Keuner: Deine Ausführungen, verlieren sich doch sehr im Allgemeinen. Könntest du vielleicht …

Hegel: Ich bade gern im Allgemeinen. Das Konkrete ist mir zutiefst verhasst, wenn ich nur euch ansehe.

Jungblut: Worüber reden wir hier gerade. Kann mir das einmal einer sagen?

Keunerschülerin: Ich möchte noch einmal zugespitzt nachfragen: Habe ich das richtig verstanden, dass bei dir der Staat tatsächlich eine sittliche Macht verkörpert?

Hegel: Das habe ich zwar nicht gesagt. Aber das stimmt trotzdem. Er verkörpert einerseits das Reich der Freiheit. Andererseits steht er für Ordnung und Gesetzlichkeit. Und wo Gesetze herrschen, dort herrscht die Ordnung. Und wo die Ordnung herrscht, dort herrscht die Vernunft. Und wo die Vernunft herrscht, dort herrscht auch die Sittlichkeit. Und was vernünftig ist, das ist auch wirklich. Und was wirklich ist, das ist vernünftig. Quod erat demonstrandum!

Doyle blieb hartnäckig. Er wollte von Hegel Genaueres über das Böse wissen, zum Beispiel, ob denn auch aus dem Guten etwas Schlechtes und ob umgekehrt etwa aus dem Verbrechen auch etwas Gutes werden könne. Und auch das mache ihn letztlich noch neugierig, ob auch sein LOGOS Verbrechen begehen könne oder gar müsse. Denn was dem Guten recht sei, müsse, streng demokratisch gedacht, auch dem Bösen billig sein.

Hegel: Ich sehe schon, ich muss noch einmal ran. Ich beantworte deine Fragen mit einer Gegenfrage. Rein rhetorisch natürlich: Wie kann das Gute überhaupt seiner selbst gewahr werden? Wie kann es sich selbst erkennen? Oder anders gefragt: Wie kann das Gute wissen, dass es gut und nicht schlecht ist?

Doyle kam nicht dazu zu reagieren, der Handwerker war ihm zuvorgekommen. Er forderte Hegel ärgerlich auf, doch endlich Nägel mit Köpfen zu machen und zu sagen, wie man den

Karren aus dem Dreck ziehen könne und die globale Seuche namens Verbrechen vom Hals bekäme. Und auch dazu würde er gern etwas erfahren, wer konkret die Kastanien aus dem Feuer holen solle. Und er wiederhole noch einmal: Für ihn sei Weiß immer noch Weiß und Schwarz immer noch Schwarz. Und das werde auch so bleiben.

Hegel: Rede nicht so angestrengt mit mir, einem herausgehobenen Geist, du Rüpel. Er sah den Handwerker streng an: „So, so. Weiß soll bei dir weiß und Schwarz auch schwarz sein. Da widersprichst du dir aber selber sehr heftig, ohne dass du das merkst. Sagtest du vorhin nicht, dass das Bescheißen eine deiner Lieblingsbeschäftigungen sei? Nun? Was bei dir das Bescheißen, ist bei mir das Böse. Es gehört notwendigerweise zu meiner Weltausstattung. Wie sonst soll sich das Gute rechtfertigen, wenn nicht durch das Böse? Und das Böse nicht durch das Gute? Sie bedingen einander wie Mann und Frau.

Ja, sie war noch da, die Feministin: „So ein Schwachsinn. Das hättet ihr wohl gern, dass wir euch nötig haben. Ihr mögt ja von uns profitiert haben. Aber wir nicht von euch. Rien ne va plus."

Hegel sah die Feministin nur mitleidig an, ging aber nicht auf sie ein. In sein Gesicht war auf einmal eine gewisse Verzückung eingezogen, die möglicherweise mit dem Satz zusammenhing: „Und – machen wir uns doch nichts vor. Das Böse ist ungeheuer faszinierend. Faszinierender als Gott und das Gute. Beide sind Hüter der Langeweile. Vom Bösen aber geht eine belebende Wirkung aus." Sagte es und machte sich mit seinem leeren Mostkrug auf und davon.

Der untersetzte Grieche, der lange geschwiegen hatte, rief ihm hinterher: „Du Ungeheuer! Du Vernichter der eingeborenen Ideen! Alles enthält in sich das Gegenteil. Lachhaft. Ab mit dir in den Orkus." Er besann sich: „Sagte ich Orkus? Ich meinte natürlich Hades."

Tugendwerth: Hegel hat nur die prästabilisierte Harmonie der Welt kräftig durcheinandergebracht. Leben wir nicht in der besten aller Welten? Wenn man den so reden hört, erfasst einen gleich der Horror Vacui. Außerdem stimmt das auch nicht, was er uns da über das Verbrechen vorgaukelt. Verhält es sich nicht vielmehr so, dass das Verbrechen nur dazu da ist, das Gute zu erschrecken, damit es seine Stärke entwickelt? Na, was sagst du jetzt, Hegel? Ach so, der hat sich ja bereits aus dem Staub gemacht.

Die Zeit des Kaffeetrinkens war gekommen.

Sonderangebot

Versteigere meine Frau meistbietend.
Die Hypotheken sind alle abbezahlt. Da sie schon leicht Rost angesetzt hat, ist sie ein wenig wartungsbedürftig.
Angebote unter ...

7.

In die Kaffeelaune hinein platzierte der schmächtige Grieche die Feststellung, die vor der Tür und weltweit grassierende Armut sei ein Weltverbrechen. Ob das die anderen denn auch so sehen würden und wen man dafür verantwortlich machen müsse. Es war nicht auszumachen, wer oder was den Schmächtigen veranlasst hatte, diese Frage zu diesem Zeitpunkt zu stellen. Jedenfalls zog seine Provokation nur ärgerliche Blicke, hoch gezogene Augenbrauen und vorwurfsvolles

Kopfschütteln nach sich. Nietzsche, der mit einer Serviette gerade seinem Schnäuzer zu Leibe gerückt war, warf diese, die einem bunten Fleckenteppich glich, wutentbrannt auf den Tisch und prustete los: „Das ist doch wieder typisch! Muss uns diese nie erlahmende Hebamme wieder durch eine Grundsatzfrage die tolle Stimmung versauen!"

Schopenhauer, der wegen seiner schlechten Zähne viel Mühe mit einem Florentiner hatte, grantelte: „Da hat der Nietzsche ausnahmsweise einmal Recht. Arbeit ist Arbeit. Und Muße sollte nun einmal nicht mit müssen verwechselt werden."

Keuner, der Gedankenschnelle, schien die Gefahr zu sehen, das Anliegen könnte verdrängt oder zu einem handfesten Ärgernis werden. Zur Beruhigung der Gemüter wartete er mit einer Seligpreisung auf, die für großes Erstaunen sorgte: „Begrüßt mir die Armut, die große Friedensstifterin, freundlich wie einen Messias."

„Meine Güte, wie salbungsvoll, Keuner! Und das von dir? Warum keine Keunergeschichte, die von der Armut handelt?", witzelte der Rotschopf. Als er sich dann auch noch von Tugendwerth anhören musste, er sei ein Zyniker, präzisierte Keuner seine Aussage: „Was ich sagte, ist sehr vernünftig, gilt allerdings nur unter einer Prämisse, dass nämlich die Armut allen gleich zugeteilt wird. Dann könnte die Armut das schaffen, worum sich die Französische Revolution, der Kommunismus und der Kapitalismus vergeblich bemüht haben –, Gleichheit und Gerechtigkeit für alle zu schaffen. Ich meine nicht die politische Gleichheit. Das ist nur die Gleichheit vor dem Gesetz. Und die ist so löchrig wie ein Schweizer Käse. Nein, ich meine die Gerechtigkeit schaffende Gleichheit hinter dem Gesetz, die den Unterschied von Armut und Reichtum mit einem Schlag aufhebt. Erst wenn keiner mehr etwas besitzt, hat die Menschlichkeit eine Chance."

So einfach stellen sich die Dinge aber nicht dar, könnte einer einwenden. Es ist schon eine höchst banale Logik, den Reichtum für die Armut verantwortlich zu machen. Dinge wie das Leben sind in Wahrheit viel komplizierter. Sie verlangen eine differenziertere Betrachtung. Man sollte ein Problem solange differenzieren, bis es sich in Luft auflöst. Wozu sind denn Probleme sonst da? Und wer hat dann gewonnen, bitteschön? Der Reiche oder der Arme?, könnte ein anderer fragen. Muss denn immer einer gewinnen?, könnte Ersterer erwidern.

Seraphicus lobte Keuner: „Bravo, Bruder im Herrn! Erst in der Armut entfaltet der Mensch seine wahre Größe, erst in ihr findet er zu sich und, wenn's gut läuft, zu Gott."

Cosmo Po-Lit: Heißt es nicht, den Hungrigen ist nicht gut predigen?

Handwerker: Ho, ho! Das Eigentliche? Ich will mal so sagen:

> Nichts zu saufen, nichts zu beißen,
> da gelingt nicht mal das Scheißen.

Das ist das Eigentliche für mich.

De Sade: Mir bereitet die Armut großes Unbehagen, weil sie zur Egalität anstiftet. Wo kommen wir denn da hin? Ich habe so meine eigene Vorstellung von einer egalitären Gerechtigkeit. Alle sollten das Recht haben, ja, es sollte ihnen eine Pflicht sein, alles zu tun, um im Champus zu baden und den Winter an der Côte d'Azur zu verbringen.

Voltaire: Mir geht es ähnlich. Ich weiß auch nicht, was man gegen die Reichen haben kann. Der Reiche handelt doch nur nach den Gesetzen der Natur. Er lässt den Armen den Fuchs fangen, trägt den Pelz aber selber. Das nenne ich eine sehr zweckmäßige Form der Gewaltenteilung.

Krittler, ein Journalist, meinte: „Wie man nur darauf kommen kann, die Armut als einen Segen zu bezeichnen. Sie ist eine einzige Katastrophe. Ein Fluch. Eine Sünde. Denn sie ist das Produkt eines globalen Verbrechens, für das Verbrecher verantwortlich sind. Auf der ganzen Welt leiden über achthundertvierzig Millionen Menschen an permanenter oder chronischer Unterernährung."

Lou: Alle fünf Sekunden stirbt ein Mensch an der Armut. Soll das ein Segen sein?

Tugendwerth: Nicht zu vergessen, die EinsKommaEins Milliarden Menschen, das sind einundzwanzig Prozent der Weltbevölkerung, die von weniger als einem Dollar pro Tag leben, die meisten davon in Asien und Afrika. Wo bleibt da die Humanität?

Feministin: Und in Deutschland verdienen die Frauen immer noch ...

Krittler: Ja, das hatten wir schon. Du wiederholst dich. Die vierhundert Topverdiener der USA verdienen etwa soviel wie die dreihundert Millionen Einwohner der zwanzig ärmsten Länder Afrikas. Das sagt doch alles.

Keunerschüler: Wir brauchen die Armut gar nicht so weit außerhalb von uns zu suchen. Sie hat bereits die deutsche Staatsangehörigkeit angenommen.

Daraufhin entwickelte sich ein temporeiches Wechselgespräch.

Keunerschülerin: Allein elf Millionen sind bei uns arm oder von Armut bedroht.

Keunerschüler: Sieben Millionen leben von Sozialhilfe.

Keunerschülerin: Knapp vier Millionen haben gar keine Arbeit.

Keunerschüler: Fast sieben Millionen leben von Minijobs.

Keunerschülerin: Vier Millionen arbeiten mit einem Zeitvertrag.

Keunerschüler: Drei Millionen Haushalte sind überschuldet.

Keunerschülerin: Und wer sind die Verbrecher, die diesen Flurschaden angerichtet haben?

Handwerker: Das will ich dir gern sagen: Zehn Prozent unserer Bevölkerung besitzen siebzig Prozent des gesamten Vermögens. Kein Wunder, dass es uns Handwerkern so dreckig geht.

De Sade: Das ist mir, ehrlich gesagt, alles zu einseitig und zu ernst. Hat nicht auch die Armut einen vergnüglichen Aspekt?

Krittler: Die Verbrecher sind diejenigen, die an der ungleichen

Verteilung der Güter auf der Welt schuld sind und die diejenigen Länder, in denen vor allem gehungert wird, in die Verschuldung treiben.

Keunerschüler: Indem sie Kredite zu hohen Zinsen vergeben, die dann nicht zurückgezahlt werden können.

Krittler: Oder ein anderes Beispiel. Den afrikanischen Ländern bieten amerikanische Firmen genmanipuliertes Getreide an. Die Bauern, von alters her gewohnt, Saatgut von der Ernte für die nächste Aussaat zurückzubehalten, verfahren so auch mit dem amerikanischen Getreide. Bei der kommenden Aussaat erscheinen plötzlich die Anwälte der amerikanischen Produzenten und halten die Hand auf, indem sie hohe Summen für ihr patentiertes Saatgut einklagen. Wer nicht zahlen will oder kann, bekommt es mit der Staatsgewalt zu tun.

Nietzsche: Die Armut hat auch einen sportlichen Aspekt. Dass Menschen von weniger als einem Dollar pro Tag leben müssen, sollte für uns Deutsche ein Ansporn sein, diese Marke zu unterbieten. Aber erheblich, dass es sich auch lohnt. Das wäre doch gelacht. Schließlich sind wir Exportweltmeister, mehrfacher Fußballweltmeister, im Führen von Blitzkriegen gefürchtet und beim Vergasen einsame Spitze.

Sagte es und schob sich eine Trüffelkugel, die er hochgehalten hatte und die zwischen Zeigefinger und Daumen gefährlich in Schieflage geraten war, genussvoll in sein weit aufgerissenes Maul.

De Sade: Was ich vorhin noch sagen wollte. Wir benötigen die Armut schon, allein aus Gründen der Distinktion. Ich unterscheide mich nun einmal gern von der Masse der Armen. Gäbe es die Armut nicht, was wäre der Reichtum dann noch wert? Er stünde im Regen.

Krittler: Das klang bei dir vorher noch anders.

Cosmo Po-Lit: Erst die Armut und nur sie schafft die Voraussetzung für das, was ich das archaische Gemeinwohl nennen möchte, wie es uns die Erdmännchen sehr schön vorleben. Dahin müssen wir gelangen, wenn wir eine humane Gesellschaft werden wollen. Deshalb lobe ich mir die Armut. Sie lebe hoch!

Das mit der Armut funktioniere nur wirklich, meinte Bobby, der Naturwissenschaftler mit der Schildkröte, wenn auch alle die gleichen Startchancen hätten. Es dürfe keine materiellen oder sonstigen Vorteile mehr geben, Subventionen dürften nicht mehr fließen, die Erbschaft müsse abgeschafft werden. Der Staat dürfe niemanden mehr unterstützen weder in der Form von Arbeitslosenunterstützung noch von Sozialhilfe, Wohngeld oder Kindergeld oder sonstigen Zuwendungen. Erst dann zeige sich, wer das Zeug zu einem Titan, einem Genie oder einem Trottel habe. So lasse sich die Spreu vom Weizen scheiden.

Beauvoir: Gerade auch für die Frauen brächte die Armut nur Vorteile. Erst sie schafft die Voraussetzungen für die echte Gleichberechtigung, die auf fragwürdige Quotenregelungen nicht mehr angewiesen ist. Kein Mann weit und breit, in dessen finanzstarke Arme sich eine von uns flüchten müsste. Endlich könnten wir Frauen beweisen, was eine Harke ist und dass wir tatsächlich besser sind als die Männer, woran ich sehr zweifle.

Seraphicus, der in der Zwischenzeit Kontakt mit dem Himmel aufgenommen hatte, schaltete sich wieder in seiner salbungsvollen Art ein: „Die Armut ist unser, spricht der Herr. Was ihr einem von den geringen meiner Brüder angetan habt, von Schwestern ist nicht die Rede, das habt ihr mir angetan. So heißt es etwas umständlich in der Einheitsbibel, die ich hasse. Was Bruder Keuner, auch was Bobby gesagt hat, ist Gold, nein Gottes wert. Denn die Armut ist gottgewollt. Und deshalb soll der Staat gefälligst seine Finger von den Armen lassen. Hartz Vier, Sozialhilfe und was es sonst noch an sozialem Kokolores gibt, ist alles gotteslästerlich, ist materieller Schein."

Er hatte sich verausgabt und musste erst einmal Luft holen: „Jede Form einer staatlichen Unterstützung ist ein Angriff auf die Kirche. Was bleibt uns denn da noch, wenn der Staat den Armen unter die Arme greift? Wir werden arbeitslos. Der Staat hat einzig dafür zu sorgen, dass die Menschen arm bleiben. Gut - ein paar Reiche sollten bleiben, für Spenden. Das geschieht in Übereinstimmung mit der göttlichen Ordnung. Aber sonst hat der Staat sich gefälligst rauszuhalten und uns die Armen zu überlassen. Die Armen sind unsre Existenzberechtigung. Möge Gott uns die Armut in Fülle schenken, wir preisen seine Großmut. In Ewigkeit. Amen."

Poe, der zur Abwechslung einmal Kaugummi kaute, hielt dagegen. Die Armut, meinte er, sei schon eine feine Sache. Aber nur für die anderen. Solange er nicht von ihr betroffen werde, sei sie ihm wurscht.

Proust hieb in die gleiche Kerbe. Solange man die Künstler nur im Luxus leben lasse, dürfe man mit der Armut machen, was man wolle.

Da konnte auch der untersetzte Grieche nicht an sich halten. In seinem Wächterstaat, der, wie der Name sage, von Wächtern gelenkt werde, hätten diese Hüter des Staates angenehm zu leben. Und das sei auch nur vernünftig. Wie denn sonst könnten sich die Lenker des Staates um die Staatsgeschäfte kümmern, in Ruhe nachdenken, sich auf die Suche nach Problemen machen und das Staatswesen gestalten. Solche Anstrengungen kosteten Zeit und Kraft. Auch er komme zu dem Schluss, die Elite sei für die Armut nicht geschaffen. Wohl aber für den Luxus. Der ziehe die Elite an. Das sei ein Naturgesetz und insofern göttlich.

Luzifer knüpfte sich, wie er sich spöttisch ausdrückte, die Heilsgehilfen vor: „Nun haben wir ja bereits ein riesiges Heer von lächerlichen Sozialromantikern, die der Armut auf den Leib rücken und auf Gott komm raus spenden, wenn es ihnen vom Staat oder von den Kirchen befohlen wird. Sie sind im festen Glauben, mit Spendenaktionen gute Werke zu tun und sich einen Platz im Himmelreich zu reservieren. Lachhaft das Ganze. Denn eine Spende ist nicht einmal der berühmte Tropfen auf den heißen Stein. Warum? Diese Handlanger des Guten vermögen nicht zu erkennen, dass, wer in diesem Ausbeutersystem sich sozial verhält, ein Verbrechen begeht, mit dem er das Grundübel, die Ausbeutung, bestätigt.

Keunerschüler: Das versteh ich nicht.

Seraphicus: Ich auch nicht.

Handwerker: Ich schließe mich den Nichtverstehern an.

Krittler: Wo das Volk spendet, dort braucht der Staat, der für die Armut mit verantwortlich ist, nichts mehr gegen sie zu tun. Hinzu kommt, dass alle Hilfsaktionen gegen Hunger und Armut lediglich das Sterben der Darbenden verlängern. Insofern erfüllen sie, und das sage ich mit Nachdruck, den Tatbestand der Beihilfe zum Mord.

Solche zugespitzten Aussagen ziehen Aufwallungen nach sich. Und so geschah es auch. Prompt lief Tugendwerth rot an. Man stritt sich, ob das Rot ein Karminrot, ein Weinrot oder ein Dark Magenta war.

Ihm genüge es, wenn er ein noch so kleines gutes Werk täte, wetterte Tugendwerth, mit dem ein Mensch, selbst wenn es nur für einen Augenblick sei, satt und damit glücklich gemacht werde. Wenn nur alle sich so verhielten, dann sähe es anders aus in der Welt. Und er ergänzte: „Ich mag das Tröpfchen, das auf den, ach, so heißen Stein fällt. Es ist Musik in meinen Ohren. Wenn der Arme und Kranke dann dennoch draufgeht, na schön. Dann hat er eben Pech gehabt. Dann kann man nichts machen. Dann bleibt mir immerhin noch meine Genugtuung, ein gutes Werk getan zu haben."

Während Tugendwerth noch im Nachhall seiner Worte badete, betete Cosmo Po-Lit folgendes Verslein herunter: „Auch ich bin für Gleichberechtigung und Gleichbehandlung. Schließlich sind alle Menschen vor dem Gesetz gleich. Gut –, knapp dahinter dann schon nicht mehr. In einem Punkt allerdings bin ich ganz anderer Meinung als Luzifer. Im Zusammenhang mit der Armut sollte man mit den Wohlhabenden schonend umgehen. Das gebietet die Humanität. Nachdem die Reichen bislang nur im Wohlstand gelebt haben und die Armut nur vom Hörensagen kennen, wäre es inhuman und käme einer Katastrophe gleich, würden wir sie Knall auf Fall in die Armut entlassen. Sie würden zusammenbrechen. Deshalb plädiere ich dafür, sie schonend, Schritt für Schritt, zu verhartzen, bis sie ganz sanft im Prekariat gelandet sind."

Keunerschüler: Und wie soll diese sanfte Landung konkret aussehen?

Cosmo Po-Lit: Das weiß ich auch nicht so genau. Jedenfalls muss man erkennen, dass der Reichtum eine Droge ist. Darum ist es nur konsequent, die Reichen auch wie Drogenabhängige zu behandeln. Sie brauchen gezielte Hilfe, damit sie nicht abstürzen. Das aber ist Aufgabe der Therapeuten.

Luzifer widersprach sofort heftig. Der Widerspruch hätte auch von de Sade kommen können, von dort kam er aber nicht. Was brachte Luzifer hervor? Ihm sei das Ganze zu harmlos. Vor allem zu schmerzlos. Der Schmerz sei doch der große Lehrmeister der Menschen. Nur wer am meisten leide, lebe auch am intensivsten. Man müsse sich einmal vor Augen führen, mithilfe welcher Verbrechen die Reichen zu ihrem Reichtum gekommen seien, dann wäre ein saftiges Autodafé mit Gottesdienst, Prozession, Folter und anschließender Hinrichtung nur der gerechte Ausgleich für sie. Es genüge nicht, die Reichen nur still leiden zu lassen. Man möchte sie auch leiden sehen. Die Armen wollten auch ihren Spaß haben, wenn sie schon nichts zu beißen hätten. Ein Gutes hätte das Ganze außerdem noch. Man könne die Fehler, die bei der Französischen Revolution gemacht wurden, als man nicht gründlich genug durchgriff, bei dieser Gelegenheit revidieren.

Krittler: Bei Licht besehen hat die Armut eigentlich nur Vorteile. Das ist jetzt auch statistisch gesichert. Wissenschaftler haben herausgefunden, dass Arme früher sterben als Wohlhabende. Bei Männern sieht's so aus: Ein geringes Einkommen beschert einem eine um zehn Jahre geringere Lebenserwartung im Vergleich zu den Wohlhabenden. Bei Frauen macht der Unterschied immerhin noch fünf Jahre aus. Krankheiten wie Herzinfarkt oder Diabetes kommen bei Armen doppelt so häufig vor wie bei den Vermögenden. Diesem Tatbestand kann ich eine durchaus humane Note abgewinnen. Für mich ist das ein demographischer Ausgleich.

Kraus: Darf ich diese Situation mal auf den Punkt bringen:

Super-Gewinn von 5000 €.

Es geht gleich weiter im Programm. Beantworten Sie uns vorher noch rasch einfach folgende Frage: Wie nennt man den Zustand, wenn Menschen kaum etwas zum Leben haben?

A: Anmut

B. Armut

Viel Glück! Und nun rufen Sie uns an unter ...

Wer früher stirbt, hat mehr vom Leben.

Die Gesellschaft wurde immer aufgeräumter, was an Luzifer lag, der die Diskussion mit einem halsbrecherischen Beitrag zuspitzte: „In der sehr weitläufig geführten Diskussion über die Armut ist überhaupt noch nicht zur Sprache gekommen – und wenn, dann nur sehr am Rande, oder ich habe dies überhört –, dass die Armut eine große, wenn nicht die größte Herausforderung für die Menschheit darstellt. Und eine Herausforderung schreit förmlich nach ungewöhnlichen Taten. Der Grund: Der Arme hat nichts mehr zu verlieren. Aber er kann alles gewinnen, wenn er nur aufs Ganze geht. Dazu muss er allerdings dem Risiko ganz tief in die Augen schauen."

Handwerker: Klingt verlockend. Aber wo bleiben die Beispiele?

Luzifer: Um nur ein Beispiel zu nennen, eine Extremsportart, das Bungee Jumping. Allerdings ohne Halteseil. Mit Halteseil, das kann ja jeder. Aber ohne, das erst ist die Herausforderung. Wie viel verwegener Mut, wie viel Vertrauen in ein Seil und in die Luft, wie viel Optimismus in den Abgrund steckt in einem solchen Abenteuer?

Er hielt plötzlich die Nase schief, denn er musste niesen. Dann konnte er fortfahren: „Auch das Falschschirmspringen liegt da nahe. Hat nicht ein Politiker, der die Freiheit so sehr liebte, vor vielen Jahren neue Maßstäbe menschlicher Bewährung gesetzt, als er in der Luft schwebend tollkühn darauf verzichtete, die Leine zu ziehen? Gut, das mit der Landung hat nicht so ganz hingehauen. Einem Genie, und damit komme ich zum Wesentlichen, würde so ein Missgeschick niemals passieren. Niemals! Ein Genie findet aus jedem Dilemma einen Ausweg."

Luzifer war in seinem Element: „Oder ein anderes Beispiel für einen Existenztest. Wenn einem nichts mehr gelingen will im Leben, sollte man sich freimütig überlegen, wie ich dies eben bereits in einem Gespräch einem Klienten zu bedenken gab, will man es darauf ankommen lassen, oder will man gleich ein Exempel statuieren. Wenn man einen Transfer anstrebt, aber dann, bitteschön, einen starken Abgang hinlegen, der bereits beim ersten Mal sauber und ohne eklige Nebenwirkungen auch gelingt. Der nicht zigmal angekündigt werden muss und dann doch noch in die Hose geht und die Allgemeinheit belastet. Mit einem solchen Finale spielt man nicht."

Luzifer lachte sich ins Fäustchen. Man kann sich lebhaft vorstellen, was das für ein Lachen war.

PRO VITA – Seil&Tau GmbH

Bieten garantiert rissfeste Ware in großem Sortiment. In Natur- und Kunstfaserqualität erhältlich. Ökologisch und zuverlässig. Zum Fesseln, Strangulieren, Aufhängen bestens geeignet. Mehrere Preislagen. Typenspezifische Herstellung für Masochisten, Sadisten, religiöse Fanatiker, Flagellanten, Steuerhinterzieher, hintergangene Frauen, verlassene Männer. Alle Produkte mit Tüv-Siegel.
Als Sommerhit empfehlen wir unsere mit Metalldrähten durchwirkten Seile der Extraklasse, die in mehreren Einsätzen im Krisengebiet am Hindukusch getestet wurden. Besonders geeignet für Politiker, Geistliche, Psycho- und andere Paten.
Wir machen den Weg frei!

Der Protest kam prompt, zuerst von Poes Raben, der sich mit einem lang anhaltenden *Never nevermore!* vernehmen ließ.
Auch von anderer Stelle kam heftiger Widerspruch.
Die Feministin drohte mit ihrem roten Büchlein: Ekelhaft.
Tugendwerth: Pervers.
Cosmo Po-Lit: Zynisch.
Seraphicus: Eine Sünde. Über Leben und Tod richtet allein Gott.
Die Feministin kochte. Sie revanchierte sich noch auf eine andere Weise, indem sie als Akt des gerechten Ausgleichs vorschlug, die Armut so zu gestalten, dass nur die Männer davon betroffen würden. Sie lachte grell und zeigte ihre schiefen Zähne.
Rotschopf: Die Hölle, die dann ausbricht, möchte ich nicht erleben.

111

George sah die Feministin von der Seite an und hob dann die Diskussion wieder auf ein wissenschaftliches Niveau. Sie möchte auf eine sensationelle Untersuchung aufmerksam machen, die jüngst veröffentlicht wurde. Darin wurde der Nachweis erbracht, dass der Hunger die Lernfähigkeit und die Gedächtnisleistungen gleichermaßen verbessere. Dies läge an dem Hungerhormon Ghrelin, das beim Hungern ausgeschüttet würde. Zwar handle es sich nur um eine Untersuchung mit Ratten, doch dürfte beim Menschen das Hormon eine ähnlich positive Wirkung haben, da der genetische Unterschied zwischen beiden nur minimal sei. Da die Armut mithilfe des Hungers letztlich die Erkenntnis der Menschen fördere und erweitere, sei sie aus vollem Herzen für die Armut.

Der deutsche Friedensnobelpreisträger mit dem norwegischen Pass, den man an diesem Tag neben anderer politischer Prominenz sah, erhob sich mühsam, ging auf George zu, schüttelte ihr die Hände und dankte ihr für ihren erhellenden wissenschaftlichen Hinweis, der ein Vorurteil zurechtrücken würde. Hätte er rechtzeitig, während seiner Regierungszeit, bereits von diesen Zusammenhängen gewusst, seine Politik hätte ganz anders ausgesehen. Man hätte auf einen Schlag nicht nur die Egalität herstellen, sondern auch die Welt insgesamt befrieden können. Mit Kriegen und jeder Form von Verbrechen wäre Schluss gewesen. Denn wenn kein Mensch mehr besitze, als das, was er zum Leben dringend benötige, wie sollten sich dann noch Verbrechen lohnen? Aus welchem Grund sollte man dann noch jemanden umlegen, wenn ein Mord keinen Vorteil mehr bringe. Er werde die Armut für den Friedensnobelpreis vorschlagen.

„Ich bin ausnahmsweise einmal, aber auch nur widerwillig und sehr eingeschränkt, deiner Meinung", meldete sich ein beleibter Bayer zu Wort, der beim Reden zu wippen pflegte. „Allerdings frage ich mich schon, wie du überhaupt zu deinem Friedensnobelpreis hast kommen können. Hat da der Osten vielleicht nachgeholfen? Wie viel Geld ist dabei geflossen? Ich habe mir mit Waffenschiebereien eine goldene Nase verdient. Je ne regrette rien! Natürlich musst du als Friedensnobelpreisträger so pauschal argumentieren, wie du es getan hast. Aber das ist kein Wunder, wenn man deine Biografie kennt. Was mich angeht, so möchte ich die Armut nur auf bestimmte Problemgruppen angewendet wissen, auf die Auswärtigen und die Linken nämlich. Das würde vollkommen genügen. Und in diesem Sinne sage ich zur Armut laut und deutlich – Ja."

„Ich sehe schon", griente der Friedensnobelpreisträger, „du hast nichts in der Hölle dazugelernt. Noch immer tischst du deine alte Xenophobie auf. Der braune Saft schäumt noch immer kräftig in deiner Birne, obwohl die Mauer längst gefallen ist."

Der Bayer parierte wie folgt: „Mein Lieber, ich habe mich in der schlimmen Zeit in Deutschland nicht wie du durch Fahnenflucht der vaterländischen Pflicht entzogen, habe auch niemals meinen Schwanz eingezogen. Im Gegenteil! Ich habe ihn immer hingehalten, wo auch immer er hinpasste, wenn es sich nur lohnte, ob in München, Bonn oder in New York. Ich war mannhaft, standhaft, wehrhaft, krankhaft. Habe nie meine Meinung geändert. Die Probleme mit den Kanaken – darf ich das mal ganz unumwunden so formulieren, wir sind ja hier ganz unter uns –, wären wir durch Armut mit einem Schlag los. Du linker Spinner hast immer noch nicht begriffen, dass die Auswärtigen doch nicht bei uns sind, weil sie uns lieben. Oder weil sie sich an unserer Leitkultur berauschen. Machen wir uns da nichts vor. Die sind nur wegen der Knete bei uns. Würden wir gleich bei der Einreise auf jegliche Vergünstigung verzichten und im Gegenteil auf Vorleistungen bestehen, etwa der, die deutsche Sprache zu beherrschen, dann kämen nur die Auswärtigen zu uns, die wir uns wünschen, die an unserer Kultur interessiert sind."

Der Bayer lächelte. Er griff zufrieden zu der neben ihm stehenden Maß und trank sie auf einen Zug aus.

Seraphicus stand derweil an der Tafel, die im Eingangsbereich des Refektoriums aufgebaut war, und versuchte dort, Soll und Haben aufzurechnen, worauf Arme unbedingt verzichten könnten und was sie durch die Armut hinzugewännen. Als die Tafel mit Stichwörtern überfüllt war, zeigte sich, was Seraphicus so auf den Begriff brachte: „Summa summarum: Durch Verzicht auf falsche Bedürfnisse gewinnt der Arme das eigentliche Leben."

Kraus hatte vor sich seinen Laptop aufgeschlagen. Er brütete wieder, worüber, das war nicht schwer zu erraten. Keuner trat von hinten an ihn heran und las Folgendes:

---

* Die Armut ist ausgebrochen. Schlechte Zeiten für Verbrecher und Krimischriftsteller.

* Lieber im Überfluss leben, als im Abfluss enden.

* Sie hätten sich ruhig etwas Vernünftigeres einfallen lassen können als arbeitslos zu werden, meinte der Berater der Arbeitsagentur.

* Nachdem man ihn aufs tote Gleis geschoben hatte, begann er die Zeit tot zu schlagen.

* Armut macht demütig, sagte A. Daraufhin B: Und dankbar. A: Demütig, das mag angehen. Aber wieso dankbar? B: Dass man noch leben darf.

* Als mir der Bettler einladend seinen Hut hinhielt, langte ich beherzt zu.

Was sonst noch in der Debatte über die Armut zum Vorschein kam? In Kürze so viel:

Wilde lieferte aus ästhetischer Sicht ein Plädoyer für die Armut. Er ging dabei so weit, der Armut einen Anwalt der Anmut zu nennen. Wie er darauf kam? Er verwies auf das Schlankheitsideal, das sich nun global wieder durchsetzen könnte und betonte, dass die Verschlankung ein Segen für die Menschheit wäre, da man sich nicht mehr durch den Anblick fetter Menschen beleidigen lassen müsste. Auch die Naturschönheit erhielte wieder eine Chance, wenn die Kosmetikmaskeraden und das Lifting ausfielen.

Cosmo Po-Lit hob dagegen hervor, endlich hätten die Menschen Zeit, sich um ihre Kinder und mit Hingabe auch um ihre Bildung und um die Klassiker zu kümmern. Und erst die Umwelt! Für sie bräche ein neues Zeitalter an. Wie könnte die wieder aufblühen, wenn die Umweltverschmutzung ausbliebe, was er näher ausführte, hier aber nicht geschehen soll.

Seraphicus konnte sich nicht genug begeistern. Er pries noch einmal die Armut, da sie die Armutsorden beleben würde. Die hätten endlich wieder Zulauf. Und die Nachwuchsprobleme wären mit einem Schlag gelöst, ja, man wäre sogar in der Lage, nur die Besten zu nehmen und nicht mehr nur den Schrott, die Waschlappen, die Hasenherzen, die Muttersöhnchen, die Kümmerlinge und die Hosenscheißer.

In einem Nebenraum führte Luzifer mit einem Arbeitslosen ein zwangloses Gespräch. Was dabei wohl herauskam?

„Was soll ich mit den vielen klugen Vorstellungen, die hier geäußert wurden, anfangen?", wandte sich der Arme an Luzifer.

Luzifer: Man ist niemals chancenlos. In jeder Situation hat man immer mindestens zwei Möglichkeiten.

Armer: Und die wären?

Luzifer: Die Chance, sich eine Arbeit zu suchen. Oder es bleiben zu lassen.

Armer: Und was soll ich mit den beiden Chancen anfangen?

Luzifer: Gesetzt den Fall, man bekommt eine Arbeit, dann hat man wiederum zwei Möglichkeiten. Die Arbeit sagt einem zu und man nimmt sie an. Oder man nimmt sie, aus welchen Gründen auch immer, nicht an, dann bleibt man weiterhin arbeitslos.

Armer: Und was ist dann gewonnen, wenn ich arbeitslos bleibe?

Luzifer: Auch in diesem Fall hat man wieder zwei Möglichkeiten. Entweder das Leben plätschert wie bisher weiter so dahin. Oder aber man scheidet frohgemut aus dem Leben.

Armer: Jetzt habe ich begriffen, wie das Spielchen läuft. Sollte ich etwa einen Selbstmord begehen, so gibt es wiederum zwei Möglichkeiten, entweder er gelingt, oder er gelingt nicht. So weit, so schlecht. Aber wie geht's dann weiter?

Luzifer: Gelingt er, kommt man in den Himmel oder in die Hölle.

Armer: Und das Fegefeuer? Fällt das aus?

Luzifer: In meinem bipolaren Denksystem kommt es nicht vor.

Armer: Nehmen wir an, der Selbstmord gelingt nicht ...

Luzifer: Nun, was ist dann? Denk nach!

Armer: Dann wird man zur Rechenschaft gezogen und muss in Armut weiter leben. Das ist dann zwar dumm gelaufen, aber man hat sich so entschieden. Der Arme wurde nachdenklich: „Wenn man im Himmel oder in der Hölle ankommt, ist dann Endstation?"

Luzifer: Keineswegs. Im Himmel gibt es zwar keine Arbeit, aber dort ist man gut versorgt. Freilich wird es einem schnell langweilig, so dass schon einmal der Wunsch mächtig werden kann, in die Hölle verlegt zu werden. In der Hölle ist es zwar wahnsinnig spannend, denn dort sind die interessantesten Typen. Aber gleichzeitig ist es dort bekanntermaßen sehr heiß. Und man muss anders als im Himmel hart arbeiten, die Arbeit übernehmen, die einem zugewiesen wird. Basta. Nichts ist's mit freier Arbeitswahl.

Armer: Bei Licht besehen, bleiben mir eigentlich nur zwei Varianten: Ich vegetiere dahin oder ich nehme mir das Leben.

Aber dann richtig.

Luzifer: Du bist ein gelehriger Schüler. Im ersten Fall hast du die Chance, arm zu bleiben, dafür aber alt zu werden wie Methusalem. Im anderen Fall kannst du, wie es sich für Helden gehört, jung sterben. Das sind deine Chancen. Aber auf denen solltest du unbedingt bestehen.

Beileidsadresse

Wir bedauern und begrüßen die neuen Mitglieder im Club, die durch die Finanzkrise in eine tiefe Armut gefallen sind:
* Familie Porsche
* Familie Schaefer
* Familie Oppenheim
* Dietmar Hopp (SAP)
* Familie Reinhard Mohn
* Madeleine Schickedanz
Für die Arbeitslosenhilfe e.V. gez. Franz Hungerdübel

8.

Achtung! Erster Nothalt. Dieser beginnt nach nur 26 Zeilen. Keuner verglich eines Tages das Erzählen mit dem Straßenverkehr, der mal flüssig, mal zäh dahin fließe, aber immer häufiger durch kleinere oder größere Baustellen oder durch sonst welche Katastrophen behindert, ja blockiert werde, mit den bekannten Folgen: Staus, Unfälle und geduldiges Warten. Manchmal müsse der Verkehr sogar umgeleitet werden. Eine besondere Gefahr ginge von den abschüssigen und kurvenreichen Straßenabschnitten für die schwerfälligen überlangen Lastwagen aus, zumal, wenn diese auch noch einen Anhänger mit sich führten. Wenn nun auf so einem Steilhang plötzlich die Bremsen versagten? Wehe, wenn dann kein Nothalt da sei. Nicht auszudenken, was dann alles passieren könnte. Ginge alles gut, dann hielte das Gefährt am Nothalt einfach an, der Autopilot könne sich den Schweiß von der Stirn und von wer weiß wo wischen, Hilfe herbeirufen und sich in der Zwischenzeit in aller Ruhe sinnlos besaufen. Solche Nothalte gäbe es auch beim literarischen Erzählen. Damit war auch das gesagt.

Den ersten Nothalt kündigte Keuner dann auch gleich an. Zu diesem Zweck bat er die ermüdeten Diskussionsteilnehmer in das nahe gelegene Fernsehzimmer. Dort machte er die Teilnehmer auf eine Fernsehsendung aufmerksam, in der gerade, passend zum Tagungsthema, die mit viel Spannung erwartete Fernsehserie *Wie kriminell ist unser Land? Wie weit bestimmt das Verbrechen bereits unser Leben?* anlief.

Die Serie wurde an diesem Abend mit zwei Beiträgen eröffnet. Im Mittelpunkt des ersten Filmbeitrags stand ein ganz normal aussehender Mann aus der Mittelschicht. Was heißt hier normal? Er steckte jedenfalls in einer jener typischen, unscheinbaren Uniformen, die Angestellte von Dienstleistern zu tragen pflegen und mochte Anfang vierzig sein. Mit müden Schritten näherte er sich einem kühlen Glaspalast. Mit dem Eintritt zögerte er einen Augenblick, dabei wie ein Verfolgter nach allen Seiten sichernd. Dann betrat er rasch das Gebäude, ging ebenso rasch auf den Aufzug zu, drückte eine Taste, wartete und sicherte erneut. Scharfer Schnitt. Das nächste Bild zeigte ihn, wie er auf einem x-beliebigen Stockwerk ankam, dann einen langen Gang entlangging, an einer der zahlreichen Türen anklopfte und dann einen hellen, mit dem üblichen Grünzeug ausgestatteten, durch einen grauen Teppichboden gedämpften Empfangsraum betrat. Dort wurde er von einem schneidigen, etwa fünfunddreißigjährigen Jungdynamiker, der braun gebrannt und durchtrainiert aussah und ebenfalls in einen Anzug mit Krawatte eingezwängt war, begrüßt und zu einem durch Stellwände abgetrennten Büroabteil mit einem aufgeräumten weißen Bürotisch geleitet, auf dem das Arbeitsgerät, ein Computer, thronte. Ein keuscher Schreibblock mit Schreibgerät lag daneben. Ansonsten Langeweile auf dem Tisch. Von anderen Kassetten-Ensembles links und rechts drangen dezente Gesprächsgeräusche, auch immer wieder einmal laute Klingeltöne herüber. Unsicher, so, als habe er sich noch nicht entschieden, ob er bleiben oder die Flucht ergreifen wolle, nahm der Mann in dem ihm angebotenen Bürosessel schließlich Platz.

Der Jungdynamische setzte sogleich einen geschäftlichen Akzent für das Gespräch, indem er irgendeine tabellarische Übersicht auf dem Computer aufrief, diese kurz ansah, gleichzeitig seinen Kunden mit einem flüchtigen Seitenblick taxierend. Er vergaß auch nicht, ein dünnes Lächeln aufzusetzen. Indes – nichts geschah. Ein Dialog kam nicht zustande. Der Kunde dachte nicht daran, den Mund aufzumachen, woraufhin der Kundenberater sein geschäftliches Lächeln verstärkte, sich aber sprachlich zunächst noch zurückhielt. Er wollte offenbar dem Kunden den Vortritt lassen, sein Anliegen vorzubringen. Dieses Tauziehen des Schweigens dauerte einige Sekunden. Es mochten zehn sein. Das Lächeln fiel von dem Kundenberater nach und nach ab, was den Kunden veranlasste, weiter zu schweigen, aber den Kopf leicht zu senken. Sein Gesichtsausdruck war leergefegt. Schließlich wurde es dem Jungdynamischen zu bunt. Er ergriff die Initiative und sprach den Kunden nun direkt an, fragte ihn, was ihn denn herführe, am Telefon habe er sich doch sehr bedeckt gehalten. Der Kunde hob den Kopf und machte einen erlösten Eindruck, denn er lächelte nun seinerseits und antwortete erleichtert: „Ich komme wegen Ihres Sonderangebots, wegen Ihres Spartarifs."

Berater: Welchen Spartarif meinen Sie? Wir bieten mehrere an.

Kunde: Den verbilligten Familientarif all inclusive mit 30% Rabatt.

Der Kundenberater konnte sich ein Grinsen nicht verkneifen: „Sehe ich das richtig, Sie wünschen eine Endlösung en famille."

Kunde: Um Gottes willen, nur kein Gas! Wo denken Sie hin.

Berater: Da denke ich ja gar nicht hin. Aber um einschätzen zu können, ob dieser Tarif für Sie überhaupt in Frage kommt, benötige ich allerdings einige konkrete Informationen von Ihnen.

Kunde: Wie meinen Sie das?

Berater: Anzahl der Familienmitglieder. Wie viele Erwachsene? Männer? Frauen? Kinder? Jungen? Mädchen? Alter? Und so weiter. Sie verstehen.

Unwillig antwortete der Kunde: „Außer mir noch eine Erwachsene, meine Frau. Dann drei Kinder."

Berater: Aha! Ist Ihre Frau hübsch?

Der Kunde blickte erstaunt und ärgerlich: „Ja. Doch. Ich denke schon. Aber ich verstehe nicht ganz, was diese Frage soll."

Der Berater lächelte überlegen: „Verzeihen Sie, wenn ich insistiere, Sie werden gleich besser verstehen. Darum noch einmal die Frage: Wie hübsch ist ihre Frau? Könnten Sie das ein wenig ausführen?"

Der Kunde antwortete unwillig, er sei nicht hierher gekommen, um sich über seine Frau zu unterhalten, ob und inwieweit sie ...

„Tut mir Leid, wenn ich Ihnen zu nahe getreten bin", beeilte sich der Berater zu sagen, „aber solche Fragen sind in unserem Metier von erheblicher Relevanz bei der Rabattskalierung. Nun gut. Machen wir erst einmal an einer anderen Stelle weiter. Wie alt sind Ihre Kinder? Unter zehn Jahren? Oder darüber?"

Kunde: Alle unter zehn. Die Jungs sieben und neun. Die Kleine vier.

Berater: Wie schön. Zwei Mädchen, ein Junge. Die vollkommene Drei.

Der Kundenberater fütterte den Computer und sagte dann beiläufig, den Blick auf den Bildschirm gerichtet: „Damit wir uns richtig verstehen. Sehe ich es richtig, dass Sie, nun, lassen Sie es mich einmal so ausdrücken, Ihren und den Status Ihrer Familie ändern wollen."

Der Kunde wand sich, ehe er leise bejahte.

Berater: Wir können Ihnen eine diskrete, geräuschlose Lösung zusichern.

Kunde: Wie meinen Sie das?

Berater: Ein endgültiger Schlussstrich unter ein Jetzt, das ein Damals werden soll.

Der Kunde nickte.

Berater: Sehr gut. Damit sind wir einen Schritt weiter.

Er betätigte wieder die Tastatur, sah auf den Schirm und meinte, nachdem er eine entsprechende Information gefunden hatte: „In diesem speziellen Fall greift allerdings der Familienspartarif Ihrer hübschen Frau und Ihrer Kinder wegen leider nicht."

Kunde: Wie darf ich das verstehen? Es heißt doch Familientarif. Und ich möchte für meine Familie eine Familienlösung.

Berater: Aus Ihrer Sicht mögen Sie Recht haben. Wir haben auch Familientarife. Indes verhält es sich bei Ihnen so, ich wiederhole mich hier gern, dass Sie eine hübsche Frau und Kinder haben.

Er machte eine Pause, sah den Kunden mit einem lang anhaltenden Blick an und fuhr dann fort: „Was Ihre Frau angeht, kommt zusätzlich ein Schönheitstarif in Betracht." Er lehnte sich zurück: „Sehen Sie, der Sachverhalt ist doch der. Die Überführung eines normalen oder hässlichen Menschen in eine alternative Befindlichkeit, wenn ich das einmal so formulieren darf, ist für unsere Mitarbeiterinnen und Mitarbeiter ein reines Kinderspiel. Indes - die Transferierung eines besonders schönen Wesens stößt auf erhebliche Widerstände. Die Leute haben Hemmungen, in etwas Schönes radikal einzugreifen. Die Schönheit erfreut sich einer hohen, positiven Wertschätzung.

Oder wie ein berühmter Dichter einmal sagte: Schönheit ist das Versprechen des Glücks. Kurzum: Bei schönen Menschen erheben wir einen Schönheitszuschlag."

Kunde: So, Schönheitszuschlag nennen Sie das! Ein Schönheits-Abschlag wäre mir lieber.

Berater: Damit kann ich leider nicht dienen. Das Äußerste, was ich Ihnen anbieten kann, sind drei Prozent Skonto bei einer Anzahlung in Höhe von fünfzig Prozent und der Begleichung der Restsumme nach Auftragserledigung innerhalb von drei Tagen.

Kunde: Inklusive Mehrwertsteuer?

Berater: Nein! Wo denken Sie hin? Aber – da es sich um eine Dienstleistung handelt, erheben wir nur den ermäßigten Satz von sieben Prozent.

Kunde: Aber Kinder schlagen doch wenigstens tarifmindernd zu Buche? Sie sind doch noch so klein. Eine Art Kinderrabatt oder so etwas Ähnliches kann man doch sicher erwarten?

Berater: Da muss ich Sie erneut enttäuschen. Denn Sie haben Kinder unter zehn Jahren. Und bei denen ist der emotionale Faktor ebenfalls sehr hoch. Das gilt auch für unsere Mitarbeiterinnen und Mitarbeiter, selbst für die abgebrühtesten unter ihnen. Sie machen sich ja keine Vorstellung, wie sensibel die sind, sobald Kinder ins Spiel kommen. Hinzukommt, dass unsere Leute selber in den meisten Fällen Kinder haben. Sie werden daher verstehen, dass wir zum Normaltarif einen Mitleidsmalus, eine Art Aufwandsentschädigung, in Höhe von dreißig Prozent zum Normaltarif erheben müssen. Das macht bis jetzt summa summarum ...

Der Kundenberater hieb aufgeregt auf die Tastatur ein.

Kunde: Warum setzen Sie für solche Fälle wie den meinen nicht Junggesellen ein? Von mir aus auch aus Gründen der Gleichberechtigung Junggesellinnen? Da fiele dann die Aufwandsentschädigung weg.

Berater: Vielleicht habe ich mich nicht deutlich genug ausgedrückt. Bei dieser Causa wird grundsätzlich ein emotionaler Malus veranschlagt. Das sentimentale Getue Kindern gegenüber ist so etwas wie ein Naturgesetz. Verheiratet hin, unverheiratet her.

Kunde: Vielleicht können Sie mir einen anderen, etwas günstigeren Tarif anbieten. Der Kundenberater fingerte erneut nervös auf der Tastatur herum, bis er an einer ganz bestimmten Stelle innehielt.

„Bei uns ist", meinte er und holte erneut sein Lächeln hervor, „bis jetzt noch niemand weggegangen, dem nicht geholfen werden konnte. Und so werden wir auch für Sie eine Lösung finden."

Kunde: Und welche käme da in Frage?

Berater: Bei Ihnen könnte einer unserer zahlreichen Sachtarife greifen.

Kunde: Wie bitte? Bei mir geht es doch um gar keine Sache.

Berater: Ich verstehe Ihre Ungeduld sehr wohl. Daher möchte ich Sie bitten, den Fakt einfach einmal ganz distanziert aus folgender Perspektive zu betrachten.

Der Kundenberater dehnte sich, holte tief Luft und gab auf diese Weise dem Fakt seine besondere Bedeutung: „Ihre Familie ist natürlich keine Sache. Ich wollte Ihnen auch gar nicht zu nahe treten. Aber – betrachten Sie die Sache, rein hypothetisch, einmal so. Ihre Familie ist zwar keine Sache, befindet sich aber" – an der Stelle hob der Kundenberater bedeutungsvoll seine Stimme –, „in einer Sache, und zwar mitten drin, so wie ein Aktienpaket sich in einem Depot befindet. Verstehen Sie jetzt, was mit dem Sachtarif gemeint ist?"

Kunde: Nein, ganz und gar nicht.

Berater: Ich helfe Ihnen. Ihre Familie lebt doch in einer Wohnung oder einem Haus? Sehe ich das richtig?

Kunde: Ein Häuschen im Grünen mit Teich, Garten, Fröschen, Hund.

Berater: Den Hund haben Sie uns bis jetzt verschwiegen. Das sind Zusatzkosten.

Kunde: Aber was soll denn jetzt anders sein? Das verstehe ich immer noch nicht. Und wieso soll jetzt auf einmal die Aufwandsentschädigung wegfallen?

Berater: Ich sehe, Sie denken mit. Das gefällt mir. Wenn Sie gestatten, möchte ich Sie auf dem Pfad der Phantasie weiter führen. Stellen Sie sich einfach vor, ihre Familienmitglieder befinden sich vollzählig in Ihrem Haus. Man kann sagen, sie sind fein verborgen hinter dicken Mauern. Einer Sache, wohlgemerkt! Stellen Sie sich jetzt weiter vor, es ist dunkel. Tiefste Nacht. Kein Lichtlein glimmt. Kein Sternlein am Himmel. Schon gar nichts zu sehen von der Milchstraße. Von außen gesehen könnte man den Eindruck gewinnen, die Sache, das Haus, stünde leer. Und exakt mit dieser Vorstellung würden dann unsere Mitarbeiter im Außendienst den Auftrag ausführen - Auslöschung einer Sache. Dann bräuchten wir nur noch den aktuellen Kaufwert des Hauses. Fertig wäre die Chose. Was ist Ihr Haus wert?

Kunde: Dieser Tarif kommt auf keinen Fall für mich nicht Frage. Noch wohne ich in der besagten Sache. Und ich möchte sie auch behalten. Sie ist auf mich überschrieben.

Der Kundenberater zog die Stirn in Falten: „Ich hab's! Auf Sie passt einer unserer Individualtarife wie die Faust aufs Auge."

Kunde: Was ist jetzt das wieder? Kein Familientarif. Dann ein Sachtarif. Und jetzt ein Individualtarif?

Berater: Ganz einfach. Keine kollektive, sondern eine ganz individuelle Lösung von Fall zu Fall.

Kunde: Sie meinen einer nach dem andern?

Berater: Richtig. Einer nach dem andern.

Kunde: Erst meine Frau? Dann die Kinder? Dann der Hund? Dann die Frösche?

Berater: Nicht unbedingt. Wenn Sie sich etwa für Ihre Frau eine ganz persönliche Note vorstellen, dann kämen erst die Kinder an die Reihe, eines schön nach dem andern. Wobei für diesen Fall noch die Reihenfolge festgelegt werden müsste.

Inwieweit es da auch noch individuelle Nuancen gibt, Vorlieben, und so weiter. Das Ganze käme Sie dann auf, ich rechne
das einmal schnell durch …
Während er begeistert rechnete und auf die Tasten einhieb,
sah man, wie der Kunde abrupt aufstand, den Stuhl umwarf
und eilig die Flucht ergriff.
Es folgte der nächste Werbespot.

Ash & Sons – Juwelier- und Bestattungsunternehmen

Wir richten für Sie Eventbestattungen aller Art aus. Nur
wir sichern Ihnen das schönste und nachhaltigste
Gedenken zu. Lassen Sie Ihre Lieben einäschern. Die
Asche der Toten wird von uns metaphysiert, zu Dia-
manten verarbeitet, die Sie als Schmuck am Finger, ums
Handgelenk oder um den Hals stets bei sich tragen
können. So ist der Dahingeschiedene weiterhin unmittel-
bar bei Ihnen. Toten Fußballfans erfüllen wir den letzten
Wunsch. Deren Asche lassen wir aus einem Hubschrau-
ber auf dem Fußballfeld des Lieblingsvereins verstreuen.
Auch ganz andere, extraterrale Wünsche erfüllen wir
ihnen. Bestattung im All. In der nächsten Mars-Rakete
ist noch reichlich Raum für kleine als Augen gestylte
Kapseln mit der Asche des Verblichenen, die später im
All ausgesetzt werden. So behalten Sie permanent
Blickkontakt mit dem Dahingegangenen in der Ewigkeit.
Preise nach Absprache.
Anfrage zu reichten an …

„Guten Abend, meine Damen und Herren. Im zweiten Beitrag
unserer heutigen Sendung kann ich Ihnen die Sensation der

Sensationen ankündigen, auf die die Welt bislang vergeblich warten musste. Uns ist es nach erheblichen Schwierigkeiten mit dem organisierten Verbrechen endlich gelungen, den erfolgreichsten Profikiller, der für die unterschiedlichen Mafiaunternehmen arbeitet, für ein Interview zu gewinnen. Der Sender dankt ausdrücklich jenen Politikern, die für ihre guten Beziehungen zur Mafia bekannt sind und für uns die Vermittler gespielt haben. Sie hier namentlich nicht zu erwähnen, geschieht aus Gründen des Daten- und Personenschutzes. Natürlich geht der Dank auch an den Gast des heutigen Abends, der sich erstmals mutig für uns und für Sie, meine Damen und Herren an den Fernsehern, der Öffentlichkeit stellt. Wir danken ihm für diese Zivilcourage, die, wie Sie sich vorstellen können, ihren Preis hat und von der sich unsere Politiker eine Scheibe abschneiden sollten. Auch unserem Gast steht der Datenschutz selbstverständlich in vollem Umfang zu. Darum geben wir seinen bürgerlichen Namen nicht preis und zeigen ihn auch nur verdeckt. Ein klärendes Wort noch zum Schluss: Diese Sendung ist für Jugendliche unter sechzehn Jahren nicht geeignet."

Interviewer: Schön, dass Sie sich bereit erklärt haben, Herr, ... Ja, wie darf ich Sie begrüßen, wie Sie ansprechen?

Killer: Nennen Sie mich doch einfach mit dem deutschen Allerweltsnamen Müller.

I: Danke, Herr Müller. Sie sind der bekannteste und auch erfolgreichste Killer der Gegenwart, haben über hundert, wenn ich richtig informiert bin, waren es einhundertundzehn Morde begangen ...

K: Nehmen Sie es mir nicht übel, aber ich muss Sie unterbrechen. Darf ich drei Dinge richtig stellen, denn wir wollen doch, dass das Interview glatt über die Bühne geht.

I: Ja, selbstverständlich. Entschuldigung!

K: Erstens – belegen Sie mich bitte nicht mit dem irreführenden Begriff Killer. Ich zähle mich zu jenen Künstlern, die sich auf die ehrenwerte Kunst der Auslöschung oder Erlösung verstehen. Zweitens – wenn Sie schon exakt sein wollen, dann aber auch, bitteschön, ganz exakt: Ich habe für einhundertundelf Erlösungen gesorgt, und die lass' ich mir nicht nehmen.

I: Sie sagten Erlösungen?

K: In der Tat. So verhält es sich. Und damit komme ich zu drittens. Ich habe einhundertundelf Menschen ausgelöscht, oder wie wir das zu nennen pflegen, von ihrem beschissenen Dasein erlöst. Und das ist doch aller Ehren wert. Zumal, wenn Sie die Erlösungen ökonomisch betrachten. Dann habe ich sowohl einen Beitrag zur Entlastung des Arbeitsmarktes und des Staatshaushaltes geleistet als auch, demographisch gesehen, die Menschheit entlastet.

I: Also gut, Sie haben für einhundertundelf ...

K: ... Erlösungen gesorgt, richtig. Kommen wir zur vierten Richtigstellung, eine winzige sprachliche. Wenn ich mir auch an dieser Stelle eine kleine sprachliche Korrektur Ihrer Verlautbarung erlauben darf: Morde kann man nicht begehen.

I: Wie darf ich das verstehen?

K: Eine Dummheit kann man begehen. Auch einen Fehler. Eine Sünde, das geht auch in Ordnung. Oder – von mir aus auch ein Unrecht. Aber eine Erlösung hat etwas von einem sakralen Ritual oder einer Theateraufführung. Wir Künstler sprechen deshalb von der Inszenierung einer Erlösung. Wenn Sie aber auf Morden bestehen, diese kann man allenfalls begehen.

I: Nachdem das also geklärt wäre, können wir auf einen anderen Punkt zu sprechen kommen, auf Ihre Opfer, pardon, Erlösten. Es handelt sich dabei um ...

K: ... Frauen. Hässliche und schöne. Junge und alte. Männer dito. Große Menschen, kleine Menschen. Dicke und Dünne. Mädchen und Jungen die Fülle. Kinder. Auch die. Womit kann ich noch dienen?

I: Statistisch gesehen...

K: ... sind die Erwachsenen noch in der Mehrheit, aber nicht mehr lange. Die Jungen holen mächtig auf. Dafür sorgen wir, meine Kolleginnen, meine Kollegen und ich.

I: Inwieweit holen die Jungen auf?

K: Sehen Sie sich doch dieses unfertige Gemansche, diese pickligen Hosenscheißer, die wir Jugendliche nennen, etwas genauer an: Dumm, verwahrlost, leseabstinent, interesselos, gleichgültig, faul, konsumorientiert, übergewichtig, bewegungsgehemmt, sexuell frühreif, enthemmt. Nicht zu vergessen - brutal. Diese jungen Monster haben in zehn Jahren bereits das erlebt, wofür wir, Sie und ich, ein ganzes Leben brauchen. Können wir dieses degenerierte Gelichter der Menschheit zumuten? Ich sage nein!

I: Nun, wenn Sie gestatten, hier bin ich es, der die Fragen zu stellen hat. Das Antworten obliegt Ihnen.

K: Seien Sie vorsichtig mit dem, was Sie sagen. Meine Frustrationstoleranz bewegt sich auf einem sehr niedrigen Niveau.

I: Verzeihen Sie, aber das ist schon starker Tobak, was Sie da von sich gegeben haben. Übertreiben Sie hier nicht maßlos? Immerhin ist die Jugend unsere Zukunft.

K: Ich übertreibe gern. Auch maßlos. Sogar maßlos gut. Aber dafür auch richtig gut. Das unterscheidet mich von den Politikern, den feigen...

I: Nein, sprechen Sie dieses Wort nicht aus. Ich wechsle lieber gleich das Thema. Unsere Zuschauerinnen und Zuschauer dürfte vor allem interessieren, was Sie für Ihre Erlösungsdienste so nehmen.

K: Sie sprechen das Künstlerhonorar an. Nun, wir haben da unsere Tarife wie die Künstler, wie generell alle Dienstleister auch. Ich passe mich allerdings den ökonomischen Gegebenheiten von Angebot und Nachfrage, auch den Auftraggebern an. Neulich erst habe ich einen HartzVierler kostenlos von seinem jämmerlichen Dasein erlöst.

I: Das klingt jetzt aber zynisch.

K: Wie kommen Sie denn darauf. Ganz und gar nicht. Sie haben bloß den falschen Blickwinkel. Sehen Sie, die Sache ist doch die. So ein Arbeitsloser ist die personifizierte Nutz- und Sinnlosigkeit. Nur wer arbeitet, bedeutet etwas in unserer Gesellschaft, hat somit auch ein Recht auf Leben und kann sich dementsprechend auch eine sinnvolle Existenz aufbauen. Was soll dagegen so ein Arbeitsloser, das kann jetzt auch eine Frau sein, schon mit sich anfangen? Ohne Knete geht nichts. Einen neuen Arbeitsplatz zu bekommen ist schwierig, wenn nicht aussichtslos. Die Gründe sind bekannt. Allenfalls erhält so ein reduziertes Wesen einen sogenannten Minijob, ich hasse diesen Anglizismus. Bleibt er aber ohne Arbeit, bekommt er eine staatliche Unterstützung. Das heißt auf gut Deutsch, so einer ist auf der ganzen Linie ein Ärgernis. Die Arbeitenden ärgert er, weil sie für ihn aufkommen müssen. Den Jugendlichen ist er ein schlechtes Beispiel. Blicken die ihn nur an, sehen sie ihre Zukunft vor sich. Außerdem rauchen und trinken die Arbeitslosen, was das Zeug hält. Das tun zwar die Arbeitenden auch. Aber die tun auch etwas dafür.

I: Unsere Zuschauerinnen und Zuschauer interessiert sicher, wer Ihr Auftraggeber für den Arbeitslosen war, von dem Sie behaupten, sie hätten ihn kostenlos erlöst.

K: Auftraggeber ist der falsche Begriff. Es war ein Politiker, ein guter Bekannter von mir, der wie ich für die radikale Streichung der Arbeitslosenunterstützung ist, und in dessen Nachbarschaft sich der Arbeitslose herumtrieb. Es gehört nicht viel Phantasie dazu, herauszufinden, welcher Partei er angehört.

I: Apropos Arbeitslosigkeit. Wie verhält es sich eigentlich mit der Arbeitslosigkeit in Ihrer Branche?

K: Soll das ein Witz sein? Das Problem stellt sich bei uns gar nicht. Die Nachfrage ist größer denn je. Unsere Branche boomt. Wir gehören zu den wenigen Wachstumsbranchen. Und das weltweit. Wir können die Nachfrage kaum noch befriedigen. Es gibt immer mehr Risikogruppen, die der Wirtschaft und dem Staat zusetzen. Neben den Arbeitslosen sind dies die Alleinerziehenden, die Alten, die Motorradfahrer, die Hundehalter, die Drogenabhängigen, die Intellektuellen, um nur einige zu nennen.

I: Was ich nicht verstehe, warum sie ausgerechnet die Arbeitslosen in Ihr Sanierungsprogramm einbeziehen. Sind die nicht schon gestraft genug?

K: Sicherlich! Die Arbeit sind sie los. Aber doch noch nicht das Leben. An dem hängen sie dann auch noch. Das ist zuviel des Guten. Man muss auch loslassen können. Das verlangt die Lebenskunst. Und der Anstand. Und wer das nicht kann, dem muss geholfen werden.

I: Und wer sind in diesem Fall Ihre Auftraggeber?

K: Politiker, Konzerne, und, Sie werden lachen, die Kirchen. Hingegen sind Einzelpersonen, die aus privatem Interesse heraus handeln und jemanden über den Jordan gehen lassen wollen, eher selten.

I: Dass Konzerne und Parteien ein reges Interesse an solchen, ja, ich sage einmal Maßnahmen haben, kann ich noch, wenn auch mit Magengrimmen, verstehen. Wenn auch nicht nachvollziehen. Aber wieso Kirchen?

K: Was gibt es da nicht zu verstehen? Die Kirchen sind Arbeitgeber. Sie arbeiten auch auf Erfolgsbasis, vergeben daher Minijobs, lassen ehrenamtlich arbeiten, legen ihr Geld an, handeln mit Immobilien, bedienen sich des Outsourcens und so weiter. Aber – trotz aller Einsparungen, die Lage hat sich für die Kirchen extrem zugespitzt. Immer mehr Gläubige verlassen das sinkende Schiff. Das heißt, die Erfolgsquote stimmt auf einmal nicht mehr. Mehr Ausgaben als Einnahmen. Und deshalb setzen die Geistlichen uns auf die Austrittswilligen an, ein wenig Überzeugungsarbeit zu leisten, dass sie im Schoss der Kirche bleiben, oder sie werden von uns erlöst und sterben dann immerhin noch als Kinder der Kirche. Damit fällt automatisch die Austrittsquote.

I: Das alles hört sich nach flächendeckenden und grenz-
überschreitenden Geschäften an. Wie wollen Sie diese globale
Nachfrage mit Ihrer, darf ich das einmal so ausdrücken, schmalen Personaldecke überhaupt befriedigen?
K: Die europäische Union, die Globalisierung und speziell der
Wegfall des eisernen Vorhangs haben zu einer Ausweitung auch
unseres Geschäftsbereiches geführt, was aber auch bedeutet, dass wir Zugriff haben auf einen riesigen Markt von Ar-
beitskräften. Insbesondere STASI, KGB und SECURITATE
stellen ein unglaubliches Reservoir von zum Teil hervorragend ausgebildeten Fachkräften zur Verfügung.
I: Sie sagen zum Teil?
K: Ja. Sogar nur zum geringsten Teil. Was da mehrheitlich zu
uns herüberschwappt, sind größtenteils meist brutale Dilettanten der plumpen Machart. Von Kunst und Feinschliff keine
Spur. Dazu stümperhafte Killer, die schlecht und recht einen
brutalen Meuchelmord hinkriegen, diesen aber aus Mangel an
ästhetischer Finesse so schlecht ausführen, dass sie Spuren
hinterlassen. Diese Leute aus der Walachei vermasseln uns
daher nur das Geschäft.
I: Sie werfen der aus dem Osten stammenden Kollegenschaft
im Großen und Ganzen die nicht mehr zeitgemäßen rohen Al-
Capone-Manieren vor?
K: In diesem Fall haben Sie mich richtig interpretiert.
I: Walachei hin und Securitate her – Ihre Personaldecke bleibt
dennoch sehr schmal. Und mit Stich- und Handfeuerwaffen
allein kann man die Entrümpelung der Menschheit, wie sie
Ihnen vorschwebt, nicht zuwege bringen. Also, was tun?
K: Das geht nur über einen Weltkrieg, der alles bisher Dage-
wesene in den Schatten stellt, und gegen den die zwei so genannten Weltkriege Peanuts sind. Und das gelingt auch nur
dann, wenn dieser atomar und biologisch geführt und zusätzlich Epidemien in großem Umfang in Umlauf gebracht werden.
Und daran arbeiten wir in allen Syndikaten hart und erhalten

auch von den politischen Stellen die nötigen Subventionen. In Afrika, in Asien und im Vorderen Orient haben wir ja ein großes Übungsfeld. Dort experimentieren wir bereits in diese Richtung ein wenig, wenn Sie verstehen, was ich meine.

I: Ich meine zu verstehen. Und wie soll es dann weitergehen, wenn die Dezimierung der Menschheit so weit fortgeschritten ist?

K: Ja, dann käme der Wiederaufbau dran wie in Afghanistan, wie im Irak jetzt oder wie bei uns nach 1945. Und das hieße wieder Arbeit unter den Bedingungen der Vollbeschäftigung. Dann hätten Künstler wie ich endlich wieder einmal Zeit, die Füße hochzulegen und endlich einmal auf den Malediven Urlaub zu machen und die Klassiker zu lesen.

I: Ich danke Ihnen für das Gespräch. Sie haben uns tiefe Einblicke in Ihr Metier gewährt. Doch bevor ich Sie entlasse, möchte ich Sie bitten, unseren Zuschauern zum Abschluss ein kleines anschauliches Beispiel Ihrer Kunstfertigkeit vorzuführen.

K: Das will ich gerne tun.

Er greift bedächtig hinter sich und kramt ein Kissen hervor, das er sich auf den Schoß legt. Dann zieht er eine Pistole, schraubt genüsslich, den Interviewer grinsend fixierend, einen Schalldämpfer drauf, nimmt das Kopfkissen, geht auf den Interviewer zu, presst dem Überraschten das Kissen aufs Gesicht und drückt ab.

Suchanzeige

Erfahrene Profikillerin hat noch Termine frei. Nehme nur Frauen als Klienten. Spezialität: Vergewaltiger, Machos, Stalker und Weicheier. Bezahlung nach Vereinbarung. Anfragen unter …

Jobsuche

Vierzigjähriger, durchtrainierter Mann, jünger aussehend, langjährige Auslandserfahrung (Fremdenlegion, Bodyguard von Pinochet und Putin, drei Jahre Trainer der Taliban, zwei Jahre bei der GSG, kurzer Tschetschenieneinsatz, bis zum Jahresende noch für Kollateralschäden im Irak zuständig) sucht neues Betätigungsfeld. Gern Outsourcing Pflegebedürftiger, Drogenabhängiger, Alleinerziehender und Auswärtiger, Training von Lehrpersonen und Sozialarbeitern im Umgang mit Handfeuerwaffen und Nahkampftechniken. Angebote unter …

In der Nacht konnte, wer noch wach war, eine Gestalt in einem wehenden Kapuzenmantel durch die Kreuzgänge eilen und immer wieder einmal Halt machen sehen, um Plakate an die Wände zu schlagen. Auch wenn der Täter unentdeckt blieb, über die Inhalte und seine Handschrift war er leicht auszumachen. Die Teilnehmer, die sich am Morgen zum Frühstück begaben, blieben neugierig an den großformatigen Aushängen stehen und lasen die unheiligen Spruchweisheiten, schmunzelten, schüttelten den Kopf, tauschten sich gegenseitig aus und nickten sich verständnisvoll zu. Das Frühstück musste diesmal warten. Die Neugierde forderte ihren Tribut.
Und was tat der Thesenanschläger da kund? Wo vormals die gemalten Kreuzwegstationen hingen, waren nun kurzgefasste säkulare Telegramme zum Verbrechen angeschlagen.

Neuer Thesenanschlag

1. Als Kain den Abel erschlug, sah Gott zu.
2. Wie alle Erkenntnis, so ist auch der Mord lediglich das Ergebnis einer Handlung.
3. Man sollte das Verbrechen nicht mehr unter Strafe stellen. Kriege, das Gerichtswesen und die Gefängnisse ließen sich so einsparen.
4. Die Dunkelziffer ist das dunkelste Verbrechen.
5. Früher hießen die Erfinder von Waffen Beretta, Colt, Kalaschnikow oder Pershing. Heute heißen sie nach ihnen.
6. Nach der Begattung töten die Sonnenanbeterinnen ihre Samenspender. Welch ein nachahmenswertes Beispiel für die Menschen.

9.

Ein wolkenverhangener, kalter Tag war einmarschiert. Für die Kälte sorgte ein steifer Nordwest. In seiner Begleitung befanden sich für diese Jahreszeit ungewöhnliche Gewitter. „Ein typisches Baskerville-Wetter", meinte Doyle, als gerade ein Blitz über dem Kloster niederging, der Donner aber ausblieb. Das Unwetter schien zum ausgegebenen Tagesthema perfekt zu passen, das der Kriminalliteratur, oder wie Keuner sie auch bezeichnete, der literarischen Inkarnation des Verbrechens galt. Nach bewährter Manier wollte er das Thema mit außergewöhnlichen Kurzgeschichten einleiten und begleiten.
Seine Rezitationen könne er sich an den Hut stecken, giftete

Nietzsche und schlug stattdessen vor, man sollte doch gleich medias in res gehen und sich der Frage widmen, woher denn das große Interesse am Verbrechen komme. Dann verschloss er mit einer Praline, auf der ein Pinienkern thronte, seinen Mund, den er für einige Zeit verschlossen hielt.

Der Stückeschreiber meckerte, nicht am Verbrechen sei der Rezipient so sehr interessiert als vielmehr am Verbrecher. Warum das so sei, wurde er gefragt. Der Verbrecher, antwortete er, sei eine strahlende Ausnahmeerscheinung, die ganz und gar auf Eigennutz aus sei. Mit seinem Verbrechen protestiere er zugleich gegen den allgemeinen, im Grundgesetz festgeschriebenen Eigennutz, der letztlich die Grundlage der Gesellschaft bilde, von der aber nur die privilegierte Minderheit der Herrschenden profitiere. Der Verbrecher nehme sich lediglich, was ihm zustehe und ihm von den Herrschenden vorenthalten wurde. Auf diese sehr eigenwillige Weise mache er auf ein Unrecht aufmerksam, dass Reichtum nur wenigen vorbehalten sei. Im Vergleich zum Verbrecher aber seien die, die die Gesetze des Eigennutzes gemacht hätten und die Verbrecher verfolgten, die schlimmeren Halunken.

Danach verschanzte er sich sofort wieder hinter dem HANDELSBLATT, hinter dem er nach einer Weile wieder hervorkam, um noch anzumerken, dass der Verbrecher ein Wesen sei, das den Glauben daran verloren habe, dass der Mensch selbstlos handeln könne. Und solange der Eigennutz ein verbürgtes Recht sei, gäbe es keine Veranlassung, einen Verbrecher zu verdammen.

Danach tauchte er endgültig hinter seiner Zeitung ab und hinterließ Kopfschütteln und offene Münder.

Es war Tugenwerth, der dem Stückeschreiber Paroli bieten wollte: „Für kleine Ladendiebstähle und Betrügereien mag das ja zutreffen, was du Mann hinter der Zeitung sagst. Ja, ich bin sogar geneigt, zuzugeben, dass ein Krieg in erster Linie vom Eigennutz diktiert wird. Aber was ist mit Mord, was mit einer Vergewaltigung? Was mit Vergehen an Kindern? Wo bleibt da der Eigennutz?"

Tugenwerth sah den Stückeschreiber erwartungsvoll an, der aber keine Anstalten machte, seine Zeitungslektüre zu unterbrechen.

Luzifer: Deine Beispiele, du Hofmeister der Moral, sind bravourös gewählt. Denn sie bestätigen gerade das, was zu widerlegen dein Anliegen ist. Wie oft wird ein Lebenspartner oder ein Familienmitglied wegen einer Lebensversicherung oder einer Erbschaft ermordet? Oder nehmen wir eine Vergewaltigung, wer auch immer das Opfer ist. Sie geschieht stets aus purem Eigennutz. Entweder dient sie der sexuellen Befriedigung oder der Machtausübung. Meistens beidem. Und selbst ein Mord aus Eifersucht geschieht aus purem Eigennutz, besser bekannt als verletzte Eigenliebe.

Beauvoir: Die Faszination am dargestellten Verbrechen ist auch nicht annähernd mit dem Eigennutz zu erklären. Das Verbrechen ist die Inkarnation des Außergewöhnlichen. Es kündigt den kollektiven Konsens auf und sprengt die Grenzen des Normalen. Ich möchte es darum als ein Mysterium fascinosum et tremendum bezeichnen. Es ist aufregend und angstbesetzt zugleich. Lustschreck und schreckliche Lust in einem.

Doyle: Ach was! Warum so tiefgehend schwelgen. Das fiktive Verbrechen ist in erster Linie ein intellektuelles Vergnügen. Die Lösung eines vielfach verschlungenen Kriminalfalles, eines Mordes, einer Vergewaltigung, eines Bankeinbruchs, einer Erpressung etwa hat viel gemein mit der Lösung eines schwierigen Rätsels oder dem Herausfinden aus einem reich verzweigten Labyrinth.

George: Für mich ist der Nervenkitzel bei der Beschreibung oder Auflösung eines Verbrechens von zentraler Bedeutung, der letztlich durch die unbetroffene Betroffenheit des Rezipienten zustande kommt, der sich aus sicherer Distanz einer Gefahr ausliefern kann, ohne von dieser unmittelbar tangiert zu werden und die ihm demzufolge auch nichts anhaben kann. Ein risikoarmer Ausbruch aus der geregelten Alltagswelt vom bequemen Lehnstuhl aus.

Lou: Womit der therapeutische Aspekt angesprochen wäre. Das Erleben des dargestellten Verbrechens durch den Leser oder Zuschauer hat viel zu tun mit Katharsis, mit Empathie, auch mit Aggressionsabfuhr. Entweder alles zusammen als Eintopf oder getrennt als einzelnes Menü. Der Rezipient kann über seine Gefühle frei verfügen. So kann er zum Beispiel mit dem Opfer mitleiden und dem Toten mit seinen Tränen kondolieren. Er kann aber auch für den Täter Mitleid empfinden. Ja, er kann sich sogar mit dessen Stärke, dessen Überlegenheit identifizieren. Schließlich kann er umgekehrt seine Wut auf den Missetäter lenken und sich darüber freuen, dass das Gute siegt, wenn der Verbrecher gefasst wird. Auch das wirkt befreiend.

De Sade: Wie die Beauvoir bereits andeutete, sollten wir das Verbrechen als das ansehen, was es ist – ein Tabubruch. Normverstöße haben die Menschen schon immer gereizt. Ich beuge mich gern weit aus dem Fenster mit der Behauptung, jeder Tabubruch sei ein Akt der Befreiung. Er ist infolgedessen nur dazu da gebrochen zu werden. Selbst die Bibel ist randvoll von solchen Tabubrüchen. Sie wäre höchst langweilig ohne sie. Da Tabus Fesseln sind, die die Menschen in ihrer Freiheit einschränken, wird es nur als Wohltat empfunden, sie abzustreifen. Darin liegt letztendlich der Reiz am Verbrechen begründet.

Cosmo Po-Lit: Aber, aber! Wer wird denn gleich das Kind mit dem Bade ausschütten? Vergessen wir nicht, lieber Freund, dass Normen sozialverträgliche Regeln sind, die das menschliche Zusammenleben in geordnete Bahnen lenken und sichern. Sonst herrschte nur das Tohuwabohu. Wer diese Normen übertritt, der riskiert den Zusammenbruch der menschlichen Ordnung. Darum muss jedes Verbrechen zuallererst als ein

Rechtsverstoß betrachtet werden, der geahndet wird, wie es die Absicht aller guten Kriminalliteratur ist. Und dann stellt sich prompt auch die Zufriedenheit beim Rezipienten ein, wenn der ärztliche Eingriff gelingt und die ausgerenkte Norm wieder eingerenkt wird.

Nietzsche: Was gibst du da für Makulatur von dir, du gestörter Halbleiter! Jede Norm führt, wie man an dir sieht, zu intellektueller Verspanntheit und psychischer Verelendung. Sie schafft ideale Voraussetzungen für Anpassung, Unterdrückung und Ausbeutung des Menschen. Nichts da mit Sozialverträglichkeit. Unverträglichkeit wäre angemessener.

Voltaire: Ich schließe mich meinen Vorrednern gern an. Jedes Verbrechen ist ein Akt der Befreiung. Aber wir müssen uns fragen, warum diese von so elementarer Bedeutung ist. Ganz einfach. Das Verbrechen ist für das Chaos zuständig, dessen wir für die Regeneration des Lebens, der Kunst und der Politik bedürfen. Das Verbrechen ist so gesehen ein Purgatorium, da es neben den negativen auch alle positiven kreativen Kräfte des Menschen frei setzt. Erst das Chaos schafft die Voraussetzung für jede Form einer Höherentwicklung. Darum sollte es in jede Verfassung aufgenommen werden. Das würde selbst Hegel zugeben.

Der Angesprochene hing beseelt am Mosttropf, hatte aber noch Kraft genug zum Lallen: „Ach, wie redest du mir aus dem Herzen, mein Fackelträger der Vernunft. In diesem Sinne hat das Verbrechen eine belebende Wirkung!"

Da gerade keine weiteren Beiträge mehr kamen, konnte Keuner, der sehr ungnädig wirkte, weil er solange warten musste, endlich mit den angekündigten Rezitationen beginnen. Er werde mit einem spektakulären Mordfall den Anfang machen, in dessen Mittelpunkt ein fünfundvierzigjähriger Mann stehe, der seine um zehn Jahre jüngere Frau mit mehreren Axthieben umbrachte.

De Sade: Das hört sich nach einer viel versprechenden Blutschwemme an. Kommt in deinem Fall auch etwas Pikantes zum Vorschein? Vielleicht ein Sado-Maso-Fall, Keuner?

Keuner: Blutrünstig ja, pikant nein. Der Fall ...

George: ... lass mich raten: Die Protagonisten waren Ehepartner. Die Ehe hatte einen Achsenbruch, die junge Frau ging fremd, und der Mann sah rot. So wird es sich verhalten haben.

Tugendwerth: Jetzt lasst doch endlich einmal den Keuner in Ruhe seine Fallgeschichte vortragen. Danach bleibt immer noch Zeit, ...

Irgendwer: Mord mit einer Axt, das riecht nach Prekariat.

Keuner: Keineswegs, der Täter stammt aus der Mitte der Gesellschaft. Es handelt sich um einen Buchhändler. Darf ich jetzt endlich ...

George: Morde mit der Axt sind in aller Regel Ritualmorde. Ich kenne da ...

Lou: Ich vermute eher, dass ein Fall von geistiger Verwirrung vorliegt. Denn ...

Keuner unterbrach sie unwirsch: „Er war nicht verwirrt, aber arbeitslos. Als er eines Tages ..."

Irgendwer: Es waren sicher Drogen im Spiel. Wetten, dass ...?

Keuner: Ja, der Mann war Alkoholiker. Durch Arbeitslosigkeit zum Alkoholiker geworden. Er ...

Irgendwer: Da haben wir's. Mord im Rausch. Drogenabhängiges Prekariat.

In Keuner war langsam der Ärger hochgekrochen, hatte seine Glieder besetzt und bereits den Kopf erreicht, worauf eine geschwollene Stirnader hinzudeuten schien. Ungehalten gab er zu Antwort: „Sind wir nicht alle Alkoholiker? Morden wir deshalb gleich? Und dann noch mit einer Axt? Verdammt noch mal, kann ich jetzt endlich die Geschichte vortragen, ...?"

Christie: Wer wird denn gleich so ungeduldig sein? Gleich kannst du loslegen. Nur dieses eine möchte ich noch geklärt wissen: Waren Kinder im Spiel?

„Hört mir doch einfach zu", erregte sich Keuner.

Christie: Wir sind einfach sehr fragselig, Keunerlein. Und nicht deine Schüler. Da wird unsere griechische Hebamme aber ihre Freude an uns haben. Wenn Kinder im Spiel wären, würde mir etwas zu dem Verbrechen einfallen. Ich hätte sie die Schlachterei miterleben lassen, so dass sie aus ihrer Sicht...

Handwerker: Mich interessiert das Handfeste. Und das ist das Werkzeug. Was für eine Axt hat der Mörder benutzt? War's eine Axt? Ein Beil? Eine Spalt- oder Astaxt? Eine Zimmermannsaxt? Eine Stichaxt? Und mit wie vielen Hieben hat der Mörder sein Opfer hingestreckt?

Keuner: Mit zweiundzwanzig!

Handwerker: Zweiundzwanzig? Der Mann war ein Stümper. Das war niemals ein gelernter Handwerker. Er verstand sein Handwerk nicht. So etwas erledigt man normalerweise mit einem Streich.

Keunerschülerin: Hieb muss es heißen. Mit der Axt kann man nicht streichen.

Wilde: Ich schätze einmal, der Mann war ein Ästhet.

Lou: Ästhet? Lächerlich. Das sieht eher nach einer Verzweiflungstat aus. Ich tippe, es war eine große Wut im Spiel. Im Täter hat die Galle gekocht.

Wilde: Dem möchte ich widersprechen. Denn aus der Zahl zweiundzwanzig spricht eher ein ausgeprägter Sinn für Harmonie. Zweiundzwanzig - das bedeutet Gleichgewicht, Stabilität und eine ästhetische Sensibilität. Der Mann hatte einfach Stil. Und er besaß eine hohe logistische Kompetenz. Der Mord war sorgfältig geplant.

Luzifer: Mit deiner Ästhetik kannst du dir den Arsch abputzen! Das Gegenteil ist der Fall. Die Zahl zweiundzwanzig nämlich kennzeichnet das zweifache Dutzend des Teufels. Zweimal die Elf. Die Elf steht für die Überschreitung der Zahl zehn, die als vollendete Zahl und als Gesetzesnorm gilt. In diesen Dingen kenne ich mich aus. Da macht mir keiner was vor.

Keuner hatte sich ins Schweigen zurückgezogen und kroch daraus erst wieder hervor, als seine Wahrnehmung durch eine Frau abgelenkt wurde, die in der ersten Reihe Platz genommen hatte. Es war der Rotschopf, auf den er in dem Augenblick aufmerksam wurde, als dieser gerade sein weißes Barett mit einer eleganten Geste abnahm, das volle Haar verwegen schüttelte und während des Schüttelns Keuner fragte, ob es denn in diesem Drama auch eine außergewöhnliche Pointe gäbe. Keuner war zunächst nicht in der Lage sofort zu antworten, so sehr war er damit beschäftigt, das aufregende Erscheinungsbild des Rotschopfs in sich aufzunehmen. Dieser hatte sich mit einer schwarzen Strickjacke mit Schalkragen, die in weißen Ringelabschlüssen am Ärmel auslief, fein herausgeputzt. Der schlanke Körper unterhalb der Gürtellinie steckte in einem kurzen, figurbetonten schwarzen Rock mit modischen Ziernähten, während die schwarz bestrumpften Beine auf schwarzen Ankle-Boots mit auffallend hohen Absätzen daherkamen. Als Keuner sich an der Erscheinung satt gesehen hatte, kam endlich seine Antwort: „Ja, allerdings, die Pointe besteht darin, dass mir mittlerweile die Lust vergangen ist, meine Geschichte vorzutragen." Sagte dies ärgerlich, stand auf und wollte sich aus dem Staub machen. Da trat ihm Nietzsche in den Weg, umarmte und küsste ihn ganz überraschend, hielt ihm ein kandiertes Ingwerstäbchen unter die Nase und beschwor ihn zu bleiben. Er versprach ihm, sich um Ordnung zu kümmern, wenn es sein müsse mit der Peitsche, damit er in aller Ruhe seine Texte zum Besten geben könne. Keuner war gerührt und blieb.
Die Verweigerung des Erzählers nahm die Franzosenfraktion Keuner sehr übel. Sie nannte ihn einen Hasenfuß, da er vor kritischen Fragen einfach Reißaus nehme, statt sich über ein so interessiertes und kompetentes Publikum zu freuen. Keuner ließ sich darauf nicht ein. Er wollte von der Geschichte nichts mehr wissen, ließ stattdessen eine Kurzgeschichte vortragen,

die ein Keunerschüler mit weit ausladenden Segelohren als eine heitere Spielform des Krimis vorstellte, in der ein bisher in der Kriminalliteratur vernachlässigter Aspekt auf amüsante Weise pointiert werde.

Er begann: „Seit Thomas de Quincey wissen wir, dass Morden eine feine Kunst ist, die ebenso feine Sitten voraussetzt. Daher sollten sich Mörder vor dem Morden unbedingt die Zähne putzen. Für das Zähneputzen spricht allein schon die praktische Erfahrung, dass man sich durch schlechten Mundgeruch leicht verraten und damit alles vermasseln könnte. Der bekannte amerikanische Mundforscher Mouthner, der einzige seiner Art, der Wert darauf legt, nicht mit dem Mundartforscher Mundtner verwandt zu sein, hat in einer internationalen Studie, in der er 1289,89 Mörder untersuchte, herausgefunden, dass diese überdurchschnittlich stark an Mundgeruch litten, wobei er regionale und ethnische Unterschiede ausmachte. So soll sich der schlechte Geruch bei italienischen Mafiosi durch eine Mischung von Basilikum, Berlusconi und Brunello auszeichnen. Bei Mördern aus Nordafrika hat er Nebenaromen von Wüstensand, Couscous und Entführungen im Speichel ausgemacht. Bei griechischen Gewaltverbrechern wiederum konnte eine Melange von Ouzo, Schafskäse und Tankerunglück nachgewiesen werden. Während der Mundgeruch deutscher Mörder sich durch eine typisch deutsche Mischung auszeichnete, die sich aus Sauerkraut, Achselschweiß und Aktenstaub zusammensetzte. Bei Mörderinnen hingegen konnte Mouthner keinen Mundgeruch, dafür eine schlechte Aussprache nachweisen. Nach Abschluss seiner Untersuchungen stellte sich übrigens bei Mouthner selbst plötzlich schlechter, schon von weitem auszumachender Mundgeruch ein, womit die Erfahrung bestätigt wird, dass schlechter Umgang abfärbt."

Seinen Vortrag hatte der junge Mann mit kabarettreifen Einlagen begleitet, indem er seine Ohren hin und wieder einmal nach innen klappte, was heiteres Lachen auslöste.

Viele konnten allerdings mit der Geschichte nichts anfangen und zuckten nur mit den Schultern. Nicht so Highsmith. Die schmunzelte. Und nannte auch den Grund. Sie lobte Keuner überschwänglich, dass er diesmal nicht so ein schweres Geschütz wie zu Beginn des Symposiums aufgefahren habe, sondern eine einzigartige Preziose von flügelleichter Heiterkeit. De Sade meldete sich, ließ aber den gestreckten Arm wieder fallen, als Lou, die im kleinen Schwarzen erschienen war, sich neben ihn setzte und ihn, ihre rechte Hand auf seiner linken Schulter und ihr Mund an seinem linken Ohr, in ein Geflüster verstrickte. Bald danach brachen beide Händchen haltend auf, was vom Publikum mit nachdenklichen Blicken und langen Hälsen zur Kenntnis genommen wurde.

Diese Delikatesse nutzte Doyle und schlug vor, man möge doch mit der kritischen Einschätzung der Kriminalliteratur endlich beginnen, und da man sich in Deutschland befände, läge es nahe, mit einer Einschätzung der deutschsprachigen Kriminalliteratur anzufangen. Keuner griff Doyles Anregung sofort auf und ermunterte ihn sogleich, seine Erfahrungen mit dem deutschsprachigen Krimi preiszugen. Als der Erfinder der Detektivgeschichte sei er wie kein zweiter dazu prädestiniert. Außerdem wäre er als kompetenter Ausländer zugleich auch ein objektiver Schiedsrichter. „Du hast uns den Sherlock Holmes und dessen Fußabtreter, Watson, geschenkt und den gesamten kriminalistischen Legobaukasten, samt Handwerkszeug", fügte er lächelnd hinzu.

Keuner hatte nicht mit Poe gerechnet.

Poe: Keuner, ich protestiere mit der geballten literarhistorischen Wahrheit im Rücken sowohl heftig als auch nachhaltig gegen diese Fehleinschätzung.

Das letzte Wort nahm sich Poes Rabe so zu Herzen, dass er unverhältnismäßig lange und breit zu krächzen anfing, so dass Poe mit der Fortsetzung seiner Suada warten musste. Nachdem sich der Rabe beruhigt hatte, fuhr er fort: „Wenn jemand den Detektivroman erfunden hat, dann bin ich es. Nachweislich. Meine *Morde in der Rue Morgue* waren 1841 bereits erschienen, als von diesem degenerierten Engländer weit und breit noch kein Stäubchen zu sehen und auch kein Tönchen zu hören war. Dessen Groschenromane sind nicht mehr als ein später Nachhall meines epochemachenden Werks. Aber wer so viel kifft wie dieser englische Trottel, der verliert schon einmal leicht den Durch- und Überblick."

Den Raben schien die Angriffslust seines Herrn zu freuen, denn er gab erneut ein triumphales Gekrächz von sich. Poe streichelte das Tier, nannte es einen Schatz, um dann noch giftig anzumerken: „Ganz nebenbei, liebe Freunde, die Tatsache, dass Doyle sich zweimal vergeblich um einen Sitz im Unterhaus beworben hat, sagt doch alles über ihn." Er lachte laut. Wieder unterstützte ihn sein Rabe mit einem „*Nevermore!*" lautstark.

Doyle mochte diese Demütigung nicht auf sich sitzen lassen. Er blies mächtig seine Backen auf, nannte Poe einen uncouth fellow, was nur wenige verstanden, bei dem die feine englische Art nie zu einer Wesensart habe werden können. Er lasse sich von einem hemdsärmligen Yankee jedenfalls nicht um seine Verdienste bringen. Er wolle seine eigene Position noch einmal so bekräftigen: Poe mag zwar das Introitus des Krimis aufgesagt haben. Gut. Er mag auch der Vordenker des Krimis genannt werden. Nochmals gut. Dieses Vorwort allerdings überlasse er Poe generös, wie die Engländer nun einmal seien. Aber was den Höhepunkt der Krimi-Liturgie, die Wandlung, angehe, die sei allein sein Werk. Er allein sei der Vollender des Krimis.

Prompt blies Poe zum Gegenangriff: „Von wegen Vollender. Das hättest du wohl gern, du Papagei! Richtig ist, dass du es bei deiner geistigen Trägheit lediglich zu einem Plagiator gebracht hast. Zu mehr reichte dein ramponierter IQ nicht aus."

Doyle konterte: „Bläh dich nicht so auf, du Gockel! Die

Geschichte ist auf meiner Seite. Als Amerika noch eine Kolonie der englischen Krone war, lebtet ihr noch auf den Bäumen, von Kultur weit und breit keine Spur. Das hat sich auch heute nicht geändert. Ihr könnt ja nicht einmal Kriege richtig gewinnen."

Da ereiferte sich die Moralfraktion. „Geht das schon wieder los?", schäumte Tugendwerth. „Ich schäme mich für euch. Bewerft euch nicht dauernd mit Kot! Geht gesittet miteinander um, wie es die akademische, die christliche, die humanistische, die adlige und die bürgerliche Konvention verlangt! Nennt es von mir aus auch Fair Play, bitte sehr …" Und so ging das weiter und weiter. Und keiner hörte zu.

Poe und Doyle, die eben noch fingerhakelten, waren auf einmal einträchtig vereint, als es gegen den gemeinsamen Feind ging. Sie blickten Tugendwerth mit funkelnden Augen an. Und als hätten sie vorher ein Duett eingeübt, stießen sie hervor: „Du hast uns hier gar nichts zu sagen. Wir sind Künstler, autonome Wesen, die von einem moralischen Wachturm keine Befehle entgegennehmen!"

Tugendwerth blickte Keuner hilfesuchend an. Dieser hatte sich bereits lässig auf das steinerne Vorlesepult gestützt, im Bemühen, dem Publikum zur Besänftigung eine weitere Kostprobe seiner neuesten Geschichtensammlung zu geben.

Er werde jetzt von einem Kriminalfall berichten, in den ein Polizist involviert sei. Und er möchte nicht wieder während des Vortrags unterbrochen werden. Der Protagonist sei ein fünfundfünfzigjähriger Polizeihauptmeister aus A., der aus datenschutzrechtlichen Gründen nur mit den Initialen F.K. vorgestellt werden solle. Ein den dramatischen Knoten des Falles schürzendes Erzählmoment sei, dass der Protagonist zum zweiten Mal, diesmal mit einer zwanzig Jahre jüngeren Frau, verheiratet war. Wer mitgezählt habe, wisse jetzt, wie alt die Frau zum Zeitpunkt des Verbrechens war. Nicht ganz bedeutungslos seien zwei jugendliche Nebenfiguren, ein vierzehnjähriger Junge und ein sechzehn Jahre altes Mädchen, die F.K. in die zweite Ehe eingebracht hatte. Soweit die Exposition. Keuner hielt kurz inne, lotete die Reaktion seines Publikums aus, um dann fortzufahren: „Die Beziehung des Paares hatte seit längerem einen Knacks. Möglicherweise nicht nur einen. Denn wo ein Knacks ist, da ist meistens auch ein zweiter und ein dritter Knacks. Denn Knackse sind sehr gesellige Wesen, die nicht gern allein sind. Jedenfalls ist ein Knacks, wie jeder, der sich in der Literatur auskennt, bestätigen kann, ein vortreffliches, die Handlung beschleunigendes Moment. Im konkreten Fall sogar der Auslöser eines Dramas. Die Initiative ging, was nicht weiter verwundert, von der lebenshungrigen Ehefrau aus, die übrigens Sara hieß, was im Nachhinein betrachtet, kein Zufall gewesen sein dürfte, bedeutet doch der Name soviel wie Fürstin oder Herrin. Ihrem Namen machte Sara dadurch alle Ehre, dass sie in dieser Dilemmasituation ein ausgeprägtes Geschick für rasche, ungewöhnliche Entscheidungen bewies. Sie, die ihre Ehe als Unglück empfand, ging kurz entschlossen ins Internet, chattete verwegen und lernte dort bald einen Liebhaber kennen, den sie bei Ebay ersteigerte, wie das heute so üblich ist. F.K. hingegen hatte sich keine Geliebte zugelegt. Die Vermutung liegt nahe, es könnte am Status des Staatsbeamten, der F.K. war, gelegen haben. Wie dem auch sei. Natürlich hat auch ein Polizist, wenngleich ganz andere, wirksame Möglichkeiten, mit einer Ehekrise und seiner Ehefrau fertig zu werden. Sara jedenfalls machte erst Ernst und dann keinen Hehl aus ihrer neuen Beziehung. Ja, sie ging sogar soweit, ihren ersteigerten Liebhaber in der Souterrainwohnung des gemeinsamen Hauses unterzubringen. Ihrem Mann und der Öffentlichkeit gegenüber begründete sie die Einquartierung mit dem Hinweis, der männliche Untermieter sei ein Kollege, der nur vorübergehend hier unterkomme, bis er eine eigene Wohnung gefunden habe. Sara war bei der städtischen Verwaltung im Kulturbereich angestellt, was für den Fall aber keine Bedeutung hat und nur der Vollständigkeit halber erwähnt wird.

F.K. ahnte nichts Böses oder wollte nichts ahnen und gab sich mit dieser Begründung seiner Frau zufrieden. Dann kam der Tag X, der F.K. die Augen öffnen sollte. Als der gute Mensch etwas früher als vorgesehen nach dem Spätdienst zerschlagen und nichts ahnend so gegen dreiundzwanzig Uhr die Haustür öffnete und den Flur betrat, drangen ihm aus dem Wohnzimmer Laute entgegen, die untrüglich auf einen heftigen Unterleibsdialog schließen ließen. F.K. stutzte, legte seine Tasche ab und ging dann auf Zehenspitzen der Sache nach. Er näherte sich langsam dem Wohnzimmer. Die Geräusche drinnen hatten mittlerweile an Lautstärke und tierischer Qualität zugenommen. F.K. öffnete vorsichtig die Wohnzimmertür und erstarrte. Er musste miterleben, wie sich seine Frau auf dem neuen Mieter liebesstoll abrackerte. Die beiden hatten des tierischen Radaus wegen, den sie veranstalteten, F.Ks Ankunft nicht mitbekommen. Der – nur einen Augenblick hatte es ihm den Atem verschlagen – brüllte ein langgezogenes Nein! in die Wohnung, womit er die sich Kopulierenden heftig erschreckte. Seine schweißgebadete Frau sah ihn mit verzückten Augen an. F.K. stellte sie mit einem Was soll das? zur Rede. Doch zu einem Dialog kam es nicht, da die Frau, die verzweifelt Anstalten machte, sich von ihrem Liebhaber zu lösen, ihre Bemühungen nach einigen vergeblichen Versuchen einstellen musste. Ein Krampf war in die Anschlussstelle der Frau gefahren. Mit dieser Situation waren alle Beteiligten überfordert, was man daran merkte, dass sie alle schwiegen. So blieb ihnen nichts anderes übrig, als blöd glotzend auf die Entkoppelung zu warten, die sich dann auch nach einer gewissen Zeit – waren es Minuten oder nur Sekunden, das blieb unklar – einstellte. Sara schnellte nun hoch, während reichlich Sperma mählich ihre Schenkel herunterlief, und stellte sich zornentbrannt vor ihrem Ehemann auf. Wie er es wagen könne, ohne anzuklopfen hereinzupoltern und ihren Dialog mit ihrem Kollegen so brutal zu unterbrechen. ‚Dialog, nennst du das?', röhrte F.K. ‚Zu einem so intensiven Zwiegespräch hast du es mit mir nie gebracht, du Schlappschwanz!', rieb sie ihm unter die Nase. Es entspann sich dann ein wilder Dialog, an dessen Ende Sara ihrem Mann kalt ins Gesicht schleuderte, sie habe die Schnauze voll von ihm und werde die Scheidung einreichen. Er solle auf der Stelle das Haus verlassen. ‚Hoho', höhnte F.K. ‚Ich denke nicht im Traum daran!' Er dachte auch außerhalb des Traumes nicht daran, das Haus zu verlassen. Die konkreten Besitzverhältnisse müssen bis auf Weiteres unklar bleiben, wie so vieles in diesem Fall. F.K. verließ dann doch in höchster Aufwallung das Wohnzimmer, setzte sich in seinen Wagen und brauste ziellos durch die Gegend, um sich zu beruhigen. Doch diesen Gefallen tat ihm sein Unruhe nicht. Als er nach einiger Zeit – darüber gibt es keine genauen Angaben – zurück war in der Wohnung, der Zorn hatte ihn nach wie vor fest im Griff, suchte er erst einmal sein Arbeitszimmer im ersten Stock auf, wo auch die Kinder ihre Zimmer hatten. Doch es ist jetzt noch zu früh, sie in Erscheinung treten zu lassen. F.K. hoffte, in seinem Zimmer endlich zur Ruhe zu kommen. Zur Dämpfung seiner Erregung knüpfte F.K. sich seinen schottischen Whiskey, sein Lieblingsgetränk, vor, um in aller Ruhe, soweit Whiskey zu so einer solchen Hilfeleistung überhaupt fähig ist, über sein Missgeschick nachzudenken. Bei einem Glas sei es nicht geblieben, sage er später aus. Wie viel von dem schottischen Whiskey letztlich durch seine Kehle geflossen war und wie viel Zeit er mit dem Nachdenken zugebracht hatte, konnte auch später nicht schlüssig geklärt werden. Jedenfalls ging F.K. irgendwann, als die Wut erneut in ihm hoch quoll, wieder ins Wohnzimmer zurück, um dort seiner Frau die Leviten zu lesen. Doch dazu kam es zunächst nicht. Denn was F.K. dort erleben musste, das schlug dem Fass den Boden aus.

Das Erlebte, erinnerte er sich später, habe ihn fassungslos gemacht. Denn seine Frau hatte sich erneut, dieses Mal allerdings in missionarischer Haltung mit ihrem Liebhaber vernetzt. An dieser Stelle könnte ein Einschub über die Natur des Menschen erfolgen, der allerdings die Erzählung ungebührlich in die Länge ziehen würde.

Nachdem die Kopulierenden keine Anstalten machten, sich zu entkoppeln, drosch F.K. mit Worten von oben heftig auf die da unten ein. Seine Frau gab ihm von unten trotz arger Erhitzung Zunder, ohne von ihrer Verwicklung abzulassen. Dabei sollen Worte gefallen sein, die die Menschheit in keinem guten Licht erscheinen ließen. Bemerkenswert war die Vielseitigkeit Saras, die, – in diesem Punkt sind die Frauen den Männern haushoch überlegen –, zwei sehr unterschiedliche Tätigkeiten mühelos synchron ausführen konnte. Nach diesem Fehlversuch, so war später im Polizeiprotokoll nachzulesen, sei F. K. ganz ruhig in sein Arbeitszimmer gegangen, um seine Dienstpistole zu holen. Was nun passierte, kann sich jeder einigermaßen begabte Leser selber ausdenken. Es passierte, was passieren musste. Der nicht unwichtigen Details wegen wird die Geschichte dennoch zu Ende erzählt. Ohne Ankündigung mähte F.K. mit zehn Schüssen erst den Liebhaber und danach mit acht Schüssen seine Frau nieder. Die kriminaltechnischen Einzelheiten können hier beiseite gelassen werden.

Nun endlich kommen die Jugendlichen ins Spiel. Diese hatten, was F.K. zunächst verborgen geblieben war, die Hinrichtung von oben, aus dem ersten Stock, miterlebt. Erst nach dem Gemetzel sah F.K. zufällig in die erstarrten Augen seiner Kinder. Da wusste er, was die Uhr geschlagen hatte. Er beorderte seine Nachkommen sofort auf ihre Zimmer und verbarrikadierte sich anschließend im Haus, vergaß aber nicht, vorher seine Dienststelle zu alarmieren. Als seine Kollegen anrückten, lieferte er sich mit diesen einen Schusswechsel in Wildwestmanier. Es wurde herumgeballert, aber es passierte nicht viel. Niemand kam zu Schaden. Lediglich zerbrochene Fensterscheiben und eine eingetretene Haustür zeugten von handgreiflicher Heftigkeit. F.K. wurde überwältigt. Ihm wurde der Prozess gemacht, der ihm zehn Jahre Haft einbrachte. Man muss sagen, dies war angesichts zweier Toter eine milde Strafe, womit die interessante Pointe des Falles auch schon angedeutet ist. Sie steckt in der Urteilsbegründung. F.K. wurde nicht wegen Mordes, sondern nur wegen zweifachen Totschlags verurteilt, den er, so das Gerichtsurteil, begangen habe, weil er von seiner Frau zum Zorn gereizt und zur Tat hingerissen wurde. Bei den Schüssen habe es sich um emotional abgegebene Schüsse gehandelt, worauf die Vielzahl der Schüsse hindeute, die aus einer nachvollziehbaren Enttäuschung heraus abgefeuert wurden. Diese seien nicht aus niedrigen Beweggründen abgegeben worden, und der Tat liege auch keine besondere Brutalität, weder Heimtücke noch ein besonderer Vernichtungswille zugrunde. Soweit die Urteilsbegründung.

Keuner klappte die Kladde, aus der er die Geschichte vorgelesen hatte, mit lautem Knall zu, was Poes Raben dermaßen erschreckte, dass er sich in bekannter Manier äußerte. Poe sah darin eine Ermunterung, als Zweiter seine Meinung zu diesem Fall kundzutun.

Er wage zu bezweifeln, dass es, vom Krieg vielleicht einmal abgesehen, Schüsse gebe, die keine emotionale Qualität besäßen, wie es im Urteil heiße. Selbst Gefühlskälte oder Gleichgültigkeit seien zweifelsfrei Gefühle, wenn auch keine besonders sympathischen. Dafür aber intensive. Insofern verwundere ihn doch die Urteilsbegründung sehr. Aber er kenne die deutsche Rechtsprechung zu wenig. Dennoch werfe dieses Urteil ein sehr bezeichnendes Licht, nämlich kein gutes, auf das deutsche Rechtsempfinden. Er persönlich halte das Urteil für ein glattes Fehlurteil.

10

Titel und Gutachten zu erwerben

Das *Akademische Arbeitskontor* (AAK) der Exzellenz-Hochschule K. macht Ihnen das Angebot, ohne Ihr Zutun preiswert einen Doktortitel zu erwerben. Wir schreiben, Sie zahlen. Ab 20.000 €. Der Preis ist abhängig von der Seitenzahl.
Auch Gefälligkeitsgutachten können ab 50.000 € für alle Problemfelder, die mit der Lagerung von Giftmüll oder Gentests zusammenhängen, in Auftrag gegeben werden.
Anfragen zu richten an: Prof. Dr. rer. nat. et theol. Franziskus Ehrlich Geophysikalisches Institut der Universität K. unter …

Am Nachmittag wurde die Diskussion über die deutschsprachige Kriminalliteratur fortgesetzt. Keuner hatte Doyle das Wort zur Eröffnung erteilt, da er Deutsch konnte und die deutschen Krimis im Gegensatz zu Poe im Original lesen konnte. Wie würde Poe reagieren? Er zog das Gesicht, verhielt sich sonst still, da auch sein Rabe stumm blieb.
Doyle begann seine Ausführungen mit einem Paukenschlag. Soweit sein Blick auf die deutschsprachige Kriminalliteratur reiche, führte er aus, müsse er feststellen, dass es den deutschsprachigen Krimi gar nicht gäbe. Und als alle ihn erstaunt ansahen, schickte er amüsiert hinterher, der deutschsprachige Krimi besitze zwar viele Ärsche, aber keinen Kopf.
Jetzt war Leben in der Bude.
Die Nestorin des deutschen Krimis sprang erregt auf und wetterte: „Wie bitte? Das soll ein kompetentes Urteil sein? Das ist

eine Verurteilung, die mehr mit alten Vorurteilen der Engländer gegenüber den Deutschen zu tun hat."

Doyle wirkte nun etwas ungnädig. Es mache ihm keine Schwierigkeiten, den Beweis anzutreten. Die deutschsprachigen Krimiautoren hätten die angelsächsische Kriminalliteratur, die bereits nach allen Richtungen hin durchdekliniert worden sei, lediglich verschieden interpretiert. Als innovativ oder Stil prägend wären sie nicht gerade aufgefallen.

George: Das kann ich nur bestätigen. Mich erinnern die deutschsprachigen Krimiautorinnen und Krimiautoren an Logistikunternehmer, die englische Waren in deutscher Etikettierung transportieren.

Lou: Mir als Therapeutin ist aufgefallen, dass der deutschsprachige Krimi viel mit Wellnesskultur zu tun hat, die der Beschwichtigung dient. Entspannung durch Spannung. Das ja! Wenn's hoch kommt sogar Zerstreuung auf leicht angehobenem Niveau. Aber keine hohe Literatur eben.

Ein deutscher Krimiautor, Träger des diesjährigen Glauser-Krimipreises, den keiner im Saal zu kennen schien, warf zornig ein, er könne sich die abfälligen Äußerungen über die deutschsprachige Kriminalliteratur, wie schon seine Krimischwester sehr richtig meinte, nur als Ausdruck einer umfassenden Ignoranz erklären. Es würde ihm nicht schwerfallen, von sich einmal ganz abgesehen, aus dem Stegreif einige Beispiele für exzellente deutschsprachige Krimiliteratur zu nennen, allen voran die Nestorin.

Dann warf Kraus seinen Hut in den Ring, nahm seine Nickelbrille ab, wischte sich die Augen und gab folgende Verlautbarung von sich: „Von wegen Ignoranz. Es lässt sich leicht zeigen, dass die deutschsprachige Krimiliteratur nichts weiter ist als eine Literatur in schlecht sitzender Uniform. Eine Frau, die sich im trivialen Dickicht der Literatur gut auskannte und darin auch sehr erfolgreich war, auch wenn sie keine Krimis geschrieben hat, Hedwig, die Doppelnamige, hat einmal selbstkritisch von sich gesagt, sie schreibe ihre Fließband-Bücher mit dem Hintern. Die Frau war nicht nur ehrlich, sie hatte auch noch Witz. Was bei Frauen etwas heißen will. An diese Aussage muss ich immer denken, wenn ich einmal die Nase in einen deutschen Krimi stecke, um sie aber gleich wieder daraus hervorzuziehen."

Er müsse sich doch sehr wundern über die Gedankenlosigkeit und fehlende Kompeten, die bis jetzt zum Vorschein gekommen sei. Das Vorgebrachte halte einer wissenschaftlichen Fundierung nicht einmal annähernd stand. Hier werde nach Lust und Laune herumschwadroniert, wie dies in den seichten Talkshows üblich sei.

Der diese schwungvolle Ermahnung vorgebrachte hatte, war ein junger Literaturwissenschaftler, von dem später noch die Rede sein wird.

Der Nächste, bitte?

George war jetzt dran und sie kam gleich mächtig in Fahrt. Sie knüpfte sich sowohl den Glauser-Preisträger als auch den Literaturwissenschaftler vor. Von wegen Ignoranz. Die gebe sie gern zurück. Ein kurzer Blick in die Geschichte der Kriminalliteratur genüge, um rasch zu erkennen, dass sämtliche Krimi-Formate – sie nannte den Detektivroman, den Thriller, den Spionageroman, den Tierkrimi, den historischen Krimi, den Horrorkrimi, den Polizeiroman, den psychologischen Kriminalroman, den Regionalkrimi, den Frauenkrimi, den Kinderkrimi, die Doku-Fiction, die Trash-Versionen, und was es sonst noch so alles auf dem Krimitrödelmarkt gäbe – angelsächsische Erfindungen seien.

Nicht anders verhalte es sich mit dem Figurenensemble, ergänzte Doyle. Wer sich denn die Arche- und Prototypen, die in den Krimi-Kanon eingegangen seien, alle ausgedacht habe, den Detektiv, den Kommissar, den Killer, den Serientäter, den Stalker, den Spion, den Verdächtigen, den Forensiker, und wer sonst noch in Frage komme, das wären doch die An-

gelsachsen gewesen. Das zeige die Geschichte zweifelsfrei.
Highsmith: Und wie steht es um die literarischen Bauelemen-
te: das Locked-Room-Mystery, das Crossword-Puzzle, die
Red Herings, die Dénouement-Szene, das Footwork, das
Suspense-Element, die Violence-Is-Fun-Technik, die Cross-
Over-Technik, um nur einige zu nennen. Was denn davon auf
das Konto der Deutschen gehe?
Ein Unbekannter in Trenchcoat mit Hut und kalter Pfeife im
Mund, der mit einem unverkennbar französischen Akzent
sprach, ließ nun Dampf ab: „Ich kenne zwar den deutschsprachigen Krimi nicht, worin ich auch kein Manko sehe. Mir
genügt es, dass ich meine Kriminalliteratur in- und auswendig
kenne. Und auch die nur leidlich. Aber in einem Punkt muss
ich dieser Frau Hedwig mit dem umständlichen Namen, von
der die Rede war, aus eigener Erfahrung Recht geben. Ich
habe es immerhin auf eine Auflage von fünfhundert Millionen
Büchern gebracht, die in fünfzig Sprachen übersetzt wurden.
Und ich frage mich immer wieder, wie ich das in einem so
kurzen Leben überhaupt habe fertig bringen können. Glückli-
cherweise hatte ich eine Muse, die mir half, meine französische Freundin Colette, die mir einmal nach der Lektüre einer
meiner Kriminalromane riet, ich solle um des Erfolges willen
auf das literarische Niveau verzichten, dieser Verzicht würde
sogleich die Auflage hochschnellen lassen. Ich bin ihrem Rat
blind gefolgt und perfektionierte die Vereinfachung radikal,
bis ich über ein Minimum von Sätzen und Wörtern verfügte,
die ich an beiden Händen abzählen kann. Und violà! So war es
mir möglich, in fünf Tagen einen Krimi auszukotzen. Mir war's
recht, ging es mir doch nur um Ruhm und Geld."
Er schmunzelte und zog an seiner kalten Pfeife, die aber keinen heißen Rauch hergab. Dann schickte er lachend noch den
Satz hinterher und hob dabei leicht seinen Hut an: „Wenn ich
heute alles überdenke, muss ich ehrlicherweise sagen, ich habe
literarisch gesehen eigentlich immer nur Gips angerührt."

Er hielt selbstzufrieden inne, strahlte und wollte sich gerade seine Pfeife anzünden, als ihm Proust sofort in die Parade fuhr, er solle gefälligst auf sein Asthma Rücksicht nehmen und das Rauchen sein lassen. Der Pfeifenmann grinste nur und zündete genüsslich ein Streichholz an. Augenblicklich stand de Sade vor ihm und forderte ihn auf, das Streichholz sofort auszublasen und das Rauchen sein zulassen, sonst habe er ein Duell mit scharfen Waffen am Hals. Als dann auch noch Proust sich in entschlossener Haltung vor ihm aufstellte, gab der Trenchcoat-Mann klein bei.

Christie nutzte diesen idealen Moment aus und fiel kritisch über ihn her: „Und selbst den Gips hast du auch noch schlecht angerührt. Außerdem arbeitest du mit Lügen, bist jedenfalls nicht auf dem Laufenden. Sonst würdest du wissen, dass ich die erfolgreichste Krimischriftstellerin der Welt bin. Ich habe es auf eine Milliarde verkaufter Bücher gebracht, und es kommen jährlich ohne mein Zutun achtzehn Millionen dazu. Nur die Bibel und Shakespeare verkaufen sich besser." Während Christie mit ihrer Genugtuung und der Pfeifenmann mit seinem Unmut zu tun hatten, rief Krittler in den Saal: „Wie herrlich eitel seid ihr doch alle! Aber - ist die Kunst zu gefallen letztlich nicht doch nur eine Kunst des Täuschens, wie ein kluger Franzose einmal gesagt hat? Bläht euch also nicht so auf, befleißigt euch lieber der kritischen Analyse."

Von weitem nickte ihm der junge Literaturwissenschaftler lebhaft zu.

Ein dicker Riese in Cape, zerdrücktem Hut, Stockdegen und kalter Zigarre im Mund, ein renommierter englischer Kriminalschriftsteller auch er, prustete los, seine Tour D'horizon durch den deutschsprachigen Krimi habe ihm gezeigt, dass der deutschsprachige Krimi die Moderne total verschlafen habe. Und die Postmoderne sei gleich gar nicht bei ihm angekommen. Da frage er sich schon, woran es wohl liege, dass die deutschsprachigen Krimis wie angelsächsische Konfektionsware aussähen? Ob es sein könne, dass der deutschsprachige Krimi das Produkt kleiner Geister sei, die gerne möchten, aber nicht könnten? Oder ob es daran liege, dass dem Deutschen das Exerzieren, das Gehorchen und der Stechschritt in Fleisch und Blut übergegangen wären. Er vermute, dass die Vorliebe des Deutschen für eingeschliffene literarische Rituale und Muster daher rühre.

Poe: Da gebe ich dir Recht. Die Deutschen sind, was die Kriminalliteratur angeht, in der Steinzeit stehen geblieben. Dabei hat es doch bei den Krauts einmal ganz gut angefangen, als die noch einen E.T.A. Hoffmann hatten. Warum ist diese Koryphäe eigentlich nicht eingeladen worden, Keuner?

Er sah sich nach Keuner um. Der aber war gerade unterwegs, um eine Stange Wasser abzustellen.

Ein Amerikaner, der hinter einem hohem Filzhut sein schmuddeliges Haar versteckte, und passend dazu einen speckigen Trenchcoat trug, warf schnell redend ein: „Zur Ehrenrettung der Deutschen muss ich sagen, dass die Engländer, die sich hier so aufblähen, über ihren Landhauskrimi nie wirklich hinausgekommen sind. Die Musik des postmodernen Krimis spielt seit einem Jahrhundert in Amerika. Und zur Postmoderne gehört nun einmal der Hard-Boiled-Krimi mit dem Hard-Boiled-Gentleman und dem Hard-Boiled-Slang, der die Entwicklung des fortgeschrittensten Landes der Welt, der USA, wiedergibt. Und dessen Erfinder bin ich." Weiter sprechend, lüftete er kurz seinen Hut: „Mein Protagonist ist ein tougher Kerl, dessen Namen ich mir von einem englischen Kollegen ausgeliehen habe. Ich habe die Figur des starken, unabhängigen Western-Helden, die männliche Bestie aus den Weiten des Westens, in den Dschungel der Großstadt geholt. Meine Stilvorgaben: Viel Action, wie wir sagen, echte Typen, wenig Adjektive, besser noch: gar keine. So kommt man zum Erfolg. Auch bei mir haben die Deutschen abgekupfert."

Diesmal tippte er seinen Hutrand nur kurz an, sagte nichts

mehr, setzte stattdessen einen Flachmann an den Mund, dass es nur so gluckerte.

Eine Frau mit ungepflegtem Haar in verwaschener Jeans und in einem grauen Sweatshirt trumpfte jetzt auf. Sie kaute Kaugummi und hielt in der rechten Hand eine Colaflasche, die sie wie die Freiheitsstatue ihre Fackel in die Höhe reckte und aus der sie immer wieder einmal einen Schluck nahm: „Ich möchte an meinen Landsmann anknüpfen. Nach dem Motto, was dem Mann recht ist, ist der Frau mehr als recht und billig, habe ich das Pendant zum männlichen Macho-Detektiv in die Kriminalliteratur eingeführt, die Hard-Boiled-Lady, die dann weltweit kopiert wurde. Auch von den deutschsprachigen Ladies."

Doyle: Ja, bei all dem, was wir da zusammengetragen haben, muss man sich schon besorgt fragen, was aus der großen deutschen Kulturnation geworden ist, die einstmals die Nummer Eins in der Welt war, an der sich alle orientierten.

---

dpa-Meldung

Zwei zum Tode verurteilte Häftlinge in Kentucky haben gerichtlich die geltende Hinrichtungspraxis angefochten, die ihrer Meinung nach zu furchtbaren Qualen bei der Hinrichtung führe. Eine solche grausame Bestrafung widerspräche der amerikanischen Verfassung. Die Klage wurde mit der Begründung abgewiesen, die Kläger hätten nicht ausreichend nachgewiesen, dass das Risiko von Schmerzen auf Fehler bei der Verwendung der geltenden Hinrichtungspraxis zurückzuführen sei. Bei der Hinrichtung in den USA, die noch in meisten Bundesstaaten gilt, werden dem Todeskandidaten drei Chemikalien eingespritzt. Die erste dient der Betäubung. Die zweite der Muskellähmung. Die dritte knüpft sich das Herz vor.

Wo waren bislang die Lesungen geblieben? Obwohl ihm allmählich Zweifel gekommen waren, ob das Vorlesen tatsächlich jene Belebung für die Diskussionen bedeutete, die er sich von ihm versprochen hatte, schickte Keuner einen seiner Schüler an die Vorlesefront, beschränkte aber das Vorlesen auf Grund seiner Vorbehalte vorläufig auf nur einen Vortrag. Der Auserwählte sah entfernt Boris Becker ähnlich und sprach auch den alemannischen Dialekt mit spitzer Zunge. Die Keunergeschichte, die er vortragen werde, handele vom Erdrosseln, merkte er kurz an.

„Zu den Kunstgriffen, mit denen man zu Tode kommen kann und die viel Kraft und Geschick erfordern, zählt das Erdrosseln. Vom Erdrosseln, sagt der Schriftsteller Ror Wolf an einer entlegenen Stelle seines Werkes, die nicht preisgegeben werden soll, diese kunstvolle Tätigkeit sei weder ganz einfach noch besonders schwer. Auf Grund meiner eigenen schmerzlichen Erfahrungen muss ich Ror Wolf entschieden widersprechen. Erdrosseln ist ganz schön schwer. Über das Erstechen, das nicht mit dem Ersticken zu verwechseln ist, lässt Ror Wolf sich interessanterweise überhaupt nicht aus, was erstaunen muss. Ich kann mir vorstellen, warum Wolf dem Erstechen ausweicht. Doch behalte ich meine Vermutung aus verschiedenen Gründen, die teils sehr privater, teils privater, teils gerade noch privater Natur sind, für mich. Ich könnte es aber auch ganz sein lassen." Es war der dicke unbekannte englische Riese mit Cape, der, ohne auch nur mit einem Wort auf die vorgelesene Geschichte einzugehen, mit einer weiteren Attacke auf den deutschsprachigen Krimi aufwartete. Er lenkte die Aufmerksamkeit auf die Sprache: „Mich hat die sprachliche Dürftigkeit des deutschsprachigen Krimis schockiert. In den Romanen, die ich gelesen habe, kommen die Sätze daher wie die vergilbten Preisschilder, die an den Billigklamotten der großen Discounter hängen. Dabei sollte man als Schriftsteller doch die höchsten Ansprüche an die Sprache stellen."

Doyle: Immerhin bringen es die deutschsprachigen Krimiautoren in ihren Kriminal-Romanen auf hundert Wörter.
Krittler: Das kann nicht angehen. Mit hundert erhält man heute den Literaturnobelpreis. Die sprachliche Dürftigkeit kann
ich nur bestätigen. Mich erinnern die deutschsprachigen Krimiautoren an Handwerker, die ihr Handwerk, soweit sie die Handlung betrifft, verstehen mögen. Dieses praktische Interesse
schlägt sich allerdings auch in der Sprache nieder, will sagen,
dass die Autorinnen und Autoren über handwerkliche Solidi-
tät, wenn überhaupt, nicht hinauskommen. Die Sprache wird
wie alles bei ihnen lediglich als Werkzeug benutzt. Ein persön-
liches, Stil prägendes Verhältnis zur Sprache sucht man vergebens. Ein solches würde den deutschsprachigen Krimiautor,
der schnurstracks auf den Bestseller zusteuert, auch viel zuviel Zeit kosten. Allein aus diesem Grund muss er in sprachlicher Hinsicht ein Minimalist sein, der mit einem möglichst
geringen Wortschatz auskommt.
George: Diese sprachliche Beschränkung hat aber durchaus
Vorteile. Für den Durchschnittsleser wie auch den Autor selber. Bleibt das sprachliche Repertoire überschaubar und das
Anspruchsniveau niedrig, freut's den trägen Durchschnittsleser, der keine schwierigen Klippen umschiffen will oder kann,
die ein sprachlich elaborierter Text nun einmal mit sich brächte. Und für den Autor bedeutet der sprachliche Minimalismus
ebenfalls Vorteile. Der Formulierungsaufwand ist äußerst gering, er kann sich mechanisch seinen sprachlichen Versatz-
stücken anvertrauen, wodurch die Herstellungszeit minimiert
werden kann und der Autor in die Lage kommt, ein bis zu
zwei Krimis pro Jahr auf den Markt zu werfen. Ich zögere
das Wort schreiben für diese Art der Produktion in Anspruch
zu nehmen. Mit Schreiben verbinde ich immer einen lang-
wierigen und kritischen Schreibprozess, bei dem jedes Wort
vorsichtig auf die Waage gelegt, gewogen und mehrmals
gewendet wird, ehe es zum Zuge kommt.

Teddie: Womit wir wieder beim Verbrechen angelangt wären.

Rotschopf: Wie das?

Teddie: Wer sich aus marktgängigen Überlegungen fahrlässig an der Sprache vergeht, indem er das Vulgäre zum sprachlichen Maßstab erhebt, der begeht ein leider nicht justiziables Verbrechen. Oder um es kommoder auszudrücken: Der ist ein Serientäter.

Krittler: Um seine sprachliche Beschränktheit zu kaschieren, nimmt der deutschsprachige Krimiautor zu einer realistischen Schreibhaltung Zuflucht, in dem Irrglauben, seinen matten Texten dadurch Lebendigkeit zu verleihen. Und so rührt er aus umgangssprachlichen Gemeinplätzen, Einsprengseln von Dialektbrocken, Elementen von Subsprachen und auch Werbeslogans einen Sprachbrei an, den das gemeine Volk auch versteht.

Nestorin: Ich erkläre mir das so, dass den meisten Kolleginnen und Kollegen die Schriftsprache nicht mehr zur Verfügung steht. Daher auch der Rückgriff auf die Umgangssprache, vor allem aber auf das Denglisch. Mit diesem soll die Sprachohnmacht überdeckt und den Texten eine Eleganz verordnet werden, die sie aus sich heraus allein nicht besitzen. Mit Anglizismen spicken sie ihre Krimis, so wie man einen Hasenrücken mit Speckstiften spickt. Und bedauerlicherweise sind da die lieben Krimischwestern keinen Deut besser. Die An-glizismen werden als Hochwertwörter angesehen, die den Krimis einen polyglotten Anstrich verleihen.

Dann schlich sich George mit leisen Worten an das Thema heran: „Apropos Anglizismen! Mir ist in diesem Zusammenhang aufgefallen, dass der deutschsprachige Krimiautor – an der Liebe zum Englischen wird es wohl nicht liegen – unserem Genitiv-Apostroph eine bemerkenswerte Zuneigung entgegenbringt, wie der verschwenderische Umgang in den Texten beweist. Dabei wird des Guten häufig zuviel getan, so dass der Apostroph an Stellen auftaucht, wo er nach der englischsprachigen Regel überhaupt nicht zulässig ist. Dieser

Unfug treibt solche Blüten, dass auf ein S ausgehende Substantive, ja sogar Zeitadverbien wie zum Beispiel freitag's mit einem Apostroph versehen werden. Da verschlägt's einem einfach die Sprache.

Wilde: Jede Form der Ausdünnung oder Aufschwemmung einer Sprache birgt die Gefahr der Banalisierung in sich. Und das ist das Schlimmste, was einem Schriftsteller jemals passieren kann.

Vargas: Vielleicht hängt die Vorliebe für den Apostroph einfach mit seinem Erscheinungsbild zusammen. Er thront hoch oben im Buchstabenhimmel, schwebt völlig ungebunden im freien Raum, so dass man meinen könnte, er sei ein freier Radikaler, weil er nicht dem Zwang der Bindung an andere Buchstaben unterliegt. Ich schätze, dass daher die ihm angedichtete Werterhöhung rührt.

Nestorin: Das sehe ich auch so. Der deutschsprachige Krimiautor ärgert sich vermutlich über das nichts sagende Genitiv-S im Deutschen, das dem zugehörigen Wort wie ein lästiger Appendix angehängt wird und daher glatt übersehen werden kann. Daher greift er beherzt zum angelsächsischen Genitiv-Apostroph, der verleiht seinen Wörtern Glanz und Gloria.

Der Rotschopf war schon längere Zeit sehr unruhig geworden, hatte mit den Fingerkuppen auf der Tischplatte herumgeklopft und mit den Füßen gescharrt. Die Rote kommentierte die Beiträge mit heftigem Kopfgeschüttel, wobei sie den Mund miesgrämig verzog. Dann ließ sie Dampf ab: „Was soll diese Beckmesserei. Ihr verkennt das Phänomen völlig. Mich mutet euer Gezeter wie ein schlimmer Sprachpurismus, ja fast schon wie sprachlicher Rassismus an. War nicht die deutsche Sprache immer schon sehr dynamisch und offen für Entlehnungen aus der griechischen, der lateinischen, dann der französischen Sprache gewesen? Betrachtet doch den winzigen Luftkringel, der bei uns eingewandert ist, ganz einfach als eine Bereicherung der deutschen Sprache. Was ist denn daran so schlimm?" Sie hielt kurz inne, um Zeit für ein Lächeln zu gewinnen, ehe sie noch den folgenden Akzent setzte: „Außerdem finde ich, dass der angelsächsische Genitiv einfach sexy ist."

George sah den Rotschopf mitleidig an und schüttelte nun ihrerseits den Kopf.

Handwerker: Mich nervt dieses Gelabere über die Sprache. Wir sprechen hier doch über den Krimi. Und bei dem geht es doch um handfeste Verbrechen, die geschildert und aufgeklärt werden sollen, um Handlung also und vor allem aber um Spannung. Ich habe erwartet, dass darüber etwas gesagt wird. Wir Handwerker reden ja auch nicht über Holz an sich, sondern in Beziehung zur Verarbeitung.

George hielt ihm süffisant entgegen: „Schade dass dir der Sinn für Sprache so ganz abgeht. Aber wer nun einmal zuviel Kraft in den Händen hat, dem fehlt diese Energie dann an anderer Stelle. Literatur hat es nun einmal zuallererst mit Sprache zu tun, die nicht vergewaltigt werden sollte."

Sie blickte den Handwerker an, der pikiert war und fuhr dann fort: „Ich möchte noch auf etwas anderes hinaus. Zeigt sich der deutschsprachige Krimiautor im Gebrauch des Genitiv-S äußerst verschwenderisch, so legt er bei der Deklination der Wörter eine Zurückhaltung an den Tag, die schon an Geiz grenzt."

Nestorin: Wie? Das verstehe ich nicht ganz.

George: Ich meine die Kasusschwäche, wie wir Sprachwissenschaftler dieses Manko nennen, den Verzicht auf die Deklinationsendungen. So hoppeln beispielsweise die unbestimmten Fürwörter *jemand* oder *niemand* fast durchgängig ohne Flexionsendungen durchs Leben. Und der nachlässige Duden hat nichts gegen diesen Geiz."

Tugendwerth: Was sollen diese Pauschalisierungen? In euren Urteilen macht ihr aus dem Relativen das Absolute, und das

Absolute relativiert ihr. Was ist das für eine verkehrte Welt? In diesem Sinne bedient ihr euch der Ausnahmen schamlos. Doch Abweichungen von der Regel kommen bekanntlich in den besten Familien immer wieder einmal vor. Mich stört dieses Bramarbasieren mit Einzelbeispielen, mit denen irgendwelche Trends belegt werden sollen. Können wir es nicht dabei bewenden lassen, dass es unterschiedliche literarische Traditionen mit unterschiedlichen Sprachstrategien gibt? Ich fordere Toleranz auch auf diesem Gebiet.

Vargas: So aber verhält es sich gerade nicht. Die von uns zur anschaulichen Beweisführung ausgewählten Einzelbeispiele sind exemplarische Beispiele, Stellvertreter für ganz bestimmte allgemeine Trends. Was die Beispiele sagen, das haben unabhängig voneinander mehrere empirische Untersuchungen bestätigt. Unsere kompetente Kollegin George wird dies, so wie ich sie kenne, sicher gleich mit einer Fülle empirischen Materials belegen.

Und wie zur Bestätigung warf Vargas einen Blick auf George, die sich hinter Büchern verschanzt hatte und das ernste Gesicht einer Wissenschaftlerin aufgesetzt hatte.

Drunter und drüber gehe es wieder einmal zu, polterte Jungblut los. Wo denn da in der Diskussion die klare Linie bliebe, die er von den erfolgreichen Managersitzungen gewohnt sei, auf denen er sich zu bewegen pflege.

Voltaire kanzelte ihn ab. Er bewege sich hier nicht auf den schmucklosen Asphaltstraßen des Profits, sondern auf den komplizierten Umlaufbahnen des Geistes. Was ihm wie ein Wirrwarr vorkommen mag, sei das Produkt eines kunstvoll vernetzten, höchst differenzierten Denkens, zu dem nur große Geister, und nicht so kleine Lichter wie er, in der Lage wären. Hätte Vargas bloß nicht die George an ihre Untersuchungen erinnert, die nun eine Rolle spielen sollten. George saß – man könnte sagen standesgemäß, wie sich dies für eine Wissenschaftlerin gehört – hinter einem hoch aufgetürmten Bücherberg, aus dem eine Vielzahl bunter Lesezeichen herausragten. Sie habe, dozierte sie aufblickend, zusammen mit Wissenschaftlern aus verschiedenen Ländern, so auch aus Deutschland, in einem mit Mitteln der EU finanzierten Projekt über *Die aktuelle Sprachsituation der deutschsprachigen Literatur* eine repräsentative, empirisch ausgerichtete Untersuchung vorgelegt. Deren Ergebnisse began sie nun, in wissenschaftlichem Jargon umständlich auszubreiten, was sofort die Langeweile auf dem Plan rief und dazu führte, dass sich der Saal schnell leerte und nur noch die wirklich Interessierten ausharrten.

Munter wurde es wieder, als George auf den inflationären gebrauch des Superlativs in der deutschsprächigen Trivialliteratur zu sprechen kam.

Lou war auf einmal hellwach, riss ihre müden Augen auf und unterbrach George abrupt: „Die Superlativisierung ist aus therapeutischer Sicht ein interessantes Phänomen, das den Therapeuten sofort aufhorchen lässt. Solche gewollten sprachlichen Maßüberschreitungen sind Ausdruck einer Zwangshandlung, die an Exzesse oder Orgien erinnern. Dahinter steckt spiegelverkehrt die Angst, der Sprache nur dann gewachsen zu sein, wenn man mit ihr ausschweift."

Jetzt war es an Kraus, George zu unterbrechen. „Wem die Sprache nicht zur Verfügung stehe", warf er ein, „über den verfügt sie nicht nur, der ist auch anfällig für stark geschminkte Wörter." Dann griff Kraus, der bekannt war für seine monströsen Metaphern, zu einem verwegenen Vergleich. Er nannte den Superlativ die blasierteste Prostituierte unter den Wortarten, die er kenne. Ein guter Schriftsteller meide sie wie die Pest. Womit er nichts gegen die professionellen Liebesdienerinnen sagen wolle, die er persönlich sehr schätze.

Jungblut: Der Superlativ ist der sprachliche Aggregatzustand der Werbesprache, in der jede Ware als Nonplusultra angepriesen wird, damit sie auch gekauft wird.

Rotschopf: Das seht ihr völlig falsch. Das superlativische

Schreiben ist ein zentrales Element der Popliteratur, der neuen, bewusst plakativ formulierenden Kunstrichtung, die provozieren, aus der Art schlagen, aggressiv sein will. Diese Moderichtung liebt nun einmal die inszenierten Tabubrüche und Extreme, das Skurrile schlechthin. Auch das Ordinäre lässt sie nicht aus. Was früher die Stürmer und Drängen in der Geniezeit waren, die das Evangelium des Unaussprechlichen verkündeten, das sind heute wir postmodernen Popliteraten.

Kraus: Ich denke, wer nichts zu sagen hat, der muss grell sein und möglichst fest auf die Pauke hauen, um die Banalität seiner Aussage zu vertuschen.

Sie müsse ihre Kolleginnen und Kollegen in Schutz nehmen, intervenierte die Nestorin. Ein gerüttelt Maß an Schuld, dass Sprachschludrigkeiten und Sprachverwahrlosung so vehement um sich griffen, träfe die Lektorate, die dem Anspruch einer kritischen Textprüfung nicht mehr gewachsen seien. Kompetente, belesene und hoch gebildete Lektoren, die auf der sprachlichen und literarischen Höhe der Zeit stünden, fände man in den Verlagen nur noch ganz selten. Dort gäben heute die Betriebs- oder andere Wirte den Ton an, die von Sprache keine Ahnung hätten. Für die zähle nur die Auflage. Deren Sprachniveau entspräche gerade einmal dem des Durchschnittslesers.

Krittler: Was soll diese künstliche Aufregung? Der Markt regiert nun einmal die Welt. Wer als Schriftsteller auf dem literarischen Markt ankommen will, der muss Schlagzeilen produzieren oder sonst irgendwie in die Schlagzeilen kommen. Allein das zählt.

Eine unzufriedene Keunerschülerin ärgerte sich, es gäbe doch Krimis und Kriminalfilme, die ganz vorzüglich seien. Und sie zählte brav die Autorinnen und Autoren der Bestsellerlisten auf, die ihr gefallen hatten ...

Teddie entgegnete ihr, es sei doch sehr bezeichnend, dass sie sich in Kunstfragen ausgerechnet auf Bestseller berufe, die doch eine schlechte Zeugenschaft wären. Ohne Zweifel gäbe es hin und wieder qualitativ hoch stehende Ausnahmen von der Regelliteratur, die in kleinen Auflagen in Verlagsnischen ein Einsiedlerdasein fristeten. Solche anspruchsvollen Nischenformate stabilisierten auf vertrackte Weise das System. Einerseits dienten sie der Befriedigung der ästhetischen Ansprüche einer kleinen Elite, andererseits sei diese Nischenliteratur eine billige Legitimationsfigur für den Nachweis gesellschaftlicher Ausgewogenheit und Vielfalt.

Teddie pausierte und streichelte zufrieden seine Glatze, die sich offensichtlich weich anfühlte, wie sein zufriedener Gesichtsausdruck zu erkennen gab, und sah dabei die Keunerschülerin an, der der Groll ins Gesicht geschrieben stand. Milde gestimmt setzte er im Parlandostil seine Vorlesung fort. Um allerdings diese literarischen Einzelschicksale in ihrer Bedeutung richtig einschätzen zu können, dozierte er, dürfe der Kontext nicht ausgeblendet werden, in dem diese Ausnahmeerscheinungen stünden. Er wolle dies am Fernsehen einmal demonstrieren. So sei zum einen die Sendezeit von großer Bedeutung. Meist würde das anspruchsvolle Programm sehr spät angesetzt, was niedrige Einschaltquoten bedeute. Somit könne der Beitrag auch nur einen begrenzten Schaden anrichten. Für eine weitere Beschwichtigung sorge die Einbettung der Nischenprodukte in das programmatische Vorher und Nachher. Vorausgehende oder nachfolgende Sendungen wie Nachrichten, Wetterdienste, Börsennachrichten, Magazine, Sportsendungen, Unterhaltungssendungen und vor allem Werbespots nivellierten die Nischenprodukte bis zur Unkenntlichkeit. Nähme man noch die Zäsuren durch Werbespots oder Btx-Einblendungen hinzu –, um im Bild zu bleiben: die Metastasen, die innerhalb des Kunstwerks erfolgten –, dann werde offenbar, wie man gezielt den fiktionalen Kunstformaten in den Medien den Garaus mache.

Die Keunerschülerin war ungeduldig geworden und wagte es, Teddie zu unterbrechen. Was denn seiner Meinung nach, wollte sie von ihm wissen, anspruchsvolle Literatur oder Filmformate auszeichne.

Teddie: Um es knapp und klar zu sagen: Das Insistieren auf dem Eigensinn von Kunst, ihrer Autonomie.

George konnte sich ein Grinsen nicht verkneifen: „Nach den erhellenden Ausführungen Teddies, die ja notwendig und spannend sein mögen, möchte ich wieder zur Sprache zurückkehren und da auf eine Auffälligkeit der deutschsprachigen Krimis aufmerksam machen, auf die bislang noch niemand eingegangen ist. Ich meine ...“

Die Nestorin schnitt ihr das Wort ab. Sie wolle wissen, ob denn das über die männlichen Autoren Gesagte auch auf die deutschsprachigen Krimischriftstellerinnen zuträfe.

Ja, leider, antwortete George, mit dem rechten Zeigefinger auf eine vor ihr liegende entsprechende Untersuchung verweisend. Sie schrieben weder besser noch anders. Sie hantierten mit den gleichen Legowörtern, arbeiteten mit einem minimalen Wortschatz, hielten sich auch sonst an alle Unarten wie die Männer, gingen grundsätzlich mit der Sprache nicht minder achtlos, ja gewaltsam um als die Männer, und versuchten so, den Mangel an Talent und die Setzung des falschen Dativs auszugleichen.

Das sei aber ein starkes Stück, moserte die Feministin. Sie glaube das nicht, brauste sie auf. Sie habe andere Erfahrungen. Die Frauen hätten sehr wohl einen unverwechselbaren Stil, der durch Geschmeidigkeit, Einfühlung, eine lyrisch-sensible Tonlage sowie ein lebhaftes Gerechtigkeitsgefühl gekennzeichnet sei, wenn man nur in die Frauenliteratur blicke, vom kritischen Männerbild einmal abgesehen, das ihre Literatur so erfrischend mache.

Dieses verquere, dualistische Weltbild der deutschsprachigen Krimiautorinnen, monierte Beauvoir heftig, passe zum tradierten Mythos der Weiblichkeit wie die Faust aufs Auge. Hier die unterdrückten Frauen, dort die Männer, die Unterdrücker, alles Schweine oder Weicheier, mit denen nichts anzufangen sei. Sie kotze dieser Differenzfeminismus, der immer noch in vielen Frauenköpfen stecke, nur an. Diese Verblendung hätten die Feministinnen mit allen religiösen Fundamentalisten gemeinsam. Sie verstehe nicht, meinte sie atemlos weiter, warum die deutschsprachigen Krimi-Schwestern immer noch nicht begriffen hätten, dass man sich mit der Literatur doch im Reich der Fiktion, einer Welt der unbegrenzten Möglichkeiten bewege, in der alle Menschen, auch weibliche Figuren, fiktive, also völlig neu erdachte und amorphe Wesen seien, die nach ganz eigenen, neuen Gesetzen handeln und die Fesseln herkömmlicher Rollenfixierungen sprengen könnten. Sie frage sich immer wieder, wo denn das Panoramische, die Weite und die Tiefe der Wahrheit in der Krimiliteratur der deutschsprachigen Kolleginnen blieben.

Die Nestorin kam nicht mehr zu ihrem Beitrag. Die Glocke, die zum Abendessen rief, schnitt ihr das Wort scharf ab.

11.

Nach drei Zeilen beginnt die nächste Baustelle, die nach neunzehn Seiten zu Ende sein wird. An dieser Stelle wird ein Kapitel ausgebaut, das unterhaltsam zu werden verspricht. Der Tag, der auf den vorausgegangenen folgte, ließ sich an, so wie die Tage zuvor sich anließen. Lesungen wechselten ab mit Diskussionen, Diskussionen mit Lesungen, doch Ergebnisse ließen weiterhin auf sich warten. Dafür nahmen die Gespräche an Heftigkeit, Disziplinlosigkeit und der Lust zu piesacken zu. „Hier, auf dem Symposium, geht es auch nicht anders zu als in der Politik", meinte der Fackelträger, "hier wie dort wird nach dem Motto verfahren: Erst einmal nach Schwierigkeiten Ausschau halten, dann diese überall finden, schließlich dieselben mit falschen Mitteln zu lösen versuchen." Einer ergänzte, was hier passiere, sähe eher aus wie der Zeitvertreib unbedeutender Menschen. So ließ sich auch der Gang der Dinge am Vormittag beschreiben, bei dem noch einmal die Krimiautoren das große Wort führten und sich gegenseitig Zunder gaben.

Der Mittag brachte dann eine seltene Klarheit. Der Himmel war blau, die Sonne bestrahlte das Land mit grellem Licht, der Wind hielt seinen Mund, und die lang ersehnte Wärme war endlich da. Dem Wetter passte sich auch das vorzügliche Menü an, das mit gebratenen Jakobsmuscheln an Fenchel und einer Spinat-Pesto-Sauce als Vorspeise aufwartete, dem Kalbsfilet in einer Marsalasauce, das von Rosmarinkartoffeln und glasierten Rübchen begleitet war, auf den Fuß folgte. Als Weinbegleiter grüßte ein Elsässer Gewürztraminer. Für das Finale sorgte ein Walnuss-Rum-Biskuit mit Schokoladensauce und Mohnhaube.

Da während des Mittagessens nichts Außergewöhnliches geschah, sogar das Vorlesen ohne Zwischenfälle über die Bühne gegangen war, konnte das Ritual der Mittagsruhe mühelos eingehalten werden.

Erst mit der Aufgeregtheit, die die Zeit des Kaffeetrinkens mit sich brachte, kam Leben in die Bude. Nachdem sich alle erst einmal reichlich mit den kulinarischen Annehmlichkeiten, die die Kaffeetafel bot, versorgt hatten, schwärmten die Teilnehmer in die diversen Klosterräume aus, die einen ins Skriptorium, um im freien Gespräch zu posieren, andere ins Dormitorium, um dort zu lesen oder zu techtelmechteln; wieder andere zog es in den Kapitelsaal, wo ein reichhaltiges Spielangebot die Teilnehmer erwartete. Von dem Billardspiel machten sogleich die Engländer und Griechen regen Gebrauch. An anderen Tischen wurde Karten gespielt, worin sich die Angelsächsinnen besonders hervortaten.

In einer Nische an einem winzigen Tisch sah man Nietzsche, der im T-Shirt des FC St. Pauli erschienen war, mit Schopenhauer, der altdeutsch daherkam, eine Partie Schach spielen. Wer die beiden kannte, war besorgt, wie lange wohl die Sache gut gehen und wann es wohl zu einem Eklat kommen würde. Eine Weile ging auch alles gut. Als jedoch Schopenhauer gerade mit triumphierender Geste einen Springer in der Hand hielt, um zu einem Rösselsprung anzusetzen, trat Nietzsche ihm unter dem Tisch gezielt ans Schienbein mit der Folge, dass Schopenhauer laut aufschrie, die Figur fallen ließ und sich das Bein hielt. Schopenhauer hetzte sofort seinen Pudel auf Nietzsche. Da der aber gerade von einer Bernhardinerin träumte, hatte er keine Lust auf Wadenbeißen, bellte lediglich, und das auch nur kurz und schwach, wedelte dabei aber freudig mit dem Schwanz, pinkelte aber immerhin sehr zur Freude Schopenhauers Nietzsche ans Bein, woraufhin dieser so tat, als wäre nichts geschehen, lediglich seinen Hintern ein wenig lüftete, ihm den Pudel hinhielt und diesen mit einem lauten Furz vertrieb. Dann konnte das Schachspiel wieder fortgesetzt werden.

An dem Tisch neben den beiden Kampfhähnen hatte Poe sich breit gemacht und tat das, was sonst immer nur der Stückeschreiber zu tun pflegte, er schlug eine Zeitung auf, las darin und musste plötzlich kichern. Nach dem Lachanlass gefragt, antwortete er, er sei gerade auf einen fulminanten Witz gestoßen. Schopenhauer: Lass hören. Sollte er Niveau haben, werde ich ihn in meine Abhandlung über den Witz aufnehmen, an der ich gerade arbeite.

Poe ließ die Zeitung fallen und erzählte frei: „Zwei Indianer fahren in einem alten Chevrolet über Land. Nach einiger Zeit meint der Fahrer zu seinem Beifahrer: Ich glaube, wir nähern uns einem Reservat. Fragt der Beifahrer: Wie kommst du darauf? Antwortet der Fahrer: Wir überfahren immer mehr unserer Stammesbrüder."

Dieser Witz pointiere besser die Zustände Amerikas, als dies dicke historische Wälzer tun könnten, meinte Nietzsche und hielt drohend einen Bauer in der Hand.

Als Hegel, der Witzgewandte, mitbekam, dass an dem Tisch ein Witz erzählt wurde, gab es für ihn kein Halten mehr. Er sammelte schleunigst sein Mostinstrumentarium ein und machte sich zu den Witzeerzählern auf den Weg. Noch im Gehen und ohne Vorwarnung überfiel er die anderen mit folgendem Witz: „An einem meiner Philosophie-Seminare über die Sophistik vor einigen Semestern hatte auch einer meiner Doktoranden, ein sehr begabter Student aus strengem, jüdischem Elternhaus, teilgenommen, der mir sehr gut bekannt ist. Der erzählte mir folgende Begebenheit. Als er wie stets in die Semesterferien zu seinen Eltern nach Esslingen fuhr, habe ihm sein Vater, ein erfolgreicher Geschäftsmann, der mit Dessous und anderen amourösen Dingen Handel trieb, die obligatorische Frage gestellt, ob sein Studium erfolgreich verlaufen sei, welche Seminare er besucht und welches Seminar ihn denn am meisten beeindruckt habe. Er antwortete – ein Seminar über Sophistik bei Hegel. Was denn das sei und ob man damit Geld verdienen könne, wollte der Vater wissen. Er werde ihm anhand eines Beispiels erklären, was die Sophistik Hervorragendes zu leisten, in der Lage sei, meinte der Sohn.

- Ich kann dir beweisen, führte er lächelnd aus, dass du gar nicht hier bist, sondern anderswo.

- Na, da bin ich aber gespannt, lächelte der Vater zurück.

- Also, Vater, bist du im Augenblick in Tübingen oder anderswo?

- Natürlich bin ich nicht in Tübingen, ich bin anderswo.

- Na, da haben wir's doch. Wenn du anderswo bist, dann kannst du auch nicht in Esslingen sein.

Der Vater stutzte und dachte eine Weile nach. Dann versetzte er seinem Sohn eine kräftige Ohrfeige.

- Vater, warum schlägst du mich? Ich hab dir doch nichts getan.

- Ich, dich schlagen? Wie soll das gehen? Ich bin doch anderswo.

Über ein mühsames Schmunzeln aus schiefen Mündern kam die kleine Tischgesellschaft nicht hinaus.

Das sei aber ein langweiliger Akademikerwitz, beschwerte sich dann auch noch der Handwerker, der sich in der Zwischenzeit dazu gesellt hatte. Er sei da ganz andere Kaliber gewöhnt.

Ein Irgendwer, die Runde hatte sich allmählich ausgeweitet, sprang dem Handwerker bei. Der Witz sei zu lang und viel zu langweilig, wie man da lachen solle, beklagte er sich.

Dem könne abgeholfen werden, drängte sich Allen vor und erzählte: „Ein gewisser Levisohn gerät mit einem gewissen Gumpert aus einem nichtigen Anlass aneinander. Der Streit geht eine Weile hin und her, bis es Gumpert zuviel wird und er Levisohn anschreit: Sie mit Ihrer ordinären Visage, sollten Ihr Gesicht besser in der Tasche tragen und Ihr Gesäß oben. Levisohn anwortet gelassen: Sie werden lachen, das habe ich auch schon getan. Daraufhin haben mich alle Leute gefragt: Wie geht es Ihnen, Herr Gumpert?"

Ein grunzendes Gelächter aus den Kehlen des Irgendwer und des Handwerkers war die Antwort.

Hegel reagierte ebenfalls. Er sei auch im unteren Segment des Witzes zu Hause. Er werde dies sogleich mit einem Mafiawitz beweisen.

„Der Sohn eines Mafiabosses fragt beim Lesen des Finanzteils einer Tageszeitung seinen Vater, er möge ihm doch die Börse erklären.

Allen: Den kenne ich schon. Soll ich weitermachen?

Hegel: Kommt nicht in Frage. Ich bin dran und bleibe dran. Der Witz gehört mir. Also, mein Sohn, erwidert der Vater, es gibt zwei grundlegende Begriffe, die das Geschehen an der Börse erklären, die du unbedingt kennen musst, wenn du Gewinn und keinen Verlust machen willst.

- Und die wären?, fragt der Sohn.

- Da haben wir zunächst einmal die Hausse, sagt der Vater und seine Miene hellt sich auf. Die bedeutet vereinfacht gesagt Schampus, teure Autos mit Chauffeur, Ferien auf den Malediven und jede Menge Weiber.

- Und der andere Begriff?, fragt der Sohn.

Die Miene des Vaters verdunkelt sich, er schiebt die Augenbrauen nach oben, wackelt bedenklich mit dem Kopf hin und her und meint kleinlaut und sehr ernst: Das ist die Baisse.

- Ja, und was ist mit dieser Bouillabaisse?, will der Sohn wissen.

- Nix da mit Bouillabaise. Baisse muss es heißen.

- Na dann eben die halbe Bouillabaisse,

Die Miene des Mafiabosses verdunkelt sich weiter.

- Baisse, fährt er mit zittriger Stimme fort, bedeutet Sprudel, Straßenbahnfahren, Ferien auf dem Balkon und deine Mutter."

Hegel lachte ein frisches jugendliches Lachen und hieb sich dabei auf die Schenkel. Schopenhauer lachte aus Sympathie mit, machte dabei aber eine unbedachte Bewegung mit seinem rechten Arm und warf alle Figuren des Schachspiels um. Sein Pudel bellte, Nietzsche knirschte mit den Zähnen. Er vollendete das Werk, indem er mit einer schnellen Handbewegung sämtliche Schachfiguren vom Schachbrett wischte, aufstand, Anstalten machte, den Raum zu verlassen, innehielt, sich eines Besseren besann - und wutschnaubend blieb.

„Bruder des nutzlosen Denkens", wandte sich Hegel an den verdutzten Schopenhauer, „kennst nicht auch du einen Witz, der kräftig dampft?"

Ehe Nietzsche antworten konnte, verzog Schopenhauer die Nase, hielt seinen Kopf schräg, von Nietzsche abgewandt, wies gleichzeitig mit ausgestrecktem Zeigefinger auf diesen und fragte ihn, ob er nicht seine Hose wechseln wolle, denn es würde aus seiner Richtung ein wenig streng riechen. Er wartete, und tatsächlich - Nietzsche verschwand.

Dann legte Schopenhauer los. Er kenne da einen Witz, der von Haien handle und mit Leuten wie ihm, Hegel, zu tun habe. Hegel stutzte. Schopenhauer erzählte: „Weiße Haie schwärmen auf der Suche nach Futter aus. Meint einer der Haie zu seinem Kollegen:

- In den Badeorten suche ich mir immer die Beamten des gehobenen Dienstes aus. Ein einziger Leckerbissen.
- Sind die nicht sehr zäh?
- Nicht die vom gehobenen Dienst.
- Wie das?
- Die haben kein Rückgrat. Dafür aber viel zartes Sitzfleisch. Und eine riesige Leber."

Ein einsames Lachen verlor sich im Saal. Es stammte von Keuner, von dem man wusste, dass das Lachen nicht zu seinen Stärken zählte. Er wolle sich auch am Witzeerzählen beteiligen. Niemand wollte ihm dies verwehren. Er habe ebenfalls einen Mafia-Witz auf Lager. Die Mafiawitze würden ohnehin hervorragend zum Symposiumsthema passen: „Ein Mafioso liest in der Zeitung seine eigene Todesanzeige. Entsetzt ruft er seinen Boss an und bittet um Aufklärung. Der Boss weiß natürlich sofort Bescheid. Ja, auch er habe die Anzeige gelesen.

Das sei ja furchtbar. Nach einer kleinen Pause fragt er den Anrufer: Aber sag einmal, Junge, von wo aus rufst du an?" De Sade hielt kein Blatt vor den Mund, als er Keuner vorwarf, es sei die Bestimmung des Witzes, einen kräftigen Juckreiz hervorzurufen, der dann zwangsläufig ein Lachen auslöse. Bei Keuners Witz verspüre er nicht einmal ein leichtes Kitzeln.

„Du musst nicht von deinen Hautproblemen, von denen man weiß, woher sie stammen, auch gleich auf die Literatur schließen", spottete Voltaire. „Solche Schlüsse gehen meistens hinten raus. Ist nicht vielmehr das Besondere am Witz, dass er mit dem Bedeutungspotenzial und dem Bedeutungsspektrum von Sprache spielt, wie dies Keuners Witz vortrefflich zeigt?"

Kennt ihr den schon, fragte einer, der plötzlich mit den Händen in den Hosentauschen am Tisch stand: „Fragt ein Christ voll Schadenfreude seinen jüdischen Nachbarn: Hast du schon gehört, ein Jude ist gehenkt worden?

Na und, gibt der Jude zur Antwort, hast du etwa geglaubt, dass die Galgen nur für euch da sind?"

Keuner versuchte, einen Zusammenhang zwischen dem Witz, den er ein unschuldiges literarisches Wesen der Volkskultur nannte, und dem Verbrechen herzustellen. „Soll das jetzt ein Coup werden?", fragte de Sade ihn lachend.

„Warum nicht?", antwortete Keuner und führte aus, dass allein ein Blick auf die Themen des Witzes bereits zeige, dass die überwiegende Zahl derselben von Verbrechen handelten, von harmlosen, von schwerwiegenden, von privaten und von öffentlichen und unfreiwillig komischen. Jedenfalls von Verbrechen. Weitaus interessanter allerdings sei die ästhetische Vermessung.

Schopenhauer: Du machst uns Erstaunen. Lass hören!

Keuner: Nach längerem Nachdenken bin ich dahintergekommen, dass der Witz eine große Ähnlichkeit mit einer Waffe hat.

Daraufhin hoben einige neugierig die Augenbrauen und sahen ihn verblüfft an.

Beiden, dem Witz und der Waffe, dozierte Keuner, liege eine Verletzung, eine Demütigung, eine Diffamierung, eine Entwürdigung, eine Ehrverletzung, eine Herabsetzung, im Extremfall eine Liquidierung eines Menschen zugrunde. Beim Witz fänden diese Blessuren natürlich nur im wörtlichen Sinne statt. Es gäbe aber noch andere Übereinstimmungen. Was bei der Waffe das Laden sei, sei beim Witz die Exposition, die die Spannung des nachfolgenden Geschehens aufbaue. Das Entsichern der Waffe habe in der Schürzung des komischen Knotens, der das Lachen hervorbringe, eine Entsprechung. Und das Auslösen des Schusses bei der Waffe habe beim guten Witz in der zielsicher gesetzten Pointe eine Entsprechung. Nun könne es allerdings vorkommen, dass der Schuss aus der Waffe ein Fehlschuss sei, wenn etwa die Waffe klemme oder der Schuss danebenginge. Der Witz halte auch in diesem Punkt mit, indem er die Pointe ausfallen lasse, wie dies für den absurden Witz typisch sei.

Diese Konstruktion sei doch sehr an den Haaren herbeigezogen, beteuerte Jungblut. Im Übrigen sei der Witz nicht dazu da, dass man über ihn nachdenke, sondern dass man ihn erzähle und genieße. Für ihn sei der Witz sowieso ein Stammtisch-Phänomen, Ausdruck einer Spießermentalität, mit der er nichts anfangen könne, weshalb man von ihm keinen Witz zu hören bekomme.

„Ich muss doch sehr bitten!", ereiferte sich Doyle. „Ein guter Witz zur rechten Zeit, löst Probleme weit und breit." Und dann ging er sofort zur Attacke über. Er müsse jetzt seinen Lieblingswitz vortragen, komme, was da wolle, der, wie es sich für ihn als Krimischriftsteller gehöre, von einem allerdings sehr merkwürdigen Verbrechen handle:

„Der Bürgermeister eines Kurortes bestellt einen Auftragskiller zu sich. Wieso er ihn denn eingeladen habe, fragt der Auftragskiller.

Wie Sie vielleicht wissen, ist das Klima bei uns außerordentlich gesund, was dazu führt, dass bei uns niemand stirbt, eröffnet der Bürgermeister das Gespräch.

Wie schön für Sie. Aber wozu brauchen Sie mich da noch?

Nun, windet sich der Bürgermeister ein wenig, es gibt da ein kleines Problem. Wir wollen nämlich unseren Friedhof einweihen. Wir haben Gelder von der EU dafür bekommen.

Aha! Ich verstehe. Was ist ein Friedhof ohne Leichen?, meint der Auftragskiller lachend.

Könnten Sie uns nicht mit der Beschaffung eines Toten aus der Patsche helfen? Gegen gute, ja, beste Bezahlung, versteht sich. Geld genug ist da. Dank der EU.

Wie soll das gehen?, will der Killer wissen. Wer soll dran glauben?

Wir haben bereits ein Opfer ins Auge gefasst, antwortet der Bürgermeister amüsiert, unseren ältesten Mitbürger, der jetzt einhundert Jahre alt ist, der aber nicht im Traum daran denkt, sich vom Acker zu machen. Könnten Sie da nicht ein wenig nachhelfen?"

Und wo bleibt da der Witz?, fragte der Handwerker

Nachdem Doyle seine Duftmarke gesetzt hatte, war klar, dass Poe versuchen würde, ihn zu übertreffen, was er denn auch tat: „Kommt ein Profikiller ganz aufgeregt zum Arzt und klagt über das Zittern seiner Hände.

Herr Doktor, Sie müssen mir unbedingt helfen. Meine Arbeit, mein Einkommen, meine Existenz sind in Gefahr.

Arzt: Wie alt sind Sie?

Killer: Vierzig.

Arzt: Haben Sie schon mit zwanzig gezittert?

Killer: Nein. Warum sollte ich?

Arzt: Haben Sie vielleicht mit dreißig gezittert?

Killer: Gott bewahre, nein. Aber warum fragen Sie mich das alles?

Arzt: Sehen Sie! Damit sind wir doch gleich dem Dilemma auf der Spur.

Killer: Ich verstehe nicht? Wie meinen Sie das?

Arzt: Wenn Sie bis jetzt nicht gezittert haben, dann frage ich Sie, wann wollen Sie denn dann mit Zittern anfangen, wenn nicht jetzt?"

Dieser Witz sei nicht nur plump, sondern habe so einen langen Bart, witzelte Schopenhauer, und deutete mit einer großen Geste an, wie lang der Bart sei. Dann wurde auch er sehr grundsätzlich: „Der Witz stellt eine paradoxe Subsumption unterschiedlichster realer Objekte dar, die ..."

Der Handwerker zeigte Schopenhauer den Vogel. Das war der einzige Kommentar. Dann hatten es die Witze wieder gut. Was war plötzlich mit Seraphicus los? Der fing auf einmal, wie es schien, ohne Anlass, zu lachen an. Er entschuldigte sich, er müsse immer schon im Voraus lachen, wenn er einen Witz erzähle. „Mein Witz spielt, wie nicht anders zu erwarten, in meiner sakralen Welt, genauer gesagt, im Himmel. Dort begehrt eines Tag ein großer Verbrecher Einlass. Gott pflegt sich normalerweise immer dann von seinem Thron zu erheben, wenn ein verstorbenes Staatsoberhaupt oder sonst eine große Persönlichkeit in den Himmel aufgenommen wird. Als jedoch Al Capone angekündigt wird, bleibt Gott ganz gegen seine Gewohnheit sitzen."

Die Fortsetzung des Witzes musste warten, weil Seraphicus erneut einen Lachanfall bekam. Nachdem er sich wieder beruhigt hatte, fuhr er fort: „Das himmlische Küchenkabinett ist entsetzt. Petrus beugt sich zu seinem Chef herab und flüstert ihm ins Ohr: Meister, dieser Mann ist der berühmteste Mafiaboss der Welt. Er hat den Reichen genommen, das Geld in der vatikanischen Bank gebunkert und der Kirche für Kirchenrenovierung und Kirchenbau reichlich gespendet. Er hat sogar unter unseren Feinden, den Linken, Islamisten, Feministinnen und Freidenkern, tüchtig aufgeräumt. Außerdem hält er einen Anteil von fünfundzwanzig Prozent plus einer Aktie an unserer Bank. Mit einem Wort. Er ist ein außerordentlich bedeutsamer Mann. Man muss ihn ja nicht gleich heilig sprechen. Aber es würde sich schon ziemen, ihn stehend zu begrüßen. Gott schüttelt nur ärgerlich den Kopf und sagt trotzig: So. Al Capone. Wenn der, wie du sagst, ein so durchtriebener Bursche ist, denke ich nicht im Traum daran, mich zu erheben und ihn zu begrüßen. Der ist im Stande und nimmt sofort auf meinem Thron Platz!"

Die Witzeerzähler wurden auf einmal abgelenkt. Die Frauenfraktion mit dem Rotschopf an der Spitze war einmarschiert. Sofort wollte der Rotschopf den aktuellsten Blondinenwitz vorstellen. Nein, bloß keine Blondinenwitze, winkten alle ab und setzten gelangweilte Mienen auf..

„Du wirst uns doch nicht in den Rücken fallen wollen", trumpfte die Feministin auf.

„Was regt ihr euch so auf. Mein Blondinenwitz ist ein gegen die Männer gerichteter Giftpfeil." Als das Missvergnügen aber immer noch nicht nachließ, entschloss sich der Rotschopf einen anderen Frauenwitz zu erzählen. Diesmal hatte niemand etwas dagegen:

„Was würdest du machen, fragt eine Zicke die andere, wenn dir nachts in einer dunklen Straße ein Mann mit einer Pistole begegnete?

Ich würde meinen Rock heben …

„Den kenne ich schon", unterbrach Highsmith den Rotschopf.

„Der ist schmutzig. Fällt dir kein gehaltvollerer Witz ein?"

De Sade nutzte die kleine Irritation aus und meldete sich mit einem Bonmot aus der Revolutionszeit zu Wort. Der Rotschopf war beleidigt, wollte protestieren, ließ dies aber sein, als de Sade nur lässig mit der rechten Hand abwinkte. Schmunzelnd begann er dann: „Eine schwergewichtige Marquise beklagt sich bei ihrem Hofarzt über ihre Gewichtprobleme. Wie kann ich nur rasch meine Pfunde loswerden?, fragt sie ihn."

De Sade verschlug es auf einmal die Sprache. Er hatte den Faden verloren und fragte Voltaire deshalb, ob er ihm nicht

aushelfen könne. Dabei begann er nervös an sich herumzu-
tasten, so als würde er dort die Fortsetzung des Witzes finden. Dieses Malheur wiederum machte sich Keuner zunutze.
Seines Erachtens seien Pointierung und Doppelsinn Wesens-
merkmale des Witzes. Als er dies näher ausführen wollte, bat
Voltaire ihn zu warten und ihm den Vortritt zu lassen. Er müsse jetzt seinem Landsmann de Sade zur Seite springen, das
dulde keinen Aufschub, und den Witz aus der Revolutionszeit
perfektionieren, was er denn auch sogleich tat:
„Der Arzt antwortet der Marquise, er kenne da ein probates
und absolut wirksames Mittel, das auf einen Schlag ihre
Gewichtprobleme auf Null reduziere.
- Da bin ich aber gespannt, erwidert die Marquise freudig.
- Ganz einfach, Madame, antwortet der Arzt und legt eine
kleine Pause ein. Lassen Sie sich einfach den Kopf abschla-
gen."
Voltaire brüllte vor Lachen und schlug dabei Lou, die neben
ihm saß – ob versehentlich oder absichtlich, blieb unklar –, so
kräftig auf die Schenkel, dass sie aufschrie und ihm eine
schmierte.
„Wieso kann man denn nicht einen Witz an einem Stück fertig
erzählen, wie es sich gehört? Muss er denn immer unterbrochen werden?", beschwerte sich der Handwerker. Tugendwerth, Cosmo Po-Lit und Jungblut gaben ihm Recht.
Keuner versuchte, ihn zu trösteten. Beim Witzeerzählen gehe
es nicht anders zu als im wahren Leben. Alles sei nur Stück-
werk.
„Aber nicht beim Handwerk", beschwerte sich der Handwerker. „Bei uns läuft alles in geordneten Bahnen und wird auch
ordentlich zu Ende gebracht. Selbst der Pfusch und der Be-
trug!"
Hegel, der zunächst seine Kehle mit dem mitgebrachten Most
befeuchtet hatte, warf sich nun in die Brust. „Der Witz", brüstete er sich und reckte dabei den Hals in die Höhe, als wolle

er ihn ausrenken, "zündet die Fackel des Lachens, indem er eine bestimmte Erwartung des Zuhörers einfach umbiegt. Oder diese in Nichts auflöst." Er werde dies mit einem Beispiel illustrieren.

„Nichts da", protestierte Doyle. Er habe zum Witz aus der Revolutionszeit eine Frage. Als er sie stellen wollte, fing der Rotschopf grundlos und laut an zu lachen. Doyle schluckte daraufhin erschrocken seine Frage hinunter. Nietzsche rief dazwischen, er wolle jetzt endlich einen geharnischten Frauenwitz aus Frauenmund hören. Dies sagend, fixierte er erst den Rotschopf und dann die Feministin. Der Rotschopf ließ sich nicht lange bitten: „Was ist ein Mann zwischen zwei Frauen?" Christie: Eine Peinlichkeit.

Highsmith: Ein Lückenbüßer.

Rotschopf: Fast getroffen. Richtig aber ist – eine Bildungslücke.

Sie könne keinen Witz erzählen, gab die Feministin zu bedenken, da es keine von Frauen erfundenen Frauenwitze gebe. Und das sei gut so. Frauen verfügten aber sehr wohl über Esprit. Auch in diesem Fall hätten sie die Nase vorn. Ihr Esprit sei anspruchsvoll und elegant. Die Männer verfügten dagegen nur über eine vulgäre Witzigkeit, die in den allermeisten Fällen in den Frauen, und da auch nur an bestimmten Stellen, steckenbleibe.

Der Rotschopf protestierte, es gebe sehr wohl intelligente Frauenwitze, wenn man sie nur ihren Blondinenwitz von vorhin zu Ende erzählen ließe. Teddie hielt das Witzeerzählen für Zeitverschwendung, gestand den guten Witzen aber immerhin zu, ein Erkenntnis- und Formprinzip en miniature zu sein, was er aber nicht weiter ausführte.

Poe winkte ab, der Witz sei nichts weiter als eitel Künstelei, mit der die Unbedingtheit des Geistes und der Freiheit in Frage gestellt werden solle.

Christie war auf einen Stuhl gestiegen. Sie werde die Feministin widerlegen. Und dann erzählte sie eine Reihe bekannter Schülerwitze, die sie allerliebst mit gespitztem Mund präsentierte, bis sie wie kleine Luftblasen in der Luft zerplatzten. Dann stieg sie vom Stuhl und nahm zufrieden wieder am Tisch Platz. Warum nun die Keunerschülerin mit der Stupsnase dran war, blieb unklar. Jedenfalls meldete sie sich brav wie eine Schülerin, auch sie wolle sich einmal im Witzeerzählen versuchen. Sei aber nicht sehr talentiert. Sie kenne da zwei Witze, die von Frauen handelten, aber gegen Männer gerichtet seien. Man ließ sie gewähren. „Wann gilt ein Mann als Gentleman?", fragte sie in die Runde hinein, wartete, und hob dabei den Kopf, so dass das Stupsige der Nase noch besser zur Geltung kam und antwortete dann: „Wenn er beim Küssen die Zigarette aus dem Mund nimmt."

Sie wurde rot, vielleicht, weil sie sich für diesen Ladenhüter eines Witzes schämte und kam deshalb gleich zum nächsten Witz, der wiederum in Form einer Frage daherkam: „Warum sind Blondinenwitze immer so kurz?"

Poe: Ja, darauf kommen wir Männer von ganz allein. Dazu brauchen wir keine Frauen. Der Witz ist doch so durchsichtig, dass man die Pointe förmlich von weitem schon riecht. Ich vermute, die Kürze soll damit zusammenhängen, dass wir die Witze auch verstehen. Ha, ha. ha!"

Die Keunerschülerin war beleidigt. Schopenhauer sah sie mit begehrlichen Blicken an, was ihn nicht daran hinderte, ihr Folgendes über den Witz nahe zu legen: „Witz ist doch nur ein eitles Talent, das von der Schnelligkeit und Leichtigkeit im Kombinieren lebt. Das Genie hingegen ..." Seine Blicke hingen immer noch an der Stupsnase, waren allerdings eindringlicher geworden, weshalb Schopenhauer vermutlich vergaß, den Satz zu vollenden.

„Salomon Wassermann ist zum sechsten Mal Vater geworden. Melancholisch wendet er sich an seine Frau Sara: Wie schön wäre es, wenn es bei den Menschen wäre wie bei den

Hühnern und die Frauen könnten Eier legen…"

Keuner platzte dazwischen: „Der Witz ist nichts anderes als artistische Kombinatorik…"

Wilde: … und er vollzieht einen deutlichen Bruch mit dem hohen pathetischen Kunststil der Klassik. Insofern birgt er in sich eine ungeheure Sprengkraft.

Bei soviel Scharfsinn, vergeht einem leicht die Lust zum Witzeerzählen.

Das alles störte Allen nicht. Er vollendete seinen Hühnerwitz, so als wäre nichts gewesen: „Will man Kinder haben, fährt Salomon fort, dann sagt man einfach: Sara brüte. Und will man keine Kinder, sagt man wiederum einfach: Sara, mach mir a Omelett."

Proust ging nicht auf das Omelett-Angebot ein, dafür auf den Witz im Allgemeinen: „Der Witz, der für uns Franzosen ein Kind des Esprits ist, steht für schöpferische Vernunft und die Lebhaftigkeit des Geistes. Wie allen Barbaren geht er auch den Deutschen wegen des kalten Klimas und ihrer Dickleibigkeit völlig ab. Die Deutschen besitzen keine subtile oder gar galante Witzkultur, wie man auch hier leicht merken kann.

Allen: Die schärfsten, ausgekochtesten Witze sind die jüdischen Witze, die mit dem Heiligsten und den Heiligen Schlitten fahren. Ich beweise es jetzt: „Kommt eine Jude zu einem Rebbe und fragt: Rebbe, ist es erlaubt, am Jom-Kippur mit einer Frau Verkehr zu haben? Der Rebbe klärt, denkt nach, und antwortet: Ja, du darfst. Der Gläubige freut sich und will gehen. Doch der Rebbe hält ihn zurück:

Aber es gibt zwei Einschränkungen.

Nanu? Und die wären, will der Jude wissen.

Du darfst nur mit deiner eigenen Frau schlafen.

Und die andere Einschränkung?, will der Gläubige wissen.

Ein Vergnügen darf's nicht machen."

Der Stückeschreiber war der einzige, der bei diesem Witz lachte, was schon Anlass genug sein könnte, darüber nachzudenken. Doch dann würde dieses Kapitel noch länger werden. Nietzsche, der mittlerweile wieder zurückgekehrt und, oh Wunder, einmal frei von Süßigkeiten war, meinte, er überlege noch, ob der Witz eher mit seinem Prinzip des Dionysischen oder dem des Apollinischen zu vereinbaren sei, schlug sich dann, aus welchen Gründen auch immer, auf die Seite des Apollinischen, indem er verkündete, der Witz sei nichts weiter als geschärfter Geist und als solcher ein Nagel, mit dem man alles Philiströse, überhaupt alles Banale an die Wand nagle. Wer in seinem Gesicht lesen konnte, merkte, dass Nietzsche mit dieser raschen Entscheidung keineswegs zufrieden war.

Der Französisch sprechende Trenchcoatmann mit der kalten Pfeife fasste Nietzsches Kapriole als eine Ermunterung auf und wollte nun seinerseits mit einer Drolerie, wie er sich ausdrückte, glänzen. Er kenne da ein Bonmot, in dem sich zwei Bauern über Reitpferde unterhielten.

Da blähte sich aber die Feministin plötzlich wie ein balzender Pfau auf und fuhr ihn an, wenn das jener Witz sei, in dem Frauen mit Reitpferden gleichgesetzt würden, dann solle er aber schleunigst seine Klappe halten oder schon an dem ersten Satz seines Witzes ersticken. Der Trenchcoatmann lächelte ein fieses Lächeln: „Auch in nur einen Satz passen gleich mehrere tödliche Bosheiten hinein", rieb er der Feministin unter die Nase. Dann kündigte er an, er werde zum Ausgleich einen Witz über Kindheitserinnerungen erzählen, in dem zwar keine Reitpferde vorkämen, der dafür aber länger sei und es auch in sich habe: „Drei Männer unterhalten sich über ihre frühesten Kindheitserinnerungen. Meint der Erste: Mit sechs Monaten lag ich an der Brust meiner Mutter, aber sie hat mir die Brust verweigert. Das war für mich ein Schock." Er blickte die Feministin an, die ihre Lippen und Zähne fest aufeinander gepresst hatte, so dass ihr Mund nur noch aus einem Strich bestand. „Sagt der Zweite: Ich erinnere mich noch genau an meine Geburt. Das war ein einziger Gewaltakt, an dem ich heute noch leide. Sagt der Dritte: Ich erinnere mich, wie ich neun Monate vor meiner Geburt mit meinem Vater auf eine Party ging, und mit meiner Mutter zurückkam." Diesmal hatte es das Lachen leicht. Selbst die Feministin konnte sich ein Lachen nicht verkneifen.

Kraus: Der Witz hat zwei schöne Seiten. Er ist einerseits ein Lockmittel für den Leser, andererseits eine Waffe von tödlicher Schärfe. Von besonderer Gemeinheit sind Witze, die als Flüche getarnt sind. Ich bin so frei: Sagt der Kontrahent zu seinem Feind: Du sollst den Kopf voller Läuse bekommen und ein so kurzes Ärmsche, dass du dich nicht kratzen kannst.

George: Ob Lockmittel. Ob Waffe. Ob Pfahl im Fleisch. Für mich ist der Witz in erster Linie eine Relaxatio animi, eine Lockerungsübung für Geist, Gemüt, Herz, Kopf, Leber und so weiter. Schade, dass wir Frauen kein Gen für den Witz haben. Wenn mir Witze einfallen, sind es immer Männerwitze. Und sie erzählte dann einen Witz über einen Verbrecher, der sich mit einem Polizisten ein Laufduell lieferte. Er ist nicht der Rede wert, hier aufgenommen zu werden.

Beauvoir: Ich denke, der Witz hat in erster Linie zunächst einmal mit Lustgewinn zu tun. Er baut den aufgestauten Verdrängungsaufwand ab. Darüber freut sich der Mensch unbändig und reagiert mit Lachen.

Handwerker: Abbau von Verdrängungsaufwand? Was soll das geschwollene Zeug jetzt wieder? Ich habe noch nie etwas in meinem Leben verdrängt.

Lou: Darunter versteht man die unerwartete Erfüllung eines bislang gehemmten Triebes, zum Beispiel des Sexualtriebs. Der Witz gestattet uns, unterdrückte Wahrheiten laut auszusprechen und diese zu genießen.

Irgendeine: Kann man den Frauenwitz von vorhin, in dem eine Frau ihren Rock hebt, zu Ende hören? Das ist doch ungemein aufregend.

Rotschopf: Die Fortsetzung geht so: Um Gottes Willen. Und was würdest du dann machen? Dann würde ich ihm die Hose runterziehen. Und dann? Dann würde ich meine Hose runterziehen. Und dann? Der junge Literaturwissenschaftler unterbrach: „Der Witz zündet, weil er einen Kontextwechsel beschreibt."

Jungblut: Was heißt das?

Literaturwissenschaftler: Als Kurzfassung für Laien wie dich: Aus Ernst wird Komik, aus Weinen Lachen.

Jungblut: Kannst du das etwas näher erläutern?

Nun, konnte er nicht. Denn George regte an, das Witzeerzählen auszuweiten auf witzige Äußerungen oder komische Alltagssituationen. Dann könne sie auch ein höchst witziges Alltagsgespräch beitragen, das sie jüngst geführt habe. Das tat sie denn auch.

Handwerker: Ich will jetzt endlich wissen, wie der Witz vom Rotschopf ausgeht.

Der Rotschopf machte da weiter, wo er vorher aufgehört hatte: „Dann würde ich testen, wer von uns beiden am schnellsten laufen kann!"

Handwerker: Wo bleibt da der Witz?

Ende der Baustelle.

Wir danken Ihnen für Ihr Verständnis! Stellen Sie sich schon auf den nächsten und letzten Nothalt ein, der bald kommt. Einstweilen gute Fahrt!

AfG - Akademie für Gefälligkeitsgutachten
Anfrage eines Gutachters beim Direktor des Atomkraftwerks in N.: „Wie viele Mängel darf ich in mein Gutachten hineinschreiben?"

12.

An dem Tag, an dem die Sonne fest schlief und die tief
herunterhängende Wolkendecke abzustürzen drohte, trafen drei
Busse mit illustren Menschen ein, die nicht den Eindruck
erweckten, als ginge es ihnen gut. Es waren aus der Arbeitswelt
Ausgestoßene, Vertreter des abgesunkenen Prekariats, wie sie
auch genannt wurden, die Keuner in der nahe gelegenen
Metropole aufgelesen hatte. Was hatte er mit ihnen vor?
Die Businsassen wurden vor dem Klostereingang ausgeladen
und unter dem Geleitschutz martialisch aussehender Muskel-
männer zu den Waschräumen eskortiert, wo sie sich erst einmal gründlich duschen mussten. Da die Männer unbedingt
zusammen mit den Frauen, diese aber für sich allein duschen
wollten, gab es die erste Möglichkeit für das Wachpersonal,
sich zu bewähren.
Nach der Reinigung erhielten die so Getauften Kleider aus
zweiter Hand gegen ein geringes Entgelt. Wer nicht zahlen
konnte, kam in die Kreide oder durfte das Sümmchen durch
niedere Dienste wie Kloreinigen, Küchendienste und Teller-
waschen abarbeiten. Dann ging es zum Essenfassen. Dabei
mussten sich alle in Reih und Glied aufstellen, was den
Leutchen, die die ungezähmte Freiheit gewohnt waren, überhaupt nicht behagte. Flüche und Wutausbrüche waren die
Antwort. Doch das Wachpersonal machte durch das Zeigen
von Muskelspielen und Gummiknüppeln dem Aufbegehren
schnell ein Ende. Es gab eine für die Armen typische Volks-
speisung, die aus einer deftigen Erbsensuppe mit Schweine-
fleisch und Speck, alternativ einer deftigen Kartoffelsuppe mit
Frankfurter Würstchen und jeweils einem Brötchen bestand.
Zu trinken gab es Leitungswasser, was die trübe Stimmung
des Bettelvolks keineswegs aufhellte, vielmehr das Murren
und Raunzen wieder aufkommen ließ. Alkohol hatten sie erwartet. Mit Wasser wurden sie abgespeist. „Wenigstens ein

Bierchen hätte doch sein können, das ist doch nicht zuviel verlangt", schimpfte einer, der ein rotes Barett und ein Che Guevara-Shirt trug. „Wir können uns einschränken, wenn's unbedingt sein muss. Aber uns gleich total auf Entzug zu setzen, das ist die Höhe und lässt das Schlimmste befürchten." Nachdem die Bäuche zwar voll, die Sehnsucht nach Zigaretten und Schnaps aber nicht gestillt war, wurden die Unzufriedenen mit Kaffee versorgt, ehe sie in den großen Vortragssaal geleitet wurden, wo ein Vortrag Keuners sie erwartete. Auf dem Weg dorthin kamen die Obdachlosen an der ausgelegten Speisekarte für die Symposianten vorbei. Keuner hatte eigens den berühmten Schwarzwaldkoch mit den drei leuchtenden Sternen eingeladen, der auch gern der Einladung gefolgt war. Er hatte sein bekanntes großes Degustationsmenü mitgebracht:

Menufolge

* Marinierte Gänseleber mit Gemüse und Trüffel in Portweingelee
* Rosette vom Hummer in Kokosnussage. Dazu Makadamianüsse, Kafirblätter und Chili
* Adlerfisch mit Safranbouillon, Kartoffel-Basilikumstampf und Sauce-Rouille
* Lammsattel und Kotelette mit Paprika-Ingwerkruste, Pfifferlingen, Kremolata und Lammjuis
* Käse vom Wagen
* Glasierte Herzkirschen in Sherrysud mit Zimtmürbeteig und Holunderblüteneis
alternativ
*Melonensorbet mit Anisgewürz und Melonenperlen in Courgette-Buttermilch
*Espresso, Mokka, Kaffee, Tee, Limonaden

Als die eintöpfig Gesättigten die Speisekarte lasen, holten einige von ihnen aus Enttäuschung und Wut ihre Fäuste aus den Hosentaschen oder sonst woher, ballten diese zur Faust und bedrohten den Menuanschlag. Andere suchten und fanden, was sie suchten - Steine, die nicht zum Anschauen oder Bemalen gedacht waren. Und tatsächlich wurden auch einige mit Schwung aus der Hand gelassen, ohne allerdings großen Schaden anzurichten.

Keuner hatte Mühe, die Unzufriedenen zu besänftigen. Dann kam sein Vortrag.

Liebe HartzVierlerinnen, liebe ALGzweier, liebe Sonstige, die Armut ist's und nicht der Reichtum, die mich veranlasst hat, Sie hier zusammenzurufen. Ich freue mich, dass Sie so zahlreich meinem Ruf gefolgt sind und hoffe, dass Ihnen das Essen geschmeckt hat. Ich möchte Ihnen für Ihren schwierigen Lebensweg einige Hilfestellungen geben ... Er kam nicht weiter, da im Saal ein wenn auch zurückhaltendes Murren und vereinzelte wenig schöne Schimpfwörter vernehmbar waren.

Sie sind die eigentlichen Helden dieser Gesellschaft, da Sie sich in aussichtsloser Lage heroisch verhalten und sich nicht unterkriegen lassen, während sich andere Vertreter der ökonomischen Oberschicht, die uns die Armut eingebrockt haben, abfinden ließen.

(Schwacher, vereinzelter, aber enden wollender Beifall!)

Wenn ich Sie heute und hier habe zusammenkommen lassen, dann um Ihnen Wege aus der Armut aufzuzeigen, wie Sie ihre Lage aus eigener Kraft verbessern und, wenn auch in bescheidenem Umfang, Reichtümer anhäufen können.

(Kommentare aus der Menge: „So, so! Hoho! Aha! Lass hören!")

Die Beschäftigung, der Sie alle nachgehen, ist, und darauf lege ich den größten Wert, eine hohe Kunst, die Sie alle bestens aus eigener Erfahrung kennen. Die Kunst des Bettelns ist nebst dem Lügen, Schimpfen und Morden eine hohe und feine Kunst, auch wenn sie nicht zu den Septem Artes Liberales der Antike gerechnet wird.

(„Red Deutsch!", rief einer, der am Rande links saß.)
Ich möchte Ihnen nun einige Ratschläge geben, wie Sie Ihre Lage verbessern können.

(Ungläubiges Kopfschütteln, den Vogel zeigen, Maulaffen feilbieten!)
Das Betteln ragt unter den anderen berühmten Künsten insofern heraus, weil es nicht nur eine Arbeitsbeschaffungsmaßnahme darstellt, sondern aufgrund der zunehmenden Armut auch noch eine Wachstumsbranche ist. Das Betteln, richtig verstanden und ausgeübt, ist, wie ich Ihnen zeigen möchte, vorzüglich dazu geeignet, Sie von der staatlichen Unterstützung unabhängig zu machen, was dem Staat Einsparungen in Milliardenhöhe bringt, die der Staat dann für andere sinnvolle Dinge ausgeben kann. Ich möchte nicht ohne Stolz betonen, dass diese Veranstaltung sowie auch die Trainingskurse für Bettleranfänge und für Bettlerfortgeschrittene, die im Anschluss an diese Veranstaltung angeboten werden, von der Arbeitsagentur und dem Präsidenten der Republik finanziert werden.

(„Wir wollen aber unsere Unterstützung behalten. Wir haben uns so an sie gewöhnt!", rief eine Frau. Ihr wurde zugestimmt.)
Keuner stutzte einen Augenblick, sah sich nach der Frau um und fuhr dann aber gleich fort.

Nach diesen Vorbemerkungen möchte ich nun die Kunst des Bettelns näher beleuchten und mit einigen praktischen Anleitungen begleiten. Dies scheint mir sinnvoll, weil doch die meisten von Ihnen keine Lehre des Bettelns durchlaufen haben dürften. Wo auch soll man diese Kunst lernen? Einen eigenen Studiengang gibt es noch nicht. Aber – das soll sich ändern. Ich führe erste Gespräche in diese Richtung.

(Erste Pfiffe aus den hintersten Reihen ertönten).
Was haben wir unter dem Betteln als einer Kunst zu verstehen? Das Betteln kommt einem Akt kunstvoller und sportli-

cher Inszenierung gleich, die dem Ziel dient, Geld elegant von
einer Hand in die andere übergehen zu lassen. Dieser Tausch
– am Finanzamt vorbei, versteht sich –, gelingt aber nur dann,
wenn bestimmte ästhetische und kommunikative Voraussetzungen beachtet werden.
(Unruhe im Saal. Einer äffte Keuner nach und rief: „Wir wollen Alkohol und Weiber. Das ist es, was wir brauchen." Bei-
fall, Pfiffe, Bravorufe!)
Nachdem sich der Lärm gelegt hatte, setzte Keuner seine
ratschlagende Ansprache fort.
Das Betteln als Kunst hängt wesentlich von der richtigen
Körpersprache ab. Die wiederum hängt von der richtigen
Einstellung zum Betteln ab. Darum ist Haltung die oberste Ma-
xime für einen Bettler.
(Eine alte HartzVierlerin intonierte: „Dann geh ich ins Maxim".
Einige müde Lacher verloren sich im Raum!)
Schließlich wollen Sie Profis werden.
(„Ne, woll'n wir nich!", trompetete einer.)
Diese professionelle Haltung drückt sich in ganz verschiede-
nen konkreten Verhaltensweisen aus, die es zu beherrschen
gilt. Sie sind der Garant für den Erfolg. Wer sich nicht daran
hält, der lädt Schande auf die ganze Bettlerzunft.
(„Soll wohl ne Drohung sein, was?", krakeelte einer und stieß
drohend eine seiner Krücken in die Luft. – Erzählte einer ungeniert seinem Nachbarn von folgender Erfahrung: „Ich sitze
und halte meine Mütze hin, so um zehn Uhr, sage zu einem
Typen, der gerade vorbeikommt, freundlich: "Morgen!" Der
Typ bleibt auch stehen, antwortet freundlich lächelnd: „Samstag!" War gut gekleidet, der Typ, schon älter –, ich dachte, so
einer holt den Geldbeutel raus und gibt mir was. Nichts da.
Sagt zu mir einfach: „Samstag!" Und geht weiter. Ich hätte
dem ein paar in die Fresse hauen können!" – „Hast Pech gehabt. Was bettelst du auch am Freitag?")
Derweil war Keuner bei dem Satz: Haltung fängt beim äuße-

191

ren Erscheinungsbild an. Gepflegtes Äußeres ist unabdingbar. Alles, was nur entfernt an Verwahrlosung erinnert, ist
geschäftsschädigend. Jede Verluderung beleidigt das Auge des
potentiellen Gebers, und der verdreht von weitem schon die
Augen und macht einen weiten Bogen um das Ärgernis. Vor
allem die empfindliche Gebernase gilt es nicht zu beleidigen.
Sie wird sonst gerümpft oder zugehalten. Damit sind wir bei
der Hygiene angelangt. Hier hapert es allenthalben. Die Bettler-
künstler, das gilt natürlich auch für die Bettlerkünstlerinnen,
sollten auf gar keinen Fall unangenehme Düfte verströmen,
die die Kundschaft vertreiben. Wem eine Dusche gerade nicht
zur Verfügung steht, der soll an einen nahe gelegenen Fluss
gehen und sich dort waschen. Das härtet zugleich ab. Wem's
dort zu kalt ist, der kann eine Stelle am Fluss suchen, an der
sich ein Atomkraft- oder sonstiges Heizkraftwerk befindet.
Das Wasser dort ist immer schön warm. Unbedingt muss
auch Mundgeruch vermieden werden. Daher sind die Zähne
öfter zu putzen. Das geht im Notfall auch mit der eigenen
Spucke, die man mit dem Zeigefinger verreibt. Für alles gibt
es eine Lösung, wenn man nur guten Willens ist.
(Murren, Flüche und Furzen auf breiter Front.)
Bei der Arbeit – und Betteln ist eine Schweiß treibende körperliche Tätigkeit – verbieten sich Essen, Trinken, Kaugummi-
kauen, Nägelkauen, Rauchen, Lesen, Telefonieren und Masturbieren. Die Arbeit erfordert die ganze Konzentration. Nur
so läuft das Geschäft. Das sagt einem das Berufsethos. Arbeit
ist Arbeit, und Schnaps ist Schnaps.
(Die ersten Schlafenden wurden gesichtet.)
Es kommt einem schlimmen Affront gegen die Geldgeber
gleich, wenn Sie, meine Damen und Herren, beim Betteln mit
den Händen in den Hosentaschen oder der Nase herumlümmeln.
Ich komme jetzt auf die Kostümierung zu sprechen. Sie sollte
dem Status des Bettlers angemessen sein. Äußerste Zurückhaltung ist hier angebracht. Gebrauchte Klamotten: Ja. Gar-

derobe von Gucci oder Dolce&Gabbana: Nein. Die verbietet sich von selbst. Jedenfalls beim Betteln. In teuren Fummel kann man schlüpfen, wenn man abends seinen Umsatz in die Disco trägt oder das Theater besucht. („Uns wäre lieber, wenn unsere Kollegin statt in teure Klamotten nackt zu uns Männern ins Bett steigt", schrie einer. Breites Lachen der Männer. Schimpfen und Fluchen einiger Frauen. Tumulte. Die Wachmannschaft hielt ihre Gummiknüppel hoch.) Keuner war einen Augenblick irritiert, blickte hilflos erst in den Saal, dann auf die Wachmannschaft, fing sich dann aber gleich wieder. Das Betteln ist auch ein logistisches Problem. Es ist sogar von zentraler Bedeutung. Und in diesem Zusammenhang spielt der richtige, der beste Standort für das Betteln eine Rolle. Nun, ein Polizeipräsidium verbietet sich aus nahe liegenden Gründen. Ebenso das Betteln vor Altersheimen und Gefängnissen. Auch Kirchen sind äußerst heikle Orte. Einmal, weil die Menschen in der Kirche schon zur Kasse gebeten werden. Und zweitens, weil man ihnen den Seelenfrieden versaut. Auch Schulen und Hochschulen sind wenig geeignete Orte für das Handausstrecken. Man zieht den Lernenden, die ohnehin knapp bei Kasse sind, nicht noch die letzten Cents aus der Hosentasche. Hingegen sind Finanzinstitute, Einkaufszentren, Fußgängerzonen, Märkte ideale Orte der sozialen Begegnung. Jawohl, das ist ein sozialer Hoheitsakt, wenn man an das Grundgesetz denkt, in dem steht, dass das Eigentum verpflichtet. Sozial verpflichtet, versteht sich. Da sich aber keine Sau daran hält, muss man gelegentlich ein wenig nachhelfen. So gesehen, sind Bettler durchaus die Hüter unserer Verfassung, auch der Bibel, in der es heißt: Geben ist seliger denn Nehmen. Allerdings heißt es auch in der Apostelgeschichte: Wer's glaubt, wird selig. Aus Sicht der Bettler ist das Nehmen natürlich vorteilhafter. Wie dem auch sei. In jedem Fall ist der schonende Umgang mit der Geber-Klientel oberstes

Gebot. Warum? Wer bettelt, mahnt das schlechte Gewissen an. Und das will mit spitzen Fingern angefasst werden. Denn schnell kann das schlechte Gewissen in ein aggressives Gewissen umschlagen. Und aus ist es mit der Spendierfreude. Es war schon vorher zusehends unruhig geworden. Doch die letzten Bemerkungen brachten das Fass zum Überlaufen. („Jetzt schlägt's aber dreizehn!", rief einer. Ein anderer: „Gib uns lieber Geld und Klamotten, aber alles hübsch neu." Ein Dritter: „Jawohl, gib uns eine vernünftige Unterkunft, dann erledigt sich alles von ganz allein." Eine Vierte: „Vor allem mehr Knete für Klamotten. Ich will auch mal was Edles von Gucci tragen." Zustimmendes Lachen im Saal, aus dem ein aggressiver Unterton herauszuhören war!)

Er wolle doch nur, rief Keuner in den Saal, helfen, falsche, durch Unachtsamkeit oder Nichtwissen zustande gekommene Verhaltensweisen abzubauen und die Umsätze des Bettelns zu erhöhen. Das ist doch nicht so schwer zu verstehen. Doch dieser Hinweis beruhigte die erhitzten Gemüter nicht. Und so blieb ihm nichts anderes übrig, als mit größerer Lautstärke fortzufahren. Der Bettler sollte auch nicht gerade dann furzen, meinte er, wenn Menschen in seiner Nähe sind.

„Ebenso verbietet sich der Duft eines billigen, aufdringlichen Parfüms", fuhr er fort, „das irgendwer bei Douglas hat mitgehen lassen. Dies zieht Katzen und anderes Vieh an, schreckt aber potentielle Geber ab. Ich möchte nun, wie schon angekündigt, auf die Körperhaltung zu sprechen kommen, ohne die nichts läuft. Um es mit Beispielen zu verdeutlichen, worauf ich hinaus will. Was bringt mehr ein - ein Kopfstand, ein Handstand, Sitzen, Stehen, Knien oder Liegen? Hier soviel: Nach meinen Untersuchungen bringt die Demutshaltung am meisten ein. Sich klein machen, immer in gebeugter Haltung verharren. Und die Leidensmiene aufsetzen.

(„Wir sind doch auch Menschen und haben unseren Stolz.

Wir machen uns nicht klein!" Der Protestler erhielt viel Beifall!)
Alles, was nach Verweichlichung aussieht, sollte vermieden werden. Man will Bettler leiden sehen. Also zeigen wir es dem Publikum. Kissen als Sitzunterlage kommen nicht in Frage. Das kommt bei der Kundschaft nicht gut an. Das gilt für jede laxe Haltung, etwa das Herumlümmeln auf dem dreckigen Boden. Darin drückt sich Respektlosigkeit dem Dasein und speziell den potenziellen Gebern gegenüber aus. Daher Devotion, Unterwerfung zeigen. Auch wenn sie geheuchelt ist. Jahrhundertealte Erfahrungen zeigen, dass Stehen in leicht gebückter Haltung mit dem Blick auf den Boden, aus dem tiefe Demut spricht, äußerst gewinnbringend für den Bittsteller ist. Bettler allerdings, die unter Krampfadern leiden, sollten das Stehen meiden, es sei denn, sie haben sich vorher Kompressionsstrümpfe besorgt.
(„Zahlt das die Kasse?", wollte eine ältere Frau wissen.)
Da das Knien meistens von Bettlern aus dem Osten, auch von Sinti und Roma, bevorzugt wird, sollte man es, allein schon um sich abzugrenzen, unterlassen. Ein deutscher Bettler ist etwas ganz Besonderes. Davon abgesehen, geht Knien ganz schön aufs Kreuz, ganz zu schweigen von den Knien selbst, die man so nur ruiniert. Das weiß jeder Katholik.
(Eine diffuse Unruhe stieg wieder hoch. Hässliche Flüche, Fußstampfen, wilde Blicke. Klopfen auf die Tische. Das Wachpersonal musste Präsenz zeigen.)
Wir werden auch auf das schaukelnde Sitzen näher eingehen, wie man es von manchen Koranschulen kennt. Das sieht zwar komisch aus, bringt aber was ein. Einmal suggeriert es Hilflosigkeit. Zum anderen sagen sich die Kunden, das arme Schwein ist nicht nur arm, sondern dem Fehlen auch noch alle Gurken im Glas. Dann geben sie mehr. Großes Augenmerk wird auch auf das Training von Gebrechen wie Humpeln, an Krücken gehen, einen Blinden mimen, Ohnmachts-

anfälle simulieren in unserem später angebotenen Kurs zu legen sein. Wie man elegant dem Geldwechsler die Hand hinhält und ihm diese nicht aggressiv-fordernd in den Leib rammt, werden wir ebenso behandeln wie das Grimassieren und das Augenverdrehen. Das Einüben von Ticks steht ebenfalls ganz oben auf dem Programm wie die Schulung des Tremors, wie man überzeugend mit Augenbrauen, Augenlidern, Fingern, Händen, Lippen, Zähnen und der Zunge zittert. Heftiges Zittern führt bei Vorübergehenden dazu, dass ihnen das Geld von ganz allein aus der Tasche fällt.

(„Ja, das ist gut. Das gefällt mir", riefen mehrere gleichzeitg aus.)

Die angemessene Kommunikation mit Klienten ist ein anderer Schwerpunkt des Trainings, führte Keuner dann aus. So soll es etwa darum gehen, wie man alten Frauen die letzten Ersparnisse entlocken kann, wie man selbst Schotten Geld aus dem Kilt kitzelt, wie man junge Frauen, wenn sie schon nichts geben, dazu bringt, ihren Rock ein ganz klein wenig zu heben, was natürlich nur dann geht, wenn sie keine langen Hosen tragen.

(Ein röhrendes, ein nicht enden wollendes Lachen rollte Keuner entgegen.)

Schließlich möchte ich auch auf die Frage eingehen, ob sich und wenn ja, in welcher Form männliches vom weiblichen Betteln unterscheidet. Allein schon wegen der Hormone.

(„Vor der Armut sind alle gleich!", rief eine schwangere Frau in den Saal.)

Mit dem, was ich nun ansprechen möchte, mache ich mir sicher keine Freunde. Dringend abraten möchte ich nämlich von der Unsitte, mit einem Hund zu betteln, was einzelne Kunden sentimental stimmen mag, die vielen anderen aber verstimmt, ja abstößt. Warum? Diese Menschen sagen sich zu Recht, dem Bettler kann es gar nicht so schlecht gehen, wenn er für einen Hund aufkommen kann, für den auch noch Hundesteuer gezahlt werden muss. Ich lasse beiseite, dass die meisten Bettler gar keine zahlen. Wovon auch. Hinzukommt die Sorge des Kunden, der Hund könne Ungeziefer haben oder von einer ansteckenden Krankheit befallen sein. Außerdem muss ein Hund ja immer, denn der hat eine flotte Blase, ständig Duftmarken setzen. Was tun, wenn kein Busch da ist? Bei Hündinnen kommt noch hinzu, dass sie fürchterlich stinken, wenn sie rallig sind. Schließlich nimmt ein Hund viel Platz am Bürgersteig ein, was den Eindruck vermittelt, der Bettler mache sich auf Kosten anderer breit. Ganz zu schweigen vom Hundegebell, vor allem, wenn andere Hunde vorbeigeführt werden und die Gefahr besteht, dass die Hunde sich ineinander verbeißen und Fußgänger anfallen. Darum: Hundehaltung ist die Todsünde allen Bettelns.

Jetzt gab es kein Halten mehr. Ein Sturm brach los.

(Einer rief: „Das ist ein dicker Hund." Ein anderer: „Ohne Hund gehen wir vor die Hunde." Wieder andere waren aufgesprungen, fuchtelten wild mit Armen und Fäusten in der Gegend herum, einige warfen Papierbecher auf Keuner, einige Frauen zeigten dem Redner ihren Hintern, was Keuner nicht verstand, einige der Anwesenden liefen auf Keuner zu und wollten ihm an den Kragen. „AusgerechnetunsdieHundenehmen,diesichalseinzige menschlichverhalten.Nimmtmanunsdie Hunde,nimmtmanunsdas Leben.Woraufsollenwirdennnochallesverzichten?" Einer skandierte das alte Hundelied: „Ein Hund kam in die Küche/und stahl dem Koch n Stück Fleisch …". Nach und nach fielen alle mit tiefer Inbrunst ein und sangen, nein, grölten mit, dass die Mauern des Vortragssaales zu zittern begannen.

Wieder schwärmte die Wachmannschaft aus, der Vortrag musste warten.) Keuner hatte sich vom Rednerpult in einen der hinteren Räume in Sicherheit gebracht. Nachdem sich der Lärm gelegt hatte, kam er wieder aus seinem Versteck hervor und provozierte die Anwesenden erneut mit der These, es gehöre zur Rolle des Bettlers nicht aufzufallen. Wer arm ist, führte er aus, und dann auch noch bettelt, ist für die Gesellschaft ein Fleisch gewordener Vorwurf. Wer will schon daran erinnert werden, dass es Hunger und Armut gibt? Deshalb sollte sich der Bettler still verhalten. Gespräche mit seinem Hund oder mit seinen Kollegen und Kolleginnen verbieten sich beim Betteln von selbst. Das gilt auch für Selbstgespräche. Gespräche lenken außerdem nur vom Betteln ab, das wie jede Arbeit die ungeteilte Konzentration verlangt. In letzter Zeit sieht man immer öfter bettelnde Kollegen und Kolleginnen, die während des Bettelns in Handys quatschen. Soviel Dummheit zeigt, wie notwendig ein gezieltes Training der Künstler, die die Hand aufhalten, ist. Wenn der Kunde einen telefonierenden Bettler sieht, das kann auch eine Bettlerin sein, dagegen habe ich nichts, dann denkt der sofort: So, so, der kann sich ein Handy leisten! Dem kann es so schlecht ja nicht gehen. Ein Handy in der Hand eines Bettlers vergrault die Kundschaft. Man muss ja nicht gleich auf ein Handy verzichten. Aber der gesunde Menschenverstand sollte einem doch sagen, weg damit bei der Arbeit. Und das Ausstellen nicht vergessen. Aber – wie das so mit dem lieben Menschenverstand ist, wenn der nicht weht.

Das hatte Keuner in einem lauten und strengen Ton gesagt und dabei den Zeigefinger drohend wie eine Peitsche ins Publikum gezeigt.

(Krakeelte eine: „Wenn schon keine Wohnung und kein Auto, dann will man doch ein bisschen Lebensfreude durch das Handy haben." Sie erhielt viel Beifall.)

Keuner wirkte erschöpft, was man seiner Stimme, die immer heiserer wurde, anmerkte. Auf seiner Liste der anzusprechenden Probleme stehe auch das sprachliche Problem. Zum Beispiel, wie man seine Kundschaft ansprechen solle, welches Deutsch angemessen sei, wie man fehlerfreie Hinweisschilder schreibe, was sie enthalten und was sie auf gar keinen

Fall enthalten sollten, mit welcher sprachlichen Strategie man Polizisten, erst recht Polizistinnen begegnen solle. Nichts mit der Sprache, aber mit dem erwirtschafteten Geld habe dann die wichtigste Frage zu tun, wie man das erwirtschafte Geld richtig anlege und wie man das Finanzamt austrickst. Alle praktischen Übungen seien videobegleitet. Abgeschlossen werde das Training dann mit einem Höhepunkt, einem Besuch der Dreigroschenoper. Das Training sei zwar kostenlos. Dafür werde eine vertraglich geregelte zwanzigprozentige Beteiligung an den Einnahmen erwartet.

Das war zuviel des Guten. Es kam zum offenen Aufstand, der sich längst angedeutet hatte und dem das Wachpersonal nicht mehr gewachsen war. Ein Schreien und Toben setzte ein. Die meisten Besucher sprangen wütend auf, Fäuste wurden in den Saalhimmel gestoßen, die Krüppel stießen ihre Krücken in den Boden, Stühle wurden erst gerückt, dann zur Seite geschleudert oder drohend hochgehalten, Tische umgestürzt. Einige Stühle gingen zu Bruch, wurden zu Kleinholz gemacht und dann als Munition an Keuner adressiert. Einige Bettler versuchten, das Podest zu stürmen. Begleitet war das stürmische Aufbegehren von deftigen Flüchen.

Keuner kam nicht mehr dazu, auf die neue Bettlerkluft hinzuweisen, die in einem Nebenzimmer ausgelegt und zu erwerben war.

Schild eines Bettlers in der Fußgängerzone

Erbitte kleine Spende für den Kauf einer neuen Kalaschnikow. Meine alte klemmt.

Türsteher gesucht

Martinskirche sucht kräftigen Türsteher, der Bettler und anderes Gesindel abhält. Angebote an Pater Immanuel Gotthilf, Erlöserkirche.
Persönlich von 12-13 Uhr im Beichtstuhl links hinten anwesend.
Sonst zu erreichen unter ...

Bettler gesucht

Exklusives Wohnviertel sucht durchtrainierten Bettler mit Hund (Gern ein Pitbullterrier!), der über gute Manieren verfügt. Soldatische Grundausbildung und Umgang mit Waffen erwünscht. Aufgabenbereich: Er soll andere Bettler und Nichtsesshafte vom Viertel fernzuhalten. Nach einer Probezeit von einem halben Jahr Lebenszeitanstellung möglich. Vergütung nach BAT und Übernahme der Sozialversicherung. Angebote unter ...

13.

Das Refektorium war in Tee- und Kaffeeschwaden gehüllt, in die sich das Aroma von heißer Schokolade mischte. Auf dem ausladenden Bufett lockten Kuchen, Muffins, Brioche, Croissants, Torten, mit Früchten belegte Tortelets, Petits Fours und belgische Pralinen die Teilnehmer, die zusammengekommen waren, um erneut über das Verbrechen nachzudenken.

Als alle sich bedient hatten, machte Teddie, mit den flinken Fingern der rechten Hand in einem seiner Werke blätternd, auf sich aufmerksam. Während er eine bestimmte Stelle suchte, flirtete er nebenbei mit Lou, die in einem hoch geschlitzten weißen Kostüm mit einer dekolletierten Jacke erschienen war und neben ihm saß. Als er die gefundene Stelle seiner Unterlage, die markiert war, gefunden hatte, trug er seine Thesen vor, nicht darin nachlassend, Lou verliebte Blicke zuzuwerfen. Er war ein Meister in der Synchronisation divergierender Tätigkeiten.

Er möchte wieder auf das Generalthema des Symposiums zurücklenken, hob er an, stockte einen winzigen Moment um zu strahlen, denn sein Blick war von einem der schönen Beine Lous gefangen genommen worden, das sich plötzlich aus dem Kostümrock befreit hatte, und das er, während er weiterredete, fest im Blick behielt. Was das Verbrechen angehe, so müsse er sagen, dass sich aus der Vernunft allein kein grundsätzliches Argument gegen das Verbrechen ableiten lasse.

Dieser Satz, im Parlandostil leicht in die Runde geworfen, hatte es in sich. Er wurde als Provokation empfunden und sorgte auch prompt für Turbulenzen. Ein Keunerschüler fragte Teddie mutig, wie er als kluger Philosoph und Wissenschaftler nur auf eine solch widersprüchliche Aussage kommen könne. Das, was er widersprüchlich nenne, erwiderte Teddie, werde sogleich sonnenklar, wenn man die Vernunft nicht rein abstrakt wie die griechischen Nebelspalter oder wie der Metaphyseur Hegel betrachte, sondern wenn man sie in den historisch-gesellschaftlichen Kontext stelle, wohin sie nun einmal gehöre. Der Keunerschüler lauschte mit offenem Mund und aufgestellten Ohren.

Die Vernunft, so Teddie weiter, habe niemals frei im Raum geschwebt. Auch nicht über den Wassern. Und schon gar nicht über den Wolken. Sie sei immer sehr irdisch, nämlich ein Produkt des jeweils herrschenden Epochengeistes gewesen, der von den Herrschenden ausgegeben wurde. Mittlerweile war es nicht mehr nur Teddies Blick, der auf den Beinen Lous spazierenging.

Es täte ihm Leid, aber er verstehe immer noch nicht, wie der Satz gemeint sei, insistierte der Keunerschüler.

Hegel: Wo wohl wieder mein Weltgeist steckt, dieser Vagabund? Das hat man davon, wenn man die Dinge an der langen Leine lässt.

Er sei ihm auch nicht begegnet, meinte Teddie, zu Hegel gewandt. Und ich verstehe nicht, was du gegen den frei schwebenden Geist haben kannst, erwiderte Hegel.

Das werde er gleich verstehen. Und damit wandte er sich wieder dem Keunerschüler zu und von Lou ab. Er werde, fuhr Teddie fort, einen Blick auf die Aufklärung werfen, die bekanntlich als jene Epoche gelte, die die Vernunft aus ihren metaphysischen Fesseln befreit und zu einer autonomen, Maßstäbe setzenden Weltinstanz gemacht habe, wie dies heute etwa die UNO sei, auch wenn diese so gut wie nichts ausrichte. Allerdings sei diese Entfesselung der Vernunft von Anfang an sehr widersprüchlich verlaufen, da die aufklärerischen Bemühungen sogleich von der neuen Klasse, dem Bürgertum, das sich anschickte, die Macht zu erobern, als Kampfparolen gegen den Feudalismus vereinnahmt wurde.

Der Keunerschüler begann zufrieden zu nicken, während die griechische Hebamme von Teddie wissen wollte, wie zwiespältig denn diese Entwicklung gewesen sei.

Jungblut: Keuner, disantipliniere den Sauhaufen, unterbinde solche ausufernden Monologe ein für allemal. Sie beleben nicht, sie ersticken jede Kommunikation. Nimm endlich eine Redezeitbegrenzung vor. Höchstens drei Sätze Redeanteil. Schon gar nicht begreife ich, warum ausgerechnet Teddie so viel Redezeit eingeräumt erhält, während andere sich kurz fassen müssen.

Keuner kommentierte ärgerlich, von müssen könne nicht die Rede sein. Die meisten lieferten kurze Redebeiträge, weil sie nicht mehr sagen wollten oder könnten. Es gäbe nun einmal individuelle Unterschiede im Sprachverhalten, der eine brauche mehr Redezeit, dafür der andere weniger, so dass sich alles am Ende ausgleiche. Der eine sei sehr pauschal, der andere, und so verhalte es sich bei Teddie, neige zu feinen Differenzierungen. Außerdem gäbe es auch noch feine Unterschiede, was die Kompetenz angehe. Und Teddie sei nun einmal ein ausgewiesener Fachmann.

Jemand: Ich habe Probleme, mich länger als zwei Minuten zu konzentrieren. Das ist doch beim Hörfunk auch so. Lockeres Geplauder, fetzige Musik, dann ein bisschen Werbung. Außerdem: Denken? Wozu das denn?

Da könne man doch sehr anschaulich sehen, meinte Teddie, wie die Korrumpierung des Bewusstseins durch die Medien funktioniere. Er denke nicht daran, sich kurz zu fassen. Wem die Puste zur Konzentration ausgehe, der müsse sich schon fragen lassen, ob er hier nicht fehl am Platze sei. Dann machte er sich wieder daran, seinen Gedanken freien Lauf zu lassen. Er habe zum Ausdruck bringen wollen, dass die Vernunft von Anfang an einen Zweifrontenkrieg habe führen müssen, indem sie einerseits gegen die selbst- und fremdverschuldete Unmündigkeit des Feudalismus zu Felde zog, – ein Kampf, der gut und nützlich war –, andererseits gerade durch den Kampf um die Herrschaft im Staat rasch ihre Unschuld verlor, indem sie sich mit den herrschenden politischen und wirtschaftlichen Kräften einließ, was dazu führte, dass sie sich dem Nutzen- und Profitdenken ausgeliefert habe, bis sie schließlich vollends von diesem kassiert wurde. Aus sei's gewesen mit der Autonomie.

Handwerker: Warum müssen deine Sätze eigentlich immer so kompliziert und dann auch noch so lang sein? Heißt es nicht, in der Kürze liegt die Würze?

Teddie: Mit der Kürze erreicht man allenfalls die Oberfläche, nicht aber die Tiefe, die von der Oberfläche glanzvoll übertüncht wird.

Handwerker: Das leuchtet mir nicht ein. Man kann doch auch in kurzen Sätzen etwas Kompliziertes erklären. Wichtig ist doch, dass man versteht. Wenn aber die Sätze lang sind, lässt die Aufmerksamkeit nach, man verliert den Faden und nix ist mit der Tiefe.

Krittler: Kommen wir wieder auf den Skandal zurück, die Vergewaltigung der Vernunft. Ich frage mich, ob Teddie hier nicht irrt. Denn die Nutzanwendung der Vernunft zur Verbesserung der Lebensverhältnisse ist doch an und für sich keine schlechte Sache. Ich kann hier kein Verbrechen erkennen. Außerdem hat die Vernunft doch uns Intellektuellen nur Vorteile gebracht.

Voltaire: Eine ganz exzellente Argumentation. Schade nur, dass sie einen Fehler enthält. Das funktioniert natürlich nur solange, wie der Intellektuelle mit dem Zeitgeist konform geht. Nimmt er die kritische Vernunft allerdings ernst und versucht Konsequenzen zu ziehen, schlägt die Zensur, die Staatsmacht zu. In diesem einschränkenden Sinn bin ich ebenfalls der Meinung, dass jede Aufklärung verdammt gut ist, sofern man mit ihr auch gute Geschäfte machen kann. Daher lautet mein Lebensmotto auch: Folge dem Geld. Das Gesagte untermalte er mit einer entsprechenden Fingergeste, in die hinein er sogleich fortfuhr: "Ich war der erste Aufklärer, keine Frage, der mit seiner Unabhängigkeit Ernst und Geschäfte gemacht hat. Der Ausgang aus der selbst verschuldeten Unmündigkeit! Ganz hübsch. Aber dabei muss auch etwas rumkommen. Wo kein Rubel rollt, dort hört der Spaß an der Mündigkeit auf. Die Freiheit der Persönlichkeit beginnt mit der materiellen Unabhängigkeit. Darum darf die Existenzsicherung nicht zu knapp ausfallen. Nur wer im Wohlstand lebt, und so weiter, die Strophe dürfte bekannt sein. In diesem aufgeklärten Sinn bin ich verfahren, begann eines Tages damit, mit Freunden Lotterielose in großem Umfang aufzukaufen, die Ausschüttung haben wir dann unter uns geteilt. So kam ich zu meiner ersten Million, die bekanntlich die schwerste ist. Dann habe ich mit

Waffen die Feinde der Aufklärung, versteht sich, die Jesuiten, in Südamerika bekämpft, indem ich an die Regierungen dort Waffen verkaufte. Später warf ich mich auf die Alimentierung und handelte mit Lebensmitteln für das französische Militär. Was soll an diesen lukrativen Geschäften schlecht sein? Auch Soldaten wollen essen und trinken. Hin und wieder spielte ich den Bankier und verlieh Geld gegen guten Zins, ehe ich mit Zinsgutscheinen einen schwunghaften Handel in Berlin trieb. Gut, das hat den sehr strengen zweiten Friedrich, bei dem ich seinerzeit auf gleicher Augenhöhe angestellt war, sehr geärgert. Aber was sollte er schon machen? Mon Dieu, mir das Gehalt kürzen? Dieses lächerliche Bisschen an Salär, das er mir als seinem Kammerherrn zugeschanzt hatte, passte gerade mal unter einen meiner Fingernägel. Gut: Rausschmeißen konnte er mich. Summa summarum aber bleibt es dabei: Die Aufklärung muss sich lohnen. Und deshalb verstehe ich dich nicht ganz, lieber Teddie, dass du die Instrumentalisierung der Vernunft so verteufelst. Auch dir kann ich nur raten: Folge dem Geld!"

Teddie: Mein lieber Voltaire, Teilhaber der Vernunft und Liebhaber des Geldes! Dass du mir Verteufelung unterstellst, nehme ich dir persönlich Übel, denn ich kann beim besten Willen nichts Teuflisches in einer historisch-kritischen Analyse erkennen, in der ich zu zeigen versuchte, wie die Vernunft im Laufe der Geschichte immer mehr korrumpiert wurde, was du eigentlich bei deiner Intelligenz mit Leichtigkeit hättest erkennen müssen. Die Abrichtung der Vernunft auf pure Nutzanwendung hin, der zur Erreichung dieses Zieles alle Mittel recht sind, ist und bleibt ein Unrecht, und bleibt es selbst da noch, wo diese auch für uns Intellektuelle Profit abwirft. Denn mit dieser Vergewaltigung, die man der Vernunft angetan hat und fortlaufend weiterhin antut, hat man ihr ihre Unschuld, ihre Seele, das Humanum, genommen, das für Freiheit, Gleichheit, Gerechtigkeit, Bildung und soziales Verhalten steht. Der

Skandal besteht doch darin, dass der Profit seitdem zum alles beherrschenden Kategorischen Imperativ unserer Gesellschaft avancierte. Alles, was dem Profit dient, ist gut, sagt dieser Imperativ. Der Zweck heiligt die Mittel. Ich denke, jetzt sollte sonnenklar geworden sein, wie Recht ich hatte, als ich behauptete, dass die instrumentalisierte Vernunft keine Probleme mit dem Verbrechen hat.

Lou: So ganz hat das mit der Vergewaltigung der Vernunft aber offenbar nicht geklappt, scheint mir. Denn immerhin ist es dir und vielen anderen doch gelungen, die Vernunft gegen Ihre Vergewaltiger in Stellung bringen. Und was dir gelingt, Teddie, sollte auch anderen möglich sein.

Schopenhauer brauste auf, allerdings hatte dieses Aufbrausen nichts mit der Schändung der Vernunft zu tun. „Am Nachmittag ein so diffiziles Problem aufzutischen", brüllte er in die Gegend, „ist barbarisch. Mein Biorhythmus erlaubt mir zu diesem Zeitpunkt keine intellektuelle Anstrengung. Um Mitternacht, ja. Doch um diese Zeit soll man gefälligst etwas Leichtes in Angriff nehmen, was keine Anstrengung verlangt. So schlage ich vor, sämtliche Symposiumsteilnehmer sollten sich erst einmal vorstellen, wie es gute alte akademische Sitte sei. Das ist bisher versäumt worden. Oder ich habe die Vorstellung versäumt. Ich sehe hier so viele Niemands und frage mich, was die hier zu suchen haben. Wieder andere kenne ich nur vom Hörensagen oder nur vom flüchtigen Sehen. Das reicht mir auch schon. Und wieder bei anderen, die ich kennengelernt habe, verlangt es mich nicht im Geringsten, diesen nochmals zu begegnen, geschweige ihnen die Hand zu schütteln."

Er machte eine Pause, blickte um sich, sah aber nur in Schweigen hinein, was ihn nicht störte fortzufahren, nun allerdings mit einem Themenwechsel. Für ihn sei das Leben ein einziger Reinfall, hob er hervor. Mehr als einen Entwurf voller Unzulänglichkeiten und Zufälle mag er in ihm nicht zu erkennen, ein Entwurf zudem voller Schmerzen, Langeweile und hin und wieder einem Quäntchen Glück. Wahrscheinlich sei die Welt aber nicht einmal ein Entwurf. Sie sei wohl mehr die Hölle. Und die Menschen sind einerseits die gequälten Seelen darin, andererseits die Teufel. So gesehen sei das Leben ein sinnloses Pensum zum Abarbeiten.

Er schwieg und lehnte sich zufrieden zurück.

Waren wir nicht eben erst bei der Vernunft? Jetzt kommst du mit dem Leben an. Kann das nicht warten?, moserte Christie.

Hegel lamentierte, er wisse nicht, wo sich sein Weltgeist herumtreibe. Auch der untersetzte Grieche lamentierte, allerdings aus einem anderen Grund. Er vermisse in den langatmigen Äußerungen der aufgeklärten Pessimisten ein Eingehen auf seine angeborenen Ideen des Guten, Wahren und Schönen. Weder in Nebensätzen noch in winzigen Anmerkungen unterm Strich sei man darauf eingegangen. Immerhin seien die Ideen doch göttlichen Ursprungs und daher allererste Sahne. Hätte man sich nur auf die Ideen eingelassen, wäre das Übel erst gar nicht in die Welt gekommen.

Luzifer: Na, da sind wir aber gespannt, wo es denn deiner Meinung nach herkommt.

Das läge eben allein daran, fuhr der untersetzte Grieche fort, dass diese einzigartigen, Leben verheißenden Ideen nicht ernst genommen geworden und darum in Vergessenheit geraten seien. Dadurch sei zugleich die Ordnungskompetenz über Bord gegangen. Darum gehe jetzt auch alles drunter und drüber. Eine neue Renaissance müsse her, die die alten Ideen reaktiviere, aus der Versenkung hervorhole, aufpoliere und wieder zum Regulativ des Lebens mache.

Krittler: Mein lieber griechischer Museumswärter, ich möchte deinen Ideen nicht zu nahe treten, aber die passen mir im Augenblick nicht in den Kram. Vielleicht kann sich ein anderer darum kümmern. Ich bin gerade noch mit dem beschäftigt, was Teddie vorhin sagte. Und damit wandte er sich Teddie

zu: „Ist es nicht vielmehr so, dass das Leben von allem Anfang an und nicht erst seit der Aufklärung in Herrschaft und Gewalt verstrickt war? Waren es früher die Stammesführer, die Häuptlinge, die Könige, Kaiser und Päpste, die das Gewaltverhältnis verkörperten und den Massen vorschrieben, wie man zu denken habe, so besorgt heute der von den Konzernen gesteuerte moderne Staat dieses Geschäft. An dieser strukturellen Gewalt wird sich auch in Zukunft nichts ändern."
Der untersetzte Grieche ließ nicht locker: „Die Ideen sind, wenn ich einmal poetisch werden darf, der Quellgrund allen Seins. Versiegt dieser, geht dem Leben die Puste aus. Denn die Ideen stellen das ideale Sein dar und geben insofern eine Orientierung vor. Gäbe es die angeborenen Ideen nicht, wäre eine Erkenntnis überhaupt nicht möglich. Hier müssen wir den Hebel ansetzen. Vielleicht ein schlechter Vergleich für Ideen. Aber ein besserer fällt mir im Augenblick nicht ein. Jedenfalls können wir mit der starken Armada der Ideen im Rücken auch das Verbrechen wieder vertreiben. Vorwärts und nicht vergessen!"
Der hübsche Kerl an seiner Seite sah ihn mit leuchtenden Augen an.
Ein Keunerschüler wollte wissen, was denn die Wirklichkeit für ihn sei, ob die etwa keinen Seinsstatus besitze, und wo denn das Böse herkomme?
„Wie soll die Wirklichkeit etwas mit dem wahren Sein zu tun haben?", fragte der untersetzte Grieche verächtlich. „Sie schwebt irgendwie und irgendwo zwischen Sein und Nichtsein. So genau weiß ich das auch nicht. Ebendies gilt auch für das Böse. Auch dieses ist ein Nicht-Seiendes, weil es im idealen Sein gar nicht vorkommt. Und daher hat es auch keine Bedeutung. Darum sollten wir uns nicht so lange bei dem Nichtsein aufhalten, sondern uns mit dem wahren, dem idealen Sein wieder intensiv beschäftigen."
Bobby: Hier werden die ganze Zeit schon nur falsche Fragen

gestellt. Die Suche nach der Wahrheit und den Ideen ist purer Luxus, der zu nichts führt. Was zählt, ist das Nachdenken über die Selektionsmechanismen, die den Fortschritt bringen und die Welt verändern. Dann verfiel er in einen Singsang:

> Allein die Selektion
> bringt Progression.
> Das Schlechte erliegt,
> weil das Gute siegt.

Ein Engländer, auch er nur ein flüchtiger Gast auf dem Symposium, der den Pragmatismus wie einen Brustpanzer vor sich hertrug, zeigte sich belustigt, dass heute noch immer nach dem Sinn des Lebens gefragt werde. Diese Frage habe sich doch längst erledigt, wurde sie doch schon zigmal in der Geschichte gestellt und nicht minder oft beantwortet, ohne dass sich etwas Wesentliches geändert hätte. Er begreife daher nicht, wie man von einem Symposium nur neue Antworten erwarten könne. Als Pragmatiker, – er dehnte das Wort über Gebühr und akzentuierte jeden einzelnen Buchstaben –, meine er, man solle empirisch vorgehen und sich einfach an die Fakten halten. Und wenn man so vorgehe, erfahre man alles Wesentliche über das Leben, was man brauche.
Nietzsche: Nämlich, dass jede Geburt ein Erwachen im Gefängnis bedeutet.
Der Pragmatiker gab Nietzsche Recht. Wir seien noch gar nicht richtig im Leben angekommen, schon müssten wir auf dem Absatz kehrt machen. So gesehen sei das Leben nichts anderes als die Vorbereitung auf das Sterben. Wie man da sinnvoll leben solle, frage er sich. Bei Licht besehen bestehe das Leben aus der kurzen Spanne zwischen zwei Verbrechen. Der Rotschopf fuhr dazwischen und fragte den Pragmatiker, wie er auf zwei Verbrechen käme. Er vermag nur eines zu sehen, und das sei die Geburt, ein lausiger, äußerst schmerz-

hafter und lauter Einstieg ins Leben, bei dem man fast draufgehe. So weit, so schlecht. Aber worin das zweite Verbrechen bestehen solle, würde er schon gerne wissen.

George warf ein, ihr reiche das eine Verbrechen vollkommen aus, sie habe keinen Appetit auf ein weiteres.

Daraufhin schaltete sich der Pragmatiker wieder ein, schon der heilige Augustinus habe erkannt, dass wir zwischen Kot und Urin geboren würden. Er vergaß das Blut. Wenn es dabei noch bliebe. Aber meistens müssten noch Folterwerkzeuge ran wie Zange oder Skalpell. Wie solle aus einer solchen Anhäufung von Gewalt etwas Großes hervorgehen? Er blickte den Rotschopf eindringlich an, der kampfeslustig zurückblickte und ihm erwiderte, er solle endlich sagen, worin denn das zweite Verbrechen bestehe.

„Das zweite Verbrechen geht logisch betrachtet dem ersten Verbrechen voran und bedeute den eigentlichen Skandal", bemerkte der Engländer triumphierend. „Die grässliche Menschwerdung geschieht ohne Einwilligung des jeweils Betroffenen. Juristen sprechen in diesem Fall von Freiheitsberaubung. Niemand wurde jemals gefragt, ob er auf die Welt kommen wolle. Auch aufgeklärt über das, was uns auf dieser Welt erwartet, hat man uns nicht. Und dann setzt sich die Entmündigung das ganze Leben lang fort in Familie, Erziehungsanstalten und Medien. Und wo endet sie? Im nächsten Verbrechen – der Sterblichkeit. Kaum da, müssen wir uns aus dem Staub machen. Und dafür sollen wir auch noch dankbar sein?"

Handwerker: Das sind, wenn ich richtig gezählt habe, drei Verbrechen, da blicke ich nicht mehr durch.

So recht passend zu diesen denkwürdigen Aussagen über das Leben tauchte ein ungepflegtes, sich wild gebärdendes Wesen auf, ein stumpfer Bursche mit Stülpnase, roten, großen Augen und einer riesigen Rute, die sich quer in der Hose abbildete. „Das ist Silen, ein unangenehmer Kumpel aus der Horde des Dionysos", raunte Nietzsche Schopenhauer zu. „Das musst du mir nicht sagen. Auch ich kenne mich in der griechischen Mythologie bestens aus", antwortete Schopenhauer schnippisch.

Die Frauen im Saal zogen die Köpfe ein oder schlossen die Augen. Mit Ausnahme von Lou, die sich über ihn amüsierte und etwas von Priapismus murmelte. Silen riss sein geiferndes Maul auf und röhrte, indem er die Augen verdrehte: „Was wollt ihr denn, ihr elenden Eintagsfliegen, Opfer des Zufalls und der todbringenden Mühe. Das Allerbeste für euch ist nicht geboren zu werden. Da es euch aber nun einmal gibt, ist das Zweitbeste für euch, so schnell wie möglich den Weg in den Hades anzutreten." Sagte es, röhrte weiter und verschwand, sich aufreizend in den Hüften wiegend.

Tugendwerth: Das, was bisher alles vorgebracht wurde, nenne ich ein zu kurz geschlossenes Denken. Dass der Tod das Leben begrenzt, heißt noch lange nicht, dass er auch mit dem Ziel des Lebens identisch ist. Hängt nicht alles davon ab, was wir aus dem Leben machen? Und das liegt doch allein in unserer Hand.

Warum Keuner ausgerechnet an dieser Stelle die Diskussion unterbrach, um eine Fallgeschichte vorzulesen, die er als rekordverdächtig und als geeignet bezeichnete, in das Guiness-Buch der Rekorde einzugehen, blieb unklar. Aber da so vieles auf dem Symposium unklar blieb, fiel diese Unklarheit auch nicht weiter auf.

Die Geschichte, die Keuner vortrug, ging so. Ein argentinischer Vater von vierundvierzig Jahren wollte sich, als das letzte seiner siebenunddreißig Kinder mit einer Hasenscharte auf die Welt kam, sterilisieren lassen. Er habe genug für den Erhalt der Menschheit getan, auch oft genug seine Männlichkeit bewiesen, allerdings dabei ein wenig den Überblick verloren. Denn er kenne weder die Namen aller seiner Kinder noch deren Geburtstage. Das solle sich jetzt ändern. Er wolle die Produktion einstellen, um sich endlich um seine Kinder kümmern zu können. Der produktive Vater war, wie medizinische Nachforschungen ergaben, seit seinem neunten Jahr zeugungsaktiv und lebte seit vierzehn Jahren mit drei Frauen zusammen. Der sexuell nicht ausgefüllte Mann hatte deshalb so viel Zeit der Libido und Kinderproduktion geopfert, da er keine Arbeit fand. Später kehrte sich das Verhältnis um. Er war arbeitslos, weil der sexuelle Leistungssport ihn völlig erschöpfte und ihm so keine Zeit mehr für irgendeine Erwerbstätigkeit blieb. Sein mehrfach geäußerter Wunsch nach Sterilisation stieß allerdings auf Widerstände. Denn in der argentinischen Provinz Corrientes, eine der ärmsten Regionen des Landes, in der er lebte, war die Sterilisation verboten. Die nahe liegende Frage, warum er keine Kondome benutze, beantwortete der Vierundvierzigjährige mit dem überzeugenden Argument, seine Familie sei der vielen Kinder wegen arm und könne sich Kondome daher nicht leisten. Sagte es und verschwand mit seiner Lieblingsfrau im Schlafzimmer. Als dieser Fall publik wurde, dachte der argentinische Senat über ein Gesetz nach, das die Sterilisation in ganz Argentinien erlauben soll. Bis jetzt hat das Nachdenken noch keine Früchte gebracht, beschloss Keuner seine Geschichte.

Krittler bezeichnete die Geschichte als ein wunderschönes Beispiel, das die ganze Sinnlosigkeit menschlichen Daseins zeige. Der Mensch – ein animalisches Wesen, das ohne eine Nachhaltigkeitsprüfung so mir nichts dir nichts auf den Markt geworfen wurde. Jedes Medikament werde, bevor es auf den Markt käme, gründlich durchgetestet, ehe man es dem Menschen zumute. Und seien einmal fehlerhafte Produkte wie Autos beispielsweise auf dem Markt, erfolgten Rückrufaktionen. Und der Mensch? Er habe nichts von einer Rückrufaktion gehört. Es werde höchste Zeit, dass der Erfinder des Menschen auf die Anklagebank komme. Von wegen angeborene Ideen.

Luzifer: Wie man sieht, hat Gott nicht nur als Künstler versagt. Man kann nicht einmal sagen, er sei ein moralisches Wesen.

Denn für seine Schöpfung hat er keine Verantwortung übernommen. Aber den eigenen Sohn ein Bauernopfer spielen lassen, statt sich selbst zu opfern, das hat er fein hingekriegt. Und der Sohn? Ein gehorsamer Befehlsempfänger. Ein Weichei. Macht, was der Alte von ihm verlangt. Und die Zwei sollen Vorbilder für die Menschen sein?

Seraphicus: Gott hat das Übel zwar nicht gewollt, es aber in seiner Schöpfung dennoch zugelassen.

Keunerschülerin: Und warum das?

Seraphicus: Es dient zum einen der Minderung seiner Vollkommenheit, die so für den Menschen leichter zu ertragen ist. Zum anderen hat Gott das Böse zugelassen, damit der Mensch sich frei entscheiden kann. Das ist doch eine sinnvolle Konstruktion. In dieser Einschätzung sind sich alle Theologen einig von Anbeginn an.

Allen: Vielleicht hat Gott einfach nur einen schlechten Tag erwischt, als er den Menschen erschuf. Seien wir nachsichtig mit ihm. Das passiert ja auch uns laufend.

Auf dieses Stichwort hin fing Schopenhauers Pudel plötzlich dreimal an zu bellen. „Halt's Maul, Atma! Du alte Weltseele! Jetzt red' ich", fauchte Schopenhauer den Hund an, ehe er losdonnerte: „Wer ist eigentlich dieser amerikanische Spaßvogel mit dem Ostküstenakzent, der hier über Gott räsoniert, als gelte es, mit einem Running Gag das Publikum einer billigen Vorstadtbühne zum Lachen zu bringen?"

Allen: Gestatten, Woody Allen. Alias Allen Stewart Konigsberg. Alias Stadtneurotiker, Filmemacher, Jazzmusiker. Alias Schriftsteller. Im Nebenfach: New Yorker Jude.

Schopenhauer: Und wo bleibt hier der Alias?

Allen: Bei einem Juden braucht man kein Alias!

Schopenhauer: Herr Alias, Sie lächerliches Pseudonym! Ein guter Künstler hat es nicht nötig, sich mit einem falschen Namen zu drapieren. Der bürgt mit seinem bürgerlichen Namen und steht auch dafür ein. Darum sind auch Ihre albernen

Witze nichts sagende Sprechblasen eines verstopften Hirns.
Handwerker: Mir schwirrt der Kopf. Wieder dreht sich mir
alles im Kreis. Ich gehe jetzt. Das tat er denn auch.
Auch Seraphicus war das Ganze zuviel. Er sei zwar kein besonders
guter Christ, dennoch müsse er sich darüber empören,
wie respektlos mit Gott und dessen Schöpfung umgegangen
würde. Schließlich sei es kein Leichtes, eine Schöpfung so
mir nichts, dir nichts, hinzubekommen. Dass da nicht gleich
alles auf einmal zusammenpasse, liege in der Sache selbst.
Man solle doch nicht das Kind mit dem Bade ausschütten.
Er redete in Watte hinein. Niemand ließ sich auf seine Intervention
ein. Stattdessen ging die Lästerung munter weiter, bis
zwei aus dem Kreis Keuners, der segelohrige Keunerschüler
und die stupsnasige Keunerschülerin, für einen unterhaltsamen
Abschluss der Sitzung sorgten. Sie trugen einige Limericks
vor, in denen Verbrecherisches leichtfüßig daherkam.
Die Stupsnasige sang und der Segelohrige begleitete sie am
Klavier.

Es war einmal ein Mann aus Berlin/
Der begoss seine Frau mit Benzin/
Das Benzin jedoch ging nicht an/
Da verkloppte die Frau ihren Mann/
Und so endete das Ganze übel für ihn.

Es war einmal eine Frau aus Schwerin/
Die benutzte sehr gern Atropin/
Denn ihre Männer waren stets reich/
Und deren Herzen sehr weich/
Soviel zu der Frau aus Schwerin.

Es war einmal eine Frau mit nem Gewehr/
Die tat sich beim Schießen sehr schwer/
Sie zielte auf ihren Mann/

Traf aber nur den von nebenan/
Das Leben ist manchmal nicht fair.

Es war einmal ein Ermittler aus Bremen/
Der wollte sich das Leben nehmen/
Der zielte schon in seinen Mund/
Das erschreckte jedoch seinen Hund/
Da begann sich der Ermittler zu schämen.

Schließlich war einmal ein Politiker aus Trier/
Der fuhr für sein Leben gern Skier/
Der überfuhr das letzte Mal/
Eine Ehefrau unten im Tal/
Lasst uns singen Psalm 90, Vers vier.

Dieser Aufforderung kam aber niemand nach.

Inschrift über einem ans Kreuz genagelten Auto
Hier ruht der König der Menschen!

14.

Was er von der gegenwärtigen Völkerwanderung halte, dieser
ungezügelten Menschenflut, die uns seit geraumer Zeit über-
schwemme und von der wir wahrscheinlich erst die Speer-
spitze gesehen hätten, wurde Keuner gefragt. Ob er darin nicht
eine Gefahr für die Auslöschung des deutschen Volkes sähe.
Eine menschliche Katastrophe sei es, dass es zu dieser Ent-
wurzelung, die globale Ausmaße angenommen habe, gekommen sei, gab er mit ernster Miene zur Antwort. Schuld daran

seien nur zum Teil Naturkatastrophen, vor denen die Menschen die Flucht ergriffen. Verheerender seien die kriegerischen Auseinandersetzungen und ethnischen Säuberungen, vor denen die Menschen Reißaus nähmen. Vor allem aber vor den Geißeln Armut, Hunger und Durst suchten sie das Weite. Diese Verwerfungen seien in höchstem Maße irritierend, ja Furcht erregend nicht nur für die betroffenen Flüchtlinge, sondern auch für die betroffenen Aufnahmeländer, die, wie man täglich erleben könne, überfordert wären. Die Folgen dieser Schieflage seien Vorurteile, Aggressionen und Verbrechen. Wie soll da ein friedliches Nebeneinander möglich sein?, fragte er sich abschließend.

Die nachfolgende Debatte wurde höchst kontrovers und heftig geführt. Das zu erwähnen ist eigentlich überflüssig. Hatte es etwa bislang auf dem Symposium eine Diskussion gegeben, die nicht in heftige Streitgespräche ausgeartet war? Woran dies lag? Vielleicht an den unterschiedlichen, höchst individuellen Ansichten der Teilnehmer. Vielleicht am närrischen Trotz einiger Teilnehmer. Auch Erwachsene sind ja nicht ganz frei davon. Vielleicht an einer generellen Undiszipliniertheit. Vielleicht am Alter mancher Teilnehmer. Oder lag es einfach daran, dass man von Künstlern, Wissenschaftlern, Philosophen, die alle höchst komplizierte Selbstdarsteller sind, überhaupt nichts anderes erwarten kann? Andererseits kann eine lebhafte Diskussion, in der die widersprüchlichen Ansichten aufeinanderprallen, ja durchaus erleuchtend und gewinnbringend sein.

Luzifer ergriff als Erster das Wort: "Wenn Menschen bei Naturkatastrophen oder Kriegen Fersengeld zahlen, so löst diese Flucht bei mir kein Bedauern aus. Wohl aber vermag ich darin einen Vorgeschmack auf die Hölle zu erkennen. So gesehen sind solche Eruptionen Einübungen in einen Zustand, in den die Menschheit als Ganze am Ende übergehen wird.

Erstaunen und Befremden allüberall.

„Für mich ist es in erster Linie ein Akt von Feigheit", fuhr Luzifer fort, „auch ein Mangel an Frustrationstoleranz, wenn in Not geratene Menschen ihre angestammte Heimat einfach im Stich lassen! Wir sprechen hier immer wieder von Verbrechen. Wer der Heimat, die ihn in der Not besonders nötig hätte, den Rücken kehrt, begeht für mich ein Verbrechen. Er beleidigt seine Heimat."

Krittler: Dabei gibt es heute bereits an fast allen Gefahrenstellen exzellente Wetterstationen und Seismographen, die genaue Wetterprognosen abgeben und Erschütterungen aller Art voraussagen können. Auch viel Geld ist für diese Präventivmaßnahmen im Spiel. Doch was geschieht mit den Geldern? Wo fließen die hin? In die Taschen der Herrschenden, die es sich in ihren gesicherten Wohngebieten gut gehen lassen. Darin sehe ich ein Verbrechen.

Keunerschüler: Es ist empirisch gesichert, dass die Auswärtigen, die zu uns kommen, in der überwiegenden Mehrheit aus ökonomischen Gründen ihre Heimat verlassen. Es ist die Armut, eine allerdings selbstverschuldete Armut, vor der sie aus ihrer Heimat weglaufen und hinein in unsere freudlosen Arme, die zum Willkomm nicht ausgestreckt sind. Jedes Land hat die Armut, die es verdient.

In der Folgezeit sorgte einer, der sich als Patriot bezeichnete und stets mit einem Schal in den deutschen Nationalfarben um den Hals erschien, mit seinen windschiefen Gedanken immer wieder für Aufregung: „Ich spreche hier mit des Volkes Stimme. Hinter mir stehen Millionen. Dass die Auswärtigen, die uns überschwemmen, arm sind, muss man nicht schön finden. Aber wo kommen wir denn hin, wenn jeder gleich sein Land verlässt, wenn es ein bisschen zwackt und er den Riemen enger schnallen muss? Haben wir das nicht in unserer schwierigen Geschichte, ich weiß nicht wie oft, immer wieder einmal durchmachen müssen? Sind wir deshalb geflohen? Nein, wir haben trotzig standgehaltern. Und mit großem Gewinn. Luzifer hat Recht. Was ist das für eine Heimatliebe, frage ich euch, wenn einer seiner Heimat nur wegen einem leeren Magen gleich den Rücken kehrt? Nein! So einer kann seine Heimat nicht wirklich lieben. So einer hat doch keinen Charakter. Der heimatbewusste Mensch harrt gerade in der Not aus, wenn es der Heimat besonders dreckig geht, und sie ihn braucht. Dann presst er die Arschbacken zusammen, auch wenn ihm die Scheiße zu den Ohren hinauskommt. Der wahre Mensch hat doch seinen Heimatstolz. Die echte Heimatliebe überwindet Krieg, Hunger, Not und was es sonst noch so an Unannehmlichkeiten gibt, und stählt den Charakter. Sofern man denn einen hat. Wie dem auch sei. In jedem Fall ist es doch heroischer und verdienstvoller, in der geliebten Heimat zu krepieren und im heiligen Heimatboden beerdigt zu werden, als in der kalten Fremde zu verrecken. Aber sag das mal einem Auswärtigen!"

Lou: Ist es nicht vielmehr so, dass es gerade sehr viel Mut, Willensstärke und Energie kostet, die angestammte Heimat aufzugeben und sich einer ungesicherten Existenz irgendwo in der Fremde auszusetzen?

Jemand: Ich möchte als Durchschnittsbürger, der ich in vollem Umfang und mit Stolz bin, in aller Bescheidenheit darauf hinweisen, dass meine Meinung, die ich hier vortrage, ebenfalls von der überwiegenden Mehrheit der Bevölkerung, die eine schweigende ist, geteilt wird. Deshalb kann sie nicht ganz unbedeutend und schon gar nicht falsch sein.

Er blickte um sich, sah aber nichts, weil sich auch nichts tat. „Reichtum hin, Armut her", führte er weiter aus, „warum lassen sich die Armen die Armut einfach gefallen? Sie könnten doch alles in ihrer Kraft Stehende tun, damit sie erst gar nicht ausbricht. Und wenn sie sich dann trotzdem einstellt, sollten sie sie mann- und frauenhaft bekämpfen. Das ist doch des Pitbulls Kern. Aber –, es ist ja bequemer, sich aus dem Staub zu machen und sich wie ein Kuckucksei in einem fein herausgeputzten fremden Nest breit zu machen. Ich nenne das Feigheit, von mir aus auch Flucht vor dem Feind."

Was dann passierte, wirkte wie ein Volksaufstand. Es tauchte plötzlich ein Chor der Keunerschüler auf und intonierte: „Haltet ein! Was sollen diese Schuldzuweisungen? Diese Beleidigungen? Was die Vorurteile? Was die Häme? Hilfe ist angesagt."

Cosmo Po-Lit: Wo bleiben hier die Menschenrechte, die nicht spaltbaren? Mich plagen Gewissensbisse, wenn ich euch so reden höre. Auch wenn es nur ein paar sind. Und die sind auszuhalten.

Schopenhauer: Gewissensbisse? Was ist schon das Gewissen?

Er nahm für die folgende Erklärung die Finger einer Hand zu Hilfe: „Ein Fünftel Menschenfurcht, ein Fünftel Aberglaube, ein Fünftel Vorurteil, ein Fünftel Eitelkeit, ein Fünftel Gewohnheit."

Luzifer: Auch so kann man aus dem Gewissen Finger-Food machen!

Lou: Das Gewissen ist nichts weiter als verinnerlichte elterliche Autorität!

Einige Frauen: Lasst uns gastfreundlich sein! Ist Helfen nicht schön? Es beruhigt das Gewissen.

Irgendeiner: Ein Bruder hilft dem anderen in der Not. Einfach so.

Eine Stimme weit hinten im Saal: „Hilf dir selbst, so hilft dir Gott!"

Luzifer: Was hilft's, dass man den Hut hält, wenn der Kopf ab ist!

Eine Frauenstimme noch weiter hinten: „Lasst uns die Gäste wie Götterfunken schwesterlich umarmen!"

Ein junger Mann im Stimmbruch antwortete: „Zittern hilft nicht gegen Frost!"

Irgendeiner in der Mitte rief laut: „Was soll dieses sentimentale Gewinsel? Sehen wir den Tatsachen ins Auge. Die Auswärtigen sind nun einmal da. Und wir mögen sie nicht. Sie bereiten uns nur Probleme. Wie also gehen wir mit den Ungeliebten um? Das ist doch die alles entscheidende Frage."

Der dem Chor der Unzufriedenen dermaßen entgegentrat, war General von Steinbeiß, der als offizieller Vertreter der Regierung in voller Generalsmontur anwesend war. Er war für seinen Beitrag aufgestanden, hatte zackig salutiert und äußerte sich dann scharfkantig: „Stellen wir unser Licht nicht unter den Scheffel, sondern lassen wir es kräftig leuchten, liebe Landsleute! Ein großes Licht sind sie nicht, die Auswärtigen. Daher die Probleme. Bildung und Vernunft nehmen diese Schädel nicht an. Aber für Schläge sind sie allemal sehr aufgeschlossen. Also schlagen wir sie, wo immer es geht. Die Natur will es so."

Patriot: Fakt ist doch, dass wir sie in der augenblicklichen Krise gar nicht brauchen. Wir benötigen sie nur dann, wenn es die Wirtschaft gutheißt. Dann mögen wir sie zwar immer noch nicht. Wir haben Meinungsfreiheit. Und das einmal öffentlich auszusprechen verlangt allein schon die Ehrlichkeit. Von der Wahrheit einmal ganz zu schweigen.

Er blickte siegessicher in die Runde und machte dann weiter: „Aber was tun wir? Wir lügen, als seien sie willkommen. Nur weil es politisch korrekt ist. Wir müssen ihnen laut und vernehmlich sagen, dass wir sie nur brauchen, solange der Laden läuft. Aber mach das mal diesen Analphabeten klar, dass sie nur Arbeitskräfte mit einer befristeten Halbwertzeit sind. Ist die Arbeit futsch, heißt's Bündel packen! und dann Ab husch, husch! durch die Mitte. Aber was tun sie? Sie sind renitent und krallen sich in unserem sozialen Netz fest. Die meisten, machen wir uns da nichts vor, kommen sowieso nur zu uns wegen dieser sozialen Hängematte, in die sie sich fläzen. Die sind doch nicht an unserer Leitkultur interessiert. Das muss jetzt einmal gesagt werden!"

Feministin: Keuner, warum darf der so zersetzend reden? Trotz massiver Zisch-Proteste und Buhrufe erzählte der Patriot die folgende Begebenheit: „Sehr bezeichnend ist, was mir neulich ein Auswärtiger in seinem Kauderwelsch grinsend ins Gesicht schleuderte. Er lebe vom Kindergeld seiner fünf Kinder. Das sechste sei in Mache. Was brauche er da noch zu arbeiten? Er könne den ganzen Tag seine Familie schikanieren, Tee dabei trinken und Tavli spielen. Und dann fügte er noch hinzu, die Deutschen seien dumm, dass sie ihr soziales Netz auch Auswärtigen zur Verfügung stellten. Nichts da mit dem Erlernen der deutschen Sprache. Ich sage jetzt bewusst nicht, aus welchem Land der Mann kommt. Ich bin doch nicht lebensmüde. Wie ein Europäer hat er jedenfalls nicht ausgesehen.

Tugendwerth: Wie es hat doch die Moral bei uns schwer.

Die Feministin nahm ihr rotes Büchlein in die Hand, was zum Munkeln Anlass gab, wie weit sie wohl jetzt sei mit der Lektüre und ob das Bändchen ein SALTO-Bändchen des Wagenbach Verlags sei. Die Feministin indes benötigte das Buch, um jedes ihrer Worte, das nun aus ihrem schmallippigen Mund kam, mit einem Schwenk des Buches zu unterstreichen: „Zumindest auf die orientalischen Frauen trifft das Gesagte nicht zu. Die sind integrationswillig. Prächtige Weiber eben!"
Danach ließ sie das Buch auf den Tisch knallen.

Jungblut: Sofern die Männer sie lassen. Und wie viele sind es denn letztendlich? Nun? Nenn Zahlen, nenn sonstwie Fakten.

Keuner: Nun ist es ja keineswegs so, dass wir in einem wirtschaftlichen Abschwung generell keine auswärtigen Arbeitskräfte mehr benötigen. Im Gegenteil! Ausgebildete, hoch qualifizierte Forscher und Facharbeiter aller Art werden immer gesucht, auch wenn die technologische Entwicklung dahin tendiert, die Menschenkraft immer mehr durch Maschinenkraft zu ersetzen. Doch die kriegen wir nicht aus dem Orient, aus den Ländern hinter den Karpaten auch nicht. Und schon gar nicht aus Afrika. Dafür kommen ungelernte Analphabeten.

Cosmo Po-Lit: Wo bleibt in euren Auslassungen die Würde des Menschen, wo der Respekt vor dem anderen, auch wenn er fremd, arm, ungepflegt und dumm ist. Der braucht unsere Hilfe. Das verlangen die Gesetze unseres ins Wanken geratenen Christentums, das sagt die Humanität. Lasst uns also die Fremden wenigstens mit halboffenen Armen empfangen, wenn schon nicht mit offenen. Sie sind doch immerhin auch Menschen. Auch wenn sie es noch nicht ganz so weit gebracht haben wie wir.

Jungblut: Mir als Informatiker scheint, dass das Hauptproblem ein Informationsproblem ist. Wären die Auswärtigen besser informiert, bevor sie ihr Land verlassen, dann wüssten sie, wie bei uns die Uhren gehen. Dass hier nicht Milch und Honig fließen, sondern die Gesetze der Ausbeutung herrschen. Die meisten würden wahrscheinlich sofort die Segel wieder streichen. Wenn sie dann trotzdem kämen, dann wären sie aufgeklärt und wenigstens nicht enttäuscht, wenn sie bei Bedarf gleich wieder die Koffer packen müssten. Aber mit welchen unverschämten Vorstellungen kommen die meisten tatsächlich hierher?

Und nach einigem Nachdenken fügte er hinzu: „Was sind sie? Nennen wir die Wahrheit beim Namen: Nur Rohmaterial. Kein Humankapital."

Von Steinbeiß gab zu bedenken, man solle deshalb den Auswärtigen bereits bei ihrer Einreise stärker den sprachlichen Puls fühlen und einen sprachlichen Eingangstest verlangen, der es in sich hat, und nicht erst dann, wenn es zu spät ist und sie die Einbürgerung beantragten. Das mache man in Australien, Neuseeland und in den USA mit großem Erfolg so. Wer kein Deutsch könne, und nicht irgendeines, sondern ein gutes, werde gar nicht erst reingelassen. Es müsse ja nicht gleich Thomas Mann sein. Es genüge da durchaus eine Sparversion, wie sie die Kanzlerin spreche.

Er salutierte und salutierend setzte er seine Suada fort: „Einbürgerung gibt's nur bei totaler Assimilation. Und nicht bei oberflächlichem Geschnatter und der Beantwortung eines lächerlichen Fragebogentests. Es sind die hohen Güter des christlichen Abendlandes und der Aufklärung, die uns die Verpflichtung auferlegen, diesen Hungerleidern reinen Wein einzuschenken und sie hart zu fordern." Er setzte sich. Ohne Salut.

Patriot: So ist es. Wenn sie schon hier sind, diese Elenden der Erde, dann sollen sie sich gefälligst an die Spielregeln halten, die bei uns gelten. Wie aber sieht's tatsächlich aus? Sie sind unverschämt. Unbeherrscht. Ungepflegt. Laut. Ordinär. Flegelhaft. Rotzen in hohem Bogen ununterbrochen auf unsere Bürgersteige, spucken die Schalen der Sonnenblumenkerne in die Gegend. Die Männer laufen den ganzen Tag in Trainingsanzügen und schmutzigen Unterhemden herum und sind übergewichtig. Eine Augenweide für die Menschheit sieht anders aus.

Feministin: Na, jetzt mach mal halblang. Von der Art gibt es aber auch unter uns Inländern mehr als genug. Die meisten Deutschen laufen ebenfalls schlampig herum. Vor allem die Männer. Sie sind außerdem auch zu fett. Etwa zwanzig Prozent schleppen eine Wampe mit sich herum.

Patriot: Eben deshalb, du XX-Chromsom, brauchen wir die Auswärtigen nicht, weil wir mit unserem eigenen beschädigten Menschenmaterial genug zu tun haben. Dass die Auswärtigen da sind, ist schlimm genug, schlimmer noch, dass sie dann auch noch frech Forderungen stellen und uns Vorschriften machen, wie wir uns zu verhalten haben. Kommen in unser schönes Land, erhalten hier Arbeit und Sozialhilfe, belasten unseren Haushalt und werden dann auch noch unverschämt. Sagte doch neulich tatsächlich so ein schwarzhaariger Schnauzbartträger zu mir, wir Deutschen seien unfreundlich. Ich dachte, ich höre nicht recht. Was fällt dem ein, dachte ich. Dem hab ich's aber gegeben. Er sei ein übler Deutschen-hasser, knallte ich ihm vor den Latz, dass er erschrak. Und Freundlichkeit, sagte ich und fixierte scharf das Schwarze in seinen Augen, dass solle er sich einmal gefälligst hinter die Ohren schreiben, Freundlichkeit gäbe es bei uns nicht zum Nulltarif. Freundlichkeit müsse man sich wie alles im Leben verdienen. Sagte es und ließ ihn grußlos stehen. Der hat vielleicht geguckt.

Cosmo Po-Lit: Was soll diese künstliche Aufgeregtheit, diese irrationale Fremdenfeindlichkeit. Wir brauchen die Auswärtigen ...

Jemand: ... jawohl, für die billige Drecksarbeit.

Cosmo Po-Lit: Nein, ich meine etwas Wesentlicheres, etwas, das mit Selbsterfahrung und Selbsterkenntnis zu tun hat. Wir benötigen sie unserer eigenen Identität wegen.

Jemand: Wie soll man das jetzt wieder verstehen?

Cosmo Po-Lit: Der Auswärtige spiegelt uns in seinem extremen Anderssein, wer und was wir wirklich sind. Und was wir an uns haben. Wenn ich, um ein Beispiel zu nehmen, nur einen nicht-alphabetisierten, kauderwelschenden Nachfahren der Hethiter oder sonst einen Auswärtigen anschaue, dann steigt blitzartig ein Hochgefühl in mir auf und meine Brust schwillt gewaltig an. Denn ich kann mich ohne große Anstrengung von diesem Wesen abgrenzen, indem ich auf es herabsehe. Auf so einen Auswärtigen kann man seine Minderwertigkeitsgefühle abladen und so den eigenen Status erhöhen. Man ist groß, indem man ihn klein macht. Für die Persönlichkeitsfindung ist es unendlich wichtig, dass man jemanden hat, gegen den man sich abgrenzen kann. Erst dann ist man wer. Und das kostet nichts. Nicht einmal einen Cent. Abschließend möchte ich sagen, der Auswärtige ist für mich eine nützliche Orientierungshilfe. Er macht die Welt für mich erst überschaubar. Erst komme ich, dann der Fremde.

Lou: Das hätte von mir, der Psychoanalytikerin stammen können.

Jemand: Das hat mir jetzt aber gut getan.

Patriot: Aber um mich wohl zu fühlen, brauche ich die Auswärtigen doch nicht hier drinnen, bei uns, wo sie uns nur Probleme bereiten. Da genügt es doch, dass ich sie draußen, in ihrem Land, wo sie auch gefälligst bleiben sollen, in Ruhe studieren und dort bereits unsere Nase über sie rümpfen kann. Dann fahre ich wieder höchst zufrieden nach Hause in dem Wissen, was ich an mir und meinem Land habe. Eigentlich genügt dafür ja schon das Fernsehen. Auch als Touristen sind uns die Auswärtigen herzlich willkommen, sofern sie Devisen ins Land bringen.

Tugendwerth: Mir fehlen einfach die Worte. Es ist nur skandalös, wie ihr hier herumdünkelt. Haben wir nicht von anderen Kulturen seit jeher viel gelernt? Alle unsere Klassiker haben sich mit ihresgleichen anderer Kulturen stets ausgetauscht, haben sich von ihnen inspirieren lassen. Sie waren Kosmopoliten. Wir haben uns auswärtige Künstler ins Land geholt, die unsere Kirchen, Schlösser und Autobahnen gebaut haben. Nicht erst unter Hitler. In Spanien haben die Araber ihre wunderbaren maurischen Denkmäler hinterlassen, in Italien haben die Staufer Burgen gebaut. Soll ich weitermachen?

Daraufhin meckerte der hinter der Zeitung, die Eliten hätten sich schon immer gut verstanden, weil sie gebildet gewesen seien. Ein Gedankenaustausch sei daher niemals ein Problem für sie gewesen, da sie gleich mehrere Sprachen beherrscht und ein hohes Bewusstsein gehabt hätten. Man habe sich leicht auf gleicher Augenhöhe unterhalten können. Was die maurischen Denkmäler anginge, auch die importierte Renaissance- oder Barockarchitektur, so handle es sich hier um eine Herrschaftskultur. Denkmäler für die Herrschenden, von denen das beherrschte Volk ausgeschlossen blieb. Als Arbeitskraft allerdings sei der Mob stets willkommen gewesen.

Cosmo Po-Lit: Ich, in dessen Adern fremdes Blut pulsiert, und der ich den Auswärtigen daher sehr viele Sympathien entgegenbringe, musste eine Beobachtung machen, die mich irritiert hat. Warum nehmen die Auswärtigen die Chancen, die wir ihnen in Volkshochschulkursen, Abendschulen, bei den Kirchen und Gewerkschaften zur Weiterbildung anbieten, nicht an? Ich musste feststellen, dass sie gar kein Interesse haben, unsere Sprache zu lernen, geschweige denn mit unserer Kultur Freundschaft zu schließen. Sie sollen sich bilden, sollen sich kultivieren, sollen die deutsche Sprache lernen. Aber was machen sie? Sie konsumieren und vervielfältigen sich auf Teufel komm raus. Kaum sind sie hier, sprießen Kinder aus den Bäuchen der Frauen. Was aus diesen Keimlingen dann wird, wissen wir zur Genüge. Das schlechte Genmaterial der Eltern setzt sich in ihnen fort. Als Kosmopolit bin ich von ihnen schon arg enttäuscht.

Patriot: Dass du als Humanist sowas sagst, das erstaunt mich schon, tut mir aber gut. Doch etwas anderes. Wir wollen auch nicht unterschlagen, dass die Jugendlichen der Auswärtigen im Vergleich zu unseren Mädels und Jungs schneller geschlechtsreif und auch häufiger delinquent werden. Sagt die Statistik. Kein Wunder! Denn zu Hause wird nicht erzogen. Dafür geprügelt und geglotzt.

Tugendwerth: Was du denen vorwirfst, gilt für das deutsche Prekariat allemal. Mir bereitet ein anderes Problem größere Sorgen. Was machen wir mit den Auswärtigen, die in der zweiten und dritten Generation hier sind, die zum Teil die deutsche Staatsbürgerschaft besitzen und die ebenfalls nicht bereit sind sich zu integrieren? Was ist mit denen? Die können wir nämlich nicht einfach wegschicken. Wohin mit denen?

Patriot: Ab in unsere neuen Bundesländer.

Da sprang Kraus, den es nicht mehr auf seinem Stuhl hielt, plötzlich auf und schrie unbeherrscht in den Saal: „Kinder sind das Produkt der Dummheit, des Zufalls oder des Stromausfalls."

Mit diesem Beitrag wurden die Wogen zwar nicht geglättet. Das Gute daran war allerdings, dass er auch keinen Schaden anrichtete. Und so konnte der untersetzte Grieche, der sich bislang in der Diskussion sehr zurückgehalten hatte, den Faden der Diskussion mit einer sehr eigenwilligen Bemerkung wieder aufnehmen: „Wäre es nicht sinnvoll, alle Auswärtigen, die Kinder haben wollen, erst einmal einer pädagogischen Eignungsprüfung zu unterziehen, um zu überprüfen, ob sie überhaupt pädagogische Kompetenzen nachweisen können und in der Lage sind, Kinder zu erziehen. An diese Eignungsprüfung sollte die Zahlung von Kindergeld geknüpft werden."

Patriot: Oder wir erheben gleich eine Kopfprämie für jedes auswärtige Kind. Dann wollen wir doch mal sehen, wie es um die Kinderliebe der Auswärtigen steht.

Luzifer: Die Diskussion kommt in Schwung, sie gefällt mir ausnehmend gut. Hier werden die Dinge schonungslos offengelegt. Das erhitzt die Gemüter ungemein. Nur weiter so.

Jemand: Das mit der Kopfprämie ist genial. Dass die Politiker nicht von sich aus darauf kommen! Allerdings würde ich noch einen Schritt weiter gehen und bereits von all jenen eine Kopfprämie erheben, die hier rein wollen. So wie die Schleuserbanden das machen. Dann herrschte Ruhe im Puff.

Nietzsche: Auch ich habe nichts gegen ein Kopfgeld, würde allerdings die Tauglichkeitsprüfung und auch die Kopfprämie nicht auf die Auswärtigen beschränken. Wir müssten sie auch auf unser eigenes Geschmeiß ausdehnen, das keinen Deut besser ist.

Patriot: Ein deutscher Trottel ist immer noch mehr wert als ein auswärtiger Trottel. Das sagt einem die Natur.

Von Steinbeiß: Landsleute! Wir müssen aufhören, die Auswärtigen mit Glacéhandschuhen anzufassen und ihnen nur die Rolle von Opfern zuzuweisen, für die man sehr viel Verständnis aufbringen müsse und die folglich unserer Hilfe bedürfen undsoweiterundsofort. Wir kennen ja dieses Salbadern zur Genüge. Sie

selbst unternehmen ja auch alles, sich so zu sehen. Nein und nochmals Nein! Sie sind wie wir alle, freilich mit gewissen Einschränkungen, mit einem eigenen Willen begabt. Tun wir nicht so, als seien sie leere Gefäße. Es liegt ganz und gar bei ihnen, sich in einer fremden Umwelt zu arrangieren, sich Wissen, Bildung und die deutsche Sprache anzueignen, was sie aber, wie wir wissen, nicht tun. Daher sollten sie schon etwas härter angefasst werden. Denn Fördern gelingt nur durch Fordern. Und wer nicht spurt, nun, für den haben wir doch unsere Gesetze. Da gibt es doch einen Ermessenspielraum bei der Aufenthaltsgenehmigung und der Arbeitsbeschaffung, den man bei Bedarf ein wenig einengen kann. Auch bei der Einbürgerung sollte man strenger verfahren. Und warum nicht auch jemanden ausbürgern, der vorher versehentlich eingebürgert wurde? Unsere wunderbare Grundordnung sieht diese Möglichkeit im Paragraphen sechzehn vor, nun, dann brauchen wir nur ein entsprechendes Ausführungsgesetz zu erlassen und schlagen dann den letzten Sargnagel ein.
Patriot: Und wenn das nicht hilft? Was dann?
Von Steinbeiß: Keine Sorge, Landsmann! Keine Sorge! Dann muss der Druck erhöht werden. Den Leuten dann ein bisschen mehr auf die Finger schauen. Ihnen Feuer unter dem Arsch machen. Sie mehr kontrollieren. Auch einmal Hausdurchsuchungen unter irgendeinem fadenscheinigen Vorwand vornehmen. Um ein Beispiel zu geben. Wir schicken den Wirtschaftskontrolldienst zu einem Döneristen, bei dem man einmal sehr streng die Hygieneanforderungen abklopft. Streng nach dem Buchstaben des Gesetzes, versteht sich. Gemäß dem biblischen Motto: Wer suchet, der findet. Ruckzuck ist da schon einmal eine Lizenz futsch. So etwas spricht sich schnell herum. Hilft auch das nicht, erhöhen wir einfach den Druck. Für eine Kriminalisierung wird man immer fündig. Die Auswärtigen besitzen einen ungeheuren Gefühlsüberschuss, die Verstandeskontrolle funktioniert bei denen nicht. Es genügt

der kleinste Anlass, sie zu unbeherrschten Reaktionen zu provozieren. Das sollten wir ausnutzen. Dann machen sie auch in Nullkommanix Fehler. Oder man könnte ganz zufällig Drogen in ihren Wohnungen finden. Wie man das anstellt, zeigen uns die Krimis im Fernsehen zur Genüge. Schon schnappt die Falle zu. Man muss nur Phantasie haben. Phantasie ist alles. Tugendwerth: Keuner, warum dürfen diese Leute hier so ungeniert die Humanität diskriminieren? Unternimm etwas!
Luzifer: Verschone uns mit deiner habitualisierten Erregung. Zum Teufel mit dir!
Von Steinbeiß war in seinem Element: „Wir müssen einfach den Spieß umdrehen und die Auswärtigen, die da nicht spuren, der Deutschfeindlichkeit bezichtigen. Zeugen lassen sich leicht finden. Soll ich weitermachen?"
Die Frauen buhten kräftig und skandierten, indem sie rhythmisch mit ausgestrecktem Zeigefinger auf von Steinbeiß wiesen:

Der Mann ist schlecht,
der Mann muss wech.
Er ist ne Schande für das Land,
stell'n wir ihn einfach an die Wand.

Sie sahen sich hilflos an, nicht, weil ihr lyrischer Erguss mäßig war, berieten sich, fanden aber keine Lösung.
Vielleicht lag es daran, dass plötzlich ein Mann für Aufsehen sorgte, der bisher nicht weiter aufgefallen war. Er hatte rotblondes Haar und große, blaue, stechende Augen. Wenn er jemanden damit fixierte, bekam er sogleich den unverkennbaren Feldherrnblick. Er war elegant gekleidet, trug einen schwarzen Cutaway von feinstem englischem Tuch, der, das sah man auf den ersten Blick, handgeschneidert war. Was er unter dem Cutaway trug, war Grau in Grau, aufgelockert durch eine Vielzahl von Querstreifen, was auch auf die Sei-

den-Krawatte zutraf. Selbst das Hemd hatte graue Längsstreifen. Den Kavalier machte endlich ein weißes Kavalierstüchlein, das, keck gefaltet aus der dafür vorgesehenen Jackettasche ragte. Über diese Farbzusammenstellung mokierten sich manche. Was den Mann veranlasst haben mochte, sich für einen Vollkommenen, als den er sich bezeichnete, zu halten, blieb ungewiss. Jedenfalls ließ er sich so titulieren. Vor sich auf dem Tisch waren drei Schachteln Zigaretten akurat aufgestapelt, mit denen er ununterbrochen spielte. Eine Karaffe mit Anisschnaps stand daneben, die, wie man sich denken kann, nicht zur Dekoration dort stand. Neben ihm machte ein auffallend schöner junger Mann mit weichen Zügen, sein Adjutant, auf sich aufmerksam, der nicht nur die Blicke der Frauen auf sich zog und der dem Vollkommenen bei Bedarf den flüssigen Anis eingoss. Der Bedarf war groß. Zum Ausgleich hatte der Adjutant laufend für Mokka zu sorgen. Die rothaarige, graue Vollkommenheit brüstete sich mit einem schmalen Lächeln, die Nachfahren der Hethiter aus seiner langjährigen politischen Tätigkeit in diesem Land aus dem Eff zu kennen. „Hier im geschützten Raum darf ich es ja sagen, draußen würde man mich lynchen", setzte er ein, sich dabei ängstlich umblickend, „ich hatte schon zu meiner Zeit, als ich mich an die Modernisierung des Landes machte, die größten Probleme mit diesem Menschenmaterial aus den fernöstlichen Steppengebieten, das sich jetzt zuhauf bei euch eingenistet hat. Obwohl ich ein strenges Regiment führte, gelang es mir nicht, diesen Wesen einen menschlichen Geist einzuhauchen. Zu archaisch, zu instinktgeleitet, zu autoritär geprägt war ihr Bewusstsein. Und das ist es wohl heute noch, bedingt durch die Abschottung in ihren unwirtlichen Regionen, wo sich nicht einmal eine Ziege hintraut."
Er schlürfte sehr zum Unwillen der feinohrigen Anwesenden – Christie, George und andere hielten sich die Ohren zu – mit großer Lust seinen Mokka. Dann warb er dafür, trotz aller

Defizite diesen Zurückgebliebenen, die die Menschwerdung noch vor sich hätten, mit großem Verständnis zu begegnen. „Ich bitte euch von Herzen, habt Mitleid und viel Geduld mit ihnen. Ein Bewusstsein kann man nicht von heute auf morgen austauschen wie die leere Batterie einer Taschenlampe. Ich weiß, meine Landsleute sind nicht gerade die besten Botschafter unseres Landes. Und unserer Kultur schon gar nicht. Sie bereiten euch arge Schwierigkeiten." Dann schnaufte er und dankte all den Ländern, die seinem Land diese Niemande abgenommen hätten. Vielleicht gelänge ja den fremden Ländern die Zähmung der Ungezähmten, um die er sich vergeblich bemüht habe. Aber – er hätte da so seine Zweifel.

Jemand: Um nicht missverstanden zu werden. Gegen Auswärtige ist an und für sich, rein theoretisch gesprochen, ja nichts zu sagen. Wir machen zum Beispiel gute Erfahrungen mit unseren Nachbarn aus dem Westen und dem Norden. Die schicken uns allerdings auch die Vertreter ihrer Eliten. Das gilt auch für die Chinesen und die Japaner. Sie lassen sich bei uns entweder ausbilden, oder sie arbeiten hier bienenfleißig und zuverlässig. Mit ihnen haben wir keine Schwierigkeiten. Das macht den Unterschied aus. Aber, was kriegen wir stattdessen? Und dann noch in riesigen Mengen?

Patriot: Kleinwüchsige, die mit ihrer glänzenden Zuhälterpomade im Haar, den Goldkettchen um Hals und Handgelenk und den offenen Hemden ihr mediterranes oder orientalisches Draufgängertum zur Schau stellen. Und sich gleich an die Reproduktion ihres genetischen Unmaterials machen, anstatt an die Produktion ihres Bewusstseins. Oder nehmen wir die Afrikaner. Was sollen wir mit denen?

„Blicken wir doch erst einmal auf unsere eigene Schande", versuchte Lou, die Schärfe aus der Diskussion zu nehmen. „Wie verhält es sich denn mit unseren PISA-unverträglichen Horden, die die überwiegende Mehrheit bilden? Sind die etwa besser? Oder unsere erwachsene schweigende Mehrheit? Ist das etwa eine positive Auslese, mit der man Staat machen kann?"

Patriot: Das hatten wir doch eben schon einmal. Entscheidend ist doch, welche Konsequenzen man aus der von dir beschriebenen Situation zieht. Wenn dem so wäre, wie du sagst, dann brauchten wir aber nicht auch noch zusätzlich diesen auswärtigen Müll, der unseren Staatssäckel belastet.

Jemand: Alle diese Länder, die uns ihre Analphabeten, ihre Armen, ihre geistig Zurückgebliebenen, nicht zu vergessen die Kriminellen schicken, müssten uns dankbar sein, dass wir ihnen diesen Schrott abnehmen. Und wir verlangen kein Eintrittsgeld von ihnen. Dabei entlasten wir die Länder doch, aus denen sie kommen und die nicht in der Lage sind, ihr Land vernünftig zu regieren. Gleichzeitig verhelfen wir den im Land Gebliebenen zu ihrem Wohlstand, von dem wir nichts, aber auch gar nichts haben. So sieht es doch aus. Jetzt, da wir in wirtschaftlichen Schwierigkeiten stecken, die Arbeit immer knapper wird, wäre es nur recht und billig, dass diese Länder ihre Landsleute wieder zurückholen. Ohne Wenn und Aber.

Seraphicus: Ich bin ja normalerweise für die Nächstenliebe. Aber bei bestimmten Menschengruppen, die religiös anders riechen, stellt sich bei mir partout keine Nächstenliebe ein. Da kann ich machen, was ich will. Dafür kommen andere unheilige Gefühle auf, und ich muss dann immer gleich an unsere Kreuzzüge denken.

Luzifer: Wie sollen die Auswärtigen auch deine Nächsten sein? Die sind doch keine Christen.

Patriot: Zurück zur Kopfprämie. Unsere Politiker sollten ernsthaft prüfen, ob sie nicht nachträglich als Akt des gerechten Ausgleichs – von Dankbarkeit will ich erst gar nicht reden – von den Absenderländern eine Entschädigung für die geleistete Entlastung und Entwicklungshilfe nachfordern. Wie schon gesagt, eine Art Kopfprämie. Bei der Bemessung könnten wir uns ja großzügig zeigen. Jedenfalls käme da doch ein hübsches Sümmchen zusammen, das wir in unser Bildungssystem stecken könnten, das uns die Auswärtigen fortlaufend ruinieren.

Jemand: Die entscheidende Frage ist noch gar nicht gestellt worden.

Er blickte Aufmerksamkeit heischend in die Teilnehmerrunde. „Ich frage mich schon die ganze Zeit, – und bisher hat mir niemand eine überzeugende Antwort geben können –, was die Hereingekommenen haben, das ich nicht habe. Kann mir das einmal einer von euch sagen? Was soll ich von den dickbäuchigen, hässlichen, vulgären und lauten Analphabeten lernen? Etwa gute Manieren? Geschmack? Klugheit? Lebensart? Oder gar Bildung? Dass ich nicht lache."

Frauen gesucht!

Der Bürgermeister des reichen Bergbaustädtchens P., in dem Uran abgebaut wird, sucht dringend für seine männlichen einsamen Mitbürger Frauen. Die Männer, gut verdienende kräftige Minenarbeiter von einfachem Naturell, sind sehr genügsam und geben sich mit schönheitsbehinderten Frauen zufrieden.
Günstige Wohn- und Arbeitsmöglichkeiten werden geboten.
Bewerbungen an das Bürgermeisteramt von P. ...

15.

Die Phantasie sei ein einzigartiger Tabubrecher, ein Agent der Freiheit und die Tochter der Wahrheit. Darum auch sei sie so schöpferisch. Mit diesen erhellenden Worten eröffnete Keuner gut gelaunt den Reigen außergewöhnlicher Tiergeschichten, die zur Rezitation anstanden.

Wie erinnerlich, hatte de Sade, der Meister des Tabubruchs, gleich zu Beginn des Symposiums darauf gedrungen, nur außergewöhnliche, den Horizont erweiternde Geschichten, die anecken, zum Vorlesen zuzulassen. Warum aber ausgerechnet Tiergeschichten?

Keine Frage, der Umgang des Menschen mit Tieren ist, wie alle Bereiche des Lebens sonst auch, von mannigfachen Tabus umstellt. Freilich spricht zunächst vieles, und zwar Positives für das Tier, wenn man allein an die Haustiere denkt. Sind die nicht allerliebst? Die kleinen oder halbgroßen Viecherl? Einfach reizend. Man kann sie streicheln. Man kann sie wie ein Baby im Arm tragen oder auf die Schulter nehmen. Man kann sogar mit ihnen kuscheln. Sie sind ja so zutraulich. Und so abhängig von einem. Vor allem aber so dankbar. Jedenfalls dankbarer als Menschen, so dass man schon einmal auf die Idee kommen kann, sie seien die besseren Menschen. Eigentlich kann man alles mit diesen tierischen Wesen machen. So wie man sie nach allen Regeln der Kunst verwöhnt, kann man sich auch von ihnen verwöhnen lassen. Innerhalb bestimmter, vom Menschen selbst festgelegter Grenzen, versteht sich, die von der Instanz diktiert werden, die wir Moral oder Anstand nennen.

Die Schnauze eines Hundes küssen? Ist das schon eine Schamverletzung? Einfacher dagegen ist es, die Tiere in der Wohnung zu schlagen. Das sieht zwar keiner, hört man aber. Der Vorteil: Trotz der Prügel sind die Tiere, insbesondere Hunde, immer noch anhänglich. Ist Ihnen schon aufgefallen, dass Hunde und Katzen einem immer den Hintern hinhalten? Das machen andere Tiere auch. Das ist offenbar die ganz normale Kontaktaufnahme bei den Tieren. So kommunizieren sie halt. Sie schnuppern und lecken an diesem Hinterteil. Scheint ein

Tierreflex zu sein. Das finden wir soweit auch in Ordnung bei den Tieren, womit wir uns bereits einem weiteren Grenzbereich angenähert haben, der in den nachfolgenden Tiergeschichten, eine Rolle spielen wird.

Den Anfang machte ein bleicher, schlanker, hoch gewachsener Keunerschüler, ein fescher Kerl, der bisher nur als Schatten irgendwo im Hintergrund immer wieder einmal aufgetaucht war. Von ihm hieß es, er habe es bei den Dominikanern, einem sehr strengen Orden, bis zu den niederen Weihen gebracht, ehe er noch die Kurve zurück ins Leben kriegte. Die Domini Canes, die Wachhunde des Herrn, wie die Dominikaner auch genannt werden, hatten sich bei der Ketzerbekämpfung in Absprache mit der katholischen Kirche besonders hervorgetan. Bei ihnen also hatte er seinen ersten geistigen Schliff erhalten. Dass er bei diesem scharfen Orden aufgab, wurde von den Insidern mit einem leichten Anheben der Augenbrauen begleitet. Ob seine Lebenskorrektur damit zusammenhing, dass er so hübsch war, muss offenbleiben. Jedenfalls fiel die Schönheit des Jünglings den griechischen Symposiumsteilnehmern sofort auf, weshalb sich auf einmal einige ganz vorne in der ersten Reihe, wo noch einige Plätze frei geblieben waren, niederließen, um dem taufrischen Apoll möglichst nahe zu sein. Der Bursche nahm's mit jugendlicher Gelassenheit zur Kenntnis.

Die Fallgeschichte, die er vorstellen wolle, begann er, habe sich im Jahre 1555 zugetragen, zur Zeit der Ketzer- und Hexenverfolgungen. In diesem Jahr, vermeldeten bestimmte Quellen, sei dem 26-jährigen Küfer Jean de la Soille der Prozess gemacht worden. Ihm wurde etwas vorgeworfen, was damals als ein schweres Vergehen geahndet wurde. Er habe, so hieß es in der Anklageschrift, mehrmals mit einer Eselin Verkehr gehabt. Mehrere Zeugen bestätigten die Untat. De la Soille selber gestand, das heißt, ihm blieb nichts anderes übrig als unter dem Druck von Zeugen und der Androhung von Daumenschrauben zu gestehen. Ohne großes Federlesens wurde er daraufhin zum Tode verurteilt, aber nicht durch einen humanen Handstreich – etwa durch das Schwert oder einen Sturz aus dem Fenster. Vielmehr wurde er zur Abschreckung der Bevölkerung gefesselt und in einen offenen Wagen gesetzt, an dem hinten auch die Eselin, das Opfer, festgebunden war. Beide wurden zur Richtstätte gebracht, wo der Sünder sogleich auf eine an einem Pfahl befestigte Leiter gefesselt wurde. Von dort aus musste er zunächst mit ansehen, und an dieser Stelle zeigt sich die ganze Größe der christlichen Liebesreligion, wie die Eselin, mithin ein Opfer, verbrannt wurde. Dann ging es ihm an den Kragen. Genauer gesagt an die Gurgel. Der Henker und seine Henkersknechte würgten ihn mehrmals bestialisch, bis er blau angelaufen war. Dann erst erhängte man ihn. Damit nicht genug, wurde er auch noch dem Feuer übergeben. Die Geschichte sei damit noch nicht am Ende. Sie habe eine bemerkenswerte Pointe, meinte der angelernte Mönch abschließend. Damit auch ja keine Spur dieser abscheulichen Tat übrig blieb, wurden die Gerichtsakten ebenfalls gleich den Flammen anvertraut.

Ausbeuten darf man die Tiere, schlagen, strangulieren und töten auch. Daran findet niemand etwas auszusetzen. Aber sobald man die Tiere wie Menschen behandelt, dann wird's brenzlig, dann wird daraus ein Delikt. Warum ist das so? Das hätte jemand fragen können. Fragte aber keiner. Stattdessen meinte einer, wie denn ein Fall wie der berichtete, aktenkundig sein könne, wenn alle Dokumente verbrannt worden seien. Der Frager war vermutlich ein Verwaltungsangestellter des Öffentlichen Dienstes. Die Frage war ein Selbstläufer.

Die nächste Einlassung stammte vom Rotschopf, der sein Erstaunen darüber äußerte, dass ausgerechnet ein Tier, mithin ein Opfer, das gegen kein Gebot verstoßen habe, verurteilt und getötet worden sei.

Seraphicus versuchte eine Erklärung. Nach dem mittelalterlichen Moralverständnis habe das Tier insofern Schuld auf sich geladen, da es sich als Mittel zum Zweck für die Sünde eines Menschen zur Verfügung gestellt habe. Außerdem sei es für das damalige Moralverständnis unverständlich gewesen, dass ausgerechnet ein vernunftloses Tier am Leben bleibe, während ein Mensch, auch wenn er ein Sünder war, mit dem Tod büßen müsse.

De Sade: Bei meinen Besuchen verschiedener Hirtenvölker fiel mir auf, dass zoophile Kontakte bei diesen gang und gäbe waren, sie stellten so etwas wie eine Landessitte dar, wobei fast alle Tiere als Sexualpartner in Frage kamen. In Südostasien war Geflügel sehr gefragt, weshalb auf dem Markt nur lebendige Tiere angeboten wurden. Tote Tiere hätten keine Chance gehabt, standen diese doch im Verdacht, vorher bereits vergewaltigt worden zu sein. Im vorindustriellen Japan und an den indonesischen Küstengewässern wiederum waren Rochen gefragte Sexualpartner des Menschen. Und im pazifischen Raum war der Kontakt mit Hunden die sexuelle Attraktion. Denn dort galt der Hund als Stammvater des Menschen. Von meinen Beziehungen zu Tieren möchte ich nur dann sprechen, wenn dies ausdrücklich gewünscht wird.

„Und erst bei uns Griechen. Da geht alles drunter und drüber", warf die griechische Delegation voller Enthusiasmus ein, „da herrscht ein einziges Gewimmel von Tier-Mensch-Gott-Wesen. Beispiele gefällig? Wir können mit Sirenen, mit Satyrn und mit Kentauern dienen. Wir waren schon immer ein glänzender Sauhaufen."

„Weil es gerade so gut passt, werde ich euch die Geschichte von der Leda und dem Schwan erzählen", fuhr der Schmächtige kichernd fort, „der einen so prächtigen Schwanz hat. Wenn ich uns da so ansehe! Ich weiß, wovon ich rede."

„So! Du weißt ausnahmsweise einmal, wovon du redest. Tut sich denn bei dir unter der Tunika überhaupt noch etwas? Sei's drum. Ich will dir in diesen belanglosen Dingen, die nicht die hehre Philosophie betreffen, den Vortritt lassen", entgegnete der Untersetzte.

„Leda aus königlichem Geschlecht, verheiratet mit einem König von sowieso, wie hieß er doch gleich, der Kerl, egal", machte der Schmächtige weiter, „war von so atemberaubender Schönheit, dass diese Kunde natürlich sogleich auch den Wolkensammler und Blitzschleuderer Zeus erreichte, der Himmel und Erde erzittern lassen konnte, …

„Bring die Sache auf den Punkt, Meister", ermahnte ihn der Untersetzte, „siehst du denn nicht, dass alle nur die Augen verdrehen, sobald du zu erzählen ansetzt?"

Nach diesem Ordnungsruf war dem Schmächtigen die Lust am Erzählen vergangen. Er ergriff die Hand eines hübschen Knaben, der sich Ganymed nennen ließ, und verließ beleidigt den Versammlungsraum.

Cosmo Po-Lit: „Wir sind doch humanistisch gebildet, guter Mann, und kennen diese Lachmuskelgeschichte. Der geile Bock Zeus hat sich wieder einmal über eine Menschin, die Leda, hergemacht, die ihm daraufhin zwei Eier legte. Kurios, kurios. Aus dem einen schlüpfte die den Trojanischen Krieg auslösende Helena, aus dem anderen die Zwillinge Castor und Pollux, die dann oben am Himmelszelt einen Logenplatz erhielten. Alles ein alter Hut."

Handwerker: Für mich ein neuer. Eine Frau und Eier legen? So etwas kann sich nur die humanistische Bildung ausdenken.

Niemand ging darauf ein. Der Handwerker hatte schon einen schweren Stand. Man musste den Eindruck gewinnen, er sei nur dazu da, dass andere sich in ihrer Überlegenheit bestätigt fühlen und in ihrer Überheblichkeit sonnen konnten. Ein armes Schwein. Wie er überhaupt in diese Tagung geraten war und wer ihn eingeladen hatte, blieb ein Rätsel.

Bobby meldete sich zu Wort, mit der linkten Hand seine Schildkröte streichelnd, was er vermutlich nur machte, weil Schopenhauer immer wieder seinem Pudel übers Fell und der schmächtige Grieche vorhin seinem Ganymed über den Kopf gestrichen hatte. „Tiere", hörte man ihn sagen, „wurden im Mittelalter, aber auch in der verwegenen Zeit der Inquisition als Geschöpfe Gottes betrachtet und wie auch die Menschen nach dem Grad ihrer Frömmigkeit beurteilt. Ein Fall aus dem Jahre 1394 in Montaigne ist mir in Erinnerung, der gut und mehrfach belegt ist. In diesem Flecken hatte ein Schwein eine Hostie gefressen. Es wurde wegen Schändung des Heiligen gehängt. Ihm war es untersagt, sich einen Verteidiger seiner Wahl zu nehmen."

Wieder kraulte er seine Schildkröte am Hals und fragte dann beiläufig, den Kopf schräg noch obern gerichtet, was es denn mit der Taube auf sich habe, von der die Evangelisten berichteten, dass Maria von ihr schwanger geworden sei. Ob das jetzt heiße, dass das Christentum auf einem Fall von Sodomie gründe? Eine Jungfrauengeburt sei wohl auszuschließen, denn dann wäre Jesus ein Mädchen geworden, wie wir modernen Biologen zu wissen meinen, was die Feministinnen sicher mit Freude erfüllt hätte. Was sagt unser Kirchenmann dazu?

Seraphicus: Ja, das ist schon eine ganz vertrackte Angelegenheit. Das muss ich zugeben. Aber von solchen Absurditäten ist das Christentum voll. Ich erinnere nur an die Paradiesgeschichte und die Fortpflanzung von Adam und Eva.

Voltaire: Nun, diese Hirngespinste sind doch alle hinreichend bekannt. Zur Hostie fällt mir ein, dass selbst Insektenschwärme, Ratten oder andere Schädlinge für ihre Verbrechen an der Natur oder am Menschen verurteilt werden konnten. Selbst in Abwesenheit kamen sie vor ein Kirchentribunal und wurden exkommuniziert. Einige Exemplare brachte man in den Gerichtssaal, wo sie auch sogleich, stellvertretend für alle Übeltäter, getötet wurden. Man sieht, mit welcher großen Umsicht sich die Kirche des Verbrechens annahm.

Es war auffällig, dass sich an der Diskussion überhaupt keine

Frauen beteiligten mit Ausnahme von Lou, die wohl von Berufs wegen mit großem Interesse die Diskussion über die Zoophilie verfolgte und sich nun auch einbrachte: „Des Menschen bester Freund, das Tier, lebt mit diesem auf engem Raum, in einem Haus, manchmal einem Zimmer, zusammen. Es gehört sozusagen zum erweiterten Kreis der Familie wie früher auch das Hauspersonal. Bei einer solchen intimen Enge liegt es nahe, dass die Distanz automatisch abnimmt. Dass Tiere als Sexualpartner des Menschen in Frage kommen, hängt auch damit zusammen, dass eine gewisse, manchmal auch sehr signifikante Ähnlichkeit zwischen den Sexualorganen der Tiere und denen der Menschen besteht. So wird dem Anus des Rochens eine frappante Ähnlichkeit mit der Vagina der Frau nachgesagt. Ich jedenfalls kann gut verstehen, dass da schon einmal die Grenzen überschritten werden, auch wenn für mich ein Sexualkontakt mit einem Tier nicht in Frage kommt. Und das sage ich als Katzenhalterin.

Tugendwerth: Ein gewisses Verständnis, wenn es auch nur ein winziges, das eigentlich so gut wie gar nicht vorhanden ist, vermag ich noch für die so genannte Not-Zoophilie aufzubringen, wenn etwa bei den Seefahrern, Soldaten, Pfaffen, Nonnen, Mönchen oder Hirten Sexualpartner gerade einmal nicht zur Hand sind. Aber sonst muss ich sagen, empfinde ich einfach nur Ekel. Allein schon der Gestank, der von den Viechern ausgeht. Igittigitt!

Wie Moral und Ekel doch eng miteinander verwoben sind. Liegt dies möglicherweise daran, dass jede Moral die Frustrationstoleranz senkt?

Um zu demonstrieren, dass er es mit seinem Ekel auch ernst meint, setzte der Tugendverwalter dann auch noch eine typische Ekel-Maske auf. Er presste die Augen zusammen, rümpfte die Nase, zog die Unterlippe hoch, streckte die Zunge weit heraus, drehte den Kopf leicht zur Seite und fasste sich an die Gurgel, um den Würgereflex anzudeuten.

„Der Ekel", dozierte Lou, „ist der beständige Begleiter der Menschheit von Kindesbeinen an. Er wurde durch Sozialisation erworben, ist also ein sozialer Mechanismus, dazu erfunden, das, was man die soziale Basisidentität des Menschen nennt, die vorrational ist, zu erwerben und zu schützen. Das sagen jedenfalls die Evolutions- und Verhaltensforscher. Und die müssen es ja wissen. Sie verweisen auf eine Beobachtung, die wir alle schon einmal gemacht haben, dass Kleinkinder bis etwa zum dritten Lebensjahr den Ekel gar nicht kennen. Diese noch nicht domestizierten Wesen nehmen Dreck, Käfer, Regenwürmer und Kot ohne jegliche Scheu, völlig selbstverständlich in den Mund, ohne dabei eine Miene zu verziehen. Der Mund ist in dieser Entwicklungsphase der Verstand des Kleinkindes. Damit macht es seine ersten Umwelterfahrungen und testet die Dinge mit seinen fünf Sinnen nach allen Seiten hin. Erst die ewigen Abrichtungen und Verbote der Erwachsenen zähmen die jungen Wilden. Sie lernen, was sie lernen sollen, sich vor den Dingen zu ekeln, vor denen die Erwachsenen sich ekeln. Und so tritt der Ekel seinen Siegeszug durch die Welt an und aus ihm wird so allmählich eine machtvolle moralische Instanz, die den Erkenntnistrieb in die zivilisatorischen Bahnen lenken soll. Das größte Ekelpotenzial, will man herausgefunden haben, besitzen tierische Produkte und ganz bestimmte Tierarten wie etwa das so genannte Ungeziefer. Die Evolutionsforscher bringen den Ekel dem Tierischen gegenüber in Zusammenhang mit der genetischen Verwandtschaft des Menschen mit den Tieren.
„Warum dann aber der Ekel?", wollte einer wissen.
Lou: Er soll helfen, die animalische Herkunft des Menschen vergessen zu machen. Diese niedrige Herkunft ziemt sich nicht für den Homo Sapiens, die Krone der Schöpfung. Darüber hinaus gibt es ja noch die Möglichkeit, sich von der eigenen Tierhaftigkeit und Unvollkommenheit dadurch reinzuwaschen, dass man diese auf andere Menschengruppen, ja ganze Kultu-

ren, denen man sich überlegen wähnt, projiziert, was einer Aus- und Abgrenzung gleichkommt. Ausländer stinken, Zigeuner stehlen, Juden barbieren einen über den Löffel, Afrikaner sind promisk. Wir sind nun nicht mehr überrascht, dass die Auswärtigenfeindlichkeit in der Ekelprofilierung ihre Wurzeln hat. Man versteht jetzt auch besser, dass der frühkindlichen Reinlichkeitserziehung im Zusammenhang mit der Ekelproduktion eine so große Bedeutung zukommt.

Krittler erweiterte die Diskussion, indem er auf die gesetzliche Situation in Deutschland hinwies. Sodomie sei hier noch bis 1969 als ein Delikt verfolgt worden. Wurde jemand überführt, der, so der Wortlaut, zur Befriedigung seiner Lust mit seinem Körper das Geschlechtsteil eines Tieres berührt habe, riskierte er eine Gefängnisstrafe und den Verlust seiner bürgerlichen und politischen Rechte. Die Höhe der Strafe hing von der Beischlafähnlichkeit ab. Bereits die Beischlafähnlichkeit also war strafbar, was auch immer man darunter verstehen mag. Wäre der Sachverhalt nicht so ernst, man müsste ihn komisch, ja absurd finden.

Die Komik war jedenfalls das Stichwort für den nächsten Kasus, mit dem eine Keunerschülerin mit Bubikopf und einer kühnen Nase das Publikum erheiterte. Im Sudan, berichtete sie, sei ein Mann auf frischer Tat ertappt worden, wie er ein Schaf beschlief. Der Besitzer des Schafes verlangte von dem Täter, er müsse nun, nachdem er dem Schaf die Unschuld genommen habe, dieses auch heiraten. Da ihm aber Bedenken kamen, befragte der den Ältestenrat. Der beriet sich und legte dem Bauern nahe, von einer Anzeige bei der Polizei und erst recht von einer Heirat abzusehen. Er solle stattdessen von dem Vergewaltiger eine Mitgift als Ausgleich verlangen, weil er das Schaf wie eine Frau benutzt habe. Die Mitgift wurde auf eine bestimmte Summe festgelegt. Der Beschuldigte zahlte die Mitgift, und traf sich weiterhin regelmäßig mit dem Schaf zu einem Schäferstündchen.

Als der Bubikopf umblätterte, um eine weitere Geschichte vorzutragen, passierte etwas Unerhörtes. Von Nietzsche war man ja so einiges gewohnt. Dass er aber, wenn er einmal nicht oral regredierte, im wörtlichen Sinn Kopf stehen würde, damit konnte niemand rechnen. Genau das geschah aber. Nietzsche hatte sich tatsächlich auf dem Tisch mit großer Gelenkigkeit in den Kopfstand begeben, sich dort häuslich eingerichtet und stand wie eine Eins. So fing er an zu plaudern, als sei ein Kopfstand das Selbstverständlichste von der Welt. Er werde jetzt, sagte er laut und deutlich, den wahren Grund nennen, warum es das Verbot sexueller Beziehungen zu Tieren überhaupt gäbe. Die Zoophilie sei ein raffiniertes Konstrukt der Gefahrenabwehr, das allen monotheistischen Religionen eigen sei. Dieses Tabu sei, geschichtlich und soziologisch betrachtet, aber gar kein moralisches, vielmehr ein ideologisches Phänomen.

Man hätte erwarten können, nicht aus Boshaftigkeit, sondern aus Neugier, dass dem Kerl irgendwann einmal das Stehvermögen ausginge und er nach vorn oder hinten überkippen und sich dabei das Genick brechen könnte. Doch den Gefallen tat Nietzsche denen, die so dachten, nicht. Er stand vielmehr immer noch kerzengerade. Von Atemnot oder Nasenbluten keine Spur. Nur ein roter Kopf. Und dabei konnte er noch reden.

Bei den die Juden und Christen umgebenden Völkern, tönte er, hätten sexuelle Tierkontakte zu den selbstverständlichsten Kulturpraktiken gezählt. Ja, sie wären sogar religiös geboten gewesen, galten doch Tiere als Heilsbringer, die dem Menschen Gesundheit und außergewöhnliche Kräfte übermittelten. In diesem Kultverständnis habe sowohl die jüdische als auch die christliche Religion eine große Gefahr gewittert, gegen die sie sich habe entschieden abgrenzen müssen. Denn der einzige, der große christliche Gott duldete keine Konkurrenz neben sich, so sei es im Buch der Bücher nachzulesen. Da heißt es:

Du sollst keine fremden Götter neben mir haben. Schon gar nicht Tiere.

Ende der Durchsage. Aber – Nietzsche stand noch immer aufrecht und machte auch keine Anstalten, sich wieder vom Kopf auf die Füße zu stellen.

Der schon erwähnte Bubikopf konnte sich so erneut einbringen. Tiere wären früher nicht nur für begangene Verbrechen bestraft worden, orakelte er, sondern auch für unterlassene Hilfeleistung. Sei beispielsweise bei den Germanen eine Frau vergewaltigt worden, habe man nach germanischem Recht alle Tiere des Hauses getötet, weil sie der in Not Geratenen nicht zu Hilfe geeilt wären. Auf dieses Stichwort hin zitierte Seraphicus in Predigerpose die Bibel: „Du sollst bei keinem Tier liegen, dass du an ihm unrein werdest. Und keine Frau soll mit einem Tier Umgang haben; es ist ein schändlicher Frevel. Ein Mann, der einem Vieh beiwohnt, der soll des Todes sterben; auch sollt ihr das Tier töten. Wenn eine Frau sich einem Tiere nähert, um mit ihm etwas zu schaffen zu haben, sollt ihr die Frau und das Tier töten. Sie sollen gewiss getötet werden. Ihr Blut komme über sie. So steht es im Buch Mose. Und wenn ich einmal fremd gehen und den Talmud zitieren darf, dort heißt es noch schärfer formuliert, es sei Witwen verboten, einen Hund zu halten, weil sie das Schoßtier eventuell einem richtigen Mann vorziehen könnten."

Dies war das Schlusswort, mit dem der Ausflug in die Zoophilie beendet wurde, was auch Nietzsche zum Anlass nahm, wieder in den aufrechten Menschenstand zurückzukehren.

Und damit geben wir zurück zu Herrn Keuner.

Hallo, Herr Keuner, übernehmen Sie.

16.

Keuner übernahm aber nicht. Er war wieder einmal nicht auf-
zufinden. Und so war die zweite Runde über die Auswärtigen,
die an Heftigkeit und Widerspruchsgeist erneut nichts zu wünschen übrigließ, ohne ihn eingeläutet worden. Man muss schon
die Ausdauer bewundern, mit welcher die Tagungsteilnehmer
sich aller Themen annahmen, gerade auch dieses Themas.
Allerdings ist Ausdauer an sich nicht auch schon ein Qualitätsmerkmal. Luzifer de sich als Lichtträger und Morgenstern
verstand, hatte mit einer abgefeimten Provokation den Takt
der Debatte vorgegeben, indem er erneut gegen die Verschleie-
rung der islamischen Frauen, genauer gesagt gegen das Kopftuch, zu Felde zog, das er wenig originell, aber wirkungsvoll
als Symbol der Unterdrückung und eines autoritären, patriarchalischen Denkens geißelte. „Verschone uns mit diesem Tuch
der Demütigung", rief Jemand, „dazu ist bereits alles gesagt."
„Jetzt lass aber einmal die Moschee im Dorf", ärgerte sich
auch Seraphicus. „Kopftücher tragen doch auch bei uns noch

alte Weiber. Früher einmal gehörte das Kopftuch zur selbstverständlichen Arbeitskleidung der Frauen. Heute tragen es bei uns nur noch unsere wunderbaren Nonnen. Wenn ich da an meine geliebte Schwester Ursula denke, mit welcher Anmut die ihre Haube trug und wenn sie dann ihr Köpfchen wiegte ..., da konnte man schon weltliche Gefühle bekommen. Leider gibt es heute nicht mehr viele Nonnen. Und wenn, dann sind es nur noch alte Schachteln, die einen strengen Geruch verströmen."

Patriot: Aber bei uns tragen die Nonnen ihre Kopfbedeckung doch aus ganz anderen Gründen. Kein wild gewordener islamischer Macho befiehlt es ihnen. Es ist die selbst gewählte Frömmigkeit, die sie dazu anhält, den Kopf zu verhüllen. Und im Kloster sind ja auch weit und breit keine Männer, vor denen sie sich in Acht nehmen müssten. Nur leidende Märtyrer mit verzerrtem Gesicht auf alten Gemälden.

Luzifer: Ich glaube, das siehst du falsch. Verhält es sich nicht gerade umgekehrt, dass die Nonnen wegen der Männer ins Kloster gehen?

Seraphicus: Wie kommst du auf eine so sonderliche Idee?

Luzifer: Ganz einfach, weil sie keinen abkriegen. Oder weil sie enttäuscht wurden.

Seraphicus: Hast du ne Ahnung. Zwar ist unser Papst weit weg. Aber zum Glück gibt es ja uns noch ganz in der Nähe. Und wären wir nicht, hätten unsere Schwestern im Herrn niemals irdische Wonnen kennengelernt. Wie soll man dann sündigen und beichten? Allerdings: Um wie viel ärmer wäre unsere Klosterwelt, gäbe es nicht diese frommen Schwestern. Er blickte verklärt-lächelnd an die Decke, spitzte die Lippen und säuselte: „Wie viel Verzückung liegt gerade in der Frömmigkeit? So eine betende Schwester auf Knien, diese aufregende Körperspannung, die konzentrierte Haltung beim Beten, der entrückte Gesichtsausdruck. Welch eine Wonne! Diese Passion ruft geradezu nach Verführung." Er blickte erschrocken nach links und rechts: „Ich glaube, jetzt habe ich mich ein wenig zu weit aus dem Klosterfenster gelehnt."

Patriot: Unter diesem Gesichtspunkt habe ich die Nonnen noch gar nicht betrachtet.

Luzifer: Ich schon. Wie dem auch sei. Ich wollte auch gar nicht die alte Diskussion um das Kopftuch wieder aufwärmen, vielmehr einen neuen Aspekt ins Spiel bringen. Wer wissen wollte, was Neugier ist, hätte nur in die Gesichter der Teilnehmenden, vor allem der Frauen, blicken müssen. „Dass das Kopftuch ein Instrument der Domestizierung ist", erläuterte Luzifer, „wissen wir zur Genüge. Es stellt nebenbei bemerkt den islamischen Männern kein gutes Zeugnis aus. Denn es macht aus ihnen geile Böcke, die offenbar die Frauen nur mit dem Schwanz ansehen und mit diesem nur denken können und gleich zu schäumen anfangen, sobald sie nur von weitem auf ein Wesen treffen, das wie eine Frau aussieht. Ich kenne einen, der denkt und verhält sich auch so. Kennst du einen, kennst du alle …

Tugenwerth zeigte Luzifer die rote Karte.

Rotschopf: Wenn dem so ist, dass die islamisch eingefärbten Männer nur eindimensional denken können, dann wäre es doch erst einmal an ihnen, ihre erigierten Augen zu kostümieren und die Frauen in Ruhe zu lassen.

„Was ich nicht verstehe", warf Jemand ein, „wenn das Kopftuch ein Schambedecker sein soll, warum tragen es die Frauen dann nicht um die Scham, sondern um den Kopf?"

Lou: Was erzählst du da für einen Unsinn! Die islamischen Kopftuchfrauen sind doch von Kopf bis Fuß auf Verhüllung eingestellt.

Luzifer: Darf ich meinen fulminanten Gedanken über das Kopftuch nun zu Ende bringen? Ich hab nämlich in meinen schlaflosen Nächten, wenn es schwül war und kein Lüftchen ging und meine Phantasie ihre Flügel ausbreitete, folgende Theorie ausgebrütet." Er musste kichern: „Das Kopftuch ist bei Licht besehen gar keine Schambedeckung."

Ein kollektives Fragen-Gemurmel antwortete ihm: „Wie? Warum? Weshalb?"

„Es ist ein Züchtigungsinstrument. Vom Mann einzig dazu erdacht, die Frau im Handumdrehen zu strangulieren, wenn ihm nur danach ist."

Der Vollkommene protestierte milde. Er kenne sich in der orientalischen Mentalität sowohl der Frauen als auch der Männer in Wort und Tat bestens aus. Und da müsse er doch darauf hinweisen, dass man, wenn schon nicht der orientalischen Frau, so doch dem Kopftuch Unrecht täte, wenn man es als ein Strangulationsinstrument betrachte. Das sei natürlich grober Unfug. Richtig sei dagegen, vor allem in den weiten ländlichen Gebieten weit dahinten - er unterstrich die letzten beiden Worte, indem er seinen rechten Arm lang machte und in eine ungefähre Richtung wies -, dass die Frauen dort immer noch verhangene Wesen seien, um sie vor dem öffentlichen Raum abzuschirmen. Sie würden dergestalt zu einem degradierten Wesen gemacht. Ihnen würde das Gesicht und somit auch die Würde genommen. Trotz aller Fortschritte würden die Frauen nach wie vor von dem Mann privatisiert, wie man auch an den arrangierten Ehen erkennen könne. Das gelte auch für linke Männer.

de Sade: Soviel zum Motto EX ORIENTE LUX!

Luzifer: Der Gedanke der Strangulation setzte dann bei mir einen anderen Gedanken in Gang. Wozu, habe mich immer wieder gefragt, soll die Scham der Frau überhaupt gut sein?

Lou: Nun?

Luzifer: Sie wurde einzig dazu erfunden, sie der Frau wieder wegzunehmen.

Lou: Zu rauben, meinst du. Das Raubtier Mann konfisziert sie. So muss es korrekt heißen.

Luzifer: Zu etwas muss die Frau doch gut sein. Die Scham wurde vom Schöpfer nur deshalb in die Frauen eingearbeitet, damit die Männer ihnen zeigen können, wo der Bartel den Most holt. Oder so ähnlich. Die Frauen bedeuten erst dann etwas, wenn ihnen die Unschuld genommen wird. So gesehen, kann man sagen, erst der Mann macht aus dem Negativ der Frau ein Positiv.

Lou: Schließlich war der Schöpfergott ja auch ein Mann. Jede Entjungferung, ausgenommen sie wird selbst vorgenommen, ist in der Tat ein Unterwerfungsakt. Es liegt ein simpler Konstruktionsfehler vor, wenn man bedenkt, was für Umstände es macht, wie viel Ängste die Defloration mit sich bringt, wie viel Energie aufgewendet werden muss, einer Frau ihre Unschuld zu nehmen. Und die Männer sind im Allgemeinen arge Stümper! Die Frau wurde wirklich nicht als gleichberechtigtes Wesen erfunden.

Cosmo Po-Lit: Aber nicht doch. Wir sind doch alle gleich, Brüder und Schwestern. Ob Christ, ob Moslem, ob Jude, ob Freidenker, ob Tier, ob Mensch. Ob verhüllt oder unverhüllt. Was ist schon die Scham? Eine Quantité negligeable!

Krittler: Die Gleichheit ist nichts, was bei der Geburt als genetische Disposition gleich fertig bereits mitgeliefert wird. Sie ist nur eine Zielvorgabe, die erst gestaltet, mühsam erarbeitet werden muss.

„Wenn ihr gestattet", wandte der Vollkommene ein, "um der Gerechtigkeit und intellektuellen Redlichkeit willen hätte ich euch doch gern die Frage vorgelegt, ob ihr mir etwa weis machen wollt, eure Frauen, die sich so modern und emanzipiert geben, wären nicht ebenfalls, wenn auch auf eine andere Weise, maskiert?"

Lou: Du sprichst es aus. Man sollte nicht übersehen, dass auch bei uns die Frauen Masken tragen. Nur diese Maskierung fällt den meisten von uns Frauen gar nicht mehr auf, weil sie so selbstverständlich geworden ist. Wie man sieht, sind die meisten Frauen eben beschränkte Wesen.

Christie: Wie kannst du uns nur so in den Rücken fallen? In

den westlichen Demokratien sind die Frauen alle emanzipiert. Sie gehen erhobenen Hauptes durch die Welt. Ihnen ist die Sicht weder durch einen Schleier noch durch ein Kopftuch versperrt. Sie blicken nicht nur offen in die Welt, sondern sie setzen sich umgekehrt auch mit der größten Selbstverständlichkeit den freien Blicken der Öffentlichkeit aus. Es herrscht die freie Konkurrenz der freien Blicke auf dem freien Markt der freien Eitelkeiten. Sagte ich Eitelkeiten? Ich meinte natürlich Möglichkeiten. Ich wollte darauf hinaus, dass bei uns Demokratie herrscht, und das bedeutet für die Frauen jedenfalls Offenheit und Gleichberechtigung nach allen Seiten.

Lou: Mich erstaunt jetzt doch sehr deine Ignoranz, dass dir die Modellierung der Frau zum Lustobjekt, die bei uns zum Tagesgeschäft gehört, entgangen sein soll. Vermutlich liegt dies daran, dass du dich zu sehr mit deinen Landhauskrimis für ältliche Jungfern beschäftigst. Deine weißen Landhausgardinen haben dir den kritischen Blick auf die Realität und insbesondere auf die eigene Spezies versperrt. Ist im Islam, wie wir sahen, die Frau kein öffentliches, sondern nur ein privates Lustobjekt für den Mann, der sie dann später durch Heirat als Sklavin an sich kettet, so wird bei uns alles getan, aus der Frau ein öffentliches Lustobjekt zu machen …

de Sade: Öffentliches Lustobjekt! Das gefällt mir! Mir wird gleich ganz anders.

Lou: …das ganz gezielt die öffentlichen Blicke auf sich zieht und sich gleichzeitig genussvoll den öffentlichen Blicken zur Taxierung aussetzt. In beiden Fällen ist die Erotik, wie einmal ein kluger Mann gesagt hat, auf der schiefen Ebene gelandet. Hier wie dort unterliegt die Frau bestimmten patriarchalischen Konventionen. Die von den meisten Frauen bei uns akzeptierte Nacktheit entspricht einer Männerphantasie. Sie beweist nur eines, dass die Frau als gleichberechtigte Anbieterin auf dem Markt angekommen ist. Mit Emanzipation hat diese Maskierung soviel zu tun wie HartzVier mit Vollbeschäftigung. Wer sich als Frau gut präsentiert, modisch kleidet, stets pflegt, schminkt und die Klappe riskiert, tut dies für den Markt, um dort gute Chancen zu haben.

Rotschopf: Warum trägt eigentlich der Mann im Islam kein Kopftuch?

Beauvoir: Ganz einfach, weil Gleichberechtigung im Islam ein Fremdwort ist. Nur die Frau soll die Scham bedecken. Müsste nicht der islamische Mann sich an einer bestimmten markanten Stelle bedecken, sagen wir: ein Sacktuch tragen? Seine Scham steht doch meilenweit sichtbar ab. Aber nichts da. Der Mann darf sein Gemächt ausstellen.

Jungblut: Aber großes Tamtam um die Ehre. Ehre vorn, Ehre hinten, Ehre oben, Ehre unten. Was ist die Ehre schon? Das Trostpflaster aller Ungebildeten. Nichts können. Nichts haben. Nichts sein. Aber auf die Ehre stolz sein können.

Lou: Es liegt natürlich auch daran, dass archaische Wesen keine Frustrationstoleranz besitzen. Das ist der Grund, weshalb sie sofort nach der Ehre rufen, die schneller verletzt ist, als ein Wimpernschlag dauert.

Kraus:

Herrscht im Kopf 'ne große Leere,
zählt als Ausgleich stets die Ehre.

Proust: Da protestiere ich aber ganz energisch und mit mir die ganze französische Nation und alle mit ihr befreundeten Länder. Die Ehre ist nicht nur très chic. Sie ist etwas Heiliges. Wie sagte doch euer Friedrich Schlegel einmal so treffend: Ehre ist die Mystik der Rechtlichkeit. Wunderbar. Die Ehre ist bei weitem nicht nur eine Angelegenheit der Islamisten. Das wäre ja noch mal schöner, wenn wir ihnen die auch noch überließen. Auf der Ehre baut immerhin unser Kulturdenkmal, das Duell, auf. Hier darf man noch ein richtiger Mann sein, indem man ganz offen von Angesicht zu Angesicht kämpft,

251

um sich zu rehabilitieren. Ein einzigartiges Purgatorium.

Feministin: Und wo bleiben hier die Frauen? Ich verlange auch auf diesem Gebiet Gleichberechtigung. Zumindest eine Quotenregelung.

Proust: Frauen sind von Natur aus nicht satisfaktionsfähig. Sie können nicht einmal schießen.

Poe: Was ist schon die Ehre? Ein Wort, sonst nichts. Die Ehre ist Luft. Wer hat sie? Die gestern ermordete Orientalin, die sich westlich gab? Fühlt sie diese Ehre? Hört sie sie? Schmeckt sie die etwa? Nein. Die Ehre ist nichts als ein gemaltes Wappenschild für einen Leichenzug. Und damit ist mein Katechismus auch schon am Ende.

„Von wegen Ende. Dann kümmere ich mich ganz einfach um die Fortsetzung der Debatte. Lasst uns gut sein, Freundinnen und Freunde. Wenn wir es schon nicht ganz bestimmten Geschöpfen gegenüber sein können, dann doch wenigstens dem Gutsein an sich gegenüber. Man kann auch dem Guten etwas Gutes tun. Kopftuch hin, Schwanz her", mahnte der schmächtige Grieche.

„Ganz Recht, Meister", ergänzte der Schüler, „wir müssen uns wieder an die apriorischen Wahrheiten erinnern, die wir bereits früher einmal in unserer Präexistenz mit unserer Seele geschaut haben, als diese noch bei den Göttern war. Oh selige, himmlische Zeiten, wo seid ihr hin? Und zu diesen Ideen, die wir begeistert geschaut haben, zählt auch die Gleichheit aller Menschen, wenn man die Sklaven abzieht. Wenn ich das mit meinem Höhlengleichnis einmal verdeutlichen darf, …"

„Jetzt überheb dich bloß mal nicht mit deinem apriorischen Eiertanz, Kleiner, sonst holst du dir noch einen Bruch", höhnte sein Lehrer. Daraufhin begannen sie nach Griechenart, sich erneut gestenreich und laut zu zanken, was sich ein junger Regensburger Rechtsphilosoph namens Ackerknecht, der in bayerischer Landestracht erschienen war, zunutze machte. Er brachte sich mit einer näselnden Stimme ein. Er wolle dem

Thema Auswärtige zu einem vertiefteren Verständnis verhelfen, was nur über eine philosophisch-politische Darstellung gelinge. Der höchste Wert im Staat, sozusagen das politische Apriori, sei nicht das Recht, sondern allein die staatliche Ordnung. Sie begründe die Souveränität des Staates. Der Staat sei der einzige Souverän, nicht das Volk, dessen Funktion einzig darin bestünde, den Souverän Staat zu bestätigen. Als Gegenleistung schütze der Staat seine Bürger, freilich nur im Rahmen der von ihm definierten Souveränität.

Jungblut: Maul halten! Setzen! Fünf!

Ackerknecht ließ diese Bemerkung kalt. Er komme jetzt gleich zum Wesentlichen. Um die Souveränität aufrechtzuerhalten, bedarf es einer scharfen Freund-Feind-Trennung. Feind sei zuallererst der öffentliche Feind, der aus Gründen der staatlichen Opportunität einfach gesetzt würde. Daneben gebe es noch den inneren Feind. Ob er jetzt merken würde, woher der Winde wehe, wandte er sich keck an Jungblut. Fehle noch der Ausnahmezustand, den der Staat bei Gefahr im Verzug ebenfalls selber erklären könne.

Wie denn der Souverän zu seinen Feinden komme, wollte Lou wissen.

Es sei unerlässlich, die Freund- und Feindbilder aufgrund aktueller politischer Konstellationen neu zu erfinden oder die alten Bilder zu schärfen. Er würde nicht genau auf ihre Frage eingehen, warf Lou Ackerknecht vor. Er möge konkreter werden.

Da huschte ein Lächeln über das derbe Gesicht Ackerknechts. Für das innere Feindbild, antwortete er, eigneten sich am besten alle Minderheiten, mehr oder minder auch hier. Zum Beispiel die Kommunisten, die Linken überhaupt, die Juden, vor allem aber die Auswärtigen, die Überhand zu nehmen scheinen. Und unter denen seien die Islamisten seit Nine-Eleven hervorragend dazu geeignet, ihnen eine Bedrohung des Staates in die Schuhe zu schieben, indem man sie alle pauschal zu Terroristen erkläre. Die müssten auf dem Altar der Souveränität halt geopfert werden. Das Geniale an dieser Strategie sei, dass die propagierten Feinde automatisch zu Aggressoren gemacht würden, so dass dem Staat gar nichts anderes übrig bleibe als die Opferrolle zu spielen, die er zur Verteidigung der Souveränität dringend benötige.

Ob er denn tatsächlich glaube, dass alle Auswärtigen Terroristen seien, wollte ein Keunerschüler wissen.

Das sei unerheblich. Allein die Behauptung genüge, um eine Pogromstimmung zu schaffen. Andererseits zeige ihm der bisherige Verlauf der Diskussion, wie weit es bereits mit der Unübersichtlichkeit im Staat gekommen sei. Im vorherrschenden und von der EU unterstützten kosmopolitischen Wahn wüssten viele gar nicht mehr, wer Freund und wer Feind sei. Der Kosmopolitismus sei ein Verwirrung stiftendes Übel, das es auszurotten gelte. Er verwische nur die Grenzen und sei für die Diffusion zuständig, die alle Qualitätsunterschiede nivelliere. Statt Vielfalt herrsche uniformierte Einfalt.

Von Steinbeiß war aufgestanden, salutierte und gab mit der Grußhand an der Stirn Folgendes zu Protokoll: „Endlich einmal ein vernünftiger Wissenschaftler, der Tacheles redet und den Dingen die kämpferische Dimension verleiht, die wir dringend zum Handeln benötigen. Der wehrhafte Staat braucht eine Armee, die klare Ziele vor Augen hat und die man dann auch im Innern wunderbar einsetzen kann, damit sie im Namen der staatlichen Souveränität so richtig Jagd auf alle Staatsfeinde machen kann."

Keunerschüler: Läuft das Ganze nicht letzten Endes auf eine Diktatur hinaus?

Ackerknecht: Das wäre die Ultima Ratio. Dagegen habe ich nichts einzuwenden.

Von Steinbeiß: Ich erst recht nicht.

Ackerknecht: Danke! Wir müssen uns auch von den Vorurteilen der Diktatur gegenüber frei machen. Die Diktatur ist ja keineswegs nur der Gegensatz zur Demokratie, so wenig wie die Demokratie ein Gegensatz zur Diktatur darstellt. Das bekommt jeder mit, der mit offenen Augen durch die Welt geht.

Diesmal ermahnten sowohl Jungblut, Tugendwerth als auch Lou Keuner, endlich einzugreifen, um diesem furchtbaren Quartiermacher des Faschismus Einhalt zu gebieten. Das verlange allein schon unsere schwer belastete Vergangenheit.

Keuner reagierte ärgerlich und hilflos zugleich und bemühte erneut zur Verteidigung den herrschaftsfreien Diskurs, in dem jede, auch die radikalste oder abstruseste Meinung geäußert werden dürfe und es jedermann freistehe, jede Äußerung durch eine Gegenäußerung in die Schranken zu weisen.

Beauvoir: Ich dachte, das Symposium dient der Aufklärung. Ich erwartete Licht. Doch was erlebe ich? Die Plage der ägyptischen Finsternis.

Voltaire: Was habt ihr gegen Vorurteile? Sie alle haben einen Wahrheitskern. Und wo der nicht sichtbar ist, da muss man durch gebetmühlenhafte Wiederholung einfach ein bisschen nachhelfen, bis daraus eine Wahrheit wird. Im Kampf gegen die Dummheit ist jedes Vorurteil von Vorteil. Steter Tropfen höhlt den Stein. Die Werbung macht es uns täglich vor.

Tugendwerth: In dieser Diskussion wird nicht nur die Moral, sondern auch die Wahrheit arg strapaziert. Sie ist schon ganz unansehnlich geworden. Wie weit soll diese Pervertierung noch getrieben werden?

Luzifer: Bis nichts mehr von ihr übrigbleibt. Dann ist alles einfacher.

Vortrag über Ehrenmorde

Alles über Ehrenmorde! Zu diesem Thema nimmt Professor Dr. theol. Cem Anatol von der Militärakademie in I. Stellung. In dem Vortrag geht der bekannte und bekennende Experte der islamischen Welt, der selber auf mehrere Ehrenmorde zurückblicken kann, auf folgende Fragen ein: Was bedeutet der Begriff Ehrenmord? Bedeutet dies etwa, dass es der Ehre an den Kragen geht? Wann darf man einen Ehrenmord begehen, ja, wann muss man einen begehen? Hat Mohammed Ehrenmorde begangen? Welche Belohnungen erwarten Ehrenmörder? Kann auch eine Frau einen Ehrenmord begehen? Muss sie dabei ein Kopftuch tragen? Ist ihr Ehrenmord auch genau so viel wert wie der eines Mannes? Kann auch ein konvertierter Christ einen Ehrenmord begehen? Gilt sein Ehrenmord genau so viel wie der eines Moslems? Welche Mordart eignet sich am besten für einen Ehrenmord? Gibt es ein Ranking unter den Mordarten?

Diesen und vielen anderen Fragen geht der Referent an diesem Abend in der Kizmet-Moschee in der Kardinal Frings-Straße 47 nach.

Beginn: 20 Uhr.

Eintritt: für Moslems frei, für Christen und andere Ungläubige 10 Euro. Das Eintrittsgeld kommt der Stiftung *Ehrenmorde. Zur Kultur des interkulturellen Ausgleichs e.V.* zugute.

Während das Mittagessen vorbereitet und die Tische mit lautem Hallo gedeckt wurden, spielte in einer Apsis des Speisesaales Nietzsche am Klavier, begleitet von Schopenhauer auf der Querflöte. Sie gaben Telemannsche Tafelmusik sowie andere

Barockstücke zum Besten. Neben dem Klavier auf einem schwarzen Bärenfell lag Schopenhauers Pudel und schlief trotz des Lärms. Jedenfalls hielt er seine Augen geschlossen. Gegenüber in der Ecke unterhielten sich Lou und de Sade ungeniert miteinander über einen prickelnden Sachverhalt, der tiefen Einblick in ihre Seelen gestattete.

De Sade: Darf ich dich etwas fragen, Verwegene? Würdest du mir eine Lektion erteilen, um meine lahmende Libido wieder anzustacheln?

> Peitschen ist Lust, Peitschen ist Leid.
> Erniedrigung der schönste Zeitvertreib.

Lou: In welche Richtung soll die sexuelle Aufrüstung denn gehen, du Schlimmer? Sommerwind? Oder Herbststürme? Oder eisige Kälte? Trocken oder feucht? Oder ...
De Sade: Da du über eine starke Handschrift verfügst, dachte ich an eine deftige Bestrafung.

> Nur die regt auf, nur die regt an
> und macht aus mir 'nen richt'gen Mann.

Ich bin nach den Lektionen immer literarisch sehr produktiv.
Lou: Wie hättest du's denn gern? Mit der Riemenpeitsche? Mit der Hundepeitsche? Mit der Bullenpeitsche? Mit dem Rohrstock? Oder darf's das Paddel sein? Oder steht dir der Sinn nach Fesselung? Hand- und Fußfesseln? Oder wie wär's mit Panik-Haken? Oder noch besser – dirty Games?
De Sade: Ha! Welche Aussichten tun sich da auf! Geht nicht alles zusammen? Von jedem etwas? Eins nach dem andern? Oder alles zugleich? Mit der Fesselung anfangen, dann an die Haken, dann die Bearbeitung mit der Riemenpeitsche, Bullenpeitsche und zum Schluss das Paddel. Ich höre jetzt schon, wie es klatscht. Ach, ist das prickelnd. Dann zur Kühlung Eis auf die Wunden.

Lou: Nun gut. Ich werde deinem Rückspiegel so zusetzen, dass du anschließend darauf Crêpes ausbacken kannst. Und wie steht's mit der Bezahlung?
De Sade: Wie? Was? Bezahlung? Ich dachte unter Freunden ...
Lou: Nichts da! Geschäft ist Geschäft.
Das Gespräch wurde dann flüsternd, aber lebhaft weitergeführt. Zu welchem Ergebnis es führte, blieb unklar. Zwischenzeitlich hatte sich am Eingang des Refektoriums eine größere Ansammlung gebildet, die die auf einem massiven Notenständer ausgelegte Speisekarte, auf der das Tagesmenu ausgewiesen war, mit lebhaftem Interesse und kritischer Begleitung in Augenschein nahm.

Menufolge
*Sekt mit Aperol
*Gebratene Schwarzwurzeln mit Kürbiskern-Petersilien-Pesto
*Gewürzter Kaninchenrücken mit Couscous
*Pinot Grigio aus dem Trentin
*Mit Datteln und Nüssen gefüllte Crêpes mit Limetten-Sorbet

Ein großes Gemeckere begann. Der untersetzte Grieche wollte mit gekrauster Stirn von den Umstehenden wissen, welche Bewandtnis es mit den Schwarzwurzeln auf sich habe, die es in Griechenland nicht gäbe. Poe beschwerte sich über den phantasielosen Aperitif. Doyle mäkelte am Pinot Grigio herum, den er als strohblondes Wässerchen verunglimpfte, und verlangte nach einem eleganten Bordeaux Blanc. Kaninchen ernährten sich doch vornehmlich von Gras, meinte er. Und eben das wunderbare Grasaroma zeichne den Bordeaux aus.

Das wiederum stellte Nietzsche in Frage. „Du hast keine Ahnung von einem Bordeaux Blanc, der eher nach Bergamotte, Apfel, Birne und Quitte schmeckt. Wahrscheinlich hast du wie alle durch Tee und Whisky verdorbenen Engländer Hornhaut auf deiner Zunge, und kannst weder die Haupt-, noch die Nebenaromen eines Weines wahrnehmen."

„Ich weiß gar nicht, was du hast, lieber Doyle", lästerte Cosmo Po-Lit, „der Pinot Grigio enthält neben dem Birnengeschmack vor allem Aromen von weißen Blüten und frischen Kräutern. Und die wachsen, wenn ich es richtig sehe, nicht auf dem Kopf, sondern auf einer Wiese. Was also soll dein Genörgele?"

Doyle: Ich muss doch sehr bitten. Immerhin besteht ein erheblicher Unterschied zwischen dem Geschmack von Gräsern und dem von weißen Blüten oder Kräutern." Er wurde nachdenklich: „Überhaupt frage ich mich, wie ein Wein nach weißen Blüten schmecken soll. Und welche sollen das dann sein? Die Scharfgarbe? Die weiße Brennessel? Oder der Yasmin vielleicht?"

George zeigte sich vom Dessert entsetzt. Gefüllte Crèpes als Nachtisch seien degoutant, weil zu voluminös. Ein so schwerer Nachtisch nach einem bereits üppigen Hauptgang sei eine glatte Fehlbesetzung, moserte sie.

Ein Glockenzeichen setzte den Auseinandersetzungen ein Ende. Der Saal füllte sich langsam. Das Platznehmen war stets ein höchst diffiziler und zeitaufwändiger Akt, da es keine feste Sitzordnung gab. Die wurde von Sympathie und Antipathie diktiert. Da Lou sehr begehrt war, buhlten die Männer um die Plätze neben ihr. Um sie herum gab es das größte Gerangel. Der Rotschopf wiederum setzte alles daran, neben Teddie Platz zu nehmen, der ihr, wo es nur ging, auszuweichen suchte. Diesmal hatte er sich links von Lou festgesetzt, den Stuhl rechts neben ihr hatte de Sade mit Beschlag belegt. Indes beäugten sich Christie und Poe scharf. Poe hätte gern an ihrer Seite gesessen, um sie zu malträtieren, Christie hingegen wich ihm aus und suchte bei der Feministin oder anderen Kolleginnen Zuflucht. Die Griechen hielten stets wie Kletten zusammen, auch wenn sie sich immer wieder wegen der schönen Knabenbegleitung zankten. Nietzsche hatte für Schopenhauer einen Platz freigehalten, Voltaire für Proust, und so kam die Tischordnung allen Widrigkeiten zum Trotz nach einiger Zeit wieder ins Lot.

Als alle Platz genommen hatten, bat Keuner um Ruhe. Seine Vorlesemannschaft hatte sich um ihn herum aufgestellt und wartete auf ein Startzeichen. Daraufhin trat Stille im Saal ein, unterbrochen von Schlürfgeräuschen, bei denen Griechen und Nietzsche miteinander zu wetteifern schienen. Auch das laute Abstellen so manchen Wein- oder Aperitifglases auf dem Tisch wirkte störend. Die Keunerschüler schlugen ihre Textbücher auf. Keuner kündigte sehr vage neue Fallgeschichten an, sah sich dabei nach Nietzsche um, um im Falle eines Falles sofort intervenieren zu können, fixierte dann kurz seinen Text und legte mit seiner mäßig ausgebildeten, kaum modulationsfähigen Stimme los.

Die folgende Geschichte, ließ er seine Zuhörer wissen, passe hervorragend zum Essen und sei zugleich ein Spiegelbild einer an Rekorden, Quoten und Auflagen gewöhnten Gesellschaft. Sie spiele genau in dem Land, in dem diese Denkweise mit den verrücktesten Rekorden ganz extrem ausgeprägt sei. Dort würden unter anderem alljährlich Weltmeisterschaften im Hotdogessen stattfinden, wie die nachfolgende Geschichte belege.

„Im vergangenen Jahr hatte der 27-jährige Japaner Takeru Kobayashi zum sechsten Mal in Folge die Weltmeisterschaft gewonnen. Es war ihm gelungen, in nur zwölf Minuten 53 und ein halbes Wurstbrötchen hinunterzuwürgen. Zwar erbrach er nicht, brach stattdessen seinen eigenen Rekord aus dem Vorjahr, als er es auf 53 Hotdogs gebracht hatte. Was mit der anderen Hälfte des Wurstbrötchens geschah, die zur vollen vierundfünfzig fehlte, wurde nicht bekannt. Kobayashi hatte für den neuen Weltrekord eine neue Technik entwickelt. Er riss die zu verspeisenden Brötchen in zwei Hälften, drückte sie platt, stopfte sie sich dann in den Mund und schluckte sie ohne zu kauen mithilfe einer von ihm selbst entwickelten Wackeltechnik, dem so genannten Kobayashi-Wackeln, hinunter. Der Sieger erhielt eine Siegprämie von zwei Millionen Dollar. Die kriminelle Pointe folgte unmittelbar nach der Siegerehrung auf den Fuß. Die Ausrichter-Firma mit dem bezeichnenden Namen McFat, deren Produkte der Sieger verschlungen hatte, erhob Anklage gegen den Japaner wegen Erregung öffentlichen Ärgernisses sowie Misshandlung von Lebensmitteln aus niedrigen Beweggründen. Der Fall wird noch vor Gericht verhandelt."

Der Vortrag hatte nicht absehbare Wirkungen. Poe musste plötzlich rülpsen, Christie kämpfte mit dem Brechreiz, Schopenhauer überkamen heftige Flatulenzen, die noch im Klostergarten ein fernes Echo hatten. Proust blieb wider Erwarten von Erstickungs- und Hustenanfällen verschont. Nietzsche schien noch abzuwarten, wie er reagieren sollte.

Die Entscheidung wurde ihm durch eine Keunerschülerin abgenommen, die, was man aber auch hören konnte, aus Bremen stammte. Sie machte insgesamt einen sehr bodenständigen Eindruck. Um den Hals trug sie einen Fan-Schal von Werder Bremen. Sie war schlanker als schlank, blonder als blond, schöner ...Genug der Übertreibungen. Ihre Haare trug sie lang bis knapp über die Hüfte. Nietzsche machte Anstalten, daran zu ziehen, vielleicht weil ihn die Bremerin an Rapunzel erinnerte. Aber die Bremerin hatte den Hinterhalt rechtzeitig erkannt, lächelte Nietzsche an, drohte ihm charmant mit dem Zeigefinger und kündigte eine Bremer Spezialität an. Wer an Bremer Kluten, Labskaus oder Grünkohl mit Pinkel gedacht hatte, wurde enttäuscht.

„Bremen besitzt eine Attraktion", begann die blonde Keunerschülerin, „nämlich einen Spuckstein, der einen touristischen

Anziehungspunkt ohnegleichen darstellt. Der befindet sich etwa zwanzig Meter vor dem Brautportal des Bremer Doms. An diesem Spuckstein klebte einst das Blut einer Frau, die vor einhundertfünfundsiebzig Jahren geköpft wurde und deren Kopf auf diesen Stein gefallen war. Die so zu Tode Gebrachte, eine gewisse Gesche Gottfried, war eine Mehrfach-Mörderin, der dreizehn Morde nachgewiesen werden konnten, darunter die an ihren Ehemännern, von denen sie einige besaß. Auch zwei ihrer Töchter hatte sie umgebracht. Die Frau verstand sich vorzüglich auf Arsen. Den arglosen Opfern verabreichte sie mit Arsen versetzte Butterstullen. Vierzehn Jahre lang blieben die Taten auf Grund falscher Diagnosen der Ärzte unentdeckt. Dies lag am äußerst geschickten Verhalten der Dame. Auf die Täterin fiel deshalb kein Verdacht, da sie ihre Opfer, wie mehrere Zeugen berichteten, hingebungsvoll bis zu deren Tod gepflegt hatte. Daher galt sie sogar lange Zeit als Engel von Bremen. Erst eine erneute Überprüfung der Mordfälle brachte die Untaten schließlich ans Licht. Der Engel wurde als Mörderin entlarvt und am 21. April 1831 öffentlich unter der Teilnahme von fünfunddreißigtausend Bremern enthauptet. Die Motive für die Taten der Frau sind bis heute im Dunkeln geblieben. Der abgeschlagene Kopf Gottfrieds kam jedenfalls in Spiritus und wurde zunächst zu Gunsten eines Waisenhauses zur Schau gestellt. Die Totenmaske der Mörderin ist ebenfalls noch erhalten. Sie ist im Focke-Museum in Bremen zu sehen. Wenn nach der Enthauptung die Bremer Bürger am Blutstein vorbeikamen, verhöhnten sie die Mörderin nachträglich, indem sie den Stein bespuckten, was eine gewisse Geschicklichkeit voraussetzte. Heute darf der Spuckstein, den eine Plakette mit einer kurz gefassten Skandalnachricht ziert, nur noch angeschaut, nicht aber bespuckt werden. Wer beim Spucken erwischt wird, muss zehn Euro Strafe zahlen."
Da die Aperitifgläser längst geleert waren, war die Zeit für die Vorspeise gekommen. Als alle bedient waren, stand dem

nächsten Vortrag nichts mehr im Wege. An der Reihe war nun eine mollige, etwas zu grell geschminkte Keunerschülerin mit verwegnem Piercing, die eine energische Stimme hatte, die sie leider dadurch ein wenig verschenkte, dass sie beim Vorlesen kaum vom Blatt aufsah. Als sie einen Schritt vortrat, öffnete sich auf wunderbare Weise ein Vorhang, ihr langer, mit einem Mittelschlitz versehener schwarzer Rock. Für einen Augenblick, so winzig er auch war, kam ein wohlgeformtes Bein zum Vorschein. Dieser knapp bemessene schöne Augenblick war ausreichend, sämtliche Männeraugen, die nicht kurzsichtig waren, zu kommandieren, was die Frauen mit einem gequälten Lächeln quittierten.

„Ein in Scheidung lebender Wiener", begann die Mollige ohne Vorankündigung, „hatte sich bei einem Streit mit seiner Noch-Frau den Ringfinger mit dem Ehering mit einem Küchenmesser abgeschnitten und ihr an den Kopf geworfen. Er nahm diese schrille Selbstverstümmelung vor, weil die Frau weder mit der Scheidung noch mit dem in Aussicht gestellten Unterhalt einverstanden war. Mit dieser selbst verschuldeten Dienstunfähigkeit wollte der Mann seine wilde Entschlossenheit bekunden und seine Frau gefügig machen, endlich in die Scheidung zu seinen Bedingungen einzuwilligen. Aber er hatte sich verrechnet. Die resolute Frau ließ sich nicht erweichen, erstattete vielmehr Anzeige. Der Mann musste sich wegen massiver Nötigung verantworten, hatte er sich doch geweigert, den Finger wieder annähen zu lassen. Mit seiner ungewöhnlichen Begründung bewies er, dass er Sinn für Humor besaß. Die Verunstaltung, ließ er das Gericht wissen, sei für ihn ein Akt der Befreiung gewesen, von der er sich nicht mehr lossagen wolle. Da er nicht mehr vorhabe zu heiraten, komme er daher leicht auch ohne seinen Ringfinger aus."

Die Blonde trat ab, wieder öffnete sich ihr Rock einen Spalt, die Männer rissen die Augen auf, die Frauen schüttelten nur die Köpfe.

Dann setzte eine Diskussion ein, die der Handwerker eröffnete. Die zuletzt vorgetragene Geschichte sei unfertig. So einen Pfusch dürfe er sich als Handwerker nicht erlauben, da liefen ihm die Kunden weg. Danach setzte eine heftige Diskussion über das Verhältnis von Fiktion und Wirklichkeit ein.

Keuner wirkte zerknirscht, als George ihm vorwarf, die jüngsten Kurzgeschichten, die er vorgelegt habe, verwiesen nicht mehr auf den versierten Erzähler, der ihr von seinen früheren Keunergeschichten her in guter Erinnerung sei. Das wollte Christie nicht so sehen: „Ich weiß nicht, was ihr habt. Mir gefallen die Geschichten ausnahmslos, weil Keuner darin, ob real oder nicht real, diese lächerliche Unterscheidung ist für mich unerheblich, das Leben in seinen vielseitigen Verstrickungen mit dem Verbrechen zeigt. Die Texte sind prägnant und zielstrebig auf eine Pointe hin orientiert, was sie allein schon literarisch adelt. Ich werde dabei erinnert an meine frühen Jahre, als ich …

Poe: Du warst niemals jung und deine Werke schon gar nicht. Die Jugend hat dich einfach ausgelassen, weil du so hässlich bist. Für dich wäre es das Beste gewesen, deine Eltern hätten dich ausgelassen.

„Das schlägt dem Fass den Boden aus", schrie Christie. „Keuner, schmeiß diese miese Ratte endlich raus." Dies sagend ging sie, ihre Wut vor sich herschnaubend, auf Poe los, dabei nervös in ihrer Handtasche hantierend, bis sie ihren Browning gefunden hatte und damit auf Poe schoss. In der großen Hektik allerdings verfehlte sie ihr Ziel.

Luzifer: Endlich wieder Zoff. Endlich Aufruhr. Wie ich das mag.

Proust: Aufhören! Wer wird denn gleich schießen? Und dann noch daneben? So ein Verhalten ist Hautgout! Ihr seid doch Künstler. Duelliert euch, wenn's unbedingt sein muss, auch mit Verve, aber stets formvollendet. Gerade beim Verletzen und Töten sollte man diszipliniert und stilvoll miteinander umgehen.

Christie vertraute lieber ihrem Hass. Sie verfolgte Poe weiter, schoss immer wieder einmal auf ihn. Der suchte hinter Säulen, Mauervorsprüngen oder unter Tischen Schutz, nahm andere als Schutzschild, ergriff dann immer wieder einmal kurz die Flucht, ehe Nietzsche ihm ein Bein stellte. Poe fiel hin, Christie schoss erneut, traf wieder nicht, stolperte dafür und lag nun neben Poe. Beide wälzten sich auf dem Boden hin und her und droschen aufeinander ein, die Pistole fiel auf den Boden, bis Poes Rabe die Rasende mit Gekreisch, Flügelschlagen und Schnabelhieben vertrieb.
Mit dieser Vertreibung fiel zugleich auch die Diskussion ohne nennenswerte Ergebnisse in sich zusammen.

Lügen-Kartell

Das *Center for Public Integrity (CPI)* hat eine Untersuchung zur politischen Lüge in den USA vorgelegt. Danach haben mehrere US-Spitzenbeamte in nur zwei Jahren vor dem Irakkrieg 935 Mal gelogen. Am häufigsten wurden Hinweise auf Massenvernichtungswaffen und angebliche Verbindungen der irakischen Regierung zu Al-Quaida genannt. Das Ranking sieht folgendermaßen aus:
1. Ex-Präsident George W. Bush brachte es auf 260 Lügen.
2. Ex-Außenminister Colin Powell auf 254.
Die nächsten Plätze teilen sich: Ex-Vizepräsident Dick Cheney, Ex-Sicherheitsberaterin u. Ex-Außenministerin Condoleeza Rice und Ex-Verteidigungsminister Donald Rumsfeld.

17.

Die Debatten, die auf dem Symposium geführt wurden, erinnerten in vielem an Fernsehserien, die von der Fortsetzung leben. So erging es auch der deutschsprachigen Kriminalliteratur. Die letzte Fortsetzung ist jetzt anzuzeigen. Ein Lektor hätte vermutlich die Hände über dem Kopf zusammengeschlagen und sofort wütend den Rotstift angesetzt. Aber warum bloß? Ist nicht auch das Leben über weite Strecken langwelig? Und wie!

Die Teilnehmer, die sich in kleinem Kreis besonders hervortaten, waren: ein bekannter Schriftsteller mit dem Spitznamen Weltkugel, Vargas, der Rotschopf, Krittler, Beauvoir, Teddie, Proust, der Handwerker, Keuner, George, Christie, Poe, der Literaturwissenschaftler Büchsenschuss, Jungblut, ein französischer Strukturalist, Voltaire, eine Keunerschülerin, die Nestorin, Nietzsche, der Keunerschüler mit den großen Segelohren, eine andere Keunerschülerin. Nicht zu vergessen Tugendwerth. Es war eine Schweizer Stimme, die die Runde in einem Andante eröffnete, eine zwar sonore und leise, ein wenig kantige Stimme mit dem typischen gutturalen Timbre des Schweizers. Der Erwähnte wurde von allen nur Weltkugel genannt. Es hieß, zu diesem Kosenamen hatte ihm seine zweite Ehefrau verholfen, die an seinem riesigen, kugelrunden Schädel Maß genommen hatte, der mit zwei weiteren Rundungen korrespondierten: einer Rundung, die den Bauchnabel exponierte und den Gourmet ahnen ließ. Und eine dickrandige schwarze Hornbrille mit kugelrunden Gläsern, die in ebenso runden Fassungen steckten. Alle drei Arkaden zusammen ließen die felsenfeste Bodenständigkeit des Schweizers erkennen. Er habe sich, höflich wie nun einmal Schweizer seien, bisher in der Diskussion zurückgehalten. Jetzt endlich möchte er sich aber doch noch in die Diskussion einbringen. Sein Eindruck sei – und das sage er mit dem ganzen Vorbehalt des Schweizers, der stets vorsichtig argumentiere –, dass die deutschsprachigen Krimischriftsteller in einer Weise mit der Realität wetteiferten, als wollten sie diese links überholen, vermutlich, weil sie in ihr einen Kunstsinn witterten, über den sie selber nicht verfügten. Als lasse dieser sich, wenn man die Realität nur tüchtig in die Zange nehme, aus ihr herauspressen. Doch statt des Kunstsinns kommt aber bei diesem Überholmanöver nur Stumpfsinn heraus. Er zog, als er das sagte, seine Augenbrauen hoch, was ihm sichtlich Mühe bereitete, denn diese waren dicht und schwer. Dann blickte er die gegenüberliegende Wand an und ließ die Brauen nach wenigen Augenblicken wieder fallen. Als diese wieder sesshaft geworden waren, setzte er seine Einschätzung fort. Er erkläre sich dieses Buhlen mit der Wirklichkeit als Ausdruck eines Mangels an Talent und Kunstverstand. Wie dem auch sei. Jedenfalls sähen die deutschsprachigen Krimis Sachbüchern, Dokumentationen, auch Polizeiberichten oder historischen Abhandlungen sehr ähnlich.

Vargas: Das mag daran liegen, dass sich die realistisch maskierte Kriminalliteratur nun einmal sehr gut verkauft. Der Durchschnittsleser, dem ich gern unterstelle, von Kunst nicht allzu viel zu verstehen, goutiert nun einmal Literatur am ehesten, wenn sie sich nicht zu weit von seinem eng umgrenzten Horizont entfernt. So kann er sich auch hier auf der sicheren Seite wähnen …

Rotschopf …was auf die beliebten Fantasy- und Science-Fiction-Formate sicher nicht zutrifft.

„Doch, doch", eiferte sich Krittler. „Aus meiner Erfahrung als Feuilleton-Redakteur, der jahrelang die Krimiliteratur kritisch begleitet hat, kann ich nur bestätigen, dass selbst in den von dir erwähnten Literaturformaten die Realität übermächtig ist."

Rotschopf: Wie soll ich das verstehen?

Krittler: Man erkennt dies unter anderem daran, dass die technische Rationalität am Ende immer über die irrationalen Kräfte siegt. Mit anderen Worten, es gibt viele Anhaltspunkte für die These, dass es die gesellschaftliche Wirklichkeit ist, die eine Diktatur über die Medien ausübt.

Als Teddie sich anschickte, in gewohnter, weit ausholender Manier etwas einzuwerfen, wandten sich gleich mehrere Teilnehmer mit der Bitte an ihn, ob sein Vortrag nicht etwas kleiner und konkreter ausfallen könne.

Verärgert gab er zur Antwort, er habe genug an seiner Kleinwüchsigkeit zu leiden und sehe daher überhaupt nicht ein, sich auch noch bei seinen geistigen Höhenflügen zu dukken oder gar einzuschränken. Die kleinen Geister, die ein solches Ansinnen an ihn stellten, sollten sich im Gegenteil gefälligst nach oben, wohin alles Große wachse, strecken, so wie auch die chinesische Schrift von unten nach oben geschrieben würde. Im Übrigen seien große Erkenntnisse nur in einem mysthischen Schleier zu vermitteln, den nur die wirklich Erleuchteten auch durchschauten.

Dann faltet er mit seinen Lippen und seinen Augen ein schmales Lächeln und fuhr unbeirrt fort: „Was Krittler über die Diktatur der Medien gesagt habe, ist zutreffend. Aber unzulänglich. Ich habe bereits in der ersten Aussprache über den Krimi am Beispiel des Fernsehens und hier des Privatfernsehens darauf hinzuweisen versucht, wie der Ungeist des Kommerzes in vielfältiger Gestalt, etwa durch Werbeblöcke, das Kunstwerk umlagert und penetriert, bis ihm der auf Autonomie dringende Eigensinn des Kunstwerks ausgetrieben ist. Dergestalt wird fortlaufend eine Desillusionierung der Illusion betrieben, die auch die Wahrnehmung des Rezipienten ergreift, da er durch die permanenten Unterbrechungen nicht dazukommt, sich in Ruhe auf das Kunstwerk einzulassen, um seiner Eigenart gewahr zu werden."

Proust: Pardon, lieber Teddie. Ich wusste nicht, dass du ein heimlicher Mystiker bist. Das nur nebenbei. Mir ist nicht immer noch nicht ganz klar geworden, worin der Eigensinn der Kunst konkret bestehen soll.

Hätte Proust nur nicht gefragt. Denn Teddie antwortete mit einer Gedankengirlande nach der anderen und dies mit leuchtenden Augen. Er führte unter anderem aus, der Eigensinn des autonomen, avantgardistischen Kunstwerks liege im Nicht-Identischen, dessen ganze Bandbreite der Künstler durchzukomponieren hätte, was Proust mit geweiteten Augen stumm zur Kenntnis nahm.

Plötzlich ertönten aus dem Off schrille Stimmen, die sich zu überschlagen schienen:

Entregelung der Sinne! Grenzüberschreitung! Nieder mit den Grenzen! Die Phantasie an die Macht! Ausgang aus der fremdverschuldeten Unmündigkeit! Gegen die Uniformierung durch den Kommerz! Pluralität der Orientierungssysteme! Es lebe die Postpostpostmoderne! Es lebe der Antitotalitarismus! Es lebe der Unterschied! Es lebe die Mehrdimensionalität!

Proust: Tut mir Leid, Teddie. Aber deine recht vagen Äußerungen enthalten viele Leerstellen. Précisez, mon cher. Précisez!

„Möchtest du vielleicht, dass ich mich gewählter ausdrücke, vielleicht à la francaise?", gab Teddie schmunzelnd zurück.

Proust: Nein, nur präziser. Das darf dann auch auf Deutsch sein.

Teddie: Lass mich statt des Nicht-Identischen einen anderen Begriff wählen, der dich vielleicht deiner Vergangenheitsbewältigung näher bringt – das Authentische.

Er machte eine Pause und sah Proust triumphierend an. Kaum hatte Teddie Proust angeblickt, da machte dieser auch schon den Mund auf und stellte eine weitere Frage zur näheren Präzisierung: „Und wie muss man sich dieses Authentische wiederum vorstellen?"

Teddie kam zunächst nicht dazu zu antworten, da sich irgendwo im Saal ein dumpfer, aber penetranter Klingelton bemerkbar machte. Alle wandten ihre Köpfe in die Höhe und stellten ihre Ohren auf. Der Klingelton kam von dort her, wo Nietzsche saß. Und in der Tat – Nietzsche öffnete mit der größten Selbstverständlichkeit den Reißverschluss unterhalb seines Hosengürtels und entnahm dem Versteck ein winziges Mobiltelefon, das nun erbärmlich schrillte. Er hielt es an sein linkes Ohr und sprach ungeniert mit seiner Schwester, die ihn an irgendetwas, vielleicht die Einnahme einer Medizin, erinnerte, worauf seine Reaktion schließen ließ: „Ja, ich weiß. Pünktlich. Ich denke daran." Nach dem kurzen Gespräch, an dem alle mit großem Interesse teilgenommen hatten, verstaute er das Gerät just wieder an jener Stelle, wo es vorher seinen Sitz hatte und zog wiederum mit der größten Selbstverständlichkeit den Reißverschluss zu.

Teddie wirkte genervt. Seine Unterlippe war heruntergefallen. Er ließ Nietzsche wissen, das nächste Mal möge er doch Grüße an seine Schwester ausrichten. Nachdem er über seine Augen Nietzsche lange genug seine Verachtung hatte spüren lassen, räsonierte er weiter. Er könne das Authentische nur im Paradox ausdrücken ...

„Wenn dem so ist, dann sag's im Reim. Der kann auf keinen Fall mit der Realität verwechselt werden", versuchte Nietzsche, Teddie zu besänftigen.

Teddie ließ sich aber nicht provozieren, proklamierte stattdessen: „Das Authentische vollzieht sich im Nichtdenken, das ein Denken des produktiven Nichts ist. Oder wenn dir das besser gefällt: Die Aufgabe von Kunst ist es, Chaos in die Ordnung zu bringen."

Kopfschütteln, offene Münder und Schluckbewegungen, wo man auch hinsah.

Rotschopf: Wie kann ein Nichtdenken gleichzeitig das Denken des produktiven Nichts sein? Das geht mir über meinen beschränkten Horizont hinaus.

Teddie: Darin erkenne ich eine Selbsterkenntnis, die bekanntlich der erste Schritt zur Besserung ist.

Proust, seine achte Tasse Kaffee trinkend, wandte sich an Teddie: „Das Authentische. Wunderbar. Ja, sogar exzellent. Jetzt endlich meine ich, dich nicht nur sehr gut zu verstehen. Ich kann dir sogar begeistert zustimmen. Warum hast du das nicht gleich gesagt? In dem Gesagten erkenne ich mich und meine Kunstauffassung wieder. Allerdings sieht das Authentische bei mir etwas anders aus und trägt auch einen anderen Namen. Ich nenne meine Methode aktives Imaginieren, sei es als spontane Erinnerung, sei es als pure Intuition. Darunter verstehe ich das Entwerfen von Bildern, die ich zu Bildlandschaften zusammensetze, in die ich mich hineinversetze und die ich materialisiere oder personalisiere, um mit den imaginierten Personen und Dinge zu reden und sie wie ein Dirigent meine Kompositionen spielen zu lassen. Es sind natürlich Gefälligkeitsvisionen, die ich entwerfe. Klar. Ich bin ja der Visionär. Auf diese Weise verschmelzen Sinn, Widersinn und Unsinn ineinander. Und so retouchiere ich fortlaufend unter Zuhilfenahme meiner Lupe, die wie ein Brennglas wirkt, die Erinnerung und nenne sie meine Realität, die für mich die wahre Realität ist.

Lou: Kannst du uns nicht ein schönes Beispiel für diese Kunst des aktiven Imaginierens geben?

Proust: Eine meiner jüngsten Visionen, eine liebreizende, möchte ich betonen, war die folgende. Ich habe sie wiederholt und immer unterschiedlich imaginiert. Ich sitze in einem wohlig warmen Pot au feu, der kräftig dampft, um mich herum schwimmen diverse Fleischstückchen, Beinscheiben, Kalbshaxen, Rinderbrust, Teile eines Suppenhuhns, Lorbeerblätter, Rübchen, Karottenteile, Lauchscheiben, Stangensellerie, Kartoffelstückchen, grüne Bohnen, Wirsingblätter, Zwiebeln, Nelken, Pfefferkörner, Oliven und die hübsche, junge Köchin sieht mir zu. Sie trägt der Hitze wegen ihre Brüste offen, sie sind lebhaft und hell und lächeln mir durch den Dampf entgegen. Da erinnere ich mich: Deine zwei Brüste – wie zwei Kitzchen, ein Gazellenpärchen.

Ich warne die hübsche Köchin, mir nur ja nicht zu nahe zu kommen, sie könnte sich sonst ihr Gedütt verbrennen. Ich sage ihr nicht, was ich denke. Später steigt die Köchin, ich gebe ihr den Namen Marianne, wie es sich für einen guten Franzosen gehört - zu mir ins Boot. Wir haben viel Vergnügen aneinander, spaßen hin und schnabulieren her. Wir sind plötzlich in einem Wikingerboot unterwegs nach Walhall. In der nächsten Sequenz imaginiere ich, ich wäre der ausgesetzte Moses im schlingernden Körbchen, ich begegne sämtlichen Patriarchen des Alten Testaments, die ich in ein Gespräch über Gott und die Schöpfung verwickle, habe ein Rendezvous mit der schönen Salomé. Später bin ich Noah, stoße an Land, entscheide mich aber nicht für die promiske Taube als Friedensbote, sondern für den Pirol ...

Die Assoziationskette ging so weiter und so fort. Proust fand kein Ende. Man dankte ihm die Erzählungen mit Heiterkeit, Lachen, Beifall. Rufe auf Zugaben hörte man nicht.

Handwerker: Der Schweinskram vom Proust gefällt mir. Ich werde mir seine Werke kaufen. Ich hoffe, in denen geht's auch so zu.

Er lächelte breit und zeigte seine schönen Zähne.

„Und auch lesen?", frotzelte eine Keunerschülerin.

Der Handwerker sah sie halb verständnislos, halb böse an: „Aber etwas anderes bereitet mir Kopfzerbrechen", fuhr er fort. „Teddie meinte, man müsse Chaos in die Ordnung bringen. Ist das wieder so eine provozierende Idee aus seiner philosophischen Rumpelkammer? Ist es nicht vielmehr so, wenn man die Realität einmal von der Werkstatt aus betrachtet, dass wir bereits im Chaos leben, das vielmehr nach einer Ordnung ruft, ja, geradezu schreit! Die Gesellschaft, in der wir leben, besteht doch nur aus Chaos. Alles geht drunter und drüber. Was wir benötigen, ist eine klare, jedem einsichtige Ordnung der starken, ruhigen Hand, die verhindert, dass alles vollends aus den Fugen gerät. Darum solltet ihr Künstler und Philosophen euch kümmern!"

Teddie: Lieber Freund, der du das einfache Denken und Leben so sehr liebst, das Gesellschaftssystem, das du beklagst, von dem du aber gleichzeitig profitierst, ist ganz im Gegenteil sehr wohl organisiert. Sogar in höchstem Grade organisiert. Allerdings falsch organisiert. Selbst die Krisen sind einstudiert. Es ist ein Herrschaftssystem mit einer geregelten Arbeitsorganisation und klaren hierarchischen Strukturen. Der Waren- und Geldfluss ist geregelt. Die Schulden auch. Auch der Mensch ist geregelt. Er ist zu einer Randnotiz geworden, zählt nur als berechenbare Arbeitskraft und als Konsument. Auch den Staat hat sich der Kapitalismus gefügig gemacht, der sich dankbar zeigt, indem er ihm mit Subventionen und gesetzlichen Regelungen zu seinen Gunsten zur Hand geht. Überall hat er seine fünften Kolonnen, die bezahlten Lobbyisten. Auch das ist klar geregelt. Hinzu kommen die Kontrollmöglichkeiten durch die moderne Technologie, die totalitäre Ausmaße angenommen haben. Und aus dieser Verblendung hilft nur die Anarchie als eine reinigende, schöpferische Kraft, die draufgängerisch und zupackend das Alte zerstört und das Neue, noch nicht Gedachte, das Authentische eben, in Angriff nimmt.

Vargas: Wenn man diesen kritischen Impuls auf die Kriminalliteratur überträgt, würde dies bedeuten, dass diese politisch werden müsste. Ich frage mich, ist sie das denn nicht schon? Wenn ich nur an die Mafia-Romane denke? Oder die Krimis, die von Verschwörungstheorien handeln?

Keuner: Solange mit der Kriminalliteratur kein eingreifendes Denken und Handeln befördert wird, ist jede auch noch so kritische Literatur für das System völlig ungefährlich. Sie wird als Event, als Nervenkitzel goutiert.

George: Ist nicht schon das Insistieren auf der Form allein höchst kritisch und politisch?

Christie: Nein und nochmals Nein. Wir brauchen kein Chaos. Was wir brauchen, ist Ordnung, Ordnung, Ordnung. Ich gebe dem Handwerker Recht, ein wunderbarer Mann. Ich werde ihm einen Auftrag erteilen. Meine Küche müsste gestrichen werden. Handwerker: Nix da. Ich bin Kunsttischler.

Christie: Schade! Dann eben nicht. Warum ich unbedingt für Ordnung bin? Ihr werdet überrascht sein. Weil ich das Verbrechen und die Verbrecher so faszinierend finde. Ich gehe mit ihnen ins Bett und stehe mit ihnen auf.

Sie stutzte. „Das war jetzt eine etwas missverständliche Formulierung. Was ich sagen will: Aus der Logik des Krimis ergibt sich, dass der Verbrecher für seine Taten eine geordnete oder ordentliche, zumindest eine scheinbar ordentliche Welt benötigt. Denn ohne sie wäre er aufgeschmissen. Er benötigt sie als Anreiz, um das Chaos herbeizuführen. Für das ist er doch zuständig ist. Ohne Ordnung wäre er arbeitslos. Und ohne den Verbrecher und das Verbrechen wir Krimiautorinnen auch.

Poe: Was müllst du dir da wieder zusammen, du altes Reff. Alles an den Haaren herbeigezogen.

Christie: Ich kann keinem ein Härchen krümmen. Die Haare stehen mir aber zu Berge, wenn ich dich nur sehe. Du riskierst hier nur die große Lippe, weil du nicht mehr alle Windeln in der Kommode hast.

Poe: Pass bloß auf! Du sitzt auf einem Pulverfass. Ich werde gleich die Lunte zünden und dir dein Waterloo bereiten, dass du mit qualmenden Socken die Flucht ergreifst.

Christie: Lass das Säbelrasseln! Du giftest ja nur immer so herum, weil du mir den Erfolg neidest, aber selber keine Auflage hast.

Wie zu erwarten, trat Tugenwerth wieder auf den Plan und versuchte, mit einem weißen Taschentuch, das Flecken hatte, Frieden zu stiften: „Müsst ihr euch schon wieder in den Haaren liegen? Immer Haare in der Suppe des anderen suchen und finden? Könnt ihr denn nicht einmal eure Streitäxte begraben, die Friedenspfeife rauchen und euch auf die gemeinsame Sache konzentrieren?

Poe: Das hat mir gerade noch gefehlt, dass ausgerechnet unser Tugendhüter mir in den Arm fällt. Steck du deine geputzte Nase nicht in unsere ungelegten Eier. Du suchst den Mond am hellen Tag und besingst den Mondschein bei bedecktem Himmel. Und dann willst du uns Moral predigen!

Christie: Endlich hat dir Hominide einmal ein anderer den Marsch geblasen. Und dann hob sie ihre Stimme an: „Ehe du mir mit deinem Waterloo kommen kannst, habe ich dir längst den Garaus gemacht."

Poe: Je leerer der Kopf, desto lauter das Maul. Dazu wirst du gar nicht erst kommen, weil ich dich vorher auf die Palme bringen werde.

Christie bleckte die Zähne: „Du, mich auf die Palme bringen? Vorher drücke ich dir zweimal den Daumen aufs Auge und schicke dich von Pontius zu Pilatus, du Stümper."

Poe lief rot an, die Adern traten als dicke Wülste an beiden Seiten der Stirn hervor. Er ballte die Fäuste und betrachtete seine Kontrahentin wie die Kuh das neue Tor. Das konnte er nicht auf sich sitzen lassen. Ausgerechnet eine Frau hatte es fertig gebracht, dass es ihm die Sprache verschlug. Er wollte und konnte sich nicht beruhigen. Oder war's umgekehrt, erst konnte er nicht und dann wollte er nicht? Jedenfalls begann der Rabe zu meckern und wild mit den Flügeln um sich zu schlagen. Poe versteinerte allmählich.

Christie triumphierte und klatschte vor Freude in die Hände. Auch diese Karambolage ging einmal zu Ende. Kurz danach steuerte die Diskussion auf ihren Höhepunkt zu. Und das kam so.

Teddie stellte dem Krimi ein vernichtendes Urteil aus. Wie man es auch immer drehe und wende, er spreche dem Krimi jede literarische Qualität ab. Er stelle kein kunstwürdiges Genre dar. Dann kam gleich der nächste Paukenschlag hinterher: Die Kriminalliteratur bleibe die Kunstform des kleinen Mannes und der kleinen Frau.

Jetzt war wieder Feuer unter dem Dach.

Wie man als intelligenter und gebildeter Mensch nur solche Ungereimtheiten von sich geben könne, fragte ein anonymer Kopfschüttler.

Die Weltkugel streichelte derweil genussvoll die Kopfhaut und kicherte: „Die Dinge liegen doch klar auf der Hand. Die Gesellschaft mystifiziert sich schon seit langem ununterbrochen selbst, indem sie eine Kunst hochhält, die nur der Form nach eine Kunst sein mag, gerade gut genug, ihr zu der Illusion zu verhelfen, eine solche zu sein."

Teddie bedankte sich bei der Weltkugel und meinte dann, er müsse, um sein Urteil stichfest zu begründen, ein wenig in der Literaturgeschichte herumwandeln.

Achtung: Jetzt ist ein langer Atem gefragt!

Dem Anspruch, autonome Kunst zu sein, könne die Kriminalliteratur, nicht nur die deutschsprachige, deshalb nicht genügen, da sie ein Produkt der Trivialliteratur sei, bei der die Matrix die Hoheit besitze, die an Profit und billiger Unterhaltung Maß nehme. Jede Schemaliteratur verfahre nach dem gleichen Motto: Keep it simple, stupid! Diese Entwicklung habe bereits im achtzehnten Jahrhundert eingesetzt, als der literarische Markt, die Lesekultur und allmählich ein massenhaftes Lesepublikum aufkamen.

Die Langweile begann sich allmählich im Saal auszubreiten, was am Gähnen und Popeln so mancher Teilnehmer abzulesen war, auch daran, dass die ersten Teilnehmer, denen später weitere folgten, den Saal verließen.

Es ist leider häufig zu beobachten, dass sich intelligente Menschen so sehr an dem, was sie sagen, berauschen, dass sie selbstvergessen ihre Umgebung gar nicht mehr wahrzunehmen in der Lage sind. So erging es auch Teddie. Er redete und redete. In der fraglichen Zeit habe sich ein binäres Literaturmodell herausgebildet, auf der einen Seite die autonome Hochliteratur für die Elite, das kompetente Lesepublikum des Adels und Bürgertums, auf der anderen die triviale Fluchtliteratur für die unteren Leseschichten, die …

Mitten hinein in diesen Satz sprang erregt ein Schmuddeltyp mit fettigem Haar, in verwaschenen Jeans, ein Strich in der Landschaft, so zwischen Mitte und Ende dreißig, der bereits schon einmal aufgemuckt hatte, und meldete mit heftigen Armbewegungen Widerspruch an. Er war, wie sich herausstellte, ein Literaturwissenschaftler, genauerhin ein Juniorprofessor der bekannten Exzellenzuniversität vom Bodensee, Fachmann für populäre und folkloristische Literaturformate, der sich als Büchsenschuss vorstellte und sogleich auch seinem Namen alle Ehre machte.

Es sei zwar sehr verdienstvoll, meinte er kämpferisch, dass man sich auf diesem Symposium auch der Kriminalliteratur, die von der Literaturzunft immer noch scheel angesehen werde, mit großem Ernst annehme. Doch das sollte kompetent, vor dem Hintergrund des neuesten Forschungsstands geschehen, handele es sich hier doch immerhin um ein akademisches Forum und keinen Stammtisch.

Teddie reckte seinen Kopf, die Weltkugel senkte ihn.

Aus Teddies Verurteilung spreche jedoch nur das Ressentiment des Bildungsbürgers den Massenmedien und den Massen gegenüber. Dahinter steckten noch die literarischen Salon-Kategorien des achtzehnten und neunzehnten Jahrhunderts, als es die modernen Medien noch gar nicht gab, und die Literatur noch Leitmedium war. So gesehen, sei Teddies Hochmut seines Alters wegen zwar entschuldbar, nicht jedoch aus wissenschaftlicher Sicht.

Teddie blickte den Kollegen mit einem Blick an, aus dem Hochmut, Vernichtung und Mitleid zugleich sprachen.

Den Konstanzer focht dies nicht an. Er verweise, fuhr er ruhig fort, nur darauf, dass bereits in den siebziger Jahren des zwanzigsten Jahrhunderts eine Umwertung der gesamten Literatur, einschließlich der modernen Medien, mit dem Ziel stattgefunden habe, dass die Unterscheidung in hohe und niedere Kunst nicht mehr vertretbar sei, was Teddie als Philosoph und Ästhet, wäre er nur auf der Höhe der Zeit, eigentlich hätte wissen können. Das war eine erneute Kampfansage. Teddies Kopf blieb nach wie vor gereckt, doch in seinen Blick trat eine messerscharfe Kälte.

Die temperamentvoll vorgetragenen Thesen hatten Büchsenmacher bald die Luft genommen, so dass er erst einmal seine Lungen lüften und aufplustern musste.

Die Verschnaufpause gab Teddie die Möglichkeit zu ripostieren. Er habe es nicht nötig, sich hier von einem jungen Schnösel, belehren zu lassen. Er habe vierzig Jahre lang gelehrt und geforscht, zweiundfünfzig dickleibige, vor allem gehaltvolle Bücher, und über hundertzwanzig Aufsätze geschrieben, von den ungezählten Vorträgen an allen hervorragenden Hochschulen, er nenne nur Cambridge, Oxford, Harvard oder die Sorbonne, ganz zu schweigen. Er müsse sich und anderen nichts mehr beweisen. Da solle sich der Herr Juniorprofessor erst einmal ganz hinten anstellen, auch etwas früher aufstehen und geduldig auf seine ersten graue Haare warten, ehe er ihm das Wasser reichen könne. Das saß.

Der dermaßen Gebeutelte fiel in sich zusammen, wollte den Daumen schon in den Mund stecken, um sich Trost zu spenden, besann sich aber, als er neugierige Blicke auf sich gerichtet sah, eines Besseren und ließ davon ab.

Teddie triumphierte und lächelte ein dünnes Lächeln, was er selten tat. Ob er ihm überhaupt noch folgen könne, foppte er den Juniorprofessor, der gedankenverloren mit seiner Unterlippe spielte und die Frage gleichgültig über sich ergehen ließ.

Teddie stellte dann die These auf, die Trivialliteratur gäbe einem Leserbedürfnis nach, das nach Bestätigung bereits eingeübter Verhaltensmuster rufe. Und es gehöre nicht viel Phantasie dazu zu begreifen, dass jedes Regelmaß eine Form der Uniformierung und Abrichtung darstelle. Dieses Bedürfnis nach

Dressur sei ohnehin in der deutschen Obrigkeits-Mentalität nach wie vor fest verankert. Kein Wunder, dass am Ende die deutschen Kälber von allein zur Schlachtbank gingen. Jungblut, der lange geschwiegen hatte, packte nun wieder seine Posaune aus. „Schluss jetzt! Aufhören!" rief, nein schrie er in den Raum. Er könne das überhebliche Gezoffe von Akademikern, das zu nichts führe, nicht mehr ausstehen. „Keuner! Walte deines Amtes! Sorg endlich für eine Redezeitbegrenzung! Ich verstehe überhaupt nicht, wieso sich Teddie hier über Gebühr so lange ausbreiten darf", meckerte er und hielt dabei Ausschau nach Keuner, der aber Wichtigeres zu tun hatte, als den Diskussionsleiter zu spielen. Er saß mit seiner Lieblingsschülerin in seiner Zelle und zählte mit ihr Erbsen.

Talent Verlag Berlin

Autorenverlag sucht neue Talente. Haben Sie Mut. Sie wollen Bestsellerautor werden? Kotzen Sie sich nur mutig aus! Schreiben Sie, wie Ihnen der Schnabel gewachsen ist! Um den Rest kümmern wir uns. Sie schreiben, wir kassieren Sie ab.
Anfragen unter …

18.

In der Sitzung am Nachmittag, in der die Diskussion über die Auswärtigen fortgesetzt wurde, schlug die Stunde der Wissenschaft. Wissenschaft!? Was wurde nicht alles schon über sie verbreitet. Sie sei organisiertes Wissen, dem der Glauben an die Abwendbarkeit des Schicksals zugrundeliege. Das war wohlwollend formuliert. Spötter warfen der Wissenschaft vor, sie sei lediglich die andere Hälfte des Glaubens, ein Friedhof toter Ideen. Andere hielten ihr vor, sie käme über die kürzeste Beschreibung eines Geschehens nicht hinaus. Wenig schmeichelhaft war auch die Kritik, die Wissenschaft sei nicht mehr als das selbstbewussteste aller Vorurteile. Aber das war nichts im Vergleich zu dem vernichtenden Urteil, zu dem einer, der lange in den USA gelebt hatte, sich verstieg, als er die Wissenschaft als die jüngste der Weltreligionen beschimpfte. Die Wissenschaft sollte über so viel kritisches Selbstbewusstsein verfügen, sich, wenn sie in Gefahr gerät, stets aus eigener Kraft an den eigenen Haaren aus dem Sumpf zu ziehen.

Den Anfang dieses Diskurses machte Teddie, der sich bisher in der Diskussion über die Auswärtigen auffallend zurückgehalten hatte. Lag dies daran, dass er jahrelang in der Fremde leben musste, als der Faschismus ihn ins amerikanische Exil vertrieb und wo er überlebte?

Er misstraue, sagte er mit großem Ernst, der mit gewaltigem Pomp und heiligem Glaubenseifer immer wieder aufs Neue beschworenen Multikulturalität. Dies sei ebenso eine denkerische Entgleisung wie das Gerede von der Migration. Wer sich in der Geschichte einigermaßen auskenne, und er erlaube sich, dies für sich in Anspruch zu nehmen, und wer darüber hinaus, auch das nehme er mit Verlaub für sich in Anspruch, auf eigene Erfahrungen als Fremder in der Fremde zurückgreifen könne, der werde feststellen, dass in keinem der Großreiche, die jemals existiert hätten, eine Integration von Immigranten auch nur ansatzweise gelungen wäre. Eine doch immerhin bemerkenswerte Kontinuität, fügte er hinzu, an die man sich erinnern sollte. Was nichts darüber aussage, dass es immer einzelne Überragende gegeben habe, die sich auf Grund guten Genmaterials und einer fordernden und fördernden Umgebung assimiliert hätten. Das ja. Alle Weltimperien hätten sich dadurch ausgezeichnet, dass es in ihnen stets eine herrschende, mehrheitsfähige Population gegeben habe, die die Minderheiten dominiert und auf unterschiedliche Weise unterdrückt hätte. Das sei bei den Assyrern, bei den Phöniziern, bei den alten Ägyptern, bei den Hellenen oder bei den Römern und anderen Völkern so gewesen. Die Minoritäten wären nachweislich auf Druck von oben in Ghettos gezwungen worden, wenn sie sich nicht von sich aus freiwillig abgesondert und ins Abseits einer Parallelgesellschaft begeben hätten. Geliebt worden wären die Minderheiten jedoch niemals. Und wenn sie auch nicht direkt und dauerhaft verfolgt wurden, so habe man sie auf alle nur erdenkliche Weise schikaniert. Die mildeste Form der Diskriminierung sei noch die Gleichgültigkeit gewesen, die aber jederzeit in offene Feindschaft habe umschlagen können, wenn dies nur politisch opportun gewesen wäre.

Cosmo Po-Lit: Das ist jetzt wieder eines der vielen Pauschalurteile, das unterschlägt, dass es sehr wohl auch die Durchbrechung dieses Banns gegeben hat.

Gewiss doch, bestätigte Teddie. Allerdings sei dies nur ganz wenigen gelungen, den berühmten Ausnahmen. Deren sozialer Aufstieg habe aber einen hohen Preis bedeutet – die vollständige soziale, politische und sprachliche Assimilierung, was am Beispiel der Juden in Deutschland und in aller Welt anschaulich gezeigt werden könne.

„Warum dieses Misslingen der Integration von Minderheiten, andererseits aber die Assimilation der Wenigen?", wollte Voltaire wissen. Bereits zu seiner Zeit, die eine aufgeklärte gewesen sei, habe er feststellen müssen, dass der Lobgesang auf die Humanität vom Winde verweht worden sei. Gegen Geld und Vorurteile kämpften offenbar selbst die Götter vergebens.

Teddie erwiderte, die Integration sei immer dann besonders schwierig, ja geradezu aussichtslos, wenn die kulturelle Differenz sehr groß und die Schnittmenge der Gemeinsamkeiten sehr klein sei, wie dies beispielsweise beim Aufeinanderprall vom Okzident mit dem Orient, mit Asien oder mit Afrika der Fall sei. In diesen Fällen erlitten die Eingewanderten einen Kulturschock, der einer tiefgreifenden geistigen und psychischen Erschütterung gleichkomme.

Teddie strich sich über die Kopfhaut, an der nichts auszusetzen war, verweilte dort kurz, kraulte diese bedächtig einige Augenblicke und rief dann den zweiten Grund für das Misslingen der Integration auf. Die Fähigkeit zur Integration hänge ganz entscheidend von der sozialen Herkunft und Bildung ab. Die überwiegende Mehrheit der hereinströmenden Auswärtigen, der Anteil liege bei über neunzig Prozent, entstammte aber dem bildungsfernen Prekariat, mitunter dem Subprekariat, brächte daher für eine kulturelle und soziale Anpassung so gut wie keine Voraussetzungen mit. Schließlich sei auch der subjektive Faktor nicht zu unterschätzen, die individuellen genetischen, geistigen, physischen und psychischen Voraussetzungen, die ein Auswärtiger mitbringe. Sei indes ein bildungsfreundliches Umfeld vorhanden oder könne dies geschaffen werden, dann gäbe es Anlass zu einem vorsichtigen Optimismus. Er sei aber skeptisch. Denn die Aufwendungen seien für den aufnehmenden Staat zu hoch.

Beauvoir: Das sehe ich nicht ganz so negativ, wenn nur das gesamte Bildungssystem umgestellt, wenn es durchlässiger und demokratischer gestaltet werde, wie dies manche skandinavischen Länder vormachen.

Jungblut: Mag sein, dass sie dort die besseren Schulen haben, aber die Probleme mit der Integration sind ihnen geblieben. Man lese nur die Zeitung oder die Krimis von Mankell oder von Sjöwall/Wallhö, um hinter das ganze Elend mit den Auswärtigen in Skandinavien zu kommen.

Schopenhauer: Ich bin gegen jede Sonderregelung und lehne darum jede Form von bildungspolitischen Weichmachern ab. Gleiche Rechte und gleiche Pflichten für alle, heißt es in den Menschenrechten. Die Pflichten zuerst! Und für Auswärtige gleich die erste Pflicht zur Anpassung. Jedes Sonderrecht ist eine Ungerechtigkeit, oder um im Bild des Symposiums zu bleiben, ein Verbrechen.

Jemand: Wenn ich als Realist einmal ganz nüchtern eine Einschätzung vornehmen darf, so stellt sich mir der Sachverhalt wie folgt dar. Sobald jemand sein Heimatland verlässt, muss er auch den Mut aufbringen, einen radikalen Schlussstrich zu ziehen. Sobald er die Grenze überschritten und das neue Land betreten hat, muss er seiner Heimat winkend Adieu sagen und dem neuen zurufen: Ich freue mich auf dich, da bin ich! Ich heiße mich willkommen bei dir! Du bist jetzt meine neue Heimat! Ich will dir fortan ganz angehören! Ohne Wenn und Aber! Lass dich umarmen, meine Geliebte! Also, rein symbolisch gesprochen. Auf gar keinen Fall darf sich der Auswärtige beim Überschreiten der Grenze noch einmal umdrehen. Sonst passiert das mit der Salzsäule – ihr wisst schon, die Bibel.

Es waren anschließend zwei angelsächsische Forscher, die ihren Hut in den Ring warfen und mit ihren Beiträgen zum Sozialkapital – ein Begriff, der zunächst vielen unklar zu sein schien –, neue Akzente setzten und dabei für Furore sorgten. Den Anfang machte ein renommierter Sozialwissenschaftler der Harvard Universität, ein gewisser Robert Putnam, der sich auf eine Reihe älterer und jüngerer Studien aus den USA zur Diversität, der ethnischen Verschiedenheit oder Durchmischung der Gesellschaften, berief, die er miteinander verglichen und neu ausgewertet habe. Die Untersuchungen hätten gezeigt, dass nur in homogenen Wohngebieten wie zum Beispiel den überwiegend weißen Vorstädten der Großstädte das Sozialkapital stark ausgeprägt sei.

„Sozialkapital? Wird jetzt auch schon das Soziale kapitalisiert?", schrie einer in den Saal.

Putnam nannte den brüllenden Nobody einen Flegel, den er persönlich, hätte er sich so seinem Seminar verhalten, hochkant hinausgeworfen hätte. Ruhig fortfahrend, definierte er

Sozialkapital dann als Gemeinschaftsgefühl, als das Vertrauen der Menschen untereinander. In homogenen Wohngebieten, wie gesagt, sei dieses Vertrauen auffallend stark ausgeprägt, wohingegen in sozial und ethnisch heterogenen Wohngebieten das Misstrauen vorherrschend sei. Dieses Misstrauen werde nicht nur den Angehörigen fremder Gruppen entgegengebracht, sondern selbst den kommunalen Verwaltungen und Medien gegenüber. Ja, das Misstrauen mache selbst vor den eigenen Gruppenmitgliedern nicht Halt, so dass sich auch unter diesen das Gemeinschaftsgefühl allmählich verflüchtige. Eine schwer wiegende Folge wäre die, dass man in solchen Milieus weder politisches noch soziales Engagement mehr antreffe und dass die Menschen dort auch weniger zur Wahl gingen. Der Grad ihrer Unzufriedenheit sei dafür erschreckend hoch. Diversifikation, so Putnams abschließendes Fazit, führe nur zur Isolation und Unzufriedenheit unter den Menschen.

Diese Beobachtungen bestätigte Putnams englischer Kollege, der Sozialforscher David Goodhart mit Forschungsergebnissen aus England. Ausgangspunkt seiner empirischen Untersuchungen war der englische Wohlfahrtsstaat, für den das Prinzip des Teilens grundlegend sei. Dieses Teilen, Goodhart nannte es ein wesentliches Element des Sozialkapitals, funktioniere einwandfrei in homogenen Gruppen. Sobald aber in einem Gebiet eine ethnische Durchmischung auftrete, gerate dieses Sozialprinzip des Teilens aus den Fugen. Goodhart verwies in diesem Zusammenhang nochmals auf die USA. Auf Grund der starken ethnischen Durchmischung über Jahrhunderte hinweg habe Amerika keinen Sozialstaat aufbauen können. Dort herrsche Vielheit, das schon, aber keine Einheit. Sein Fazit: Multikulturalismus und Wohlfahrtsstaat vertrügen sich nicht.

Die Betroffenheit hatte noch keine Chance, sich auszubreiten, denn ein weiterer Forscher trat nun ans Rednerpult, der deutsche Sozialwissenschaftler Professor Fleischmann, der zugeknöpft wie ein Manager in schwarzem Anzug und blauer

Krawatte erschienen war. Fleischmann berief sich auf den jüngsten Mikrozensus der Bundesrepublik, *Zur Lage der Integration in Deutschland,* den er ausgewertet hatte. Dieser zeige, dass bei den fünfzehn Millionen Einwohnern mit einem Migrationshintergrund in Deutschland massive Eingliederungsmängel festzustellen seien. Am wenigstens eingliederungswillig seien mit weitem Abstand die Auswärtigen aus der Türkei, gefolgt von Einwanderern aus dem ehemaligen Jugoslawien sowie aus Afrika. Am besten integriert seien demgegenüber die Menschen aus anderen EU-Staaten und die so genannten Aussiedler, bei denen die kulturelle Differenz eher gering ausgeprägt sei.

Dann bildete sich auf seiner Stirn eine große Sorgenfalte ab, als er darauf hinwies, dass von den Türken nur zweiunddreißig Prozent die deutsche Staatsangehörigkeit angenommen hätten. Genau so hoch sei auch der Anteil derer, die keinen Schulabschluss besäßen. Und gerade einmal vierzehn Prozent hätten Abitur. Bei der neuen Generation sähe es kaum besser aus. Die Erwerbslosigkeit sei bei dieser Population ebenfalls extrem hoch. Aber besonders schlimm sei das Fehlen von Bildungswilligkeit und Integrationsbereitschaft, da sich auch die jungen Migranten in Parallelgesellschaften abschotteten. Fast zu hundert Prozent verheirateten sich die in Deutschland geborenen Türken nach wie vor mit Partnern der eigenen Herkunftsgruppe.

Feministin: Diese Darstellung ist höchst einseitig. Herausgestellt werden sollte doch, dass die Frauen im Vergleich zu den Männern insgesamt besser abschneiden. Im Übrigen muss eben mehr für die Bildung dieser Dürftigen getan werden.

Lou: Du meinst wahrscheinlich – Bedürftigen.

Inzwischen hatte die Feministin bereits das rote Büchlein aufgeschlagen und ihre Nase darin versteckt.

Staatssekretärin Vonderlaichen, die offizielle Vertreterin des Ministeriums für Soziales und Integration, sechsfache Mutter und zweifach Geschiedene, züchtig in langem schwarzem Kostüm gekleidet, mit dem Charme einer Nonne, qualifizierte die Untersuchung Fleischmanns rundweg als unwissenschaftlich und somit unbrauchbar ab. Sie sei zu pauschal und bestätige nur Klischees. Differenzierungen spielten darin keine Rolle. So würde der Herr Professor mit keinem Wort darauf eingehen, dass die verschiedenen Ethnien kein statischer Block seien, sondern dass es darin eine Vielzahl von subkulturellen Untergliederungen gäbe.

Ob sie damit die terroristischen Zirkel, die Drogen- und Menschenhändler meine und auch die bildungsunwilligen Analphabeten, wollte Fleischmann, süffisant lächelnd, von der Frau Staatssekretärin wissen. Vonderlaichen verbat sich energisch mit bebendem Busen den Zynismus des Herrn Professors und wies die Behauptungen als bösartige Unterstellungen zurück. Sie müsse sich überlegen, ob sie gegen ihn juristische Schritte einleite. Dann betonte sie noch einmal, sie habe zum Ausdruck bringen wollen, dass man nicht alle Türken in einen Topf werfen könne, sondern dass es auch gute Türken gäbe, was zu unterstreichen ihr wichtig sei. Nach den Recherchen des eigenen Hauses seien lediglich fünfundzwanzig Prozent der Türken integrationsunwillig, der Rest fühlte sich Deutschland stark bis sehr stark verbunden.

Ob sie diese Verbundenheit näher qualifizieren könne. Ob diese vielleicht auch die deutsche und abendländische Kultur, die deutsche Sprache oder die deutsche Küche beträfe. Oder ob damit nur der Mercedes, die Miele-Waschmaschine und die Bosch-Bohrmaschine gemeint seien, fragte Fleischmann unbeeindruckt. Er vermute, dass sich die starke bis sehr starke Verbundenheit wohl ausschließlich auf die ökonomische Basis beziehe und sich darin wohl auch erschöpfe.

Vonderlaichen konnte gerade einmal „Ich ..." sagen, was so aussah, als wollte sie kontern. Nein, er sei noch nicht fertig, unterbrach Fleischmann die Staatsekretärin barsch. Wie sie denn mit der Tatsache umgehe, wollte er wissen, dass Türken fast ausschließlich nur innerhalb ihrer Ethnie heirateten. Ob denn auch darin die starke bis sehr starke Verbundenheit mit Deutschland zum Ausdruck käme.

Cosmo Po-Lit: Jetzt schlägt's aber dreizehn! Man kann doch nicht Menschen zu Ehen zwingen, die sie nicht eingehen wollen. Genau das aber sei bei der genannten Ethnie verbreitet, ließ Fleischmann nicht locker.

Dann erst kam der Sturmangriff der Staatssekretärin. Sie rückte mit den jüngst ermittelten empirischen Daten eines Wirtschaftsprüfungsunternehmens heraus, das die starke Verbundenheit der Immigranten mit Deutschland belegen würde. So gäbe es unter den zweieinhalb Millionen türkischstämmigen Erwachsenen immerhin siebzigtausend türkische Unternehmer mit dreihundertundfünfzigtausend Beschäftigten, die sechsunddreißig Milliarden Euro erwirtschafteten. Das sage doch alles.

Der Staatssekretärin sei im Eifer des Gefechts wohl entgangen, dass mit diesen Zahlen seine These bestätigt sei, lachsagte Fleischmann. Die von ihr genannte Zahl betreffe gerade einmal eine Minderheit von nicht einmal drei Prozent. Und die Zahlen unterstrichen auch, dass diese Anpassung nur mehr eine ökonomische sei, die nichts über die gesellschaftliche, kulturelle, soziale, geistige und sprachliche Integration dieser Gruppe aussage. Er hätte schon gern genauer gewusst, wie viele Prozentanteile davon auf Pächter von Dönerbuden und Spielhöllen entfielen.

Es hätte der Diskussion etwas gefehlt, hätte nicht Tugendwerth wieder sein Scherflein dazu beigetragen. Er sagte die ganze Litanei der Menschenrechte auf, vergaß kein einziges Recht, um am Ende enttäuscht festzustellen, dass es das Gutsein selbst unter den Gebildeten in Deutschland schwer habe.

Cosmo Po-Lit: Wenigstens der politischen Korrektheit wegen sollten wir diese radikalen Wahrheiten in der Öffentlichkeit nicht so laut ausplaudern. Hinter verschlossenen Türen schon.

Patriot: Sag mal, Cosmo, du tickst wohl nicht mehr richtig. Das wäre ja noch schöner. Wir sind die Elite, die hier in unserem Land zusammengekommen ist, um darüber nachzudenken, was die Welt im Innersten zusammenstürzen lässt. Und wenn's an die Öffentlichkeit geht, sollen wir das Maul halten? Sind wir schon so weit, dass wir uns von ein paar Auswärtigen vorschreiben lassen müssen, was wir zu tun und zu lassen haben? Es lebe Deutschland! Und es lebe hoch!

Von Steinbeiß: Sehr hoch sogar.

Patriot: Nein, hoch, höher, am höchsten!

Luzifer: Es ist schon erstaunlich, dass die Frau Staatssekretärin nichts über die sprachliche Situation der Auswärtigen sagt, vermutlich, weil es dazu nichts zu sagen gibt, was auf eine starke bis sehr starke Verbundenheit mit Deutschland schließen ließe. Mir bricht es das Herz, wenn ich an die Vergewaltigung denke, die die Auswärtigen fortlaufend an unserer Sprache begehen. Auch das ist ein Verbrechen, das an unserem sprachlichen Sozialkapital begangen und nicht einmal geahndet wird. Sind hier zehn, zwanzig und mehr Jahre, aber sprechen und schreiben, sofern sie überhaupt schreiben können, nach wie vor das Kauderwelsch, das sie schon im ersten Jahr gesprochen haben. Mit der Sprache kann man's ja machen. Die kann sich nicht wehren. Sie hat keine Lobby wie die Tabak-, die Autoindustrie oder die Energiekonzerne. Jedenfalls herrscht hier Handlungsbedarf: Man sollte unbedingt gegen dieses Kapitalverbrechen strafrechtlich vorgehen. Erst mit Geld-, dann mit Gefängnisstrafen. Dann wollen wir doch mal sehen, wie schnell die Deutsch lernen werden.

Von Steinbeiß: Ganz recht. Wer in drei Jahren spätestens die deutsche Sprache nicht beherrscht, den sollten wir vor die Tür setzen. Der beleidigt nicht nur unsere Sprache, der beleidigt uns Deutsche, die Träger der Sprache, zutiefst. Und jede Diskriminierung muss in die Schranken gewiesen werden, das weiß schon das Grundgesetz.

Cosmo Po-Lit: Ich kann dieses Gejammere nicht mehr hören. Lasst uns doch einfach positiv denken. Auch wenn es nichts nützt. Die Hoffnung stirbt zuletzt. Gut, auch sie stirbt. Irgendwann einmal! Immerhin gibt es unter den Auswärtigen einige sehr schöne Frauen. Und sexy sind sie obendrein. Da bleibt einem manchmal schon die Luft weg. Klar, sie sind Analphabetinnen mit allem Unangenehmen, was dazugehört. Doch allein ihr Anblick erfreut. Wie wäre es, wenn wir diese Schönheit Gewinn bringend in die deutsche Kultur integrierten, indem wir die auswärtige Schönheit sich mit dem inländischen Geist paaren ließen? Muss das nicht einen guten Klang geben? Das wäre dann eine starke, ja, sogar sehr starke Verbundenheit mit dem Deutschtum.

Voltaire: Dass du dich da bloß nicht verrechnest. Von wegen guter Klang. Hast du eine Ahnung, was sich da am Ende aus der langen Ahnengalerie der Auswärtigen ganz weit hinten für hässliche Dissonanzen durchsetzen. Wir alle wissen doch: Die Natur hat ihre Launen. Sie spinnt manchmal, springt wie wild in der Gegend herum, dass es nur so eine Art hat. Manchmal liegt sie allerdings einfach nur brach.

Tugendwerth: Danke, Cosmo. Zum positiven Denken würde auch gehören, die Auswärtigen als Träger unverbrauchter Ressourcen zu betrachten. Sollten wir diese Schätze nicht für uns nutzbar machen?

Patriot: Wo sollen denn bei diesen Einzellern irgendwelche Ressourcen herkommen?

Tugendwerth: Hat nicht jeder Mensch einen eingeborenen Bildungswillen, den man nur durch entsprechende starke Anreize zum Ausbruch bringen sollte?

Luzifer: Auch ich als der Lichtträger, der den Tag heraufführt und der deshalb so scharf auf das Böse ist, verliere mich gelegentlich aus Langeweile im Guten, aber nur, um es bald darauf wieder zerstören zu können. Aus einer solchen Laune des Guten heraus mache ich jetzt einen guten Vorschlag. Wie wär's, wenn wir den wunderbaren Einbürgerungstest bereits auf die auswärtigen Föten anwendeten, die bei uns produziert werden? Dann könnte man wenigstens noch rechtzeitig etwas unternehmen.

Cosmo Po-Lit: Lasst uns das Gute im Bösen hervorkehren. Für mich stellen die Auswärtigen allein schon deshalb eine Bereicherung dar, weil sie den Radius unserer Esskultur erweitern durch die Paella, die Cevapcici, die Pizza, die Spaghettis, die Suflaki, durch Zaziki und wie das Zeug alles heißt. Nicht zu vergessen den Döner. Ist das etwa nichts?

Lou: Dass ich nicht lache. Döner. Ausgerechnet diese gepressten, riesigen Fleischklumpen, die mich an Penisse erinnern, willst du als ein Kulturprodukt werten? Allein schon der Gestank. Hast du schon einmal im Bus, in der Bahn oder in der Kirche neben einem Dönerfresser gesessen? Was Kittekat für Hund und Katz, das ist der Döner für die Menschen.

Patriot: Das reimt sich zwar nicht, trifft aber den Kern der Sache. Welch eine Grausamkeit spricht aus so einem gequetschten Fleischklumpen?

Luzifer: Und erst welch eine Lust zur Unterdrückung? Ich aber sage euch: Wer das Fleisch dermaßen erpresst, der besitzt auch die kriminelle Energie, Frauen zu vergewaltigen, Hunde und Kinder zu schlagen und Hochhäuser in die Luft zu sprengen.

Jemand: Für diesen kulinarischen Schwachsinn brauchen wir doch keine Auswärtigen. Die auswärtige Küche ist heute sowieso durchgängig eine Küche vorgefertigter Produkte. Systemküche eben. Nichts als gefrostete Teiglinge. Alles Ramsch. Und die auswärtigen Köche? Nur Dilettanten. Wozu gibt es Kochbücher? Dort kann man doch nachlesen, was die auswärtige Küche zu bieten hat. Sofern man lesen kann.

Cosmo Po-Lit: Neben den Amis, die uns mit ihrer Fastfoodmentalität überschwemmen, sind es die Auswärtigen, die uns unsere regionale Küche kaputtmachen, nachdem sie schon unsere Sprache in den Dreck ziehen. Von wegen Europa bedeute Vielfalt. Die Globalisierung ist es, die uns nichts als Uniformierung beschert.

Krittler: Und so eine kritische Einschätzung von unserem Menschenrechtler und Humanisten. Donnerwetter!

Bobby hatte, einer aufgeklappten Banane zusetzend, auf seiner Schildkröte Platz genommen. Nuschelnd warf er ein Stichwort in die Debatte, das für einige Verwirrung sorgte. Er, der etwas von der Evolution und der Höherentwicklung des Menschen verstehe, sei der Meinung, dass sich das Problem mit den Auswärtigen nur über die ganz offizielle Wiedereinführung von geschlossenen Ghettos lösen lasse. Die Enge des Ghettos schaffe klare Verhältnisse, letztlich vollziehe sich dort auf wunderbare Weise die natürliche Selektion. Ghettos garantierten die Eigenständigkeit der Auswärtigen am besten. Hier dürfe sich die Individualität der Auswärtigen, wie sie sie verstehen, voll entfalten. Sie bräuchten keine Rücksicht auf eine fremde Kultur und fremde Sprache zu nehmen und müssten sich auch nicht der Mühsal der Assimilation unterziehen. Sie könnten sich, wie sie dies von ihrem alten Kulturkreis gewöhnt seien, selbst organisieren und sich mit Dschihads und Ehrenmorden hemmungslos austoben, bis die am besten Angepassten sich durchgesetzt hätten. Der Staat bewiese so seine Liberalität und Humanität, garantiere den Fremden ihre Eigenständigkeit, brauche nicht einzugreifen, könne ruhig zusehen, wie sich die Auswärtigen gegenseitig dezimierten. Ebenso entfalle jegliche staatliche Unterstützung. Der Staat wäre insgesamt entlastet.

An den Ghettos bissen sich nun die Debattanten fest wie wild gewordene Pitbulls.

Von Steinbeiß strahlte und nannte die Menschenpferche eine geniale Idee. Dort seien die Auswärtigen ganz unter sich und könnten sich gegenseitig ausrotteten, wenn man es nur strategisch geschickt anstellte. Der Staat sparte auf diese Weise

Geld, das er für sinnvollere Dinge ausgeben könnte wie zum Beispiel für die Aufrüstung unserer Armeen und unsere Spitzeldienste. Da die Auswärtigen so sehr mit sich selber beschäftigt wären, kämen sie nicht mehr auf die Idee, sonst irgendjemandem außerhalb der Ghettos etwas anzutun. Dies wäre ein angenehmer Nebeneffekt.

Luzifer nannte die Ghettoidee herrlich obszön. Ein Ghetto bedeute die Hölle auf Erden. Ihm gefalle vor allem, dass durch diese Maßnahme die deutsche Sprache von den Anwürfen der Auswärtigen verschont bliebe. Die Auswärtigen dürften in den Ghettos in ihrer Sprache auf die Deutschen fluchen, was das Zeug hielte. Uns könne es egal sein. Wir würden es sowieso nicht verstehen. Und die Ghettoianer erleichterten sich vom psychischen Druck.

Ein massiver Protest wäre längst angemessen gewesen. Er kam, wenn auch verspätet.

Frauen: Im Namen der Gerechtigkeit, wir protestieren!

Tugendwerth: Moralisch sein. Und nicht ein Schwein.

Cosmo Po-Lit: Das Gewissen. Es lebe hoch!

Tugendwerth: Die Würde des Menschen. Sie lebe höher!

Keunerschüler: Die Gleichheit. Sie lebe am höchsten!

Feministin: Alle Menschen werden Schwestern. Dreimal hoch!

Untersetzter Grieche: Die Ideen. Sie leben hoch, höher und am höchsten.

Seraphicus: Die Nächstenliebe und die Triebe. Sie leben noch weiter oben!

Wilde: Ästhetisch sein. Aber ohne Hochleben.

Der schmächtige Grieche: Das Gute allen. Allen alles Gute!

Er werde jetzt die weitläufigen Diskussionsbeiträge zusammenfassen, schlug Jungblut vor, der auf seinem Laptop stichwortartig die Äußerungen der Teilnehmer festgehalten hatte. Er wurde glatt von der Debattierlust der Symposianten überrollt. Es wurde weiter debattiert, kritisiert, verworfen, wiederholt, differenziert, pauschalisiert, eingewandt, hervorgehoben, gemaßregelt, verhöhnt, beleidigt, mit einem Wort, es ging zu wie in jedem Parlament.

Syndikat sucht Nachwuchskräfte

Professionell geführtes Verbrechersyndikat, in Länder übergreifenden Liquidierungsangelegenheiten tätig, sucht junge, gut aussehende Nachwuchskräfte. Folgendes Persönlichkeitsprofil wird erwartet: Männer sollten nicht unter 1.90 m, Frauen nicht unter 1.75 m groß sein. Weibliche Bewerberinnen sollten über einen angemessenen IQ und eine angemessene Oberweite verfügen. Bei Männern ist die Oberweite egal. Ferner werden verlangt: Vorzügliche Referenzen, intakte Familienverhältnisse, körperliche Fitness, gutes Benehmen (Klösterliche Erziehung ist kein Hindernis), Abitur ist unabdingbar, dito ein abgeschlossenes Hochschulstudium an einer Exzellenzuniversität im In- oder Ausland. Gern Finanzwissenschaften für unsere Bilanzfälschungen. Exzellente Sprachkenntnisse sind Voraussetzung. Bevorzugt: Englisch, Italienisch, Russisch und Albanisch. Erwartet werden außerdem: Praxis-erfahrungen in allen explosiven Schließfachangelegenheiten, handwerkliche Grundkenntnisse wie Umgang mit der Kettensäge und dem Schweißbrenner. Offerten mit einem aktuellen Ganzfoto, handgeschriebenem Lebenslauf nach den jüngsten Duden-Regeln sind einzureichen unter ...

19.

Der nachfolgende Tag muss ohne ein Libretto auskommen. Jedes Wort, das zur Darstellung des Gewöhnlichen benutzt würde, käme einer Vergeudung gleich. Darum gleich rein ins Debattengewühl.

Ein betagter Franzose von unscheinbarem Aussehen mit kalkweißem Haar, der sich als Strukturalist und Meister des wilden, experimentierfreudigen Denkens zu erkennen gab, trug Beobachtungen vor, die er bei einem Vergleich der Mythen verschiedener Völker angestellt hatte, und die darin gipfelten, dass sich die Vielfalt der kulturellen Erscheinungen aus einem ganz eng umgrenzten Vorrat von Leitmotiven ableiten lasse, worauf die Nestorin des deutschsprachigen Krimis bereits hingewiesen habe. Diese Grundstrukturen seien zu allen Zeiten dieselben. Nur zu Anfang der Menschheitsgeschichte, während eines winzigen Augenblicks also, habe der Mensch wahrhaft Großes geleistet. Danach nicht mehr. Eine solche Entwicklung wiederhole sich offensichtlich auch in der Kriminalliteratur. Deshalb verstehe er den Lärm nicht, der hier um die Schemaliteratur und die autonome Kunst gemacht werde.

„Mein lieber Landsmann", gab Voltaire ihm Kontra, „ich muss dich tadeln, denn deine Ansichten zeugen von einem neolithischen Verstand, wenn dieser Bewusstseinszustand überhaupt noch Verstand genannt werden kann. Es gibt keine zeitlosen Strukturen. Wo kommen wir denn da hin? Diese werden vielmehr von Epoche zu Epoche von den jeweiligen Ideenproduzenten entworfen und auf den Markt gebracht. Zu dem erstarrten Denken, wie du es hier dargelegt hast, gelangt, wer mit gesenktem Blick wie der Bauer hinter dem Pflug nur die gerade vor ihm liegenden Erdkrumen in Augenschein nimmt, diese beschreibt, in Tabellen einträgt und das Ergebnis dann auch noch für die absolute Wahrheit hält. Wo liegt der Fehler? Klar, dass dir dabei das tätige Subjekt und die die Geschichte prägenden gesellschaftlichen Kräfte gar nicht erst ins Blickfeld geraten."

Strukturalist: Aus mir spricht die unbestechliche Stimme der Wissenschaft. Es ist doch bezeichnend, wie du dich hier in Widersprüche verwickelst. Wenn ich nur …

Proust, der schon die ganze Zeit mit seiner Lupe hantiert und dabei der siebten Tasse Kaffee zugesetzt hatte, machte nun seinen Mund auf um zu reden. Während er sich sein Vergrößerungsglas immer wieder vor die Augen hielt, merkte er gähnend an, ihn langweile so etwas Banales wie die Handlung, auf die allein es Kriminalliteratur abgesehen habe. Er hasse und verachte alle Handlung aufs Tiefste, als gäbe es für die Literatur nichts Wichtigeres zu tun.

Da sei sie aber gespannt, was denn die Literatur und damit auch der Kriminalroman Wichtigeres zu leisten habe, reklamierte die Nestorin.

„Um die vielen wunderbaren Nebensächlichkeiten, Belanglosigkeiten, Nichtigkeiten, Extras, Impromtus, kurzum alles, was sich so am Rande zuträgt und gerne übersehen wird, Dinge, die uns beglücken, manchmal erschrecken, gelegentlich aufs Glatteis oder sonst wohin führen - was wollte ich noch sagen, ach ja –, die Schönheit nicht zu vergessen, auch den Tod, der ja durchaus schön sein kann, wenn er als Erlöser auftritt. Darum soll die Literatur sich kümmern", gab Proust zur Antwort. Er fror offenbar, denn er zog den Kragen seines Mantels hoch. Danach nickte er sofort ein.

Keuner nutzte die Gelegenheit und schickte eine seiner Schülerinnen vor, eine seiner Doktorandinnen, die über die Bedeutung des Semikolons in der deutschsprachigen Kriminalliteratur promovierte und die, eher zufällig, auch eine von Keuners Geliebten war. Sie trug mit raumgreifender Stimme die folgende Fallgeschichte vor, in der eine Schere eine merkwürdige Rolle spielte: „In Mailand hatte eine Grundschullehrerin vor einiger Zeit einem siebenjährigen Schüler, der stets vorlaut war, eine Lektion erteilt. Wie sich herausstellen wird, keine volle, sondern nur eine halbe. Als der aus Tunesien stammende Junge sich wieder einmal einem Mitschüler gegenüber aggressiv zeigte und trotz mehrerer Ermahnungen sich nicht hatte zähmen lassen, schritt die Lehrerin ein. Sie fasste den Schüler am Genick und befahl ihm, seine Zunge herauszustrecken. Der im Gehorchen geübte Junge, der nichts Böses ahnte, streckte seine Zunge weit heraus, was er nicht hätte tun sollen. Die Lehrerin forderte ihn nun auf, seine Augen zu schließen, was er wiederum anstandslos tat. Sie ergriff nun eine Schere, die auf dem Lehrerpult lag, und schnitt dem Jungen in die Zunge. Der Schnitt war jedenfalls so tief, dass der Junge sofort in ein Krankenhaus eingeliefert werden musste, wo man den Riss wieder zusammenflickte. Zur Rede gestellt, entschuldigte sich die Lehrerin, es sei alles nur ein Spiel gewesen, um dem Jungen Angst einzuflößen. Hätte der Junge still gehalten statt herumzuzappeln, wäre ihm auch nichts passiert. Diese hilflose Ausrede half der Lehrerin nicht, obwohl sie Italienerin und somit katholisch war. Sie wurde trotz Intervention des Vatikans sofort vom Unterricht suspendiert. Der Junge durfte weiterhin die Schule besuchen, litt aber seitdem unter Kastrationsängsten."

Mit dem Schlusspunkt kamen sogleich überfallartig Kommentare. Hier nur ein Ausschnitt. So wollte Proust wissen, ob die Lehrerin hübsch gewesern sei? Sonst nichts. Nur das. De Sade kommentierte den Fall als eine in der Halbherzigkeit steckengebliebene Form von Sadismus und bemühte den Begriff des Dilletantismus. Ein Profi erledige so etwas mit einem glatten Schnitt im Handumdrehen, allerdings nicht mit einer Schere, sondern mit einem scharfen Messer, das wegen des glatten Schnitts vorzuziehen sei. Poe hingegen wollte wissen, ob es bald Kaffee gäbe. Keuner hingegen wollte nichts mehr von solchen albernen Einwänden wissen, sondern im Vorlesen fortfahren. Doch auch das gelang nicht, da die Kampfeslust in der

Zwischenzeit wieder zu Büchsenmacher zurückgekehrt war, nachdem Teddie ihn heftig gebeutelt hatte wie erinnerlich. Die Kampfansage war an Büchsenmachers vorgewölbter Brust, die er aufgestülpt hatte und seinen nicht minder aufgeblähten Backen abzulesen. So fuhr er Teddie heftig an. Er, Teddie, würde der Wahrheit eine Nase drehen, wenn er sich so von oben herab über das Lesebedürfnis der breiten Masse mokiere, die von der Literatur nun einmal Unterhaltung und Entspannung erwartete. Was es denn an diesem Bedürfnis auszusetzen gäbe? Er als Aufklärer sollte doch über soviel Toleranz verfügen, dem Leser selber zu überlassen, was er lesen, anhören oder anschauen wolle und was nicht. Vielen Lesern bereite es allein größtes Vergnügen, echauffierte sich der Jungwissenschaftler, sich einfach mit den fiktiven Figuren zu identifizieren, weil sie sich in deren Erfahrungen, Gefühlen und Gedanken wiedererkennten oder so sein möchten wie diese. Das sei Katharsis pur.

An der Stelle hätte Büchsenmacher einen Schlusspunkt setzen können. Der Gedankengang war an dieser Stelle folgerichtig zu Ende. Aber nein! Einmal in Fahrt gekommen, legte er nach. Und tischte noch einmal die ästhetische Umwertung auf, die in den siebziger Jahren stattgefunden habe, und auf die Teddie nicht eingegangen sei, woraus er schließen müsse, ... und dann kamen einige unschöne Worte zum Vorschein.

Es geht in Ordnung, wenn Sie sich jetzt langweilen. Für diesen Fall machen Sie einfach mit dem nächsten Kapitel weiter. Wenn nicht, dann hören Sie sich an, was Teddie in Blitzesschnelle den noch nicht erkalteten Worten Büchsenmachers entgegenhielt.

Alles, was er vorgebracht habe, putzte Teddie Büchsenmacher runter – und bemühte wieder herablassend den Titel Juniorprofessor –, zeuge von einer bemerkenswerten Naivität und gedanklichen Unschärfe, die einem Wissenschaftler schlecht anstünde und die letztlich dazu führe, dass der Terrible

Simplificateur vom Bodensee die Phänomene in ihrer Widersprüchlichkeit und ganzen geistigen Tiefe zu durchdringen gar nicht in der Lage sei. Die alberne Umwertung der Massenliteratur, die der amerikanische Einfaltspinsel Leslie A. Fiedler in die Welt gesetzt habe, als er meinte, die literarische Postmoderne ausrufen zu müssen, sei ihm sehr wohl vertraut. Er kenne die griffige, nichts sagende Sprechblase dieses Dilettanten *Close the Gap - Cross the Border!* Und er habe sich bereits mit ihr auseinandergesetzt, als er, Büchsenmacher, noch an der Mutterbrust hing oder das Fläschchen bekam. Es sei bezeichnend, dass dieser Marktschreier Fiedler sein Programm ausgerechnet im PLAYBOY und nicht in einem seriösen Wissenschaftsmagazin platziert habe, in dem der Bursche doch tatsächlich behaupte, die traditionelle europäische Literatur sei zu analytisch und daher der Moderne nicht gewachsen, die er als apokalyptisch, zutiefst romantisch und sentimental bezeichnete und der er eine fröhliche Unvernunft und prophetische Verantwortungslosigkeit unterstellte. Wer einen solchen Müll verzapfen könne, der sei vom intellektuellen Siechtum angegriffen.

Nietzsche machte zaghaft auf sich aufmerksam, er kenne diesen Fiedler nicht und wolle wissen, ob er gut aussehe, ob er noch lebe und ob Teddie ihm vielleicht die E-Mail-Adresse geben könne, es reize ihn, mit Fiedler in Kontakt zu treten. Der Gedanke von der fröhlichen Unvernunft gefalle ihm außerordentlich.

Als auch der Juniorprofessor zu einer Antwort ansetzte, fuhr Teddie dazwischen: „Nein, jetzt nicht. Ich will erst einmal in aller Ruhe meinen galoppierenden Gedanken die Zügel anlegen, sonst nehmen sie Reißaus. Und das kann dauern."

Er blickte mit abwesenden Augen in den Saal und zog dann weiter vom Leder: „Was hatte Fiedler, der ignorante Geiferer, denn schon anzubieten? Er wollte die Science-Fiction-Literatur, den Western, den Krimi und die Pornografie in den Literaturkanon aufnehmen. Dem guten Mann ist entgangen, dass die dort längst angekommen waren. Aber zu solchen Fehleinschätzungen kommt man, wenn man von der europäischen Literaturtradition keine Ahnung hat. Ich bewundere Fiedlers Mut, sich zu blamieren. Aber so sind nun einmal die Yankees, Großmäuler, die glaubten, wenn sie ihr Maul aufrissen, hätten sie auch gleich den Schnee neu erfunden. Wenn er es denn dabei hätte bewenden lassen. Aber nein, er musste noch einen Ausflug in die Moralphilosophie machen und eine Einebnung der Qualitätsunterschiede von Gut und Schlecht, Hoch und Tief vornehmen. Dieser dumme Jungenstreich ist so albern wie durchsichtig. Über diese krumme Tour einer Umdeutung sollte die amerikanische Massenliteratur und Massenkultur hoffähig gemacht werden. Doch was bringe schon eine Umetikettierung von der Trivialliteratur hin zur Schema- beziehungsweise Populärliteratur? Nichts, aber auch gar nichts! Allenfalls einen Etikettenschwindel. Als hätte jemals ein Namenswechsel auch schon automatisch einen substanziellen Sprung in eine neue Qualität hinein nach sich gezogen. Lächerlich dieser ganze Zinnober."

Teddie zog ein gebügeltes Taschentuch aus seinem Jacket, entfaltete es umständlich und tupfte sich vorsichtig einige Schweißtropfen von der Stirn. Er schien mit sich zufrieden zu sein.

Nun schlug die Nestorin Lärm. Der Krimiliteratur vorzuwerfen, sie sei Schemaliteratur, ziele ins Leere. Treffe der Vorwurf des Schematismus denn nicht auf alle Literatur zu? Außerdem sei die Kriminalliteratur sehr wohl eine Variationsgattung. Wer das Gegenteil behaupte, kenne sich nicht aus. Auf allen Ebenen fänden Variationen statt, die das vorgegebene Muster sehr wohl unterliefen, auch wenn diese sich zugegebenermaßen nur in einem begrenzten Radius bewegten. Doch seien geringfügige Abweichungen von einem Schema viel schwieriger zu gestalten als radikale Infragestellungen, wie sie aus eigener Erfahrung wisse. Die Gattung sei nun einmal heilig. Sie dürfe nicht angetastet werden.

Keuner: Wenn ich einmal ...

„Soso!" und: „Hoho!", fiel ihm Krittler ins Wort. „Da zieht aber jemand mächtig vom Leder. Die minimalen Variationen, zu denen die Kriminalliteratur in der Lage ist, als Leistung und Auszeichnung auszugeben, ist dreist, verquer und lächerlich zugleich. Die Literatur wie die Kunst generell lässt, wie die Geschichte zeigt, radikale epochale Veränderungen, echte Umwertungen im großen Stil durchaus zu, wenn es nur große Geister sind, die sich an den Umbruch wagen. Ich denke da nur an die revolutionären Fortschritte eines Joyce, Proust, Döblin, Kafka oder Arno Schmidt auf dem Sektor der Erzählkunst oder an Brecht, Beckett und die Clique der Surrealisten. Etwas Vergleichbares hat die Kriminalliteratur nicht hervorgebracht. Tut mir Leid. Und da grenzt es schon an geistige Verwirrung oder Scharlatanerie, wenn geringfügige Variationen höher eingeschätzt werden als radikale. Das ist so, als würde man einem alten Mantel einen neuen Kragen und neue Aufschläge annähen und diesen dann auf die gleiche Stufe mit dem neuesten Mantelmodell aus Paris oder Mailand stellen. Minimalismus als Qualitätsmerkmal? Wo kommen wir denn da hin?"

„Mir scheint", warf Doyle ein, „die Deutschen haben ein gestörtes Verhältnis zur leicht dahinschwebenden Unterhaltung. Das liegt wohl an der Schwere ihrer Philosophie und Kultur, von der Politik ganz zu schweigen. Einzig das, was vor Bedeutung nur so trieft, hat bei den Deutschen offenbar einen Anspruch auf ein Gütesiegel und auf Anerkennung."

Teddie: Auf gute, anspruchsvolle Unterhaltung, lieber Doyle, war jede hohe Kultur schon immer aus. Kann es sein, dass dir ein kleiner Denkfehler unterlaufen ist und du leicht mit seicht verwechselst?

Für leichte Unterhaltung sorgte sogleich Nietzsche. Nachdem

die Frankfurter Bethmännchen, die er in einer seiner Tasche verstaut hatte, ihren Wohnsitz gewechselt und in Nietzsches Mund verschwunden waren, hatte er sich aufgemacht und das in einem Eck stehenden Klavier aufgesucht. Ohne Keuner zu fragen, griff er in die Tasten, spielte ein wenig, wobei er immer wieder einmal innehielt, Noten auf einem mitgebrachten Notenblatt notierte, vor sich hin summte und dann weiterspielte. Keuner näherte sich ihm von hinten langsam in freundlicher Absicht, lauschte eine Weile und fragte ihn dann, was er denn da Interessantes zu Ton bringe.

„Ich komponiere gerade eine Filmmusik für einen Krimi", antwortete er zerstreut.

„Ich sehe schon, ich störe wohl", entschuldigte sich Keuner.

„Aber eine kurze Frage sei mir doch gestattet. Welchen Krimi hast du dir denn für deine Filmmusik ausgesucht?" Unwillig antwortete Nietzsche: „Gar keinen. Ich komponiere eine avantgardistische Filmmusik. Es widerstrebt mir, irgendetwas oder irgendwem hinterherzulaufen. Die Musik ist der Schrittmacher. Sie ist die Vorlage für den Film. Ein bereits verfasster Krimi, dem ich nachzufolgen hätte, würde mich nur einengen, ach, was sage ich, lähmen. Wie du siehst, bleibe ich mir treu, bin nach wie vor für den Eigensinn, den Dernier Cri."

Er kümmerte sich nicht weiter um Keuner, sah wieder auf das Notenblatt, spielte und summte einige Takte, dirigierte mit einer Hand in der Luft herum und fuhr dann fast abwesend fort: „Du weißt doch, die Umwertung aller Werte. Das Avantgardistische, das Authentische in der Kunst. Meine Spezialität." Keuner stand verlegen herum, das Publikum sah ihn erwartungsvoll an. Er schien einen Augenblick unschlüssig zu sein, was er tun sollte. Als aber Nietzsche völlig unerwartet den Klavierdeckel zuschlug, machte Keuner sofort energisch eine ungefähre Handbewegung in eine bestimmte Richtung. Zunächst fühlte sich der Keunerschüler mit den großen Segelohren angesprochen. Doch der war nicht gemeint. Wer gut

hört, muss nicht auch gleich gut sehen. Keuner hatte eine
Keunerschülerin im Auge, die niemandem außer sich selbst
ähnlich sah, die denn auch ans steinere Lesepult trat und mit
einer warmen, tiefen Stimme, die in den Höhenlagen leicht
vibrierte, die folgende Keuner-Geschichte *Vom Triebtäter* vortrug.

„Der Triebtäter besteht nur aus Trieben. Aus Antrieben, Um-
trieben und Betrieben. Nicht zu vergessen die inneren Triebe,
unter denen besonders der Geschlechtstrieb hervorragt, den
man in katholischen sowie anderen strenggläubigen Kreisen
auch Fortpflanzungstrieb nennt. Aus dieser Kennzeichnung
spricht die ganze Geringschätzung dem Lustprinzip gegenüber, über die sich schon Gott fürchterlich aufgeregt haben
soll.

Aus irgendeinem der genannten Triebe, gelegentlich auch aus
allen zusammen, begehen die meisten Triebtäter dann einen
Mord, einen ganzen, einen Halbmord oder noch weniger. Mindestens jedoch einen Totschlag, der aber auch schon einmal
daneben gehen kann. Der Triebtäter ist von seinen Trieben
hin- und hergetrieben, so dass er wie eine Eisscholle auf dem
Meer treibt. Ich finde dieses Bild sehr hübsch, weil es so
zutreffend ist, auch wenn mir immer ganz kalt wird, wenn
ich nur daran denke. Einen Nachteil hat der Bildvergleich allerdings: Eine Eisscholle kann schmelzen, ein Triebtäter niemals. Obwohl er so viele Triebe zu seinen Freunden hat, ist
der Triebtäter meistens ganz einsam, was die Eisscholle dann
wieder sehr gut zum Ausdruck bringt. Es ist das Schicksal
des Triebtäters, sich treiben zu lassen. Und weil er alles zu
weit treibt, verwundert es nicht weiter, dass er zu einem Ge-
triebenen wird. Aber das hatten wir schon. Da der Triebtäter
kein schlechtes Gewissen hat - die Triebe haben ihm keinen
Platz dafür gelassen -, kann ihm auch die Erinnerung an seine
triebgesteuerten Taten keine Schamröte ins Gesicht treiben.
Dafür treibt der Triebtäter immer wieder einmal mit der Poli-

zei seinen Schabernack, was diese gar nicht mag. Wie man's auch dreht und wendet: In jedem Fall ist der Triebtäter eine treibende Kraft.

Aus wohlmeinenden Gründen sollte zum Schluss wenigstens kurz darauf hingewiesen werden, dass Frauen nach neuesten wissenschaftlichen Untersuchungen keine Triebtäterinnen sein sollen. Das überrascht um so mehr, da doch die tägliche Erfahrung zeigt, dass Frauen jede Menge Triebe ihr Eigen nennen wie zum Beispiel den Schwatztrieb, den Zanktrieb, den Verschwendungstrieb und den Auftrieb, um nur die wichtigsten zu nennen. Es war kein Geringerer als der bekannte Feminist und Nobelpreisträger, Professor Nothdurft-Trauernicht aus Konstanz, der mit seiner Exploration den Frauen die Triebtäterschaft abgesprochen hat. Dieser Meinung kann ich mich auf Grund meiner sehr schmerzlichen Erfahrungen nicht anschließen, allein auch schon aus Gründen der Gleichberechtigung."

Die Keunerschülerin trat ab, die Weltkugel trat auf. Der Schweizer sprach langsam und dehnte Wörter und Sätze mühsam wie einen Expander. Die Wortpausen, von denen es viele gab, füllte eine Fliege aus, die die Weltkugel hin und wieder nervös umkreiste, was der gute Mann mit der Gelassenheit des Schweizers hinnahm, der schweigend das Abschmelzen der Gletscher betrachtet. Die literarische Fingerübung Keuners sei sehr amüsant, befand er, und von einer erstaunlichen, sehr undeutschen Leichtigkeit. Aber er müsse noch einmal zum Grundsätzlichen zurückkehren: „Ich möchte Teddie, wenn auch aus einer anderen Position heraus, zustimmen. In meinem letzten Kriminalroman, den ich als ein Requiem auf den Kriminalroman bezeichnet habe, meine ich bereits alles gesagt zu haben, was es über diese Textsorte Kritisches zu sagen gibt. In besagtem Roman schicke ich einen pensionierten Kantonspolizisten, also einen, der es wissen muss, an die Krimi-Front und lasse ihn erklären, dass alle Krimis ein einziger

Schwindel sind. Damit meinte ich nicht, dass alle Verbrecher ihrer Strafe zugeführt würden. Diese Lüge muss sein. Sie hat einen staatserhaltenden Charakter. Auch eine andere Lüge habe ich zugelassen, die immer wieder direkt oder indirekt vorgebrachte Behauptung, Verbrechen lohnten sich nicht. Das alles sind für mich eher harmlose Lügen. Nein, das Ärgernis des Krimis ist die Krimihandlung selbst. Sie vermittelt den Eindruck, als sei sie logisch aufgebaut, als ginge es darin zu wie bei einem Schachspiel. Verbrecher, Opfer, Ermittler, Zeugen, alle haben ihren festgefügten Platz und sind brav sortiert und aufeinander abgestimmt wie in einem streng kalkulierten Spiel, in dem die Verlierer und Sieger von vorneherein feststehen. Mit diesem Planspiel wird suggeriert, der Kosmos könne durch die Überführung des Verbrechers besser werden. Es ist diese Hauptlüge, die mich so fuchsteufelswild gemacht hat."

Er pausierte kurz aus einem unerfindlichen Grund. „Der Wirklichkeit", fügte er dann noch hinzu, „ist allerdings mit Logik nicht beizukommen. Wie viel am Verbrechen, wie viel an den Ermittlungen ist Zufall? Wir kommen niemals auf alle Faktoren, die beim Verbrechen eine entscheidende Rolle spielen. Jeder Einzelfall ist anders gelagert. Und daher habe ich die radikale Konsequenz gezogen und aufgehört, weitere Krimis zu schreiben. Denn tatsächlich ist die Welt ein absurdes Theater. Dass wir an ihr nicht ganz scheitern, liegt einzig daran, dass wir uns darin ein wenig wohnlich eingerichtet haben. Mehr ist nicht drin in dieser Farce, in der wir nur Statistenrollen spielen."

Tugendwerth: Ja, um alles in der Welt, guter Mann, wo bleibt da die Gerechtigkeit? Ohne die Hoffnung auf Gerechtigkeit ist ein Weiterleben nicht möglich.

Weltkugel: Da muss ich für einen Augenblick biblisch werden. Gerechtigkeit lässt sich nur alttestamentarisch herstellen, indem man ein Verbrechen auf das andere häuft.

Rotschopf: Womit wir uns wiederum in den Bahnen der Absurdität bewegen.

Jungblut: Wie ich sehe, hat unser Schweizer Gast die moderne Entwicklung in der Kriminalistik völlig verschlafen. Die modernen Ermittlungsmethoden können doch auf große Erfolge bei der Verbrechensbekämpfung verweisen. Das führen uns die modernen amerikanischen Fernsehsendungen *CSI, Criminal Intent, Cold Case, Without a Trace, Crossing Jordan* oder *Bones* vor.

Tugendwerth: Zeigt uns aber nicht die Welt gerade Tag um Tag, dass das Rachedenken keinen Fortschritt bringt, sondern den Zustand zementiert, mehr noch eher verschlimmert, wenn man da nur allein an den Konfliktherd Palästina denkt?

Weltkugel: Immerhin verhilft einem der Gedanke zu einer gewissen Genugtuung. Und das ist doch schon etwas in unserer beschädigten Welt.

Nietzsche: Nein, das ist ein Holzweg, lieber Kollege. Was wir benötigen, das sind die einsamen, unangepassten Genies, die nicht in den Kategorien der Masse denken, nicht auf Geld, Karriere und Konsum aus sind. Die ...

Hegel: ...einzig in der Lage sind, wahre Kunst hervorzubringen. Das wolltest du doch sagen. Genies wie unsereiner sind Musterbeispiele für ein Bewusstsein, mit dem wir in die Zukunft blicken können, um das Vorgebirge, das in die Unendlichkeit hineinragt, zu erkennen. Das ist jetzt nicht von mir. Jedenfalls hat in dieser Hinsicht die Kriminalliteratur, ob deutschsprachig oder nicht, bis jetzt, glänzend versagt. Sie hat keine literarischen Maßstäbe setzen können. Der Krimi ist für die Literatur, was das Fastfoodessen für die Kulinarik ist.

Helle Empörung bei der Fraktion der Krimiautoren. Stilles und lautes Murren.

Kraus hingegen fühlte sich in dieser Stimmung pudelwohl. Er wurde angriffslustig: „Alle Dichter von Format haben, wenn sie sich je an einem Krimi vergriffen haben, dies aus Verlegenheit getan und ihn wie einen peinlichen Seitensprung betrachtet. Sie haben sich seiner angenommen, wenn sie Schreibprobleme hatten oder wenn sie Geld brauchten, wie dies bei unserem Schweizer Kollegen ja auch einmal der Fall war. Und so verwundert es auch nicht weiter, dass es die Krimiautoren nicht ein einziges Mal zu den Ehren des Literatur-Nobelpreises oder anderer großer Literaturpreise gebracht haben. Sie mussten sich Gegen-Nobelpreise, die sie selbst ausgelobt haben, anschaffen, Surrogate, die niemand, der auch nur Ahnung von Literatur hat, Ernst nimmt. Mit denen beweihräuchern sie sich dann."

Smith Wesson

Globaler Ausstatter der Lebensfreude!
Wir kümmern uns um Ihre Probleme!

Vierter Nothalt.

Nach nur dreizehn Zeilen beginnt die nächste Baustelle, die bereits nach zehn Seiten wieder zu Ende ist.

„Stopp! Halt! Anhalten! Ich leide Not. Alles muss raus!" Es war der einzigartige Wiener Psalmist und Fackelträger, der diesen Hilferuf ohne wirkliche Not ausstieß, als Keuner gerade im Begriff war, eine neue Diskussionsrunde einzuläuten. Was war los?

Nachdem er alle Blicke auf sich gezogen hatte, ließ er mit leiser, zittriger Stimme, den Kopf und den rechten Arm weit vorgestreckt, eine an das Plenum gerichtete Frage auf seiner Zunge langsam zergehen: „Wie viele Verbrechen benötigt und wie viele verträgt die Menschheit?"

Soviel zur prekären Notlage!

Da rhetorische Fragen an Antworten kein Interesse haben, schlug Keuner, einer plötzlichen Eingebung folgend, vor, man könne doch zur Abwechslung einmal den gestellten Themen mit Aphorismen, die er als wunderbare Denkspiele en miniature bezeichnete, auf den Leib rücken, mit denen Kraus sie in Abständen immer wieder einmal unterhalten würde. So käme ein wenig Abwechslung ins Spiel.

De Sade: Solche Spiegelfechtereien sind superb. Sie regen die Phantasie an und bringen den Esprit auf Touren. Ich stimme daher begeistert zu und werde, ob es erlaubt ist, oder nicht, sofort eine Kostprobe meines Könnens geben.

Kraus: Doucement! Das geht nur, wenn deine geistigen Ejakulate schlechter sind als meine alles überragenden Maximen.

Der gut gelaunte de Sade überging Kraus' spitze Bemerkung mit einer eleganten, knappen Handbewegung und machte sich sogleich ans Erzählen: „Vergangene Nacht, die zäh dahinfloss wie Pech und traumdurchtränkt war, trieb eine robuste Frage mich an und um und raubte mir den Schlaf, der in letzter Zeit ohnehin nur sehr leicht war. Welches ist die wirksamste Einstellung zum Leben?, wollte die Frage von mir wissen. Ich antwortete mit der größtmöglichen Gelassenheit, die mir gerade zur Verfügung stand – die Zeit. Einfach warten können, die Zeit verstreichen lassen, bis der unangenehme Nachbar endlich ein Pflegefall wird, bis der Liebesentzug wirkt, der Hunger tötet, der Besoffene sich zu Tode trinkt, der Kiffer sich den tödlichen Schuss setzt, die Ehe die letzten Reste ihres Gifts verströmt, der Verlassene sich vor den Zug wirft, die Arbeitslose sich erhängt, der betrügerische Politiker in eine tiefe Demenz fällt. Einfach warten können. Und die Beine hoch legen. Eine Flasche Wein leeren. Die Dinge auf sich zukommen lassen. Das war meine Antwort. Die Frage war merkwürdigerweise mit ihr zufrieden.

Kraus: Sehr beachtlich, mein Lieber. Ja, sogar kolossal. Was für ein Tiefsinn doch in dir steckt. Darin kann man ja geradezu ertrinken! Nur leider kein Aphorismus. Allenfalls ein Impromptu. Und das auch nur mit gutem Willen. Was deinem

Denken offenbar fehlt, ist jene sprachliche Konzisheit, die erst einen Aphorismus zu dem macht, was er ist. Deine Stärke scheint das Flanieren in literarischen Landschaften zu sein. Als Causeur zolle ich dir meine aufrichtige Anerkennung.

Er blickte auf de Sade, dessen Blicke unruhig im Saal umherschweiften, als suche er eine ganz bestimmte Person, und meinte dann: „Ich gebe dir einmal ein Beispiel für einen gelungenen Aphorismus, der unser Generalthema auf den Punkt bringt: *Das Gute am Bösen ist, dass alle daran teilhaben.*"

De Sade grinste niederträchtig. Es täte ihm Leid, aber es verhalte sich andersherum: „*In jedem Guten steckt stets etwas Böses.*"

Voltaire blähte seine Lippen auf und verkündete, das alles sei gar nichts, sei höchst unscharf. Er werde jetzt die Wahrheit zurechtrücken: „*Nicht das Sein, der Ellenbogen bestimmt das Bewusstsein.*

Pause. Dann: „Nun? Was meint ihr? Trifft dieser filigrane Satz nicht mitten ins Zentrum unseres Themas?"

Der moralische Zuchtmeister, dem man Anstand und Stil nicht absprechen mochte, stand nun auf, rückte Körper und Stuhl zurecht, verbeugte sich und verkündete mit lauter Stimme das elfte Gebot: „*Du sollst deine Hände nicht in Unschuld waschen. Das Wasser könnte vergiftet sein.*"

Nietzsche kicherte wie ein kleiner Junge, der dem Nachbarn gerade eine Fensterscheibe eingeschmissen hat. Er verstehe jetzt besser, sagte er, warum er sich so selten die Hände wasche.

„Als Humanist möchte ich die menschliche Seite des Verbrechers hervorkehren", kündigte Cosmo Po-Lit seinen Beitrag an: „*Das Menschlichste am Verbrecher ist seine Gewissenlosigkeit.*"

Proust zeigte ein staunendes Gesicht und meinte, er verstehe gar nicht, dass man etwas gegen das Verbrechen haben könne. Es gäbe doch Schlimmeres.

„Was denn?", wollte jemand wissen.

Proust: Lasst es mich einmal salomonisch so ausdrücken: *Etwas auf dem Kerbholz zu haben, ist schlimm. Schlimmer jedoch ist, nichts auf dem Konto zu haben.*

Poe drängte sich mit der Frage vor: „Wisst ihr überhaupt, warum so viel gemordet wird?"

Nietzsche: Spuck's aus.

Poe: *Weil Mörder keine Ahnung vom Nichts haben.*

Handwerker: Muss ich das verstehen?

Schopenhauer: Nein, musst du nicht. Aber du wirst sicher den folgenden Gedanken leicht verstehen können: *Was ist schon ein Mord im Vergleich zu einem Krieg?*

Handwerker: Ein Kleinkrieg!

Allen: Ich habe mich, wie ihr wisst, auch über das organisierte Verbrechen ausgelassen. Ich möchte meine Erkenntnisse auf den folgenden Nenner bringen: *Wenn sich ein Mensch erst einmal aufs Morden eingelassen hat, verfällt er rasch auch aufs Betrügen. Und von da ist es nur ein kleiner Schritt zum Kneifen einer Pobacke.*

Da niemand protestierte, konnte Nietzsche schmerzverzerrt ergänzen: *„Schade um alle nicht begangenen Morde".* Er fasste sich an die rechte Augenbraue: „Hier, genau hier sitzt der Schmerz, von wo aus er sich auf die Stirn und den Hinterkopf ausbreitet. Die Migräne ist das Produkt einer grenzenlosen Unzufriedenheit mit dem Zustand der Welt. Sie führt nicht gerade dazu, einen milde zu stimmen. Im Gegenteil. Sie beflügelt die Lust auf alle nur denkbaren Gemeinheiten. Wer jemals unter Migräne gelitten hat oder noch darunter leidet, wird mir Recht geben."

Er musste auf einmal lächeln, obwohl es ihm schwer fiel: „Vielleicht resultiert letztendlich aus der Migräne meine Leidenschaft für den Aphorismus, den ich als ein geschärftes Stilett in der Hand des Skeptikers betrachten möchte."

George: Da lieferst du mir gerade das Stichwort für einen

Einfall: *Wie bei der Erkenntnis auch, ist ein Mord lediglich das Ergebnis einer Handlung.*

Nietzsche: Genau aus dieser ausfallenden Bemerkung über den Einfall heraus ist meine Aphorismenkunst erwachsen.

Schopenhauer: Was soll dieser unsinnige Satz? Schießt du jetzt nicht wieder über das Ziel hinaus?

Nietzsche, der mit einem kugelförmigen Himbeerlutscher seinen Mund ausleuchtete, antwortete nuschelnd: „Das Gegenteil ist der Fall, mein Teurer! Das Gegenteil. Ich treffe genau ins Ziel. Ist nicht jeder Aphoristiker ein Feind aller Systeme, die die Welt bis in die feinsten Verästelungen festzulegen, zu vermessen suchen, worin wir Deutschen Weltmeister sind? Furchtbar! Ungeheuerlich! Ich gebe Hegel Recht, die Welt ist nicht statisch, sondern nur als bewegendes Bewegtes, das uns bewegt, etwas zu bewegen, zu begreifen. Und diese Inspektion kann nur von Problemsituationen aus erfolgen. Der Aphorismus spießt wie ein spitzer Bleistift Probleme auf, beschreibt sie mit größter Präzision und Konzentration, ohne sie zu lösen. Er bewegt sich dabei auf ungesichertem Terrain. Man kann daher mit Recht sagen, er ist ein furchtloser Experimentator."

Eine Keunerschülerin, nein, nicht die mit der Stupsnase, sondern eine, die bis jetzt noch nicht in Erscheinung getreten war, mit großen braunen Augen, aus denen die Klarheit der Tiefsee leuchtete, fragte Nietzsche neugierig, wie denn mit solchen Einzelexperimenten das Ganze erfasst werden könne, von dem fortlaufend die Rede sei.

Nietzsche: Jeder Aphorismus ist das Korrektiv für einen vorausgegangenen Fehler. Insofern hängen meine aphoristischen Experimente alle organisch miteinander zusammen. Ob das dann ein Ganzes wird, weiß ich nicht.

Der Handwerker war bei diesen Worten ganz unruhig geworden und fragte Nietzsche vorwurfsvoll, was denn dieser metaphysische Kitsch solle.

De Sade strafte ihn mit Blicken ab und ließ auch eine Antwort Nietzsches nicht zu. Er machte einfach in der Blutspur des Verbrechens weiter und schlug einen Bogen hin zur Sprache, von der alle Niederträchtigkeiten wie etwa Beleidigungen ihren Ausgang nähmen. Für ihn sei die Malediktion die erfrischendste verbale Entwürdigung, frisch wie Fisherman's Friend. Und darüber hinaus ein höchst ökonomisches Verbrechen. Denn sprachliche Entgleisungen erfolgten stets ohne großen materiellen, zeitlichen und physischen Aufwand.

Luzifer: Aber nicht ohne psychischen Aufwand.

De Sade war zu sehr mit seinem Gedanken beschäftigt, weshalb er den Hinweis Luzifers einfach überging. „Zu den abgefeimtesten unter den Beleidigungen", meinte er fortfahrend, „zählen ohne Zweifel die Flüche, diese wunderbaren Gebete des Teufels. Ich kenne da ein vortreffliches Beispiel, das ich neulich von einem Maghrebiner gehört habe, das ich unbedingt wegen seiner geschliffenen Perfidität preisgeben möchte."

De Sade schmunzelte und begann zu erzählen: „Höhnte einer aus dem an Flüchen reichen orientalischen Kulturkreis seinen Gegner, mit dem er sich stritt: *Ich würde nicht einmal in den Bart Deines Vaters furzen.*"

Voltaire: Warum begegnen mir nicht solche vortrefflichen Flüche? Wie dem auch sei. Die vorgebrachte Niedertracht jedenfalls ist so herrlich infam, weil sie nicht den unmittelbaren Gegner betrifft, vielmehr die in dem betreffenden Kulturkreis immer noch hochgestellte Persönlichkeit eines Familienunternehmens, den Familienvater. Wenn der beleidigt wird, ist die gesamte Familie bis ins fünfte Glied mit allen Verzweigungen in den Fluch eingebunden.

„Aber", Voltaire dehnte das Wort, „der Fluch funktioniert natürlich nur unter ganz bestimmten Bedingungen."

Keunerschüler: Nämlich welchen?

Voltaire: Erstens muss man noch einen Vater haben.

Keunerschüler: Wäre nicht die Beleidigung eines verstorbenen Vaters noch schlimmer? Denn Tote darf man doch erst recht nicht beleidigen.

Voltaire stutzte einen Augenblick: „So gesehen bedeutete der Fluch in der Tat eine Erweiterung des Wirkungsradius. Daran habe ich gerade nicht gedacht. Zweitens muss der Vater einen Bart tragen."

Nietzsche lachte, zupfte seinen Bart, und fragte nach dem dritten Grund.

Voltaire blickte unruhig hin und her, holte tief Luft und stutzte: „Und drittens – oh, die dritte Bedingung ist mir gerade entfallen."

Keuner: Jeder hat ein Anrecht auf einen Blackout, zumal, nachdem ein deutscher Kanzler sich freimütig zu einem solchen bekannt hat. Mir ist übrigens auch so eine tödliche Herabwürdigung zu Ohren gekommen, und die lautet so: Du sollst hundert Jahre alt werden. Aber sofort.

Das Lachen wollte oder konnte sich nicht entfalten. Dafür regte Kraus an, man möge doch wieder zu den klassischen sentenzartigen Aphorismen zurückkehren, die Objektivität beanspruchten. Er fragte denn auch gleich Lou, ob sie denn wisse, dass Frauen eine gestörte Beziehung zum Verbrechen hätten.

Lou: Nach meinen Erfahrungen verhält es sich eher umgekehrt, Frauen sind die besseren, weil intelligenteren Verbrecher. Sie arbeiten präzise, mit Gefühl und Raffinesse und mit allergrößter Leidenschaft. Wie also kommst du nur auf diese abstruse Idee?

Kraus: Dem ist nicht so. *Frauen haben deshalb ein gestörtes Verhältnis zum Verbrechen, weil sie zum Altruismus neigen.*

Lou: Das kann nur sagen, wer die Realität der Frau so verkennt wie ein Mann.

Voltaire: Objektivität, lieber Kraus, du meine Güte. Die darf man doch nicht bei Aphorismen suchen. Aphorismen sind Frühjahrsschwalben, die den Frühling zwar ankündigen, aber nicht selber auch schon der Frühling sind. Aphorismen sind die Amöben unter den Literaturformaten, winzige Wahrheiten, aufgespießte Wahrheitssplitter allenfalls, oder sollte ich besser sagen, Fragmente, die keine Angst haben, im Unfertigen steckenzubleiben. Niemals ist ein Aphorismus objektiv, vielleicht halb oder eineinhalb objektiv.

Nietzsche: Nein und nochmals Nein. Aphorismen sind Formen der Ewigkeit.

„Was ich schon immer sagen wollte, lieber Kraus, deinen Aphorismen, mit Verlaub gesagt, geht zuweilen der Witz ab, was daran liegen mag, dass du zu viele von diesen Dingern zu schnell raushaust. Ans Licht kommen dann Banalitäten", hielt Schopenhauer Kraus vor. „Ich hoffe", fuhr er fort, „dir nicht zu nahe zu treten, wenn ich dir jetzt einmal demonstriere, was einen guten Aphorismus auszeichnet, nämlich, dass er einen Sachverhalt im Kern trifft und so sich selbst zu Bedeutung und Glanz verhilft. Ein Beispiel gefällig? Hier ist es: *Das Nichtsein ist dem Sein vorzuziehen.*"

Schopenhauer sah Kraus erwartungsvoll an, dieser besah seine Fingernägel und schob nur die Unterlippe vor, auf die er sich biss, um anschließend verbissen zu schweigen.

Keuner: Unsere Feministin hat sich noch gar nicht geäußert. Wir sollten ihr die Chance geben, uns zu zeigen, dass auch Frauen …

Allen: Den Frauen fehlt ganz einfach das Gen für Verstandesschärfe. Und das ist auch gut so. So besitzen wir wenigstens an dieser Stelle noch einen Vorsprung.

„Provozieren wir doch einfach unsere Gralshüterin des Feminismus und fragen sie, was sie vom Sex hält", spöttelte der Stückeschreiber, woraufhin alle die Feministin neugierig anblickten, die sich aber als schlagfertig erwies: „Ich weiß über Sex nur soviel: *Das Leben ist mit Sex schwer, und es ist ohne Sex schwer. Wann ist es dann leicht?*" Ihr rotes Buch hatte sie vor sich liegen. Es sah sie herausfordernd an.

Sie erhielt Beifall. Und man sah und hörte sie erstmals herzhaft lachen. Wenn sie schon dabei sei, wolle sie als Feministin ausnahmsweise einmal etwas Positives über die Männer sagen: *Männer sind für Geld zu allem fähig, selbst zu einer guten Tat.* Leider stamme der Aphorismus nicht von ihr, sondern von einem gescheiten Mann. Doch diese Spezies sei leider ausgestorben.

Kraus beendete den Gedankenaustausch mit dem Bonmot: *„Alles, was der Fall ist, ist bereits hinfällig."*

In einer sehr heimtückischen, indirekten Form wurde die Auseinandersetzung mit dem Aphorismus fortgeführt. Als nämlich zur Nachtzeit die Teilnehmer müde ihre Zimmer aufsuchten und ihre Laptops abfragten, war bei einigen die Überraschung groß. Sie hatten Aphorismen ohne Absender erhalten. Nach welchen Auswahlkriterien dies geschah, blieb unklar. Doch die Adressaten wussten sogleich, wer der Absender war. Oder sie taten so, als wüssten sie es.

Die Reaktionen der Empfänger fielen verständlicherweise sehr unterschiedlich aus.

Christie kochte, denn sie musste sich den Aphorismus gefallen lassen: *Was taugt schon unversucht, fragte der Beichtvater die Jungfrau und nahm sich ihrer an.*

Was wohl Schopenhauer dachte als er den ihm dedizierten Aphorismus las, der da lautete: *Erst wenn alle Deutschen ausgestorben sind, besteht die vage Hoffnung, dass sie sich wieder regenerieren werden.*

Klar, dass Tugendwerth sich ärgerte: *Schluss mit dem Bildungsnotstand! Bewaffnet die Lehrer. Bildet sie in den Nahkampftechniken aus.*

George hingegen schmunzelte: *Raucher sind eine Minderheit. Also behandelt sie auch wie eine Minderheit!* Schade, dachte sie, als Nichtsraucherin bin ich die falsche Adressatin.

Im Zimmer nebenan kam folgender Aphorismus an: *Noch zehn Jahre Talkshows! Und keiner spricht mehr ein Wort Deutsch!*

Meine Kritik am Kulturbetrieb scheint offenbar Früchte zu tragen, dachte Teddie.

An wen der Aphorismus *Ein Jahr Lehrer und schon bist du ein Zyniker* adressiert war, wird nicht mitgeteilt, auch nicht, wie die Reaktion ausfiel.

Cosmo Po-Lit zog nur die Augenbrauen hoch, als er den folgenden Gedankensplitter überflog: *Leute wie Jan Ulrich haben das Zeug zu einem Politiker.* Wer ist Jan Ulrich?, fragte er sich. Ich kenne einen Jan Hus.

Voltaire entfuhr der Kommentar *Wie wahr!*, während er die Botschaft las: *Wenn doch nur auch die Politiker eine so deutliche Sprache sprächen wie die Waffen.*

Ein derbes Lachen kam aus der Zelle des schmächtigen Griechen, als er die Nachricht erhielt: *Die Politiker würden ganz anders handeln, gäbe es den Schierlingsbecher noch.* Mein Tod war also doch nicht ganz umsonst, dachte er dann noch.

Sei höflich zu allen Motorradfahrern! Weise ihnen zuvorkommend, aber bestimmt den kürzesten Weg zum nächstliegenden Baum. Der nächste Organpatient wartet schon. Der hat Pepp, brummte Luzifer. Aber warum mir das, fragte er sich, wo ich doch ein passionierter Spaziergänger bin. Als Opfer komme ich auch nicht in Frage. Meine Organe sind alle noch top.

Beim Tee trinkenden Stückeschreiber war folgender Sinnspruch eingetroffen: *Auch Gott und die Heiligen haben Angst.* Er kicherte und vertiefte sich wieder in seine Zeitung.

De Sade nickte nur zustimmend, als er las: *Verbrecher sind auch nur Menschen.*

Nobelpreis für schweigende Mehrheit

Zum ersten Mal in diesem Jahr wird der Nobelpreis für die Schweigende Mehrheit (SM) vergeben. Es werden BewerberInnen gesucht, die bei Prügelorgien, Vergewaltigungen, beim Völkermord oder bei anderen schweren Verbrechen oft genug und intensiv genug weggesehen und geschwiegen haben. Die Bewerbungen mit nachprüfbaren Beweisen (Fotos, Handy-, Video-Aufzeichnungen, Zeitungsbelegen usw.) senden an den Ausschuss Demokratisches Recht auf Indifferenz e.V. unter...

Ende der Baustelle.
Wir danken für Ihr Verständnis!

20.

Es geschah zur Kaffeetrinkenszeit, als ein langhaariger, verwegen aussehender Keunerschüler mit einem Dreitagebart, Goldkettchen um den Hals und gepflegten Händen, eine halbvolle Kaffeetasse in der rechten Hand hin und her schwenkend, an Hegel mit der Frage herantrat, er möge ihm doch erklären, was es mit dem Beständigen, dem Festen auf sich habe, das dem Leben Konturen verleihen, den Menschen Halt geben und das Verbrechen abwenden solle. Ihn erinnere Hegels Bewegungsphilosophie, wonach sich alles in einem immer währenden, mühseligen Prozess befinde und in der Schwebe bleibe, eher an das berühmte Bild von der Katze, die sich in den Schwanz beiße. Ob es sein könne, fragte der Schüler vorsichtig und gleichzeitig kühn, dass er sich da um eine wichtige philosophische Frage elegant herumgemogelt habe. Dann trank er einen Schluck Kaffee aus der Tasse und sah glücklich aus.

Hegel antwortete gut gelaunt, das Mogeln sei eine der großen Leidenschaften aller Philosophen. Ohne Bluff gäbe es keine Philosophie. Das gehöre nun einmal zum verwegenen Handwerk mit den Gedanken. Was nun seine Frage nach einem stützenden Korsett angehe, hätte er schon gern von ihm gewusst, ob er, bitteschön, einmal dieses Beständige an einem Beispiel festmachen könne.

Der Keunerschüler hielt mit dem Schwenken der Tasse inne und antwortete nicht gleich – aus welchen Gründen auch immer. Hegel war's recht. „Dein Zögern", meinte er dann, „zeigt mir, dass es dir offenbar sehr schwer fällt, irgendein Fixes irgendwo zwischen Himmel und Erde zu finden. Mir jedenfalls ist dergleichen noch nicht über den Weg gelaufen." Er sah den Keunerschüler prüfend an, der verunsichert seine Schultern hochzog, weshalb Hegel seinen Gedankengang fortsetzte, dabei die Kaffeetasse des Keunerschülers fixierend. Mit dem Beständigen verhalte es sich so wie mit seiner Kaffeetasse. Der gebe er mit seiner Hand Halt, einen beweglichen Halt, fügte er hinzu. Tatsächlich jedoch befinde sich die Tasse in einem Schwebezustand. Bedenke man außerdem, dass sich die Erde munter drehe, erkenne man leicht, wie instabil das Ganze sei. Und genau das widerfahre allem Beständigen. Es sei eine höchst wackelige Angelegenheit. Mit anderen Worten: Den festen Halt, den er sich so sehnlichst wünsche, gäbe es gar nicht. Die Vorstellung vom Bleibenden, Dauerhaften, auch Ewigen, sei eine schlimme Fiktion der ollen Griechen, die gleich aufschreien werden, die sie mit ihren scheinbar stabilen Ideen in die Welt gesetzt hätten und die dann das Christentum übernommen habe. Und Teddie setzte mit einem Zitat den Schlusspunkt: „Omnis determinatio est negatio! Jede Bestimmtheit ist eine Verneinung, hat schon Spinoza gesagt."

Er blickte die griechischen Kollegen amüsiert an, die sich auch prompt angesprochen fühlten und laut und vernehmlich protestierten: „Was sollen diese Verunglimpfungen, du Laubsammler? Dass du uns beleidigst, mag noch angehen. Doch nicht unsere unsterblichen Ideen, die lahmen Krücken des Universums. Zeus, donnere und schleudere Blitze auf diese deutsche Talgdrüse."

Hegel zeigte sich dem griechischen Protest gegenüber erhaben. Er war mit Gedanken längst schon ganz woanders. Den Keunerschüler behielt er fest im Blick. Es war ein aus Mitleid, Neugier und Triumph und wer weiß, was noch, zusammengesetzter Blick. „Nimm nur dich selbst", fuhr er fort, „dann wirst du von allein darauf kommen, dass das von dir angenommene Feste nicht mehr als ein verweilender Augenblick ist. Denk an deine Entwicklung, die du genommen hast. Aus dem befruchteten Ei wurde der Fötus, daraus das Baby, daraus das Kleinkind, daraus der Pubertierende. Bist du noch dieser schäumende Adoleszent oder schon ein Erwachsener? Vielleicht wirst du dann noch, sofern es der Natur nur gefällt, zu einem Senior. Solltest du Kinder hinterlassen, geht der Prozess wieder von vorne los oder nach hinten weiter. Die Entwicklung hat alles fest im Griff."

Der Konstanzer Juniorprofessor kommentierte süffisant: „Unterhält uns Hegel wieder einmal mit seinen metaphysischen Märchen, in denen ein Geist aus der Flasche namens Dialektik eine Rolle spielt?" Da funkte auf einmal Schopenhauer mit einem Schlachtruf dazwischen: „Was soll das Ganze? Das Leben ist doch nichts weiter als eine Episode des Nichts. Nicht wahr, Atma?" Er streichelte den Hund, und Atma bedankte sich, indem er bellte, was auch immer dies bedeutete.

Inzwischen kramte ein anderer Keunerschüler – er trug ein grau meliertes Nehru-Hemd über einer schwarzen Hose, was sehr elegant aussah –, in seinen Gedanken und holte dort die Frage hervor, die er an Hegel weitergab, wer oder was denn

konkret diese Entwicklung in Gang bringe und dort auch halte.
Hegel breitete seine Arme aus und psalmodierte: „Wie ich schon
an früherer Stelle ausführte, ist der Motor der Bewegung die
Dialektik, die so etwas wie der Widerspruchsgeist ist, der in
allen Dingen steckt und der alles mit allem und sich selbst mit
sich selber vermittelt, ..." Er stutzte: „Hm, wie war das jetzt?
Ach so, um dann als das Vermittelte wiederum in die neue
Vermittlung einzugehen, bis alles mit jedem vermittelt ist und
nichts mehr übriggeblieben ist, was zu vermitteln ist." Er stutze
noch einmal: „Wie jetzt? Jedenfalls spielt in diesem immer
während Hin- und Herschaukeln, in dem jeder gegen jeden
prozessiert, ein Katalysator eine herausragende Rolle – die
bestimmte Negation. An die halte dich! Auch wenn sie sich
nicht festhalten lässt, wie schon gesagt." Er lachte.
Der karierte Keunerschüler ließ nicht locker: „Wenn es eine
bestimmte Negation gibt, dann kann man im Umkehrschluss
davon ausgehen, dass auch eine unbestimmte Negation vorhanden sein muss. Die scheint dann wohl kein so großes Licht
zu sein wie die bestimmte Negation."
Hegel: Sieh da, sieh da, Timotheus! Da hat aber einer kräftig
am Busen der Logik gesaugt! Du hast richtig geschlussfolgert.
Unbestimmt nenne ich die abstrakte Negation, oder wie ich
im kleinen Kreis gern sage, die autistische Version einer Negation, weil sie sich nur mit sich selbst beschäftigt, um sich
selbst kreist und die darum letztendlich zu nichts führt. Gelegentlich denunziere ich die unbestimmte Negation auch schon
einmal als irrational, weil ihr das Handeln, das Eingreifen in
die Weltläufe unwichtig ist. Diese unbestimmte Negation kannst
du wunderbar hier jeden Tag auf diesem Symposium in Aktion sehen. Demgegenüber ist die bestimmte Negation sehr konkret. Sie greift elanvoll in das Geschehen ein, indem sie zunächst sehr präzis jene Stellen markiert, wo das zu Negieren-
de abgestoßen, vernichtet werden soll, und was davon produktiv ist, weiterentwickelt werden kann. Ich nenne diese Rest-

Substanz das Unverbrauchte, noch nicht Erreichte, in die Zukunft Weisende."

Fragte da der dreitagebärtige Keunerschüler spitz: „Das kann doch aber nicht für das Gute gelten. Was soll da ein Prozess, eine Vermittlung anrichten? Das Gute ist doch einfach vollkommen. Es benötigt daher keine Höherentwicklung. Am Guten beißt sich die bestimmte Negation die Zähne aus. Denn was gut ist, kann ja wohl kaum besser werden. Eher schlechter, aber dann ist es nicht mehr das Gute."

Hegel beiseite sprechend: „Ganz schön clever, der Bursche. Der hätte als Schüler bei mir gute Chancen, eine Assistentenstelle zu bekommen. Vielleicht werbe ich ihn dem Keuner ab."

Dann laut weitersprechend: „Ich muss dich leider enttäuschen. Ich hatte auch erst angenommen, ich könnte das Gute von der Negation ausnehmen. Doch bald kamen mir Zweifel, dass ausgerechnet das Gute vollkommen sein sollte. Dass dem nicht so ist, dafür sorgt schon das Böse, indem es das Gute laufend herausfordert und dadurch zwingt, sich immer wieder aufs Neue zu bewähren und zu bestätigen. Vielleicht steht am Ende dieser dialektischen Verschwörung irgendwann einmal – was weiß ich, wann das sein wird –, eine Versöhnung. Das hängt ganz von meinen Weltgeist ab, mit dem ich neuerdings auf Kriegsfuß stehe. Als ich jung war, glaubte ich noch an die sittliche Erneuerung der Welt. Heute bin ich mir da nicht mehr so sicher. Wo steckt überhaupt dieser Schlingel?"

Der Dreitagebart hakte nach: „Dass das Gute schon einmal aus den Fugen geraten kann, das kann ich gerade noch nachvollziehen. Aber es fällt mir schwer zu verstehen, wie aus dem Bösen jemals etwas Gutes werden kann? Wie soll das gehen?"

Hegel kam nicht dazu zu antworten, denn der Keunerschüler mit dem Nehru-Hemd setzte ihm mit einer weiteren Frage zu: „Darf ich nachfassen? Wenn das Böse, dem Gesetz deiner Dialektik folgend, seine ursprüngliche Qualität aufgibt, und das heißt, gut wird, gibt es dann nicht seine Identität auf? Und bricht dann nicht deine ganze Dialektik zusammen?"

Da mischte sich die griechische Hebamme ein: „Der Junge hat ja so Recht. Wenn dem so wäre, wie du behauptest, unser Vater Hegel, dass das Böse oder das Verbrechen per se ein notwendiges Korrektiv ist, das zum Leben dazugehört, dann gibt es eigentlich kein Gut und Böse mehr. Alles wäre nur ein heilloses Durcheinander. Wie aber soll eine Welt, die so konstruiert ist, überhaupt existieren? Wie sollen die Menschen ohne feste, gesicherte Maßstäbe in diesem Wirrwarr leben? Es bleibt dabei, wir brauchen meine Gehhilfen, die eingeborenen Ideen."

Da musste auch der untersetzte Grieche seinen Senf dazu geben: „Sehr gut, mein Stichwortgeber! Damit verstößt der Hegel gegen alle Prinzipien der Logik, die wir Griechen erfunden haben, zum Beispiel gegen das Widerspruchsprinzip, wonach das Eine nicht gleichzeitig auch das Andere sein kann. Oder gegen das Prinzip der Identität, das auf der definiten Selbstständigkeit und Unterscheidbarkeit von Dingen und Wesen aufbaut. Danach ist A eben A und kann nicht gleichzeitig B sein. Und B ist gleich B und kann nicht gleichzeitig A sein."

Er streichelte sich selbstgefällig seine Brust.

Handwerker: Das gefällt mir. Ich finde euch Griechen super! So ist das auch in meiner Welt. A ist immer A und B immer B. A ist der Auftrag, und B ist die Bezahlung. Der Handwerker bleibt der Handwerker und der Kunde der Kunde. Das wäre ja noch einmal schöner, wenn der uns ins Geschäft hineinpfuscht. Und das Geld muss vor allem auch das Geld bleiben. Auch das Bescheißen muss sich treu bleiben. Das gehört zum Geschäft. Nur so herrscht Klarheit, und man weiß, woran man ist.

Auch er strich sich über seine muskulöse Brust.

In der Zwischenzeit hatte sich der untersetzte Grieche auf seinen nächsten Gedanken konzentriert, den er preisgab, kaum

dass der Handwerker geendet hatte: „Mir kommt dein dialektisches Hirngespinst, das ewig Schwebende, höchst verdächtig vor. Da will ich doch lieber mit meinem verehrten Lehrer irren, als mit deiner Dialektik die Wahrheit suchen."
Der Schmächtige war empört: „Ich irre nie, du Analog-Käse. Das solltest du doch als mein Schüler wissen. Zugegeben: Es kommt zuweilen vor, dass ich behaupte, ich wisse nichts. Aber das ist doch nur ein Trick, um meine Gesprächspartner erstaunen zu machen und sie zu verwirren, damit ich dann meine Fragen an sie richten kann."
Ein Engländer in einem altertümlichen Sakkoanzug mit aufgenähten Lederecken an den Ellenbogen, der sehr von oben herab sprach, ohne sich erkennen zu geben, hielt den Union Jack hoch. Lediglich der typische Akzent verriet den Engländer: „Ich möchte mich als logischer Empiriker, der den Windbeuteleien der deutschen Nachtigall Hegel zutiefst misstraut, in die Diskussion einbinden."
Hegel zeigte ihm den Vogel, Schopenhauer machte die Scheibenwischer-Geste und Nietzsche hielt einen ganz bestimmten Finger in die Höhe.
„Wenn dieser Gentleman Hegel, der, soweit ich sehe, nicht einmal auf eine Jahrhunderte alte Adelsfamilie zurückblicken kann, Recht hätte, müssten wir auf die Möglichkeit der Erkenntnis ganz verzichten. Denn dann kämen wir auf den Sinn eines Wortes nur dann, wenn wir vorher bereits den Sinn aller anderen Wörter kennten, kennen täten, kennen würden oder wie ihr Krauts auch immer zu sagen pflegt."
Als er in den Gesichtern lauter Fragezeichen und breites Grinsen sah, reckte er den Kopf hoch und besah die Runde mit nicht schlechter Überheblichkeit: „Ich möchte das Gesagte durch ein kleines Beispiel erläutern, das schlagend belegt, was ich meine. Wir Engländer sind bekanntlich sehr praktisch denkende Wesen, was an der Ökonomie liegt, die uns mehr am Herzen liegt als Gott, aber weniger als das Kricketspiel. Die-

ses Denken hat schließlich unseren Weltruhm begründet. Aber
– nun das Beispiel. Bevor man den Satz verstehen kann Jesus
ist der Sohn Gottes müssten wir nicht nur wissen, wer Jesus
und wer Gott sind. Wer die beiden sind, erfahren wir erst
dann, wenn wir sämtliche Eigentümlichkeiten über sie kennen. Denn sonst könnten wir sie nicht von anderen, sagen
wir von unserem großen Churchill oder von eurem Franz
Beckenbauer unterscheiden. Und das Besondere der beiden
ergibt sich doch erst aus dem Wissen um deren Familie, stammen sie aus der Ober-, der Mittelschicht oder gar keiner
Schicht, haben sie eine Erziehung genossen, wenn ja, welche, haben sie eine berufliche Ausbildung genossen, oder sind
sie ungelernte Arbeiter, haben sie sportliche Vorlieben, haben
sie auch besondere Vorlieben, was das Liebesleben angeht,
nicht zu vergessen den Zeitgeist, der sie prägte, last but not
least, welches Bewusstsein sie haben, wenn sie denn eines
besitzen. Man müsste also letztlich über das gesamte Universum Bescheid wissen, um eine Aussage über Jesus und
Gott machen zu können. Wie soll das aber gehen?"
Hegel: Verehrter Herr von oder zu von der Insel. Ihre Ahnen-
reihe, Sir, in Ehren. Sie mag ja lang sein, dafür sind Ihre Gedanken so kurz, dass sie nicht einmal den Kopf verlassen können und somit den Namen Gedanken gar nicht verdienen. Was
ich hier vortrage, ist das legale und notwendige Prozedere
aller, von der Metaphysik inspirierten Erkenntnis von alters
her, die etwas anderes, Höheres darstellt als das primitive
Herumstochern eines hergelaufenen Engländers in der Realität. Offenbar hat sich bis zu Ihnen, Sir, noch nicht herumge-
sprochen, dass man immer erst nur eine vorläufige Meinung
von etwas hat, wenn Sie mir folgen können, die dann über
nachwachsende Informationen aufsteigt, präziser wird, sich
verdichtet, verdampft, verduftet, sich permanent verändert,
indem man nach und nach die Widersprüche kennenlernt, so
dass Korrekturen notwendig werden. Und so weiter, auch so

fort, wie man im Deutschen sagt. Können Sie mir folgen?
Er sah den Engländer triumphierend an.

„Nehmen wir Sie, Sir No-Name, als Beispiel. Ich weiß von
Ihnen im Augenblick nur sehr wenig. Dass Sie ein Snob sind
und unhöflich, da Sie es nicht für nötig hielten, sich uns vorzustellen. Dass Sie meinen, ein logischer Empiriker zu sein,
mag Sie ehren, nützt Ihnen aber nicht viel. Denn, Verehrte-
ster, sobald sie zu Verallgemeinerungen greifen, müssen Sie
sich von ihrer platten Realität meilenweit entfernen. Mit Verlaub zu sagen: Sie glauben doch nicht im Ernst, dass Ihre
englischen Faxen meine glorreiche Philosophie widerlegen können?"

So ging der Streit zwischen den Realisten und den Idealisten
eine Weile heftig hin und her, Schimpfen und Fluchen wurden
dabei kräftig bedient, bis das Gespräch irgendwann ermüdete
und Jungblut sich wieder einmal bestätigt sah, dass die ruhige
Hand einer Diskussionsleitung fehle. Nach und nach leerte
sich das Refektorium, was Hegel und den englischen Gentleman nicht davon abhielt, ihre Diskussion als Zweikampf auf
den Gängen des Klosters turbulent fortzusetzen. Das alles geschah an einem Vormittag.

Fortsetzung folgt.

LIGLOT (Lightning Global Trust) Finanzconsulting

Schenken Sie uns Ihr Vertrauen und Ihr Geld. Wir verstehen
etwas von Steuerhinterziehung.

Referenzen:
Boris Becker
(Zwei Jahre Freiheitsstrafe auf Bewährung wg Steuer-
hinterziehung)
Ehepaar Schlecker
(Zehn Monate Freiheitsstrafe auf Bewährung wg Betrugs
und 1 Million Euro Bußgeld)
Freddy Quinn
(Zwei Jahre Freiheitsstrafe auf Bewährung wg Steuer-
hinterziehung)
Eberhard von Brauchitsch
(Zwei Jahre Freiheitsstrafe auf Bewährung wg Steuer-
hinterziehung)
Paul Schockemöhle
(Elf Monate Freiheitsstrafe auf Bewährung wg. Steuer-
hinterziehung)
Klaus Zumwinkel
(Zwei Jahre Freiheitsstrafe auf Bewährung wegen Steuer-
hinterziehung und ein Bußgeld von einer Million Euro)

Als sich am späten Nachmittag der lange vorher angekündig-
te Regen prompt einstellte, der erst schräg von Westen kom-
mend, dann nach Süden drehend einfiel, den Rest des Tages
und die ganze Nacht über mit großer Heftigkeit anhielt – fand
sich eine kleinere Gruppe zusammen, um die Debatte über
das Leben fortzuführen. Sie wurde von einem spanischen Gast
eröffnet, der durch einen schwungvollen, äußerst gepflegten
Schnauz- und Vollbart auffiel, mit dem Nietzsches Schnauzbart
auch nicht annähernd konkurrieren konnte, was Nietzsche,
der sowieso schon schlecht gelaunt war, auch missfiel, was
man daran merkte, dass er seine Bartenden zwirbelte, dann
einen kleinen Spiegel zur Hand nahm, um sein Kunstwerk darin
zu betrachten. Dabei blickte er immer wieder zum Spanier
hin, dessen Kopf ein schwarzes, flach gearbeitetes Barett mit
kordelartig gedrehten Goldstiften zierte, das kess schräg am
Scheitel hing. Der Kerl steckte in einem schwarzen Wams mit
kurzem Schoß, mächtigen Schulterstücken und kleinem Steh-
kragen. Reiche Silberstrickereien in Form von längsgestreif-
ten, am Schoß auch quergestreiften Zierborten akzentuierten
das Gewandstück. Die dazugehörigen Krausen an Hals und
Handgelenken waren schmal ausgebildet. Die angenestelten
und wattierten roten Ärmel lagen glatt an. Sie waren mit
schmalen, farbig abgesetzten Wulstringen und schräg verlau-
fenden Zierschlitzen versehen. Die Beine steckten in einer

spanischen, mit Werg ausgeleideten Hose. Doch die Attraktion des malerischen Unterbaus, die alle, vor allem die männlichen Blicke auf sich zog, war die so genannte Braguette, die als Dekoration gedachte Schamkapsel, wie sie für die Landsknechtsmode typisch war.

Der Spanier hatte in einem der vielen Kriege, an denen er teilgenommen hatte, seine linke Hand verloren. Und obwohl ihm nur die Hand fehlte, sprach man von ihm nur als von dem Einarmigen. Er nahm sogleich Hegels metaphysische Ausflüge aufs Korn, indem er vor dessen Donquichotterien warnte. Er habe in seinem allseits bekannten Bestseller zu zeigen versucht, was für einen Schaden gerade ein übertriebener Idealismus in Zeiten politischen und moralischen Verfalls anzurichten in der Lage sei. Er blickte in die Runde, wohl in der Hoffnung, dass ihm jemand Beifall zollte, musste aber erleben, dass keiner ihm diesen Gefallen tat. Er begann daher aus Verlegenheit dünn zu lächeln und machte noch einmal seinen Mund auf: "Auch ich habe mich übrigens mit einem genialen Bonmot in die Reihe von euch ach so klugen Räsoneurs eingebracht, als ich das Leben einmal – wann war das doch gleich – mit einer Schachpartie verglich, die wir lebenslang spielen, ohne sie jemals zu Ende bringen zu können."

Das Stichwort vom Schachspiel rief Allen auf den Plan: „Apropos Schachspiel. Kennt ihr meinen genialen Dialog, in den ein Textilfabrikant den Tod verwickelt, als der eines Nachts zu ihm über das Schlafzimmerfenster einsteigt, um ihn abzuholen, wie er mit ihm verhandelt und wie er ihn austrickst ...?"

Poe: Was laberst du da! Du kennst deinen eigenen Text nicht mehr. In dem Dialog geht es doch gar nicht ums Schachspiel, sondern um Kutscher-Rommee.

Kraus: Ich möchte zu Gott noch etwas sagen. Geben wir ihm noch einmal eine Chance. Ich finde, das ist ein faires Angebot. Wie jeder Mensch, so sollte auch ein Gott eine zweite Chance erhalten, zumal er seine Schöpfung so stümperhaft in den Sand gesetzt hat. Dann könnte das Leben noch einmal von vorne anfangen.

Der höfliche Einarmige antwortete: „Lieber Freund! Die Poissonaden über Gott und dessen missratene Schöpfung, die auf dem Symposium vermutlich schon öfter die Runde machten, sind mehrfach gedroschenes Stroh." Er machte eine entsprechende Bewegung mit seiner noch vorhandenen Hand. „Das alles hat man irgendwann, zum Teil auch schon besser formuliert, gehört. Lasst daher den lieben Gott einen alten Mann sein und lasst uns zu Wichtigerem übergehen. Der Diskurs über das Leben lässt sich vortrefflich auch ohne Gott führen, ja sogar am besten ohne ihn. Gott ist eh' nur dazu da, uns vom Denken abzuhalten. Lasst uns also mit philosophischem Elan und geschliffenem Witz an die Arbeit gehen."

Tugendwerth: Bin ich froh, dass endlich auch einmal ein anderer auf Haltung achtet. Von den formidablen Spaniern sind wir ja auch nichts anderes gewöhnt. Was mir in der Diskussion hier von Anfang fehlt, sind der tiefe Ernst und die innere Ruhe für die Anstrengungen des langen Wegs zur Wahrheit. Aber ich stehe hier ja auf verlorenem Posten.

Der schmächtige Grieche: Ganz recht. Ein tieferes Eindringen in die Materie findet nicht statt. Deshalb versuche ich ja immer wieder, mit meinen Fragen, die ideale Wegweiser eines guten Dialogs sein wollen, eine Struktur in das Gespräch zu bringen. Daher meine ich, …

Der Satz blieb ein Fragment. Nietzsche, mit einem Stück schlaggesahnter Sachertorte beschäftigt, bürstete den Schmächtigen brüsk ab: „Halts Maul, Vater unser, nicht schon wieder die alte Fragen-Leier. Deine Fragenstellerei ist sowieso nichts anderes als eine Fallenstellerei." Er lachte: „Hör mal zu, alter Knabe! Das Fragen hat der Teufel erschaffen. Wem die Sonne scheint, der fragt doch nicht nach den Sternen. Hast du denn immer noch nicht begriffen, dass deine Bemühungen um ein geordnetes analytisches Denken mittels Fragen zu

nichts führen? Deine Fragerei ist nichts weiter als eine Form der Inquisition, mit deren Hilfe du letztlich nur deine an- oder eingeborenen ewigen Ideen aus den Menschen auspressen willst, die es gar nicht gibt. Gäbe es deine eingeborenen Ideen, die Genforschung hätte sie längst ausfindig gemacht und entschlüsselt. Aber – nichts da. Ganz nebenbei: Deine Fragen enthalten bereits die Antworten, die du hören willst. Es gibt keine ewigen Werte. Es gibt nur Werte auf Zeit. Zeitlichkeit. Zeitgeist. Zeitarbeit. Zeitgenossen. Zeitgeschmack. Zeitwerte. Zeitwörter. Zeitangaben. Zeitansagen. Zeitgenossen. Zeitfahren. Zeitkritik und Zeitlichkeit. Was wollte ich eigentlich sagen? Wie dem auch sei: Zeit für meine Sachertorte!"
Und der setzte er daraufhin mit Heißhunger zu.
Der Einarmige hob seinen wohlverpackten Armstummel in die Höhe und machte so auf sich aufmerksam: „Halt ein, Bruder! Sonst nimmt dich deine sprachliche Zentrifugalkraft noch ins Weltall mit. Wenn ich dir aufhelfen darf: Wir waren beim Leben stehengeblieben, wobei die Hauptfrage lautet, ob denn das Leben überhaupt einen Wert habe und wenn ja, welchen."
Nietzsche sah ihn erstaunt an: „Ach so, ja. Die Werte. Danke. Alle herrschenden Werte sind die Werte der Herrschenden, …
Lou: Das hatten wir schon.
Nietzsche war beleidigt. Er setzte daher wieder seiner Torte heftig zu, jonglierte ein riesiges Stück auf der Kuchengabel und ließ es im Mund verschwinden, mit der Folge, dass er sich verschluckte und husten musste. Und immer, wenn jemand hustete oder doch meistens, kam prompt Proust ins Spiel. So war es auch diesmal. Proust, der gerade seine zehnte Tasse Kaffee geleert hatte, hustete zweimal. Nietzsche streckte den Kopf vor und horchte und fragte dann Proust, warum er denn nicht dreimal gehustet habe, immerhin sei doch die Drei die Lieblingszahl Gottes. Damit Proust erst gar nicht auf die Idee käme, ihm mit einem Duell zu drohen, fuhr Nietzsche sogleich fort: „Wo wir jetzt dabei sind, mit Vergleichen und

Metaphern für das Leben zu hantieren - womit wir uns und den anderen beweisen, über wie viel Esprit wir verfügen – unser Einarm hat zur Erklärung das Schachspiel bemüht. Ein schlechter Vergleich für das Leben, wie ich meine. Treffender scheint mir, ist der Vergleich mit einem Uhrwerk. Ist das nicht eine hübsche Metapher für das Leben? Von mir aus eine Schwarzwälder Kuckucksuhr, die immer die gleiche langweilige Melodie zur vollen Stunde spielt. Das Interessanteste an der Uhr ist das Pendel, weil es ununterbrochen hin- und herschwingt und immer wieder dieselbe monotone Melodie spielt. Die Wiederkehr des immer Gleichen. Das ist das wahre Leben."

Schopenhauer: Lieber Bruder des apollinischen und dionysischen Theaterdonners, das Uhrwerk, vor allem das Uhr-Pendel, ist in der Tat ein treffliches Bild für das ewige Einerlei des Lebens. Es schwingt zwischen dem Weltschmerz und der Langeweile ständig hin- und her und lässt zu jeder vollen Stunde den Gong einer pessimistischen Lebenseinstellung erklingen.

„Jetzt übernimm dich mal nicht mit den Metaphern, du Weltschmerzler", moserte Nietzsche. „Nur kein faules Einvernehmen. Mein Lebensentwurf sieht doch etwas anders aus, und ich werde ja mein Denken wohl besser kennen als du. Natürlich liegt, wie du nicht ganz falsch bemerkt hast, im Pendelschwung das passive Sichfügen in die Ausweglosigkeit. Doch ich bin durch Nachdenken und gutes Essen über deinen jämmerlichen Pessimismus längst hinausgekommen. Mein Pessimismus ist von einem grenzenlosen Optimismus und höchst produktiv. Auf diesen feinen Unterschied lege ich größten Wert. Auch wenn ich im Augenblick nicht konkret sagen kann, worin dieser Unterschied besteht."

Schopenhauer: Was ist denn das wieder für ein Abrakadabra, das du da vor uns ausbreitest? Du wirst uns doch jetzt nicht vollends überschnappen? Dein Philosophieren gerät immer mehr aus den Fugen. Es sieht fast so aus, als wäre es vom Wahnsinn diktiert.

Nietzsche: Mein Lieber, nur keine Vorurteile. Wie schnell ist einer beim Wahnsinn angelangt und merkt es nicht einmal. Ein Knall erschütterte plötzlich das Klostergebäude. Alle duckten sich instinktiv. Bobby hatte in die Decke des Refektoriums geschossen, um auf sich aufmerksam zu machen. Er wollte nämlich etwas sagen und hatte sich deshalb brav wie ein Schüler mit dem Finger zu Wort gemeldet. Keuner wollte dem Finger das Wort erteilen, doch Teddie hatte etwas dagegen, er übersah einfach den Finger und wollte etwas zu Nietzsche sagen. Da wurde Bobby zornig und schoss erneut in die Decke. Jetzt ließ man ihn reden. Bobby hielt nach wie vor seinen Finger hoch, nannte Nietzsche, Schopenhauer und Hegel naive Idealisten, gähnte und schlief mit erhobenem Zeigefinger ein, seine Flinte versöhnlich umarmend.

Und so konnte Teddie weitermachen. Er griff das Stichwort von dem durch Schmerz ausgelösten Geburtsschock auf, mit dem die Menschen in die Welt eintreten und meinte dann: „Gegen diesen Schock wäre nichts einzuwenden, käme dabei wenigstens etwas Vernünftiges heraus. Indes – wo man auch hinsieht, nur verkrüppelte Wesen mit dem Bewusstsein von Lurchen, die den Namen Mensch nicht verdienen."

Voltaire: Mit einer Handvoll Idioten könnte man schon noch fertig werden. Leider aber sind diese Kretins in der überwiegenden Mehrzahl. Zu allem Überfluss sind sie auch noch widerlich robust. Die sind es, die einem das Leben vermiesen.

Kraus: Und dann gibt es doch Leute wie den Tagore, diesen schwebenden Idealisten, der tatsächlich behauptet, das Leben sei ein Geschenk. Oder erst der Novalis, der romantische Nachtschwärmer, auch so ein Träumer, will uns weismachen, das Leben sei ein einziger Gottesdienst. Da kann ich nur sagen: Das Leben ist eine sinnlose Anstrengung, die einer besseren Sache würdig wäre.

Tugendwerth: Liebe Freundinnen und Freunde! Wir sollten bei allem, was wir tun, immer den Menschen im Menschen sehen. Auch wenn er nicht immer gleich zum Vorschein kommt. Die Hoffnung stirbt zuletzt.

Keuner: Aber auch sie stirbt. Und wo nichts ist, da kann auch nichts zum Vorschein kommen.

Jetzt plusterte sich ein Engländer so mächtig auf, das zu befürchten stand, er bereitete erneut eine Invasion Deutschlands vor. Es war Conan Doyle, der aus unerfindlichen Gründen mit Nickerbockern und Deerstalker-Mütze erschienen war. Er ergriff nun salbungsvoll das Wort: „Bleibt die alles entscheidende Frage, wer ist Schuld an dem Verbrechen, das so voll tönend Leben genannt wird?"

Und dabei blickte er belustigt in die Runde. „Alle Indizien deuten darauf hin, dass der Schöpfer der Menschen auch ihr Mörder sein könnte. In jedem Fall muss er a very inferior fellow sein oder a miserable bungler, was letztlich aufs Gleiche hinauskommt. Ich werde mal mein Duo ausschicken. Sie sollen den Tatort in Augenschein nehmen, die Spuren sichern, Indizien sammeln, analysieren, falsifizieren, konstruieren, organisieren, proponieren, von mir aus auch profilieren, wie der neueste Yankee-Schnick-Schnack aus unserer ehemaligen Kolonie heißt."

Schopenhauer fuhr trocken dazwischen: „Du mit deinem abgestandenen Pathos der Faktizität. Deine Sherlockismen locken heute keinen mehr hinter Computer und Mobiltelefon hervor. Von einem verkifften Arzt, der niemals richtig praktiziert hat und der auch noch ein widerlicher Pfeifenraucher ist, kann man nur Nebel, nicht aber etwas Kluges über das Leben erwarten. Und damit bin ich beim Eigentlichen. Veranstalten wir doch nicht so ein großes Brimborium um das Leben. Es ist ein einziges Übel. Und die Welt, auf der dieses Übel stattfindet, ist ein Schauplatz des Jammers, ein Tummelplatz des Egoismus, auf dem Herrschsucht, Habsucht, Hass und Bosheit den Ton angeben. Mit anderen Worten: Die Welt ist sich selbst das Weltgericht."

Schopenhauer streichelte Atma, der geschlafen hatte, jetzt die kurz Ohren aufstellte, müde eineinhalbmal mit dem Schwanz wedelte, Schopenhauer kurz traurig ansah und wieder wegdämmerte.

Proust äußerte sein Unbehagen über diese elendige Diskussion über das Leben, die ihn furchtbar langweile und auf eine Energievergeudung sondergleichen hinausliefe. Das Leben gelte doch nur dann, wenn es auch gelebt werde. Pause. Dann wollte er wissen, ob es denn hier in der Nähe ein Männer-Bordell gäbe. Er müsse sich ein wenig amüsieren und an ein wenig Schönheit berauschen. Im Freudenhaus pulsiere wenigstens das Leben. Als er aufsah, blickte er nur in Augen, die vor Erstaunen überquollen.

Es erhob nun ein Vertreter des französischen Existenzialismus seine Stimme: „Wenn das Universum nicht auf die Sinnerwartung des Menschen antwortet, muss der Mensch selbst der Welt einen Sinn geben. Er muss nicht in der Glorifizierung des Scheiterns oder der Katastrophe enden. Vielmehr sollte er gegen die Absurdität des Lebens revoltieren. Und aus dieser Revolte muss ein solidarisches Bewusstsein der Mitmenschlichkeit erwachsen."

Tugendwerth: Ich bin entzückt. Was für eine altruistische Wucht spricht aus deinen Worten.

Nietzsche: Nun kipp bloß nicht aus deinen Latschen, du tugendwerter Mensch. Nun zu dir, lieber Camus! Bitte, langweil' uns nicht wieder mit deiner Absurdität des Daseins, der Leere, die das Leben hervorbringt. Wie du nur auf den Gedanken kommen kannst, den Sisyphos einen glücklichen Menschen zu nennen. So etwas kann nur ein verwirrter französischer Intellektueller zuwegebringen, der niemals körperlich gearbeitet, zuviel Rotwein getrunken und sich zu oft zwischen Frauenschenkeln verhakt hat. Lass dir mal etwas Neues einfallen.

Schopenhauer: Bravo, Friedrich, diesem Boulevard-Philosophen hast du's aber gegeben.

Camus: Wie auch könnt ihr Phantasielosen begreifen, dass selbst die misslungene, immer wieder versuchte Besteigung eines Berges das Menschenherz zu wärmen vermag.

George: Die Arbeit des Sisyphus ist eine Strafaktion. Ich kann darin keine Revolte entdecken. Dass du dann auch noch eine solche Strafaktion glücklich zu nennen wagst, schlägt dem Fass den Boden aus. Wie soll jemand glücklich sein, der eine diktierte und sinnlose Arbeit verrichtet?

Camus: Wie oft ist nicht schon aus völlig sinnlos erscheinenden Dingen etwas Sinnvolles hervorgegangen. Man muss nur daran glauben. Wir haben doch gehört, es gibt den dialektischen Umschlag.

Teddie, den man sonst nur in Gegenwart schöner junger Frauen lächeln sah, brach dieses ungeschriebene Gesetz und lächelte, wenn auch nur sparsam: „Wenn das jetzt ein dialektischer Umschlag gewesen sein soll, dann war es ein Salto Mortale zurück in eine ungefähre Metaphysik. Solange du nicht sagen kannst, wie aus der Hoffnung eine vorwärtstreibende Kraft wird und mit welchem Ziel diese in Gang gebracht werden kann, bleibt deine Hoffnung sinnlos. Und sie wird dann auch umschlagen, aber dorthin, wo du es nicht erwartest: in Enttäuschung."

De Sade: Wir benötigen keine Bergsteiger. Wozu auch. Die Welt ist eine satanische Komödie, somit eine infernalische Einrichtung. Die menschliche Natur ist demzufolge auch durch und durch böse und gefräßig. Darum gehorchen die Menschen als Teil der Natur ausschließlich ihren Trieben. Mit einem Unterschied: Es gibt die starken triebgesteuerten Typen, und es gibt die Wehrlosen. Die sind in der Mehrzahl. Und das ist gut so. Ihr einziger Zweck besteht darin, den Starken zur Machtausübung zu dienen. Was wären die Starken ohne die Schwachen, an denen sie alle ihre Boshaftigkeiten ausprobieren können? Die Starken ziehen den höchsten Gewinn aus der Erniedrigung der Schwachen.

Während so schwer wiegende Argumente ausgetauscht wurden, kramte Camus aus einer seiner Hosentaschen einen zerknitterten Zettel. Dieser war ihm anonym zugespielt worden. Doch er war bislang noch nicht dazu gekommen, ihn durchzulesen. Das holte er jetzt nach. Wie sich herausstellte, war dies ein Wahnsinnszettel Nietzsches. Solche kursierten unter den Teilnehmern. Darin überfiel Nietzsche bestimmte Symposiumsteilnehmer mit perfiden Gemeinheiten. Camus faltete den Zettel auseinander, der von einem Rechnungsblock stammte, wie sie in Gaststätten hin und wieder noch benutzt werden. Mit krakeliger Schrift stand da folgende Botschaft:

Für Albert Camus!

Denk mehr mit deinem Schwanz. Der gibt mehr her als dein Kopf.
Friedrich Nietzsche
König von Italien.

Während Camus den Kopf schüttelte, schüttelte Poe, der wieder ganz in Schwarz erschienen war, folgende Worte aus seinem Mund: „Ob das Leben nun absurd ist oder auch nicht, dazu fällt mir nichts ein. Zum Verbrechen sehr wohl. Nach meinen Beobachtungen geschieht in den meisten Fällen ein Verbrechen aus einem *Imp of perverse* heraus, der den Menschen eingepflanzt ist und für den sie nichts können, womit ich mich, wenn auch ungern de Sade annähere."
Keunerschüler: Imp of perverse?
Poe: So habe ich den dämonischen Trieb des Menschen bezeichnet, dem keine irgendwie motivierte Tat zugrundeliegt, sondern der einfach ein Trieb ist, der Trieb zu zerstören. In

meinen Kriminalerzählungen habe ich dies ständig thematisiert. Ich möchte euch jetzt einen solchen *Imp of perverse* vorführen. Dies sagend, ging er grinsend auf Nietzsche zu, zupfte ihn kräftig am Oberlippenbart und nannte ihn *Don Zarathustra*. Nietzsche blickte überrascht, unternahm aber nichts. Das wiederum deutete sich Poe als Ermunterung, Nietzsche erneut am Bart zu zupfen. Dieses Mal wehrte Nietzsche Poes Zudringlichkeit unwillig mit einer leichten Handbewegung ab, was Poe nicht davon abhielt, Nietzsche ein drittes Mal am Bart zu zupfen. Jetzt war es Nietzsche zuviel. Er hieb Poe auf den Arm und machte Anstalten aufzustehen, ließ es aber letztlich bleiben. Wer nun gedacht hätte, Poe würde gemäß dem Erfahrungssatz *Aller guten Dinge sind drei* seine Attacken sein lassen, sah sich getäuscht. Poe traktierte Nietzsche ein viertes Mal. Jetzt sprang Nietzsche, was ihm keiner zugetraut hätte, wütend auf und schrie: „Was soll das Gezupfe? Zaus dich zukünftig doch selbst zutraulich an deiner Zupfgeige, du zappliger Zechbruder!" Dann wollte er Poe an die Gurgel gehen, besann sich eines Besseren und nahm ihn in den Schwitzkasten, bis er blau angelaufen war. Poe konnte sich mit Mühe befreien, schnappte nach Luft und röchelte: „Blau bin ich Bruder nun, bestraft hast du Bocksbart mich bitter genug. Bleib mir bitte fern!"

Nietzsche meinte lächelnd: „Das ist mein *Imp of perverse*. Ich wollte dir nur beweisen, wie recht du doch hast." Nachdem sich die Situation einigermaßen beruhigt hatte, Poe in einen Dialog mit seiner Whiskeyflasche vertieft war, Keuner keinen Bock mehr hatte vorzulesen und Nietzsche dabei war, einen neuen Wahnsinns-Zettel zu schreiben, erschien ein Schönling in Chauffeursmontur mit schicker Mütze und einem Käfig, in dem sich mehrere Ratten befanden. Er fragte sich nach Proust durch. Bei dem Gesuchten angekommen, grüßte er, indem er die Mütze zog, und sagte mit weicher, leiser Stimme: „Hier, mein Freund, sind die gewünschten Lustobjekte zu deinem

Plaisir." Damit stellte er den Käfig vor Proust mit einer eleganten, knapp angedeuteten Verbeugung ab, die eine gewisse Devotheit erkennen ließ. Proust bedankte sich kurz und sah dem schönen jungen Mann, der sich verabschiedet hatte, lange nach. „Da seid ihr ja, meine süßen Sklaven", wandte sich Proust sogleich mit glänzenden Augen den Objekten seiner Begierde zu. Dann holte er ein kleines, längliches Etui aus einer seiner Jackentaschen hervor und entnahm ihm eine Hutnadel, die er genussvoll durch die Finger seiner anderen Hand gleiten ließ. „Na, meine Lieblinge, da wollen wir doch mit unserem munteren Spielchen beginnen." Er begann nun, erst langsam, dann immer schneller, bis ihn ein toller Rausch erfasst hatte, auf die Ratten einzustechen. Immer wieder spießte er eine Ratte auf, die wild zappelte und quietschte, und beobachtete mit Vergnügen, wie die Blutstropfen an der Nadel langsam den Weg nach unten nahmen. Dieses Schauspiel begleitete er mit einem verzerrten Grinsen. Das Gequieke der Ratten lockte schließlich einige Anwesende herbei, die teils teilnahmslos, teils belustigt, teils empört und sich sogleich vor Ekel wieder abwendend, an dem Spektakel teilnahmen. Den Ratten war's egal. Sie begannen allmählich auszubluten, nicht ohne vorher noch den Versuch zu unternehmen, übereinander herzufallen, was Prousts Erregung noch steigerte, so dass er den Tieren noch rascher und noch heftiger zusetzte. Er ließ von seinem Blutrausch erst ab, als alle Tierchen alle Viere von sich gestreckt hatten. Von da an war Proust von einer großen Unruhe ergriffen. Seine Augen glänzten.
Seraphicus trat von hinten an Proust heran: „Bruder, warum quälst du die Geschöpfe Gottes auf so scheußliche Weise?"
Proust: Ich tue es eingedenk der Tatsache, dass wir dem Urknall, der Urgewalt entsprungen sind und diesem ganz und gar angehören. Und dann, um meinem destruktiven Trieb den richtigen Schliff zu geben, damit ich mich wieder stark fühlen kann angesichts dieser wimmernden Aasfresser. Was für

einen Sinn hat das Leben sonst?

Der schmächtige Grieche: Sag einmal! Ist wirklich kein Ahnen eines guten Gottes in dir? Auch nicht der Schatten eines Daimonions, einer inneren Stimme, die dich die Tugend lehrt?

Proust: Das fragst ausgerechnet du mich, der du den Schierlingsbecher trinken musstest, angeklagt wegen Verführung der Jugend und wegen Gotteslästerung? Hat dir da deine Ahnung von einem Gott oder einer Tugend geholfen? Und was war mit deinen Politikern, die dich in den Tod getrieben haben? Waren die etwa tugendhaft?

De Sade: Um das Verbrechen ein wenig zu dämpfen, ganz abschaffen wollen wir es nicht, allein der belebenden Wirkung wegen, die von ihm ausgeht, sollte man wieder die Todesstrafe einführen. Die Todesstrafe ist ja, wie die Geschichte gezeigt hat, gar nicht so schlecht. Nur trifft sie leider die Falschen.

Jemand: Ich weiß nicht, ob das so wirkungsvoll ist. Trotz der Todesstrafe in China ist dieses Land das bevölkerungsreichste Land der Welt.

De Sade: Natürlich ist die Liquidierung durch das Fallbeil, die Axt oder den Strang sehr aufwändig und wenig effektiv, aber immerhin ein großes Spektakel. Und um Effizienz geht es ja auch gar nicht bei dieser Todesart. Man muss die Todesstrafe, so wie sie früher gehandhabt wurde, unter ästhetischen Gesichtspunkten betrachten. Glänzende Inszenierungen waren das, vor allem wenn sie coram publico vorgenommen wurden. Fast noch interessanter als die Liturgie, in der der Tod Christi ja nur spirituell wiederholt wird. Aber bei den Autodafés, haha. Erst nur das leere Kreuz und der leere Galgen oder die leere Guillotine. Dann der Trommelwirbel, der die Ankunft des Delinquenten ankündigt, in der Mitte zwischen zwei Henkersknechten undsoweiter. Ohne die Todesstrafe ist die Welt um eine Attraktion ärmer.

Seraphicus: Ja, Blut muss fließen!

Poe: Neulich hat einer unserer ganz großen christlichen Präsidenten die Hinrichtung des irakischen Diktators durch Erhängen einen Meilenstein auf dem Weg zur Demokratie genannt.

Lou: Ob er dabei auch an sich selbst gedacht hat?

Luzifer: Man muss ja nicht gleich zum äußersten Mittel greifen. Es wäre sicher sehr hilfreich, die modernen Ausbeuter und Betrüger, die sich Manager nennen, in der Öffentlichkeit als „The most Wanted" hinzustellen, wie dies früher in den USA im Wilden Westen geschah und heute in Los Angeles beim Kampf gegen die Mafia und das Bandenwesen wieder geschieht. Nur diese öffentliche Suchmeldung. Das allein schon hilft.

De Sade: Und was versprichst du dir davon?

Keuner: Vielleicht regt sich dann das Restgewissen. Aber auf jeden Fall wird ihnen die öffentliche Anklage als Verbrecher ein wenig Angst machen.

Tugendwerth: Ich muss mich doch sehr über den hier gepflegten Salon-Zynismus wundern. Ich finde ihn abscheulich und verachtenswert. Man muss doch bei aller berechtigten Kritik an missratenen Managern noch den Menschen in ihnen sehen.

Lou: Sag mal, du läufiger Tugendapostel, rennst du immer mit Scheuklappen durch die Welt? Willst du nicht wahrhaben, dass der Homo Sapiens in Wirklichkeit degenerierter als das Tier ist?

Tugendwerth: Aber das gilt doch nicht für alle. Man muss sich an die wenigen Guten halten, das war schon immer so in der Welt, und sich an denen aufrichten. Ich bleibe dabei, auch wenn es absurd ist: Glaube immer an das Gute im Menschen. Und wenn man nur mit diesem Glauben ins Grab steigt, hat man eine große Tat begangen.

Keuner machte erst gar nicht den Versuch, in der widersprüchlich geführten Diskussion einen Konsens herbeizuführen. Das Symposium hatte sowieso schon gefährliche Auflösungserscheinungen gezeigt. Der regelmäßige Besuch der Veranstaltungen ließ zu wünschen übrig. Das Vorlesen erlahmte, weil sich sehr viele darüber beschwerten, es sei ihnen zu anstrengend, auch während des Essens noch aufmerksam zuhören zu müssen.

Werbung für die Nation

Du bist Deutschland!
Du Bist Josef Ackermann, Gerald Assamoa, Dieter Bohlen, Peter Hartz, Heidi Klum, Kevin Kuranyi.
Du bist Deutschlands Superstar.
Du kannst auch Kanzler!

21.

Zum Finale waren eigens illustre Gäste aus Frankreich gekommen, von denen Kenner nur als von den Franzosendenkern sprachen. Den Kultursoziologen Baudrillard sah man darunter, eifrig mit seinem berühmten Kollegen Bourdieu über den Diskurs parlierend. Baudrillard? Er hatte das französische Alltagsleben durchleuchtet und beispielsweise die Gebrauchsgegenstände auf ihre symbolische Zeichenfunktion hin untersucht. Und Bourdieu? Das war der, der die Wissenschaft mit Begriffen wie sozialer Raum und soziales Feld bereichert hat, mit deren Hilfe sich die feinen Klassen-Unterschiede in der Gesellschaft, was Geschmack und Lebensstil angeht, herausfiltern lassen. Das Fernsehen war mit lautem Getöse eingefallen, und alle drängten sich sogleich um die Mikrophone. Doch die Mikrophone drängten alle nur zu Keuner. „Herr Keuner", rief es von hier und von da, „ein kurzes Statement bitte, jetzt, nachdem das Symposium zu Ende gegangen ist.

Was hat die Tagung gebracht? Bitte ein Fazit in wenigen Sätzen, wenn's geht in drei Sätzen." Keuner: Da ich die Umwelt schonen möchte, genügen mir zwei Sätze. Erster Satz: Das entscheidende letzte Zusammentreffen steht noch aus. Zweiter Satz: Hören Sie darum einfach rein in das abschließende Tohuwabohu, das ich gleich anstoßen werde.

Er musste noch warten, denn die meisten Teilnehmer hatten sich um die Speisekarte geschart, wie nicht anders zu erwarten, mit lauten Kommentaren.

Abschiedsmenu

*Vorspeise
Spitzkohlsüppchen mit Speck an Zanderfilet
*Hauptgang
Geräuchertes Rinderfilet mit Verjus-Sauce dazu Butternuss-Petersilienwurzel-Gemüse
*Dessert
Mandel-Mousse an Feigen in Tabaksauce
*Weinempfehlung für den Hauptgang
Ein Shiraz vom Weingut Grant Burges im Barossa Valley, Australien.
Der Charakter des Weins setzt sich zusammen aus Noten von der Brombeere, der Johannisbeere und der Kirsche. Nebennoten: Pfeffer, Kaffee und Tabak. Das Ganze ergibt einen üppigen, saftigen Wein mit weichen Tanninen und einem frischen Abgang.
*Espresso, Kaffee, Tee, Limonaden

Als die Neugierde befriedigt war und die letzten Bummler eingetroffen waren, konnte sich Keuner an das Plenum wenden. Er tat dies mit den kernigen Worten: „Was wird morgen sein, liebe Freundinnen und Freunde? Mit dieser Frage möchte ich die Abschlussdiskussion eröffnen. Wir haben uns hier in der Abgeschiedenheit mit großem Ernst, noch größerer Disziplin und allergrößter Wahrhaftigkeit eine Woche lang mit allen Aspekten, die das Leben abwirft, beschäftigt, und uns gleichzeitig besorgt gefragt, in welcher Beziehung das Leben zum Verbrechen steht, etwa einem familiären. Ich könnte die Frage auch so formulieren, wie sie schon einmal von einem Riesen an Geisteskraft in einer vergleichbar schwierigen Situation gestellt worden ist: Was tun? Ich wünsche der abschließenden Diskussion reife Früchte!"

Da Keuner Seraphicus zufällig ansah, der aber ganz und gar nicht zufällig in seiner Nähe saß, fühlte der sich sogleich angesprochen, nickte Keuner zu, und trat ans Lesepult, breitete seine Arme aus, faltete dann die Hände und begann zu beten: „Lasset uns beten! Herr, der du die heimlichen und unheimlichen Gedanken der Deinen kennst oder doch kennen solltest, erleuchte uns, damit unser Licht, das noch unter manchem Scheffel steht, die Zerfahrenheit des Symposiums aufhellt und fokussiert, und wir so doch noch zu dir wohlgefälligen Ergebnissen gelangen. Sollten sie dir nicht gefallen, dann vergib uns unsere Schuld, so wie auch wir dir deine Schuld vergeben, wenn man nur an die Schöpfung denkt. Amen!"

„Herr, schenke uns deinen Beistand!", antwortete ein Kapuzenchor, den Seraphicus mitgebracht hatte, darunter sehr viele junge Zisterzienser. Nach einer winzigen Pause fuhr er fort: „Ich segne euch, Schwestern und Brüder, ob ihr wollt oder auch nicht wollt, und erteile euch für eure Bosheiten, die ihr einander zugefügt habt, und für eure Fehler, die ihr begangen habt, dennoch die Absolution. Ich vergebe euch eure Sünden. Tut Buße! Wenn ihr nicht büßen wollt, dann tut immerhin etwas Gutes! Und wenn euch auch keine gute Tat einfällt, dann tut wenigstens etwas Böses, aber um Himmels willen tut etwas."

Der Kapuzen-Chor antwortete: „Ite missa est!"

Einige stutzten und machten das, was sie öfter schon auf diesem Symposium gemacht hatten, sie schüttelten den Kopf. Die Griechen empfanden das Gebet als Anmaßung. Sie zeigten sich von der Einmann-Herrschaft des christlichen Gottes angewidert, sie seien das göttliche Mehrparteiensystem gewohnt, das immer wieder zu großen und lang anhaltenden Auseinandersetzungen und zu nicht minder großem Vergnügen Anlass gäbe. Die Feministin verwehrte sich aus sehr grundsätzlichen feministischen Erwägungen ebenfalls gegen die Einvernahme durch einen Macho-Gott. Lediglich Luzifer schmunzelte und lobte laut und vernehmlich insbesondere die infamen Sätze von Seraphicus' und bot ihm daraufhin das Du des Herrn der Finsternis an. Seraphicus nahm dankend an. Daraufhin umarmten und küssten sich beide.

„Ich verbiete mir deine Absolution, Seraphicus, und bestehe auf meinen Sünden und erst recht auf meinen Gemeinheiten, die ich noch zu verfeinern gedenke. Ich bin da erst am Anfang und lasse mir darum von niemandem etwas wegsegnen, weil es mir gehört, ich stolz darauf bin, und ich es auch behalten möchte", schrie Nietzsche in höchster Erregung. „Meine Fehler leben hoch, hoch, hoch!"

Damit war dem Chaostheater Tür und Tor geöffnet. Unruhe brach allüberall aus. Ein lautes Durcheinander folgte. Satzfetzen und einzelne Wörter setzten sich in der Luft fest. So konnte man folgendes Wortgewirr ausmachen:

Bilanzieren und protokollieren
Und alles rasch zusammenschmieren.
Nur ein Aktionsprogramm
bringt uns voran!
Appelle bringen auf alle Fälle

einen Wechsel ganz auf die Schnelle.
Oder liegt nur in der Anarchie
Wirklich auch die volle Energie?
Erst kommt die Evaluation,
dann spricht die Revolution.
Was soll das nutzen,
das ewige Revoluzzen?
Das hatten wir doch schon.
Und was hatten wir davon?

Kraus: Das Ganze ist nicht nur schlecht gereimt, es enthält auch kein konkretes Ziel.
Die Griechen, seltsam vereint, antworteten zusammen: „Zurück zur edlen Einfalt und stillen Größe."
Jungblut: Antrag zur Geschäftsordnung! Das Plenum möge beschließen, erstens ...
Rotschopf: Sollte nicht vorher die Einsetzung einer Expertenkommission erfolgen, die ...?
Nietzsche: Ich protestiere. Ich mag keine Lösungen. Ich misstraue allem Fertigen. Sind nicht die Probleme faszinierend genug? Erzeugen sie nicht einen wunderbaren Taumel? Wozu sollen Lösungen gut sein?
Hegel war wieder in seinem Morgenmantel erschienen und, was nicht weiter überraschte, auch mit seinem Mostgeschirr. Er übermittelte dem Plenum das folgende Bekenntnis: „Ich bekenne frank und frei, ich habe mich geirrt. Der einzige Trost, der mir bleibt: Mit diesem Eingeständnis der erste Philosoph zu sein, der einen Irrtum in der Öffentlichkeit zugibt. Auch in diesem Punkt bin ich also einsame Klasse. Ich gestehe, dass es weder in der Wirklichkeit noch im Denken eine Bewegung gibt. Und Bewegung ist doch, nein, war doch einmal, wie ich stock und steif behauptet habe, der Motor meiner geliebten Dialektik. Weh geschrien! Mein Geist hat sich nicht so entwickelt, wie ich mir das mit meiner Dialektik vorgestellt habe.

Von wegen Höherentwicklung. Und Machtübernahme durch den Weltgeist. Nix da! Seht mich doch nur an!

Er kämpfte mit den Tränen. Um sich zu trösten, ergriff er seinen Krug und trank ihn auf einen Zug leer, verschluckte sich mit der Folge, dass der Saft seine Mundwinkel überflutete und den Morgenmantel durchtränkte. Sogleich begann sich ein Alkoholnebel breit zu machen. Etwas gelöster meinte er dann: „Aber was macht das schon? Meine Pension kann man mir nicht nehmen." Er bekicherte das Gesagte.

Keuner wandte sich mit einem spitzbübischen Lächeln an Hegel: „Hattest du nicht behauptet, die Wirklichkeit sei vernünftig? Wie vernünftig war denn dein Napoleon, den du den Weltgeist spielen ließest? Eine glatte Fehlbesetzung. Dann kam der preußische Staat an die Reihe, dein Arbeitgeber, der dich in den Rang eines gut bezahlten Staatsphilosophen erhoben hatte. Um welchen Preis? Wieder warst du um eine Enttäuschung reicher, als du sahst, wie der sich entwickelte. Zweimal ein Reinfall. In deinem System ist der Wurm drin."

Hegel: Um Gottes willen, erinnere mich bloß nicht an meine Schmach, da kommt mir der Most von gestern hoch. Ich gebe ja zu: Ich habe mich geirrt. Seraphicus, kann ich eine doppelte Absolution haben?

Er blickte fröhlich in den leeren Mostkrug hinein und traurig wieder heraus.

Keuner: Zunächst aber wirst du wohl nicht umhin können, deinen Weltgeist aus dem Verkehr zu ziehen.

Hegel: Der Bursche hat sich mir sowieso entfremdet. Er gehorcht mir längst nicht mehr, vagabundiert in der Weltgeschichte herum.

Dann rief Jemand von ganz hinten, der hinter einer Säule saß, in den Saal: „Man muss das Beste hoffen. Das Schlimmste kommt von ganz allein".

Der Keunerschülerchor antwortete: „Vorwärts und nicht vergessen – die Solidarität. Bloß mit wem und gegen wen? Das ist hier die Frage."

Seraphicus nickte und rief seligsprechend: „Was wir brauchen, ist die reinigende Kraft einer neuen Inquisition."

Kapuzenchor: Wir preisen Dich, Herr, dafür erhöre uns!

Dann stand der große Baudrillard auf, räusperte sich verlegen, rückte den Stuhl an den Tisch und stützte sich auf die Stuhllehne. Alle waren gespannt, was er zum Besten geben würde. Er öffnete ganz leicht seinen Mund und redete also: „Was ich beizutragen habe, ist kaum mehr als nichts. Ich bekenne, ich bin ein heiterer Pessimist und ich bin es gern und mit Leidenschaft. Mein Plädoyer lautet daher ..."

„Eine hübsche Unvereinbarkeit hast du dir da einfallen lassen, Professorchen", kicherte Beauvoir. „Kein Wunder, bist du doch selbst ein einziger lebender Widerspruch. Das scheint die Berufskrankheit aller nützlichen Idioten zu sein."

Baudrillard: Meine Liebe, sind wir nicht alle mehr oder weniger fraktioniert, zerrissen? Ein Widerspruch reicht da nicht aus. Ist das bei euch Frauen etwa anders? Du wirst gleich besser verstehen, was es mit meinem heiteren Pessimismus auf sich hat.

Er hatte die Stuhllehne losgelassen und seine Arme verschränkt, als er seinen Gedanken weiterspann: „Ich bin skeptisch, was die Aufklärung und erst recht skeptisch, was den Fortschritt der Menschheit angeht, die mittlerweile einen Zustand erreicht hat, den ich als das Zeitalter der letzten Menschen bezeichnen möchte. Der Tod des Individuums und somit auch der Hoffnung ist längst eingeläutet."

Nietzsche: Und was daran soll so schlimm sein? Dein heiterer Pessimismus ist mit meiner melancholischen Heiterkeit in erster Linie verwandt. Auch ich habe etwas zum Abschwören, nämlich meinen Übermenschen, das souveräne Individuum, das Produkt eines heroischen Individualismus. Bruder Hegel, wie du siehst, bist du, was das Abschwören angeht, in guter Gesellschaft.

Chor der Frauen:

> Uns widerstrebt es zu erlösen,
> nur wer strebend sich bemüht.
> Handeln heißt das wahre Wesen,
> Für das es dann Erlösung gibt.

Chor der Keunerschüler:

> Lasst die Weiber nur mal machen,
> soll'n sie schaffen, soll's doch krachen,
> lasst sie stellen doch die Weichen,
> wer'n schon sehn, was sie erreichen!

Seraphicus: Für unsere Brüder Hegel, Baudrillard, Nietzsche und alle anderen Pessimisten. In tiefer Demut, Herr, bitten wir Dich, schenke diesen Trauerweiden Mut und schenke ihnen die Kraft und den Spürsinn, den Weg zum Guten wieder zurückfinden.

Kapuzenchor: Zu Gott wollen wir rufen: Herr erhöre uns.

Krittler: Wenn ich einmal zusammenfassen darf ...

Jungblut/Rotschopf: Jetzt sind wir dran. Wir sind die Generation Hamlet. Unzufrieden zwar, nachdenklich zwar, skeptisch auch wir, hilflos allem ausgeliefert, denn die Welt ist aus den Fugen geraten. Wo man hinblickt, nichts als Fäulnis und Verrottung. Wir leben in einer korrupten Welt. Aber auch in einer Umbruchsituation. Das ist eine Herausforderung, der wir uns stellen müssen und wollen. Wir sind dazu aufgerufen, die Zukunft neu zu gestalten. Was bleibt uns denn auch anderes übrig, wenn wir überleben wollen? Zwar kennen wir nicht das Ziel, wohin die Fahrt gehen soll. Auch wissen wir nicht, wie der Wandel vollzogen werden soll. Und mit wem. Doch – wo eine Wille, da ist auch eine Weg.

Teddie: Wie soll das auch gehen. Was seid ihr doch für herrlich naive Draufgänger. Lernt erst wieder das Denken.

Chor der Frauen:

Ja, dekliniert nur wieder das Denken,
nur dieses kann Vertrauen schenken.

Keuner: Auch wenn die Gesellschaft gefährdet ist, so ist doch kein Bann über sie verhängt. Was schlecht geworden ist, hat durchaus die Chance wieder gut werden. Hegel, dein dialektischer Umschlag. Bring den wieder auf Vordermann.

Jungblut: Wir leben immerhin im Zeitalter des technologischen Fortschritts, der neuen Medien, die uns neue ungeahnte Freiheiten erschließen. Da gibt's den Optimismus gratis. Wozu haben wir die digitale Boheme, die von der selbst bestimmten Arbeit lebt, sich selbst im Netz offeriert, und auch ihre Geschäfte autonom abschließt? Gut – es sind im Augenblick nicht einmal zehn Prozent, die davon profitieren. Aber ein Anfang ist gemacht, und es handelt sich jedenfalls um eine Elite, die in die Zukunft führen kann. Wozu sind wir alle vernetzt? Damit wir rasch kommunizieren und auch rasch handeln können. Das wäre doch gelacht, wenn wir nicht den Karren aus dem Dreck bekämen.

Krittler: Ich kann beim besten Willen nicht sehen, dass die digitale Boheme außer ihren egoistischen Zielen auch andere, etwa solidarische Interessen verfolgt. Diese würden auch ein übergeordnetes politisches Programm voraussetzen, das ich aber im Augenblick nicht zu sehen vermag.

Baudrillard: Wenn ich diese Aussage zuspitzen darf: Die technologische Boheme ist doch nichts anderes als eine Ansammlung von Autisten, die kaum in der Lage sein dürften, dieses System, das ein totalitäres ist, etwas anzuhaben, was Technobohemiens auch gar nicht anstreben.

Teddie: Tut mir Leid, aber ich vermag in dem Boheme-Getue nur eine Allüre zu erkennen. Handeln kann man das nicht nennen. Eine Handlung geht immer noch mit einer gedanklichen Deklaration und klaren Zielsetzung einher.

Der Rotschopf, in schwarzem eng anliegendem Leder und angriffslustigen schwarzen Stiefeln, brüllte los: „Lasst uns Frauen nur einmal machen, ihr männlichen Jammerlappen. Frauen an die Front. Im Gleichschritt, Marsch! Wozu trage ich meine Stiefel? Damit ich treten kann. Warum sind meine Haare rotgefärbt? Weil Rot die Farbe des Blutes, des Lebens, der Vitalität, und nicht zu vergessen der Rache ist. Sie steht für Liebe und Kampf. Und ist mit dem Feuer verwandt.

Handwerker: Jetzt mach mal halblang und komm zur Sache, Schätzchen! Spiel mir die Melodie vom Leben. Der Stachel ist immer noch Sache des Mannes.

Rotschopf: Klopf nicht solche Sprüche, du Macho. Hör mir lieber zu. Hier kannst du noch etwas lernen. Was wir brauchen, ist ein neuer Feminismus, der …

Krittler: Wenn ich jetzt endlich einmal zusammenfassen darf. Die Diskussion hat gezeigt …

Rotschopf: … die Fehler und Beschränktheiten des alten Feminismus überwindet und der im umfassenden Sinn politisch wird …

Jungblut: Antrag zur Geschäftsordnung. Das Plenum möge eine Redezeitbegrenzung beschließen …

Rotschopf: ... denn was wir benötigen, ist neben einer einheitlichen politischen Programmatik eine neue Strategie. Immerhin stellen wir über fünfzig Prozent der Bevölkerung.

Handwerker: Die schlechtere Hälfte allerdings.

Jungblut:

> Strafft das Denken,
> strafft das Reden,
> fahrt die Ernte endlich ein.

Rotschopf: Lasst uns die Frauenmacht bündeln. Wir haben

nur zwei Arme und zwei Beine, können nicht in alle Richtungen ausschlagen. Weiträumig denken, kleinräumig agieren. Von der Mafia lernen. Von al-Qaida lernen. Dezentrale familiäre Zellenstrukturen. Allerhöchstens eine übergeordnete Koordinierungsstelle, die den Gedankenaustausch fördert und die Aktionen miteinander abstimmt. Und dann ran an die Unterwanderung der großen politischen Organisationen: der Kirchen, der Gewerkschaften, der Parteien, der Monopole ...

Feministin: ... und der Männer!

Rotschopf: ... unterbrich mich nicht, alles in der Hand der Frauen. Wir müssen subversiv, invasiv, präventiv und offensiv vorgehen. Dann wird sich alles, alles wenden. Vorwärts. Mir nach.

Sie entrollte plötzlich eine rote Fahne mit einem schwarzen Venuszeichen in der Fahnenmitte und marschierte einmal um den runden Tisch herum. Niemand folgte ihr. Sie wurde begleitet von Schmunzeln und Lachen.

Ein Frauenchor unterstützte sie mit der Frauenhymne:

> Wir sind Frauen,
> wir sind viele,
> wir erreichen unsre Ziele!
> Frauen müssen an die Macht,
> damit das Leben neu erwacht!

Krittler blickte dem Rotschopf lange nach, und es sah auch so aus, als spreche er ihr das, was er dann sagte, hinterher: „Machen wir uns nichts vor. Unsere Gesellschaft ist durch und durch verriegelt. Wir erleben bereits einen Klassenkampf von oben. Alle Bereiche haben wir uns untertan gemacht. Vor allem auch die Kultur, von der noch am ehesten kritische und radikale Impulse hätten erwartet werden können. Wir haben entsprechend der neoliberalen eine kulturalistische Wende eingeleitet, das heißt, wir haben die Kultur für die Zwecke des

Profits instrumentalisiert. An fast allen Hochschulen gibt es mittlerweile Studiengänge für Kultur- und Bildungsmanagement, die die Kultur gezielt in die Bahnen des Kommerzes lenken und ihr die kritischen Schneidezähne ziehen. Was soll man gegen diesen Totalitarismus unternehmen? Und wer könnte das tun?"

Der Rotschopf, die Fahne weiter schwingend, entgegnete: „Ich weiß nicht, was ihr wollt! Ist es nicht ein Zeichen einer freien Gesellschaft, wenn sie alles erlaubt und sogar Skandale zulässt? Eine Gesellschaft, die beim Tabubruch zusieht, ist eine freie Gesellschaft."

Krittler: Du roter Irrwisch merkst schon gar nicht mehr, wie du bereits das Evangelium des Kulturbetriebs nachbetest. Die heute betriebene Skandalisierung mit Dschungelcamps, Pornoseiten, Kannibalismusofferten und so weiter dient lediglich der Selbstversicherung dieser Gesellschaft. Mit solchen Skandalen immunisiert sie sich gegen substanzielle Angriffe, indem sie jedes und alles zu einem Event oder einem Skandal umbiegt.

Der Erdschützer-Chor, bestehend aus Tugendwerth, Cosmo Po-Lit, Jungblut und Seraphicus, antwortete:

> Die Polkappen schmelzen,
> der Regenwald stirbt,
> die Erde wird wärmer,
> und der Mensch, der verdirbt.

Keuner: Nahm einst der Kapitalismus einen Paradigmenwechsel vor, als er den LOGOS durch die Zahl ersetzte und ein Steigerungsspiel inthronisierte, das vom Profit und vom Ressourcenverzehr lebt, – so gibt es mittlerweile Anzeichen für einen erneuten Paradigmenwechsel, den der Klimawandel anzeigt. Mit dem nämlich stellt sich die Systemfrage.

Jungblut: Wie bitte?

Keuner: Gelingt die Eindämmung der Umweltzerstörung nicht, ist das System im Eimer.

Krittler: Darf ich noch einmal zu unserer Kultur etwas Ideologiekritisches anmerken. Ich sehe in den Computerspielen eine große Gefahr, nämlich die Gefahr der sozialen Verwahrlosung. Ich stieß da jüngst auf die Untersuchung eines japanischen Soziologen, der auf das Phänomen des Hikikomori, eine moderne Form des Eremitendaseins aufmerksam machte, das sich nicht nur in Japan, sondern weltweit breitmacht. Junge Leute, in der überwiegenden Mehrzahl Männer, die über Gebühr lange im Schutz des Elternhauses leben, ziehen sich aus dem Alltag zurück in die Einsiedelei ihres Zimmers, um dort, sobald es Nacht wird, ihrer Internetsucht zu frönen. Sie sind nachts aktiv, schlafen tagsüber. Sie sind soziale Verweigerer, die keine sozialen Kontakte mehr haben. Mit denen lässt sich ein Paradigmenwechsel kaum vornehmen.

Jungblut: Sind wir jetzt nicht in der Phase der Bilanzierung? Und was macht ihr, ihr diskutiert einfach munter drauflos. Ich stelle daher den Antrag …

Tugendwerth: … dem ich mich, was auch immer er enthält, rückhaltlos anschließe.

Teddie: Bilanzieren kann man dann, wenn es auch etwas zu bilanzieren gibt. Man sollte nicht den Fehler begehen, und den zweiten vor dem ersten Schritt tun. Das hat sich noch immer gerächt. Wenn ich es richtig sehe, und das ist bei mir zu hundert Prozent der Fall, dann haben wir gerade einmal die vorliegenden Probleme andiskutiert, jedoch nicht ausdiskutiert. Es ist mehr als richtig, wenn gesagt wurde, dass wir in einem Gesellschaftssystem leben, das zunehmend totalitäre Züge angenommen hat. Und auch dies wurde bereits deutlich, dass dieses System immerhin so intelligent ist, dass es den Menschen Auswege aus der Misere aufzeigt, scheinbar nur, indem es über die Medien mannigfaltige Möglichkeiten der Kompensation, der Flucht aus der Realität bereitstellt. Kino, Fernsehen, Werbung, Computerspiele, Internet, nicht zu vergessen die inszenierte Warenästhetik sorgen dafür, dass ein selbstbezügliches System von Dingen, Bildern und Zeichen neben die Realität getreten ist, ja, diese zum Teil verdrängt hat. Eine Unterscheidung von Sein und Schein, von wahr und falsch, die für unsere griechischen Freunde und auch für Hegel noch möglich und selbstverständlich war, ist mittlerweile schwierig, wenn nicht unmöglich geworden.

Jungblut: Wir haben doch die Wahlmöglichkeiten, können laut und vernehmlich unsere Meinung sagen, die NPD oder die LINKE wählen und kritische Dokumentationen und politische Magazine anschauen und anhören.

Teddie: Jeder kritische Impuls, jeder Ansatz, der nach Protest aussieht, wird sogleich in das virtuelle Spiel mit eingebunden und so entschärft. Das gilt auch und im Besonderen für das Verbrechen, das einfach aufgesaugt wird. Oder um es im Bild auszudrücken: Jede Antithese verkommt im Handumdrehen zu einer Prothese, weshalb ein Umschlagen, lieber Hegel, in eine neue Qualität kaum mehr möglich ist.

Baudrillard: Ganz recht. Ich hätte es nicht besser ausdrücken können. Die kritische Sprengkraft des Protestes wird, kaum dass sie zutage tritt, sofort in die affirmative Energie des Systems umgewandelt.

Jemand: Ich verstehe nicht ganz, wie das konkret vor sich gehen soll.

Baudrillard: Wie dies geschieht? Nun, von der Strategie der Skandalisierung war schon die Rede. Diese biegt den Ernst in triviale Unterhaltung um. Eine andere Strategie besteht darin, jede Auflehnung dadurch im Keim zu ersticken, dass sie in einen falschen Kontext eingebunden wird. Darin stehen dann Finanzkrisen, Naturkatastrophen, Schmiergeldaffären, die Klimakatastrophe, Unwetter, Familientragödien, Scheidungen, Unterschlagungen, Amoklauf oder Kindesmord undsoweiter unentschieden nebeneinander. Damit wird eine Atmosphäre des

Banns, der Unausweichlichkeit erzeugt, gegen die Menschen nicht ankommen.

Seraphicus: Lasset uns daher beten! Herr, schicke uns den Heiligen Geist, und wenn der gerade im Außendienst ist, wenigstens seinen Stellvertreter, selbst wenn der aufgeklärt sein sollte, damit er alle Teilnehmerinnen und Teilnehmer dieses Symposiums erleuchte, sie auf den rechten Weg führe und uns zu Entscheidungen kommen lässt. Und solltest du die Apokalypse schicken, lenke sie, bitte, um das Kloster herum.

Kapuzenchor: Herr, erhöre uns, wenn du uns schon nicht helfen willst!

Baudrillard echauffierte sich: „In Frankreich wäre diese Ungeheuerlichkeit nicht möglich, dass aus einer wissenschaftlichen Tagung ein Gottesdienst gemacht wird. Wir reden hier von Skandalen. Auch das ist einer."

Um ihre Solidarität zu bekunden, eilten de Sade, Voltaire, Proust, Beauvoir, Vargas und Lou daraufhin zu Baudrillard, nahmen ihn in ihre Mitte, legten sich die Arme um die Schultern und stimmten die Marseillaise an.

Die Sitzung hatte wieder einmal jenen Punkt erreicht, wo es bei der Duellierlust der Franzosen zu Gewalttätigkeiten hätte kommen können. Doch das Absingen der Nationalhymne hatte Baudrillard rasch wieder milde gestimmt, so dass er seinen Redebeitrag mit den Worten fortsetzen konnte: „Trotz der beschriebenen Misere sehe ich zwei Ansätze, die zu einer grundsätzlichen gesellschaftlichen Veränderung führen könnten. In dem Maße wie die staatliche und die Unternehmensmacht weiter wächst und die Armut zunimmt, wird auch der Widerstand gegen diese Kräfte zunehmen, auch wenn dieser Protest zunächst ein lauwarmer Stammtisch-Aufstand, eine taube Revolte werden und wohl auch vorerst irrational sein dürfte. Aber daraus könnte durchaus eine gelenkte Verweigerung werden. Sodann sehe ich eine eher fatale Strategie, wie ich sie nennen möchte. Fatal deshalb, weil sie zerstörerisch ist, das System also negativ aufhebt. Ich meine den Aufstand der unterdrückten Dinge, der sich in den verschiedensten Katastrophen äußern könnte, in biologischen Unfällen, Atomkraft-Entgleisungen, Naturkatastrophen oder Epidemien, und was es sonst so alles gibt. Man könnte auch sagen: es ist die Tükke des Objekts, die aus den Fugen gerät."

Weltkugel: Fällt denn eine Entscheidung wirklich so schwer? So weit ich sehe, haben wir zwei Möglichkeiten. Wir können zwischen dem katastrophalen Kapitalismus oder der kapitalistischen Katastrophe wählen.

Er lachte.

Handwerker: Ich möchte darauf aufmerksam machen, dass es in einer halben Stunde Essen gibt.

Teddie: Das Essen kann warten, wenn der Hunger nach Wahrheit zu groß ist.

Handwerker: Der Magen der arbeitenden Bevölkerung kann nicht warten. Das bekommt der Arbeit und dem Kunden nicht.

Teddie fuhr ungerührt fort: „Ich schätze die Möglichkeit einer Reparatur der Gesellschaft ähnlich skeptisch ein. Was Not täte, wäre ein geordneter Rückzug oder eine Vertreibung des Ancien Régime und ein geordneter Einzug der Befreiungsarmeen. Und zwar jetzt. Aber das System sitzt fest im Sattel und das Bewusstsein der Mehrheit ist dermaßen verriegelt, dass die Hoffnung auf Änderung von innen wie von außen gegen Null tendiert. Wer denn, so frage ich, sollte diese Umgestaltung der Gesellschaft vornehmen? Im Augenblick ist keine Klasse mehr auszumachen, die als revolutionäres Subjekt des gesellschaftlichen Fortschritts taugte. Daher muss alle Utopie, die in Ansätzen vorhanden ist, unbestimmt und folgenlos bleiben."

Der dicke Grieche intervenierte: „Ich wiederhole es hundertund tausendmal, bis es alle glauben: Der Güter höchstes ist das Gute, Freundinnen und Freunde! Es ist die Mutter der fröhlichen Kinder, die da heißen Gerechtigkeit, Besonnenheit,

Tapferkeit und Wahrheit. Danach lasst uns alle streben …"
Vom Zeitung verschlingenden Stückeschreiber kam das Echo:
„Für dieses Leben ist der Mensch noch nicht schlecht genug."
Damit war die Sache mit dem Gutsein erledigt.
Feministin: Was hier gesagt wurde, das gilt nicht für das Ma-
triarchat. Das Matriarchat ist die Ausnahme. Warum? Frauen
denken immer altruistisch und solidarisch. Das bringt die
Monatsregel so mit sich, die an das Gebären gemahnt, weshalb jede Frau automatisch immer auch an die Kinder denkt.
An die Väter nur in puncto Samen. Dann nicht mehr. Deshalb
ist das Matriarchat eine feine Sache, weil es eine herrschafts-
freie Form der Vergesellschaftung darstellt.
Also sprach Nietzsche: „Du kommst mir gerade recht. Die
Frauen haben für die Herrschenden stets das Menschenmaterial ausgebrütet, dann auf den Markt geworfen, aber nichts
unternommen, wenn es in Kriegen sofort wieder vergeudet
wurde. Nun gut, ein paar Tränen wurden vergossen. Es waren private Tränen eines privaten Schmerzes, der kein sinnvolles Handeln ausgelöst hätte. Im Gegenteil. Kaum war ein
Kind dahingerafft, ging es sofort an die Produktion des nächsten Kindes, um die Leere, in die die Frauen gefallen waren,
rasch wieder auszufüllen. Warum habt ihr Frauen nicht erst
einmal eine menschen- und kinderfreundliche Welt geschaffen?"
Die Frauen sahen sich lange an, die Feministin kniff die Lippen zusammen, schlug dann in ihrem roten Büchlein nach,
der Rotschopf hob die Schultern, Beauvoir und Lou lächelten.
Proust zog seinen Schal fester, warf einen flüchtigen Blick
durch seine Lupe und sagte dann: „Soweit die spärlichen
geschichtlichen Quellen einen Schluss zulassen, war das Matriarchat kriegerisch, hierarchisch organisiert, autoritär und
von einer extremen Gewaltbereitschaft."
Cosmo Po-Lit: Können wir jetzt wieder zum Finalisieren und

Bilanzieren übergehen? Bitte, keine Nebenkriegsschauplätze mehr. Ich kann das Kriegsgetöse des Geschlechterkampfes nicht mehr ertragen. Solche lächerlichen Tändeleien bringen uns nicht weiter, befestigen nur das herrschende System. Ich greife die Eingangsfrage von Keuner noch einmal auf: Was tun?

Beauvoir: Ich richte einen Appell an die Vernunft, an die ich glaube und die ich ganz fest in mein Herz geschlossen habe! Sie scheint mir noch nicht so korrumpiert, dass sie zu einer kritischen Selbstreflexion nicht mehr in der Lage wäre.

Krittler: Liebe Beauvoir, dein Appell an die Vernunft ist allerliebst. Doch vergessen wir nicht, dass die Herrschenden über die Medien, die in ihrer Hand sind, längst die Deutungshoheit über das Denken und die Sprache übernommen haben.

Bourdieu: Und das Ergebnis dieser Vergesellschaftung von Denken und Sprache gipfelt in einer vulgären Pluralisierung der Lebensumstände …

Baudrillard: … die einhergeht mit einem Affront gegen das Allgemeingültige, Prinzipielle, Präzise …

Bourdieu: … und letztlich einer Absage an die Wahrheit und die Vernunft gleichkommt.

Baudrillard: … kein Wunder, dass eine flächendeckende Unverbindlichkeit und Standpunktlosigkeit herrscht. Beliebigkeit ist alles. Eine Begründungspflicht zur Beglaubigung des Vorgebrachten wird nicht mehr verlangt…

Teddie: … und das eigene Erleben setzt sich an die Stelle objektiver Gültigkeit, und protzige Gefühle verdrängen die Argumente.

Krittler: Nicht zu vergessen die Vereinfachungen und Phrasen, die dazu herhalten müssen, vom Komplexitäts- und Realitätsdruck zu entlasten. Automatisierte Interpretationen in Form von Schlagwörtern ersetzen das Nachdenken. Das bedeutet zwar ein Ersparniseffekt an Anstrengung, läuft aber gleichzeitig auf einen geistigen Leerlauf hinaus.

Bourdieu: In diesem Zusammenhang möchte ich noch den Begriff der gelockerten Assoziation aus der Psychologie ins Spiel bringen, der besagt, dass die entferntesten Gedanken, die nichts, aber auch gar nichts miteinander zu tun haben, von den Persönlichkeiten des Öffentlichen Lebens munter oder frech nebeneinander verwendet werden.

Baudrillard: Deshalb sind Fastthinker wie Gottschalk, Kerner, nicht zu vergessen Politiker, die schneller sprechen als sie denken, so gefragt. Mit Ausnahme von Bayern.

Chor der Frauen: Euer misanthropes Geraune
Verdirbt allen nur die Laune.

Spirit of Afghanistan

Koks aus biologisch kontrolliertem Mohnanbau bei Kundus. Genuss ohne Reue. Die deutsche Verteidigungsarmee verkauft Restbestände.
Anfragen und Bestellungen unter ...

22.

Nach dem Mittagessen wurde die Bilanzierung, oder was dafür angesehen wurde, fortgesetzt. Keuner eröffnete sie mit dem Hinweis, dass ein System, das sich nur auf Kosten des Gesamtorganismus erhalte und wachse, einem wuchernden Gewebe in unserem Körper gleiche, das sich nur durch unkontrolliertes Wachstum erhält, was letztendlich zerstörerisch wirke. „Unternehmen wir nichts", fuhr er fort, „enden wir in der Katastrophe. Diese Aussicht hat durchaus etwas Tröstliches. Das Leben hat nach der Sintflut vielleicht noch einmal die Chance, sich unter anderen Bedingungen zu wiederholen."

Der untersetzte Grieche erhob sich und verkündete seine Real-
utopie: „Ich habe längst Vorstellungen zum Besseren entwickelt, die allerdings noch der Realisation harren. Was wir
brauchen, ist ein Wächterstaat, der aus den Besten der Besten
gebildet wird und sich aus Wissenschaftlern, Philosophen und
Künstlern zusammensetzt. Dieser Wächterrat regiert die Massen. Vor allem achtet er auf die Eltern, die Kinder haben wollen. Diese werden scharf ins Auge gefasst. Den Kinderwunsch
müssen sie anmelden und gut begründen. Daraufhin werden
sie einem pädagogischen Eignungstest unterzogen. Und wenn
sie den bestanden haben, dürfen sie gleich übereinander her-
fallen und für die Kinder wird dann auch gut gesorgt. Die
illegale Zeugung steht unter Strafe. Den Eltern werden gleich
nach der Geburt die Kinder weggenommen. Sollten sich bereits früh andeuten, dass mit den Kindern etwas nicht stimmt,
lassen wir die Babies verhungern. Die Mütter stellen einfach
das Stillen ein. Die Kinder werden von den Besten der Besten,
die professionell an unseren Akademien ausgebildet wurden,
in Internaten erzogen."
Handwerker: Endlich wird's handfest. Endlich geht's zur Sache.
Feministin: Ich möchte von dir, großer Grieche, wissen, wieso
die öffentlichen Erziehungseinrichtungen den Familien überlegen sein sollen. Die sind doch ganz unpersönlich. Emotionale Wärme können die doch nicht vermitteln im Gegensatz zu
der Nestwärme, die die Frauen am Herd in den Familien herstellen. Erst die ist doch ein Garant für eine gute Entwicklung.
Untersetzter Grieche: Nestwärme? Wo hast du deine Augen?
Sieh doch die Eltern heute an, soweit ich das mitbekomme,
sind sie in der überwiegenden Mehrheit überfordert. In den
Familien herrschen Durcheinander und Verwahrlosung. Aber
keine Nestwärme. Jede zweite Ehe geht nach kurzer Zeit flö-
ten. Einen gesellschaftlichen Konsens in Erziehungsfragen gibt
es nicht mehr. Die Eltern sind orientierungslos, allein, auf sich
gestellt. Ein pädagogisches Netzwerk um sie herum existiert

nicht. Insgesamt haben sie massive Probleme mit ihrem Leben, mit ihrer Arbeit. Wenn sie eine haben. Eigentlich mit allem. Und die Flexibilität, die der wirtschaftliche Moloch verlangt, ist kein Nährboden für Familien. Familien und Partner werden auseinandergerissen. Kein Wunder, dass da die Lust auf Familie und Kinder nachlässt.

Keunerschüler: Was ist denn dann wichtig?

Untersetzter Grieche: Wichtig sind nicht, wie mehrere unterschiedliche Untersuchungen zeigen, die Eltern. Wichtig sind vielmehr feste Bezugspersonen, die häufige und intensive Kontakte zu den Kindern oder Jugendlichen haben. Die ihnen Sicherheit, Geborgenheit sowie einen emotionalen und intellektuellen Rückhalt geben. Wichtig sind Anregungen von Bezugspersonen, nicht minder anregend die kindliche oder jugendliche Bezugsgruppe. Neuere Untersuchungen belegen, dass Kinder bereits im ersten Lebensjahr Interesse an anderen Kindern zeigen und dass die Kinder sich unter geschulter Anleitung gegenseitig positiv beeinflussen.

Keunerschüler: Gibt es denn bereits konkrete Curricula für die kollektive Erziehung in staatlichen Institutionen?

Untersetzter Grieche: Aber ja. In England hat man bereits ein nationales Curriculum entwickelt. Darin sind neunundsechzig frühe Lernziele und fünfhundertdreizehn Fähigkeiten beschrieben, die ein Kind bis zu seinem fünften Lebensjahr zu erwerben hat. So sollen Kinder, noch bevor sie elf Monate alt sind, gelernt haben, mit den eigenen Zehen zu spielen. Im Alter von sechzehn Monaten wird von ihnen erwartet, dass sie Musik genießen und erste Tanzbewegungen beherrschen können. Bis sie zwei sind, sollen sie verstanden haben, was die Zahlen eins und zwei bedeuten. Und mit fünf sollen sie wissen, was falsch und was richtig ist, ihren eigenen Namen schreiben können und – das finde ich enorm – ein erstes Verständnis von der Interpunktion erworben haben. Und so weiter. Die Vorschule beginnt bei den Engländern bereits mit vier Jahren.

Jemand: Und wann sollen die Kleinen spielen?
Untersetzter Grieche: Ununterbrochen. Denn Wissen, Haltungen und Kompetenzen werden ihnen in spielerischer Form beigebracht. Am Wochenende und in den Ferien dürfen die Kinder, wenn sie wollen, zu ihren Eltern. In der Pubertät werden sie aus dem Verkehr gezogen und in Liebespalästen, ähnlich den Pubertätshütten der Primitiven, von erfahrenen, gutaussehenden Frauen und Männern in die Liebe und Liebespraktiken eingewiesen. Hier dürfen sie sich ein wenig austoben. Sie lernen aber auch den Unterschied zwischen Sex und Agape. Darüber hinaus bringt man ihnen dort auch Konsensregeln bei, wie man eine Konversation führt, wie man sich bei Tisch verhält, wie man ein Weinglas hält, insgesamt werden sie in die Geschmacksbildung eingeführt. Am Ende müssen sie sich einem Initialtest unterziehen, mit dem sie beweisen, dass sie gesellschaftsfähig sind. Und wenn ihr Geschlechtstrieb eine normale Temperatur erreicht hat, werden sie der Gemeinschaft wieder zugeführt.

Danach hatte General von Steinbeiß, seinen Auftritt, der für große Unruhe sorgte: „Soldaten und Soldatinnen und solche, die es noch werden wollen! Darf ich mich als Mann der Tat, der so manche Schlacht vom Schreibtisch oder Bunker aus erfolgreich geschlagen und so manche Niederlage schadlos überstanden hat, in die Diskussion um die Jugend einmischen. Denn wir Militärs haben es auch mit Jugendlichen zu tun, wenn sie ihren Wehrdienst ableisten, und wir sie erst einmal körperlich, seelisch und intellektuell zurechtbiegen müssen, ehe sie einen Schuss abgeben. Der Mann der Praxis spricht für die Praxis. Wie lange sollen wir uns hier noch den laufenden Schwachsinn unserer so genannten Geistesgrößen anhören? Sollen sie nur herumlabern soviel und so lange sie wollen. Es bringt nichts als Schall und Rauch. Dagegen wir Militärs, ich unterstreiche das gern und oft, sind Tatmenschen. Wir fackeln nicht lange und schreiten forsch zur Tat. Da bleibt kein Auge trocken. Blut muss fließen, das gehört nun einmal zum Geschäft und zum Leben. Und Kollateralschäden gehören dazu wie die erweiterte Prostata zum alten Mann. Erst kommt die Tat, dann kommt das Fressen." Er stutzte: „Oh! Da bin ich jetzt, glaube ich, in ein falsches Zitat hineingeraten. Ich wollte sagen, dass nach der Tat lange nichts kommt. Wenn dann überhaupt noch etwas kommt. Von mir aus das Nachdenken – obwohl es eigentlich überflüssig ist. Und auch nur, wenn es die Tat nicht stört. Siehe Hamlet. Wer uns Tatmenschen in die Quere kommt, und sei's auch das Nachdenken höchst persönlich, wird ohne mit der Wimper zu zucken gnadenlos und unangespitzt in den Boden gerammt. Da kennen wir kein Prdon."

Jungblut: Darf ich jetzt endlich einmal zusammenfassen?

Nietzsche, der Handwerker, der Patriot, Cosmo Po-Lit, Jemand und der Rotschopf: Heil dir im Siegerkranz, der du von des Geistes Blässe noch nicht angekränkelt bist, willkommen Satanskerl, unser Erlöser, der auf den Verputz, den bröckelnden, endlich haut, dass er ganz abfällt.

Von Steinbeiß: Danke, liebe Mitstreiter, das hat mir jetzt gut getan. Nun aber möchte ich endlich zu den Jugendlichen kommen, aber anders, als dies die griechische Olive eben tat.

Von Steinbeiß salutierte stramm. Keiner wusste, warum. Dann machte er weiter: „Alle Schüler werden grundsätzlich zunächst einmal uniformiert, aber nicht in irgendwelchen laschen T-Shirts und Turnschuhen, sondern in einen paramilitärischen Look. Die Mädels dürfen hübsche kurze Röckchen tragen, da bleibt keine Auge trocken. In dieser uniformierten Aufmachung werden sie jeden Augenblick an den Kitt erinnert, der unsere Gesellschaft zusammenhält, nämlich: an Ordnung, Disziplin, Gehorsam und Höflichkeit. Sodann erhält jede Schule ihre Sheriffs, die zu Schulbeginn jeden Schüler auf Waffen hin kontrollieren. Alle vom Lernen ablenkenden Gegenstände wie Baseballmützen, Uhren, Kaugummis, Mobiltelefone, Kondome und Antibabypillen werden eingezogen. Drogen nicht, sollen die sich doch voll kiffen, dann sind wir sie los. Die Lehrer werden in einer Zusatzausbildung von uns in Nahkampftechniken ausgebildet. Wer von den Schülern gegen die Schulordnung verstößt, der darf sich durch zunächst humane Maßnahmen wie Reinigen der Schulräume, Fensterputzen, Schuheputzen der Lehrerinnen und Lehrer, die ja oft sehr schlampig daherkommen, Kloputzen undsoweiter rehabilitieren. Das sind natürlich lächerliche Sanktionen im Vergleich zu dem, was die renitenten Jugendlichen erwartet, Wiederholungstäter, die sich größere Vergehen haben zu schulden kommen lassen wie Spucken, Onanieren, Rauchen. Da heißt es: Ab in den Karzer bei Wasser und trocknem Brot. Auch schon einmal über Nacht. Steigerungen gibt es jede Menge. Kostproben gefällig? Von den Gurkhas übernehmen wir einfach den so genannten Doko-Lauf."

Chor der Frauen: Aufhören! Schließt den Unheilbringer aus. Erteilt ihm Redeverbot.

Tugendwerth: Scheußlich. Abartig. Widerwärtig. Und was könnte ich noch sagen?

Jungblut: Ich beantrage das Ende der Diskussion.

Krittler: Ich auch. Da sind wir schon zwei.

Keunerschüler interessiert: Gurkhas? Doko-Lauf?

Von Steinbeiß: Ach, ja ich vergaß, dass ich Zivilisten vor mir habe. Doko heißt in Nepal ein großer Korb, den man zum Tragen großer und schwerer Lasten benötigt. Die Gurkhas sind ein Bergvolk, das für seine Zähigkeit, Grausamkeit und Treue berühmt und berüchtigt ist. Das haben die Briten rasch herausgefunden, als sie dieses Gebiet überfielen und tapfere und treue Schutztruppen suchten. Selige Zeiten. Was soll's. Die Briten haben aus denen eine Elitetruppe geschmiedet, die mittlerweile überall in der Welt die Kastanien aus dem Feuer holen muss. Jedes Jahr werden zweihundertsiebzig von ihnen nach einem mörderischen Auswahlverfahren ausgesiebt. Eine

Disziplin besteht darin, einen mit Steinen randvoll gefüllten Doko, Sie wissen jetzt, was das ist, zweikommafünf englische Meilen einen Steilhang mit hoher Neigung herauf zu schleppen, ohne einen Stein zu verlieren und ohne auch nur einen Moment stehen zu bleiben. Das ganze Procedere erfolgt ohne Nahrung und auch ohne Getränke. Bei Gleichheit entscheidet die gelaufene Zeit. Auch die berühmten Sit-Ups spielen bei dieser Auslese eine große Rolle, eine heroische Übung für Jugendliche, die an Selbstüberschätzung leiden. Ein Sit-Up ist eine einfache Sitzübung. Man sitzt einfach solange auf der Erde, im Dreck, bis man nicht mehr kann. Und dann lässt man sich einfach seitlich fallen. Wer dann noch aufmuckt, der darf stehen, wobei wir großzügig sind und ihm die Wahl überlassen, ob er lieber in einer kalten Nacht im Nachthemd oder tagsüber im Regen oder aber in der Sonne stehen will, bis er zusammenbricht. Im Übrigen können Sie davon ausgehen, dass wir ein sehr großes Repertoire weiterer sehr weiser Erziehungsmaßnahmen auf Lager und sehr genau studiert haben, was in Abu Ghreb und Guantanamo passiert ist. Glänzende Methoden, die wir aus dem Effeff kennen. Einige haben wir in Berlin in einem sozialen Brennpunkt mit hohem Auswärtigenanteil ausprobiert. Funktioniert ausgezeichnet. Die Jungs und Mädels fressen einem anschließend die verdorbenen bayerischen Lebensmittel unbesehen aus der Hand. Eines verspreche ich Ihnen: Wer diesen Schliff übersteht, der ist reif für die Gesellschaft oder für die Klapsmühle.

Luzifer: Die Beispiele sind hochinteressant. Von dir kann man ja noch etwas lernen. Solche Schikanen sind selbst in der Hölle unbekannt. Was stellt das Militär eigentlich mit den ganz wilden Typen an?

Von Steinbeiß: Kein Problem. Erzähle jetzt ein Beispiel, das sich jüngst zugetragen hat. Musste mir einen 18-jährigen Wehrdienstleistenden vorknüpfen, der einen auf Verweigerer machte. War unpünktlich. Keine Ordnung im Spind. Befehle verweigert. Gequalmt. Gesoffen. Na gut, das beherrschen wir auch, können wir uns aber auch leisten. Aber – immer zur Stelle, wenn's brennt. Zurück zu dem Burschen! Das habe ich mir drei Tage angesehen. Als die Ermahnungen nichts brachten, änderte ich meine Strategie, ließ den Kerl vor versammelter Mannschaft antreten, befahl ihm vorzutreten, sich auszuweisen mit allen persönlichen Daten. Name und so. Da dieses Weichei leise sprach, befahl ich ihm, fünfzig Schritte von der Truppe weg Aufstellung zu nehmen. Dann musste er noch zweimal den ganzen Sermon wiederholen und zwar laut. Dann fragte ich nach, ich kannte ja sämtliche Unterlagen, biografische Auffälligkeiten, Herkunft, Milieu, schulische Karriere, berufliche Laufbahn. Laufbahn, ist gut. Da war nichts. Keine Abschlüsse, weil er vor allen Herausforderungen davongelaufen war. Ich fragte natürlich auch nach intimen Dingen, nach der ersten Frau, eine Minderjährige, die er sogleich geschwängert und dann hat sitzen lassen. Da kam alles zusammen, was so zusammenzukommen pflegt bei solchen Typen, wenn da nichts ist. Da der Übeltäter beim Aufsagen seiner Karriere erst stotterte und immer leiser wurde, provozierte ich ihn weiter. Wie gesagt, vor versammelter Mannschaft. Ich kürze ab und komm gleich zur Pointe. Ich hatte der Truppe befohlen, nach jeder gegebenen oder fehlenden Antwort auf meine Fragen dreimal zu lachen. Dann ließ ich die Truppe abtreten. Der Delinquent durfte noch ein wenig Nachsitzen, eine Stunde im Regen stehen, weil er die Auskunft verweigert oder auf manche Frage nicht geantwortet hatte. Am nächsten Morgen fanden wir den Burschen auf der Toilette. Der feige Hund hatte sich erhängt. Keinerlei Frustra-tionstoleranz, die andere stark gemacht hat. Zugegeben – das sind drakonische Maßnahmen. Aber höchst erfolgreiche.

De Sade: Und ich dachte immer, nur wir Franzosen wären zu solch einem Schliff fähig, wenn ich nur an unsere Fremdenlegion denke. Aber Respekt, Respekt vor den Deutschen.

Untersetzter Grieche: So ähnlich haben es die Spartaner bei uns getrieben, lieber von Steinbeiß. Ich bin ja nur Theoretiker, kein Praktiker. Aber in meinem Denken gehe ich sogar noch einen Schritt weiter als du, General.

Von Steinbeiß: Zwischen Kaserne und Schule gibt es keinen gravierenden Unterschied. Beide Organisationen stellen geschlossene Gesellschaften mit eigenen Gesetzen dar. Deshalb kann mühelos für die Schule gelten, was auch auf dem Kasernenhof gilt. Ich bin für Gewaltenteilung. Um die renitenten Schüler, mit denen die Schule nicht fertig wird, kümmern wir uns herzlich gern und mit militärischer Akribie in einzurichtenden Militärcamps nach amerikanischem Muster in unwirtlichen, entlegenen Gegenden, weit ab von der Zivilisation, wo keine Sau hinkommt. Hier entwickeln wir dann sämtliche kriminellen Energien, die die Zivilisation so mit sich gebracht hat. Und ich verspreche Ihnen, wir werden diesen Menschenmüll innerhalb kürzester Zeit klein kriegen, und sei es, dass wir die Jungs und Mädels schon einmal an den Hoden oder Schamlippen aufhängen und über Nacht an einem Baum hängen lassen.

Von Steinbeiß salutierte erneut. Doch gehen wollte er noch nicht.

Seraphicus: Das ist sehr interessant. Ich glaube, auch ich kann noch sehr viel von dir lernen. Kannst du vielleicht einige deiner Tricks, mit denen ihr in den Camps arbeitet, preisgeben?

Von Steinbeiß: Herzlich gern. Die verwahrlosten Jugendlichen, und das ist die Mehrheit, werden zunächst einmal ständig gegrillt, pardon: gedrillt. Wie schon erwähnt: Gehorsam, Ordnung, Pünktlichkeit, Sauberkeit, Vorgesetzte mit Titel und Höflichkeitsanrede ansprechen, und wie der ganze Katalog der sekundären Tugenden heißt. Das alles wird ihnen bis zur Weißglut eingebläut.

Tugendwerth strahlte: „Endlich kommen die Tugenden wieder zum Zuge. Das ist einzigartig, ja, fast schon glamorös! Noch ist Deutschland nicht verloren!"

Von Steinbeiß: Die Jungs und Mädels kommen meistens aus Milieus, wo nur gefickt, gefressen, gesoffen und geprügelt, aber nicht erzogen wird. Wie man einen Tag organisiert, das erfährt dieses Gesindel nicht mehr. Bei uns stehen sie um sechs auf, und fallen wie reife Früchte um zweiundzwanzig Uhr von ganz alleine ins Bett. Unsere Erziehungsarbeit beruht auf zwei kardinalen Grundsätzen. Das erste Gebot lautet: Gedenke, dass du Scheiße bist und wieder zu Scheiße werden kannst. Und wo ist die Scheiße präsenter als im Klo? Deshalb beginnen unsere pädagogischen Maßnahmen auch im Klo mit dem Kloputzen. Zweites Gebot: Du hast auf nichts ein Anrecht, du musst dir alles verdienen. Mit dem Akzent auf alles. Nichts ist umsonst. Alle, die zu uns kommen, erhalten eine Einheitskluft: ein Hemd, eine Unterhose, ein Unterhemd und eine Hose aus billigem Sackleinen, einfache Schuhe und eine Zahnbürste. Alles auf Pump, versteht sich. Diese Dinge müssen die Jungs und Mädels nachträglich nach und nach abarbeiten. Auch das Klopapier. So entwickelt man langsam Achtung für die Dinge des täglichen Gebrauchs. Darüber wird peinlich genau Buch geführt. Und sie können auch alles wieder verlieren, wenn sie nicht spuren. Wer sich als besonders lernfähig erweist, der darf sich weiter auszeichnen. Den schicken wir dann mit einem Sonderkommando in alle aktuellen Krisengebiete, die es gerade so gibt, nach Kreuzberg, nach Asse, eben überallhin, wo es gerade Drecksarbeit gibt. Wir haben auch daran gedacht, unsere alten Kolonien in Afrika wieder zurück zu erobern. Wir haben dann auch noch unsere fünfte Kolonne, eine Art Himmelsfahrtskommando. Für diese Aktion erhalten sie eine Ausbildung zum Undercover-Dschihadisten. Sie werden dann in die islamischen Länder eingeschleust, wo sie sich ein wenig austoben und den Fundamentalisten eins vor den Latz ballern dürfen, wenn sie verstehen, was ich damit sagen will. Da eignen sich besonders solche Typen, die ein orientalisches Aussehen haben und deshalb nicht gleich auffallen. Man muss den Gegner immer mit seiner eigenen Taktik schlagen. Hat schon Scharnhorst gesagt. Oder war's Clausewitz? Jedenfalls gesagt, ist gesagt. Oder nicht gesagt, ist auch egal.

Von Steinbeiß war endlich am Ende und breitete ein tiefes, ordinäres Lachen über den Zuhörenden aus, das bei einigen ansteckend wirkte. Die Diskussion ging mit Leidenschaft weiter. Es kamen verwegene Vorschläge zusammen, die an Brutalität nichts zu wünschen übrig ließen und an denen sich vor allem die Keunerschüler mit Leidenschaft beteiligten. Keuner war zutiefst erschüttert.

„Was ist bloß aus meinen Schülern geworden? Das sind nicht die von mir im eingreifenden Denken geschulten Wesen. Was habe ich bloß falsch gemacht?", brachte er mühsam hervor. „Wahrscheinlich gar nichts. Es ist einfach eine ganz andere Generation von Menschen herangewachsen, die wir nicht verstehen und die uns nicht verstehen", erwiderte der schmächtige Grieche. „Schon zu meiner Zeit habe ich über die verwahrloste Jugend geklagt, die ich nicht mehr erreicht habe. Das ist unser Schicksal. Nehmen wir's einfach an."

Keunerschülerin: Meister, wie sollen wir leben mit solchen deprimierenden Vorstellungen? Es muss doch eine Erneuerung im Alten geben. Eine sanfte Revolution.

Keuner: Daran glaube ich nicht mehr. Und im Übrigen ist der Gedanke an die Apokalypse ein durchaus optimistischer, wenn man ihn nur annimmt und sich nur rechtzeitig darauf einstellt.

Hegel betrat verspätet mit seinem Mostgeschirr das Refektorium, er ging gebückt, musste sich beim Hinsetzen abstützen,
breitete sein Trinkbesteck aus, goss sich Most in seinen Becher
und trank daraus: „Nach all den Mühen und vergeblichen
Verrenkungen, die ich zum Wohl der Menschheit gemacht habe,
habe ich mir gesagt, irgendwann einmal muss Schluss sein
mit dem ewigen Herumtollen. Ständig auf Achse sein ist
langweilig, vor allem ermüdend. Und das hält auf Dauer auch
keiner durch. Und deshalb dachte ich mir, eine letzte Steigerung
muss her. Die Vervollkommnung sozusagen als Pointe aller
Entwicklung. Habe ich gedacht."
Keunerschüler: Und was ist dabei konkret herausgekommen?
„Konkret, konkret. Ich kann das Wort nicht mehr hören",
äußerte Hegel verärgert, „es schießt mir in die Blase. Ich habe
mich im Unbestimmten des metaphysischen Nebels häuslich
eingerichtet. Darin war ich Meister. Sollen sich doch andere
um die Konkretion kümmern. Jedenfalls finde ich den Still-
stand einfach schön."
Keunerschüler: Bedeutet aber die Aufgabe der Entwicklung
nicht das Ende deiner dialektischen Philosophie und allen Lebens?
Hegel: Rückschritt. Fortschritt. Alles eine Wichse. Nach den
vielen Mehrfach-Orgasmen, die mir meine Dialektik bereitet

hat, bin ich jetzt einfach nur leer und habe nur eines im Sinn –
auszuruhen. Ist nicht die Ruhe, das *Ich bin* des Schöpfers,
das einzig Wohltuende? Non sum, qualis erat. Ich bin nicht
mehr, der ich einmal war.

Wie er dies sagte, tauchte der Weltgeist, nun in einen verblichenen Königsmantel gehüllt, mit ungepflegten langen weißen Haaren und einer verwitterten Krone auf dem Kopf, aus
der Versenkung auf.

Weltgeist: Ich bin der Weltgeist, die Verkörperung der absoluten Vernunft, die alles erfasst, und der aufgetragen war, sich
in der Weltgeschichte zu verwirklichen.

Er machte eine Pause und gab ein grässliches Lachen von
sich, das viele frösteln ließ. Dann hob er denn Kopf und sprach
über die Köpfe der Anwesenden hinweg: „Wenn es nach dem
Willen meines Schöpfers gegangen wäre, dem Herrn Hegel
dort, diesem vergreisten Geist" – und er zeigte mit ausgestrecktem Zeigefinger auf Hegel –, „dann steht am Ende aller
Entwicklung der Sieg der Vernunft. Aber, seht euch doch nur
um. Und seht euch nur selbst an. Was triumphiert, ist das
Nichts, das aus der abstrakt negativen Negation hervorgegangen ist." Wieder pausierte er. Diesmal lachte er nicht. War
nur eine Weile ganz still. „Jetzt, da ich zwar als Weltgeist Zeitgeist und als Zeitgeist Weltgeist geworden bin, allerdings ohne
Vernunft, sehe ich mich am Ende meiner Laufbahn angekommen und muss leider feststellen: Rien ne va plus."

Georges: Der redet wie der Christus am Kreuz.

Proust: Nein, eher wie ein Croupier.

Noch während Proust sprach, blitzte und donnerte und zischte
es, und an der Stelle, wo eben noch der Weltgeist gestanden
hatte, fand eine Explosion statt. Krone und Kleider fielen auf den
Boden, und eine dunkle Wolke erhob sich, wo der Weltgeist
eben noch gestanden hatte. Es begann fürchterlich zu stinken,
so dass sich alle die Nasen zuhalten mussten. Hegel war erstarrt,
Keuner kommentierte: „Das war die letzte Finte des Weltgeistes."

Pater Seraphicus: Brüder und Schwestern! Lasst uns trotz allem frohlocken! Hofft mit mir, dass Gott uns ein zweites Mal seinen Sohn schickt.

Luzifer: Auch so ein hilfloser Satz der intellektuellen Selbstbefriedigung.

Frauenchor:

> Wer nur strebend sich bemüht,
> den woll'n wir nicht erlösen.
> Es gibt nur eins, das zählt:
> wer die Kraft des Handelns wählt.

Jungblut/Rotschopf:

> Was soll das Jammern, soll das Klagen,
> lasst uns frisch was Neues wagen.
> Was es denn auch immer sei,
> die Hauptsache ist doch: Es ist neu.

Nationale Bausparkasse Deutschland (NBD)

Stellen Sie jetzt die Weichen für eine erfolgreiche Zukunft. Investieren Sie in unseren Zukunftsfonds. Wir machen den Weg frei!

Ein aufgeregtes Hupen kündigte Unheil an. Vor dem Klosterportal waren zwei Busse angekommen und entließen verwegen aussehende Wesen, die das Kloster bereits schon einmal besucht hatten, und die ohne Anlass, so schien es, durch Schreien und Schimpfen ihrem Unmut freien Lauf ließen. Beim

Näherkommen erkannte man die aus dem sozialen Netz Gefallenen, denen Keuner mit seinen Ratschlägen zur Kunst des Bettelns meinte praktische Lebenshilfe zu vermitteln, die er aber tatsächlich vor den Kopf gestoßen hatte. Das Ganze wirkte bedrohlich. Wer rechtzeitig die Gefahr erkannte, der nahm Reißaus, die meisten jedoch warteten erst einmal ab, der Rest verschanzte sich schon einmal, wo es gerade ging, und beobachtete die Lage, die sofort ohne Ankündigung eskalierte. Die Gedemütigten nahmen indes Rache, und zwar sehr gründlich. Sie besetzten das Kloster und machten sich an das Werk der Zerstörung, zertrümmerten mit Äxten die Türen, schlugen die Fenster ein, plünderten Küche, Vorratskammern und den Weinkeller sehr gründlich und feierten eine wilde Orgie. Keuner war in eine tiefe Depression gefallen. Von einem verschwiegenen Ort aus beobachtete er den Vandalismus, den er, leise vor sich hin sprechend, mit dem Satz kommentierte: „Alles war umsonst!"

Der Stückeschreiber, der seine Zeitung zusammengefaltet hatte, begann mit heiserer Stimme das *Lied von der Unzulänglichkeit menschlichen Strebens* anzustimmen, dem aus der Tiefe des Saales einige Keunerschüler antworteten.

Während das Lied verklang, sah man, wie de Sade und Voltaire einträchtig den Saal verließen.

De Sade: Lasst uns dem Geld folgen.

„Ja, das ist ganz in meinem Sinn", nickte Voltaire seinem Landsmann zu. „Aber vorher muss ich erst noch meinen Garten bestellen."

Die POP-Verlag-Lyrikreihe

Norbert Sternmut: *Fadenwürde.* ISBN: 978-3-937139-67-8
Robert Șerban: *Heimkino, bei mir.* ISBN: 978-3-937139-70-8
Dieter Schlesak: *Heimleuchten.* ISBN: 978-3-937139-75-3
Urszula Usakowska-Wolff: *Perverse Verse.*
Debütpreis 2009 (Prima Verba). ISBN: 978-3-937139-86-9
Norbert Sternmut: *Nachtlichter.* ISBN: 978-3-937139-87-6
Horst Saul: *Wurzelherz, du. Texte zu Liebe, Nähe und Abschied.*
ISBN: 978-3-937139-89-0
Karl Wolff: *Alles Nebel oder was. Gedichte aus Absurdistan.*
ISBN: 978-3-937139-90-6
Horst Samson: *Und wenn du willst, vergiss.* ISBN: 978-3-937139-92-0
Wjatscheslaw Kuprijanow: *Der Bär tanzt.* ISBN: 978-3-937139-96-8
Shahla Agapour: *Oliver Twist in Teheran,* Gedichte.
ISBN: 978-3-937139-98-2

Die POP-Verlag-Fragmentariumreihe

Rodica Draghincescu: *Schreibenleben. Literaturkommentar in un-
gewöhnlicher Form: Interviews mit Kulturpersönlichkeiten (Mi-
chel Butor, Kurt Drawert, Jean Orizet, Zsuzsanna Gahse, Dieter
Schlesak ...).* ISBN: 3-937139-03-6
Dorothea Fleiss: *Regatta erträumend. Zeichen & Zeichnungen.*
ISBN: 978-3-937139-35-4
*Zuhause nur im Wort. Eine Anthologie der Schriftstellerinnen und
Schriftsteller im Exil Deutschsprachiger Länder.* Mit einem Vorwort
von Wolfgang Schlott. Herausgegeben vom Exil-P.E.N.
ISBN: 978-3-937139-64-7
Karl Wolff: *Von Tiflis nach Tibilisi. Reise zum Ursprung einer
Sehn-Sucht.* ISBN: 978-3-937139-66-1
Ingmar Brantsch: *Ich war kein Dissident.* ISBN: 978-3-937139-68-5
Dieter Schlesak: *DER TOD UND DER TEUFEL. Materialien zu
„VLAD, DER TODESFÜRST. Die Dracula-Korrektur"*
ISBN: 978-3-937139-75-3

Die POP-Verlag-Epikreihe

eje winter: *hybride texte.* ISBN: 978-3-937139-07-9
Grigore Cugler: *Apunake, eine andere Welt.*
ISBN: 978-3-937139-08-7
Ulrich Bergmann: *Arthurgeschichten.* ISBN: 978-3-937139-09-5
Francisca Ricinski: *Auf silikonweichen Pfoten.*
ISBN: 978-3-937139-12-5
Anita Riede: *Blühende Notizen. Liebe Luise, Briefe aus der Stadt. Pariaprojekt.* ISBN: 978-3-937139-13-9
Rainer Wedler: *Zwischenstation Algier.*
Roman. ISBN: 978-3-937139-11-7
Ulrich Bergmann: *Kritische Körper.*
ISBN: 978-3-937139-25-7
Dieter Schlesak: *Vlad. Die Dracula-Korrektur.*
Roman, ISBN: 978-3-937139-36-4
Markus Berger: *Kopftornado.* ISBN: 978-3-937139-51-7
Ioona Rauschan: *Abhauen.*
Roman, ISBN: 978-3-937139-52-4
Thomas Brandsdörfer: *Die schöne Insel.*
Roman. ISBN: 978-3-937139-53-1
Orhan Kemal: *Die 72. Zelle.*
ISBN: 978-3-937139-54-8
Barbara-Marie Mundt: *Raubkind.* Roman,
Debütpreis 2008 (Prima Verba). ISBN: 978-3-937139-58-6
Johann Lippet: *Migrant auf Lebzeiten.* Roman.
ISBN: 978-3-937139-56-7
Dieter Schlesak: *VLAD, DER TODESFÜRST. Die Dracula-Korrektur.* 2., neu bearbeitete und ergänzte Auflage, 2009. Roman. ISBN: 978-3-937139-57-9
Imre Török: *AKAZIENSKIZZE. Neue und alte Geschichten. Phantasieflüge.* ISBN: 978-3-937139-69-2
Elisabeth Rieping: *Die Altgesellen.* Prosa,
Debütpreis 2009 (Prima Verba). ISBN: 978-3-937139-73-9

Romaniţa Constantinescu (Hrsg.), *Im kalten Schatten der Erinnerung.* Eine Anthologie zeitgenössischer Prosa aus Rumänien. ISBN: 978-3-937139-76-0

Lucian Dan Teodorovici: *Dann ist mir die Hand ausgerutscht.* ISBN: 978-3-937139-80-7

Rainer Wedler: *Die Leihfrist.* Roman. ISBN: 978-3-937139-81-4

Francisca Ricinski: *immerwo, Texte im Blindflug.* ISBN: 978-3-937139-88-3

Arthur Breinlinger: *VOM RABEN WAS, Texte vom Raben.* Prosa. ISBN: 978-3-937139-89-0

Imre Török: *Insel der Elefanten.* Roman. ISBN: 978-3-937139-91-3

Sander W. Wilkens: *Cinder, Alan.* Roman. ISBN: 978-3-937139-93-7

Ondine Dietz: *Meister Knastfelds Hybris. Liebeserklärung an das alte und junge Klein-Wien.* Prosa. Debütpreis 2010 (Prima Verba). ISBN: 978-3-937139-94-4

Albrecht Schau: *Von der belebenden Wirkung des Verbrechens. Urlaubsgrüße aus dem wahren Leben.* Roman. ISBN: 978-3-937139-95-1

Carsten Piper: *Ab 18.* Roman.

Dante Marianacci: *Die Theißblüten.* Roman. ISBN: 978-3-937139-97-5

Johann Lippet: *Dorfchronik, ein Roman.* ISBN: 978-3-937139-99-9